I NARRATORI DELLE TAVOLE

DELLO STESSO AUTORE

La moglie dell'aviatore

I cigni della Quinta Strada

Melanie Benjamin

Luci della ribalta

traduzione di
Alessandro Zabini

NERI POZZA EDITORE

Titolo originale:
The Girls in the Picture

ISBN 978-88-545-1582-6

Il nostro indirizzo internet è: www.neripozza.it

A Benjamin Dreyer, che ha salvato questo romanzo dall'archivio dei manoscritti non richiesti.

«Forse la formula più semplice per una trama è questa: inventare alcuni personaggi pittoreschi, collocarli in una situazione apparentemente disperata e liberarli in un modo logico e drammatico che li conduca alla felicità».
Frances Marion

Frances
1969

Ultimamente il confine fra vita reale e finzione cinematografica si sta dissolvendo.

Talvolta mi piomba addosso un ricordo: lo specchietto retrovisore incrinato della mia prima automobile, oppure la danza spettrale di una tenda davanti a una finestra aperta quando ero piccola e impressionabile, costretta a letto dalla febbre, o l'increspatura provocante delle labbra di un uomo che devo aver baciato in qualche momento della mia vita. Più indugio sul ricordo, meno sono certa della sua origine.

È davvero mio quel ricordo? Oppure deriva da un film che ho scritto? La tenda danzava forse per la corrente prodotta da un ventilatore elettrico fuori campo, orientato con estrema precisione? Le labbra dell'uomo si erano increspate nell'accostarsi alle mie oppure nell'avvicinarsi all'obiettivo della macchina da presa?

Mi è sempre più difficile distinguere la vita dalla finzione, e in verità non sono affatto certa di quali siano i miei sentimenti in proposito. Da una parte potrebbe essere più facile trascorrere il resto dei miei giorni credendo che tutti i miei ricordi, in particolare quelli brutti, siano stati inventati da qualcun altro per essere rappresentati sullo schermo. Dall'altra, se non considerassi mio il ricordo di Fred che durante la notte finiva sempre per posare la testa sul mio cuscino, quasi non sopportasse di separarsi da me neppure per lo spazio di un sogno, come potrei riuscire ancora a dormire?

Intanto il numero di coloro che possono collocare saldamente i ricordi nell'una o nell'altra categoria, reale o cinematografica, diminuisce sempre più.

No, non "diminuisce", Fran. Questa è una parola troppo neutra. Di' ciò che intendi. Stanno morendo. I tuoi amici, i tuoi colleghi, tutte le vestigia di Hollywood come te, stanno morendo, come vecchi cavalli da guerra messi al pascolo o come piante rimaste troppo a lungo nella vetrina del fioraio.

Anche quando sapevo con certezza di essere davanti a una vera casa, già visitata molte volte in passato, mentre ero rinfrescata da una vera brezza anziché dai ventilatori di un teatro di posa, non potevo fare a meno di toccare lo stucco ruvido sul muro per accertarmi di non poterlo trapassare con un dito. E così feci. Lo toccai. Poi suonai di nuovo il campanello.

«Mi spiace di averla lasciata in attesa, Miss Marion». Un maggiordomo in livrea aveva aperto la porta, sorprendendomi a pungolare di nuovo lo stucco. Mi scrutò con circospezione, come se fossi davvero la vecchia signora rimbambita che di sicuro sembravo. «Miss Pickford non riceve visite oggi».

«Le ha riferito che sono io, Frances, e che ho chiesto di lei? Di Squeebee?»

«Sì, Miss Marion. Comunque Miss Pickford non intende ricevere visite oggi».

«Si… Si sente male?»

Evitando di rispondere, il maggiordomo abbassò lo sguardo alle proprie scarpe lustre.

Guardai l'orologio e riflettei sulle possibilità che mi si presentavano. Dovevo andarmene e lasciare che la tragedia si compisse? Dopotutto al mio ultimo tentativo ero stata insultata e cacciata di casa. Allora avevo giurato di non tornare mai più. Eppure eccomi lì come una sciocca, una vecchia sciocca sentimentale, a tentare ancora una volta di cambiare il finale.

Chiusi gli occhi, immaginai il mio appartamentino, i freschi pavimenti piastrellati, il morbido abbraccio del divano, un bel bicchiere di tè ghiacciato in mano, magari sonnecchiando al confortevole chiacchiericcio di *Ai confini della notte* o di qualche altra mia soap opera, perché ero davvero troppo vecchia per quell'ardua e ingrata impresa di salvataggio.

E dov'era Mary quando ero io ad avere bisogno di essere salvata, tanto tempo prima? Proprio lì, in verità, nascosta dietro quella medesima porta chiusa. Allora perché avevo bussato ancora una volta?

Ricordi condivisi, trionfi e tragedie, l'eroina che alla fine fa la cosa giusta nonostante la tentazione, i fili di tutte le trame di tutti i film che avevo scritto intrecciati e arrotolati in un unico gigantesco gomitolo che non potevo neanche incominciare a srotolare. Alla fine tirai il filo più grosso e allentato.

Perché il tempo sta per finire.

Raddrizzai le spalle, tirai indietro la pancia, spinsi da parte il maggiordomo sbalordito ed entrai nel fresco atrio di Pickfair. «Dov'è Buddy… Mr Rogers?»

«Mr Rogers è uscito a pranzo. Dovrebbe rientrare da un momento all'altro».

«Mi lasci salire da lei. Sa quante volte sono stata in questa casa? Sa quante volte l'ho tenuta per mano e le ho detto che tutto sarebbe andato bene? No, certo che non lo sa. Lei è troppo giovane. Lei è un embrione e io sono un dinosauro, lo so. Be', giovanotto, lasci che glielo dica: sono stata in questa casa un sacco di volte!»

Il giovane impallidì nonostante la tipica abbronzatura hollywoodiana. Inspirò, in modo da conferire il massimo risalto ai suoi invidiabili zigomi, e mi concesse un lampo di accecante sorriso. Rischiai di scoppiare a ridere. Certo! Il maggiordomo di Pickfair era come tutte le altre povere anime anonime di Hollywood in attesa della grande occasione di essere scoperte e di diventare famose. Ah, certe cose non cambiavano mai.

«Conosco Sam Goldwyn, giovanotto. È un mio amico personale. Se vuole…»

«Certo, Miss Marion, salga pure!»

Nell'avviarmi attraverso l'atrio mi morsi l'interno delle guance.

Con voce improvvisamente profonda, risonante, baritonale, il giovane aggiunse: «E se le facesse piacere, potrei lasciarle una mia foto prima che se ne vada!»

Fui costretta a ridacchiare. Povero ragazzo. Neanche immaginava che Sam Goldwyn era più vecchio di me, e per giunta era più matto del cappellaio.

Passando la borsetta sull'altro braccio, attraversai l'atrio dal pavimento lucido e sdrucciolevole, sicura di non scivolare e di non inciampare anche se lo avevo visto accadere a molta gente in passato.

Una volta Charlie Chaplin si era fasciato le scarpe con alcuni tovaglioli ricamati con il monogramma di Mary e aveva pattinato su quello stesso pavimento, rifacendo una scena di *Charlot al pattinaggio*.

Mary era rimasta a guardare con un sorriso indulgente, lo stesso, consueto sorriso contratto concesso a Chaplin in tutte le fotografie e in tutti i cinegiornali, pur essendo furibonda. Lo avevo capito perché il mento risoluto della mia amica era parso più risoluto che mai, irrigidito dall'allegria forzata. Naturalmente Doug non si era limitato a incitare Charlie, anzi, per cercare di superarlo si era fasciato a sua volta le scarpe con i tovaglioli, si era caricato l'amico in spalla e lo aveva fatto roteare ripetutamente prima di scagliarlo in aria e riprenderlo al volo per la delizia degli ospiti radunati.

Quella notte erano presenti il Duca d'Alba, Gloria Swanson, Rodolfo Valentino, Vilma Banky e Aimee Semple McPherson. Era stata semplicemente una tipica serata a Pickfair, dimora reale di Hollywood, dove Mary Pickford e Douglas Fairbanks regnavano supremi, con Charlie Chaplin come buffone di corte non ufficiale. Certo, avevo sempre partecipato quando ero stata invitata, o meglio, convocata, però non avevo mai amato quelle serate formali, con Mary e Doug seduti fianco a fianco a un tavolo enorme, affollato di vaschette lavadita e vari tipi di forchette. Per quanto avessi tentato, e rischiando la collera di Doug, non ero mai riuscita a nascondere il mio divertimento nel vedere attori e attrici elevati al rango di divinità semplicemente grazie al loro aspetto, e maestranze con cui avevo condiviso panini al formaggio stantio e bicchieri di birra che a un tratto arricciavano i loro nasi eleganti se per caso un domestico spandeva una goccia di champagne. «Ah, la servitù!» sussurravano sprezzanti quegli dèi e quelle dee che un tempo erano stati giardinieri e cameriere, e tutti quanti sapevamo che era soltanto per un caso fortuito, o per avere vinto una lotteria genetica, o per essere andate a letto con un magnate, se adesso indossavano diademi e imitavano i personaggi regali che interpretavano sullo schermo: i personaggi che io avevo scritto per loro.

Al tempo, quelle che erano state battezzate di recente stelle del cinema si prendevano molto sul serio, incapaci di deridere l'industria alle prime armi per cui lavoravano, e che in verità tutti noi avevamo creato con duro lavoro e fortuna, perché non erano ancora sicure che sarebbe durata. E nessuno era meno sicuro di Mary Pickford. Talvolta stentavo a credere ai miei occhi vedendo Mary drappeggiata di diamanti, con i riccioli dorati ammassati sul capo perché fosse più facile ammirare gli orecchini di zaffiro quando annuiva regalmente e conversava con autentici reali. Com'era potuto succedere? Com'era potuto accadere che una piccola orfana irlandese originaria del Canada si fosse trovata a cena con re e regine?

E com'era possibile che una bohémien nata a San Francisco e due volte divorziata fosse diventata una delle sue onorate ospiti? Dovevo includere me stessa nel gruppo, perché il mio percorso non era stato meno fantastico. Mi ero trovata faccia a faccia con Louis B. Mayer e William Randolph Hearst. Ero stata la sceneggiatrice più pagata dell'industria cinematografica, e anch'io, come tanti, avevo rinnegato il passato e avevo fatto fortuna.

Almeno fino alla morte di Fred. Poi mi ero schiantata a terra e i diademi e le ville mi erano apparsi più inconsistenti dei teatri di posa e delle scenografie. Le uniche cose tangibili erano state il mio letto vuoto la notte e il silenzio che rispondeva alle mie domande sussurrate. Nella solitudine, la macchina per scrivere era la mia unica compagnia.

Comunque mi consideravo tra le fortunate in quel paradiso crudele. Ogni notte ringraziavo la mia buona stella per la mia vita, con le tragedie e tutto il resto, perché mi aveva costretto a percorrere un sentiero diverso, un sentiero non benedetto e maledetto da una grandiosa scala a chiocciola come quella che stavo salendo adesso, da lampadari a bracci che ardevano come migliaia di stelle, da tendaggi in velluto squisitamente ricamati, ma concepiti per tenere risolutamente alla larga la vita vera.

Mentre salivo lentamente (buon Dio, erano sempre stati così ripidi quei gradini?) lanciai un'occhiata al famoso salotto accanto all'atrio. Là, sopra il caminetto, era appeso il celebre ritratto di Mary Pickford, la ragazza con i riccioli, immortalata nel fulgore della giovinezza e della bellezza, il volto che un tempo era stato venerato e adorato da tutti in America, inclusa me.

Quel ritratto, quella ragazzina idealizzata… Era lei la ragione per cui Mary adesso si nascondeva in una stanza buia, spaventata dalla luce del sole, da quella luce spietata e non filtrata, la medesima luce che tanto l'aveva amata e lusingata in gioventù. Una volta mi aveva confessato che il suo viso le sembrava strano e freddo quando non era immerso nella luce delle lampade ad arco e dei riflettori. Il calore delle luci dei teatri di posa le era diventato tanto familiare che in confronto la vera luce del giorno le sembrava fioca.

Ora, se si doveva credere ai pettegolezzi, Mary Pickford usciva soltanto di notte e talvolta rimaneva immobile a fissare il proprio ritratto, oppure giocava con la sua leggendaria collezione di bambole, in ginocchio, organizzando tè lillipuziani o cambiando teneramente i loro indumenti infantili.

«Dovrei staccare quel dannato ritratto dal muro con le mie mani» brontolai, senza preoccuparmi di essere sentita. Parlavo sempre da sola, la consideravo una prerogativa dell'età.

Finalmente giunsi al primo piano con le gambe tremanti per lo sforzo e la camicetta incollata alla pelle umidiccia. Per un attimo non riuscii a riprendere fiato nell'aria stagnante che mi serrava il petto come una morsa. Ah, i giorni in cui senza sforzo avevo rincorso Mary che balzava agilmente per tutto il set eseguendo allegre acrobazie, mentre ridevamo come ragazzine, felici di fare un film insieme.

Ottant'anni. Avevo ottant'anni adesso. Persino Chaplin aveva cominciato a rallentare, una volta superata la settantina. Respirai profondamente, tastandomi la fronte sudata, mi rassettai la camicetta, quindi percorsi il corridoio rivestito di moquette, con altri ritratti e fotografie alle pareti: Mary in *Pollyanna*, *The Poor Little Rich Girl*, *Little Annie Rooney*, *Little Lord Fauntleroy*, e fotografie di Douglas Fairbanks in costume, con i bianchi denti scintillanti nel volto abbronzato e gli occhi increspati d'impetuoso divertimento.

Nessuna fotografia di Buddy Rogers. Per la centesima volta mi domandai come facesse l'attuale marito di Mary a sopportare l'immagine eternamente presente del suo predecessore. A volte lei lo chiamava Douglas e lui rispondeva sempre con un sorriso avido che mi causava un lieve malessere.

Finalmente arrivai in fondo al corridoio, davanti a una porta chiusa. Esitai un momento per rinfocolare la mia collera e il mio risentimento e per richiamare i ricordi... Tutte le volte che Mary mi aveva allontanata, aveva dimenticato il mio compleanno, aveva trascurato di telefonare, di scrivere, di ricordare. Fu un attimo abbastanza lungo per permettermi di considerare un'ultima volta la possibilità di ritirarmi, finché in una di quelle memorie, che avrebbero potuto essere cinematografiche, sentii me stessa affermare: «Non mi sono mai ritirata in tutta la mia vita».

Così bussai risolutamente alla porta, abbastanza forte per bandire ricordi e fantasmi in modo da poter avere almeno un'effimera occasione di salvare i vivi. «Mary? Mary! Sono io! Sono Frances. Perché non hai risposto alle mie chiamate?»

«No!» Una voce arrugginita, ormai usata così poco da sembrare davvero quella di una ragazzina, acuta, incerta, tremante. «No, vattene, Fran, cara. Ti chiamo domani».

«Sto entrando, Mary. Voglio parlarti. Subito».

«No! Io non... Squeebee non sta molto bene oggi, Fran!»

Feci una smorfia nel sentirla parlare come una bambina e afferrai la maniglia. «Stai benissimo». Spalancai la porta e varcata la soglia fui subito costretta a fermarmi. La stanza era così buia che d'istinto alzai le mani per procedere a tentoni, come se fossi cieca. Fra le tende chiuse riusciva a filtrare soltanto una sottilissima scheggia di luce su cui galleggiava e danzava il pulviscolo. Inoltre si percepiva un odore familiare: il profumo intenso e dolce del whisky e l'aroma di ginepro del gin.

Infine distinsi il letto enorme con la testiera drappeggiata. Una figura minuscola era addossata ai cuscini: soltanto un'ombra, in realtà. Ci volle un lungo minuto affinché l'immagine nitida emergesse dall'oscurità. Quando ciò accadde, il mio cuore si strinse prima per l'orrore, poi per la compassione. Indietreggiai di un passo per ritirarmi nell'abbraccio sicuro di un altro ricordo, che dopotutto non ero riuscita a bandire.

Era un ricordo di un'epoca diversa, una porta diversa, la stessa minuscola figura che emergeva dall'oscurità di una stanza buia.

1.
Frances
Primavera 1914

«Mary...? Ehi, Mary! C'è qui quella giovane artista di cui ti ho parlato!» Owen Moore bussò alla porta e inclinò la testa ad ascoltare, poi sollevò un dito. «Aspetti. Sta montando» mi disse sprezzante. «Aspetti qui. Quando sarà pronta griderà».

«È sicuro che sia un buon momento?» Mi spolverai la lunga gonna e tossii per la polvere bruno rossastra della California, poi mi toccai la testa per accertarmi di avere ancora il cappellino tondo a falda larga fissato ai capelli con uno spillone. Oh, se soltanto avessi potuto portare i miei disegni! Ma il Santa Ana soffiava troppo forte quel mattino, e io avevo dovuto prendere la tranvia perché non avevo l'automobile, né sapevo a quale numero telefonare per posporre l'appuntamento, cosa che comunque non avrei fatto per nulla al mondo. Dunque avevo dovuto lasciare a casa la cartella dei disegni per non rischiare che il vento me la strappasse, e ora mi sentivo come se avessi smarrito un figlio, perché ero abituata ad avere sempre qualcosa fra le mani: un blocco per schizzi, un diario, un libro, un lavoro a maglia. «Mani irrequiete, figlia» mi aveva sempre rimproverato mia madre. «Hai mani irrequiete com'è irrequieta la tua mente».

«Sicuro, sicuro, è un buon momento». Owen stentava a reprimere l'impazienza. Sapevo che si rammaricava di avere fissato quell'appuntamento. «Mary!» gridò ancora una volta. «Sbrigati!»

Dapprima attraverso la porta chiusa non percepii alcun suono, poi a poco a poco mi accorsi di una serie di ronzii, ticchettii e rumori meccanici. Owen Moore, il marito di Mary Pickford, diabolicamente bello, si accarezzò una guancia liscia e rosea. Un anello di rubini gli scintillava al mignolo della mano pallida e delicata. Fui costretta a mordermi un labbro per non scoppiare a ridere. Che ridicolo damerino!

«Mia moglie crede di essere il dono di Dio al cinema». Owen roteò gli occhi con una esagerazione mimica da attore cinematografico. Un pessimo attore cinematografico, in verità. «Invece è soltanto una bella ragazza irlandese di scarso talento. Non è granché intelligente, se chiede il mio parere».

«A dire il vero, no, non l'ho chiesto». Strascicai i piedi per cercare di assumere un atteggiamento di disapprovazione senza offenderlo. Non sopportavo Owen Moore sin dal momento in cui lo avevo visto per la prima volta, quando mi si era accostato furtivamente a una festa, con l'anello di rubini sfavillante, e adesso lo detestavo ancora di più. Parlare così della propria moglie! Era soltanto l'ennesimo omuncolo spaventato da una donna intelligente: il mondo era pieno di imbecilli come lui. Eppure il mio futuro era proprio nelle mani eccessivamente curate di quel cretino.

«Be', è la verità».

«Penso che abbia un immenso talento». Non riuscii più a trattenermi. «Ho sempre amato i suoi film, ancor prima di sapere che aveva un nome, anche quando era soltanto la Ragazza della Biograph, la Piccola Riccioli d'Oro».

«Sicuro» sogghignò Owen. Anche se alla festa lo avevo contrariato respingendo i suoi approcci, mi aveva procurato l'invito che avevo desiderato immensamente. Con una esagerata smorfia di disgusto, si girò. «Mi scusi, mi vogliono sul set». E se ne andò a passo fiero verso il "set", qualunque cosa fosse.

Rimasta sola, fui costretta a darmi un pizzicotto. Non ero mai stata in uno studio cinematografico. *Studio*... Era un nome fantasioso per quella che in realtà era una collezione di baracche di vario genere, evidentemente tirate su in fretta: mi meravigliai della loro capacità di resistere alla furia del vento. All'arrivo avevo dichiarato il mio nome a un tipo disinteressato, con i resti del trucco visibili dietro le orecchie, che fungeva da portiere. Dopo aver consultato una lista mi aveva indicato come recarmi alla baracca più grande ad aspettare Owen.

La baracca conteneva un labirinto di stanze suddivise così a casaccio che sembrava non esservi alcun vero corridoio. Da un angolo del cavernoso fabbricato provenivano rumori di martelli che picchiavano chiodi e di seghe che mordevano legno, mentre da un altro angolo giungeva la musica stridente di alcuni violini che eseguivano *Hearts and Flowers*. Lampadine nude pendevano da lunghi cavi sfilacciati. Echeggiavano grida ovunque: «Attenti a quel fondale!» Oppure: «Hanno ricominciato a giocare a dadi quei dannati indiani?» O ancora: «Lo indossa Sylvia il costume che ci serve per la sequenza onirica di Lita?» Fuori, attraverso le finestre e le porte spalancate che lasciavano entrare la polvere a depositarsi in uno spesso strato su qualunque superficie, notai una fila di alti cubicoli con tre pareti stranamente privi di soffitto, a parte una sorta di baldacchino in diafano tessuto sottile sostenuto da alcune funi. Ognuno di essi rappresentava un ambiente diverso: un soggiorno, una camera da letto, un saloon nel West, una sala da pranzo vittoriana. Di fronte a quelle che avrebbero dovuto essere le quarte pareti, alcuni gruppi di persone si accalcavano intorno a coloro che giravano diligentemente le manovelle delle cineprese. Uomini o donne muniti di megafono urlavano istruzioni agli attori dai volti spettrali, pallidi, quasi bianchi, con sfumature gialle e bocche e occhi nerissimi, i quali si muovevano rigidamente in quegli strani ambienti senza soffitto, illuminati soltanto dall'onnipresente sole della California. Owen era uscito per una porta e si era incamminato verso una di quelle stanze. Era mai possibile che quello fosse un "set"?

«Ehi! Lei è un'estranea, vero?» Un ragazzo poco più alto di me mi pungolò una spalla.

«Io... Sì, suppongo di sì!»

«Perché è qui?» Il ragazzo socchiuse gli occhi e io arrossii come se fossi stata colta in flagrante. L'accesso agli studi cinematografici non era consentito alla gente normale? Owen si era preso gioco di me? Era stata la sua vendetta per averlo respinto?

«Sono qui per... vedere Miss Pickford...?» Detestai il mio tono interrogativo, ma quel giovanotto, sebbene basso di statura, sembrava capace di agguantarmi per la collottola e scaraventarmi fuori affinché fossi spazzata via dal vento caldo come un rifiuto qualunque.

«Mary? Non ama gli estranei. È sicura?»

Respirai profondamente, rammentai chi ero e perché avevo pensato di avere il diritto di essere lì. «Io... Sì, sono sicurissima».

Il ragazzo avanzò di un passo e io strinsi meglio la presa sulla borsetta nell'eventualità che si rivelasse necessario sbattergliela in testa. Aveva occhi azzurri e duri che mi parvero non poco minacciosi finché vi colsi uno scintillio danzante e mi chiesi se fosse una promessa di ostilità. Poi quella luce danzante si estinse e il suo volto si rilassò. All'improvviso non parve più un facinoroso, bensì un leprecauno ridente con una sorprendente fossetta sulla guancia.

«Be', okay, allora. Credo che vada tutto bene. Mary è dentro». Il ragazzo indicò la porta chiusa. Stranamente si era comportato nei confronti di Miss Pickford in modo molto più protettivo del suo stesso marito. In sostanza, infatti, Owen Moore non aveva la minima idea di chi fossi io davvero, né di quali fossero le mie intenzioni.

«Lo so, Mr Moore me lo ha detto».

«Owen!» Il ragazzo fece una smorfia. «Allora, Miss Estranea... Le piace qui?» Con un gesto del pollice indicò i set.

«Sì, certo che mi piace!» La mia stessa risposta mi sorprese. In effetti, l'ambiente mi piaceva davvero, sebbene fosse caotico e strano. Avevo sospettato, anzi, sperato che mi piacesse, eppure sentirlo dire dalla mia stessa voce fu sconcertante, come se avessi acconsentito a tuffarmi di testa in un laghetto poco profondo.

Cinema...

La prima volta che avevo sentito pronunciare questa parola era stato per descrivere persone, non tremolanti immagini ipnotiche proiettate su uno schermo. «Non accettiamo gente del cinema» mi avevano risposto numerose affittacamere dopo il mio arrivo a Los Angeles, due anni prima.

«Cos'è la gente del cinema?» avevo chiesto, perplessa.

«Sa, quella gente che corre ovunque con quelle macchine per immagini, per fare *cinema.* Lei non è una di loro, vero?» Scrutata sospettosamente, avevo sempre tentato di assomigliare il meno possibile alla gente del cinema perché avevo avuto disperato bisogno di una camera. Al tempo stesso avevo sentito una sorta di spasmo alla nuca e avevo pensato di rispondere affermativamente allo spaventoso pregiudizio delle affittacamere! Nondimeno avevo sempre dichiarato: «No, non sono una del cinema» e il mio senso pratico aveva trionfato sulla solidarietà con gli oppressi.

«Benissimo, benissimo! Allora può affittare la stanza!» Così mi era stato concesso di ispezionare modeste dimore malamente arredate con mobili vittoriani polverosi e ammuffiti, nonché tappeti orientali tanto logori da meravigliarmi che le proprietarie potessero permettersi di guardare dall'alto in basso chicchessia, figurarsi la misteriosa *gente del cinema*.

Ero originaria di San Francisco, dove ero nata e cresciuta, e tutti mi raccomandarono di girare sui tacchi e di prendere il primo treno per tornare a casa dopo avere dato un'occhiata a Los Angeles.

«È una città sfrenata e dissoluta, piena di pagani!»

«Non ha neanche un museo!»

«Ho sentito dire che il bestiame gira per le strade e che ci si può ammazzare con i cactus!»

Soprattutto mia madre mi implorò di starne alla larga. «Non riesco proprio a capire perché tu voglia andare in un posto così selvaggio» aveva detto singhiozzando. «Qui hai tante cose da disegnare se sei ancora decisa a diventare un'artista, Frances».

Mi trattenni dal ricordare a mia madre che mio marito, il marito numero due, cioè qualcosa di decisamente sconveniente che era meglio non menzionare, stava per trasferirsi a Los Angeles per aprirvi una filiale della società siderurgica di suo padre e che io come moglie ero obbligata ad accompagnarlo. Non ero esattamente entusiasta del trasferimento. Amavo San Francisco, amavo le sue colline, i suoi nuovi maestosi edifici sorti dopo il terremoto di appena otto anni prima, i suoi musei e i suoi teatri, la sua decisa signorilità, anche se erano trascorsi soltanto pochi decenni dalla corsa all'oro.

Eppure nell'istante in cui smontai dal treno rimasi incantata da Los Angeles. Lungi dall'essere un misero centro di commercio del bestiame, appariva intrisa di colori, con fiori cremisi, dorati, purpurei e bianchi che traboccavano dai davanzali delle finestre e avvolgevano i lampioni. Non riuscivo a distogliere lo sguardo dagli alti alberi del pepe, con le languide fronde verdi simili a pizzi da cui pendevano grappoli di bacche rosse, che offrivano un'ombra estremamente necessaria per trovare riparo dal sole sempre presente: qualcosa di cui la sottoscritta, nativa di San Francisco, pensava di non potersi mai stancare. Gli aranceti dominavano il paesaggio montuoso che digradava verso il richiamo del mare, e l'aria era così profumata che desiderai subito la frutta dolce e intensa da cui prima di allora non ero mai stata veramente attratta.

Ovunque incontrai pittoresche piazzette cinte di casette in adobe come quelle che avevo visto nelle fotografie del

Messico. Al centro avevano fontane piastrellate a colori sgargianti. La gente oziava, sonnecchiava o leggeva, o semplicemente godeva il fatto di stare all'aperto in maniche di camicia a metà febbraio. Dapprima quella sonnolenza mi parve incarnare la città, minacciando di cullarmi in un sognante assopimento che mi avrebbe permesso di attraversare come una sonnambula un matrimonio con un uomo che non conoscevo e – mi resi conto con tempismo eccezionalmente pessimo – non m'importava conoscere. Trovai lavoro come disegnatrice presso un'agenzia pubblicitaria e svolsi diligentemente un'attività che non tardò a diventare meccanica, priva di sfide e di soddisfazione. In quanti modi diversi si può disegnare una cravatta? Svanito l'incanto iniziale mi parve di essermi trasferita a Los Angeles per trascorrere dormendo una vita deludente che non ricordavo di avere scelto.

A volte tentavo di scuotermi con un bel rimprovero alla vecchia maniera: «Cos'è successo, mia cara, alla tua ambizione di creare, di realizzare qualcosa di duraturo e di degno? Non volevi essere una novella Rembrandt o una novella Chopin? Non volevi incendiare il mondo, lasciare un segno, gettare un'ombra immensa?»

Stupidità, mia cara, ecco cos'era successo. Due, non soltanto uno, bensì *due* impetuosi matrimoni che potevo attribuire unicamente a idiozia giovanile. Mi ero sposata la prima volta a diciassette anni e la seconda volta a ventidue. Ogni volta che incontravo un ostacolo sulla via per diventare una novella Rembrandt o una novella Chopin, rispondevo ciecamente "sì" alla prima persona che lo chiedeva. Eppure appena avevo mormorato: «Lo voglio» subito mi ribellavo. Non avevo alcun desiderio di essere la moglie convenzionale dei mariti convenzionali con cui mi capitava di essere sposata.

Tuttavia non riuscivo a capire cosa volessi essere *invece*. Ah, non riuscivo a capire niente, non riuscivo a *fare* niente, tranne precipitare in miserabili matrimoni per procrastinare temporaneamente le vere decisioni che avrei dovuto prendere. Così, girando perpetuamente in tondo, soffocai la mia ambizione fino a renderla innocua e facile da ignorare per una sonnambula comprovata come me.

La sera, dopo una cena silenziosa con lo sconosciuto che avevo sposato, perché davvero i lineamenti di Robert mi erano così estranei che anche se condividevo il letto con lui da due anni mi sarebbe stato estremamente difficile disegnarne il volto a memoria, mi appoggiavo al davanzale e restavo sognante a respirare l'aria profumata, a sentire la calda brezza salmastra che soffiava dall'oceano, a fissare a bocca aperta la bellezza che mi circondava, senza che nulla mi *destasse*: nulla giungeva alla mia anima, che restava addormentata, in attesa di qualcuno o di qualcosa.

Una mattina che ero in ritardo al lavoro, svoltai rapidamente un angolo e mi trovai il passaggio sbarrato da un ammasso inamovibile di persone che mi mostrava la schiena. «Scusate...» mormorai, e tenendomi il cappellino con una mano e il portfolio stretto sotto l'altro braccio tentai di farmi largo a gomitate nella ressa, che ostinatamente rifiutava di aprirsi. «Per favore! Lasciatemi passare!»

«Va bene! Chiamate gli sbirri!» gridò qualcuno.

Frustrata, riuscii ad aprirmi un varco sino al bordo della folla, soltanto per essere bloccata e respinta. Al centro di una strada normalmente trafficata un uomo gridava con un megafono, mentre un altro girava la manovella di una cinepresa appollaiata su un treppiede barcollante. Guardai nervosamente attorno e fu come se mi fossi imbattuta in qualcosa che sembrava *illegale*, come una rapina a una banca.

E forse era proprio così, perché molti spettatori fissavano con espressione di disapprovazione lo spettacolo che si svolgeva dinanzi a loro.

D'improvviso alcuni individui abbigliati con stazzonate uniformi di polizia irruppero sulla scena girando precipitosamente un angolo e si diressero verso la cinepresa, saltando tutt'intorno, cadendo a sedere, manganellandosi a vicenda. In mezzo all'ampia strada sterrata s'innalzava uno stretto cancello, isolato e privo di recinto. Con mia grande soddisfazione, invece di girare intorno al cancello, come sarebbe stato ovvio, i poliziotti si affannarono ad aprirlo, poi lo varcarono pazientemente a uno a uno.

Il poliziotto più piccolo, un giovanotto snello dai capelli neri e ricci, non si limitò a precipitarsi attraverso il cancello: balzò in aria, fece un salto mortale, atterrò su un piede e protese l'altra gamba in un arabesque di una grazia sbalorditiva. Non potei trattenermi dall'esplodere in un applauso sfrenato.

L'ometto roteò nella mia direzione e i suoi occhi scintillarono maliziosamente. Si toccò il cappello, arricciò il naso, si sollevò i calzoni larghi e saettò via a inseguire gli altri.

Allora provai un formicolio inatteso al seno e le mie membra tremarono per qualcosa di simile al desiderio. Mi guardai attorno per scoprire se qualcuno avesse notato il mio cambiamento, perché avevo l'impressione di apparire impudica, smaniosa. E per cosa? Una cinepresa in mezzo alla strada? Gli stupidi poliziotti? Il piccolo, agilissimo buffone che sapeva danzare? O cominciavo a rendermi conto che stavo osservando persone che collaboravano con gioia a creare qualcosa che la cinepresa registrava girando costantemente? *Cinema?* Finalmente avevo visto di persona la gente tanto deplorata dalle affittacamere. Esisteva, dopotutto, e faceva *qualcosa*, qualcosa di raro e di meraviglioso, proprio lì, in quella strada normale che percorrevo ogni giorno.

Comunque la pelle mi formicolava come se fossi stata schiaffeggiata sulle guance. Mi sentii ridacchiare, un suono così estraneo che quasi mi misi a piangere. Era trascorso tanto tempo, un tempo insopportabilmente lungo, dall'ultima volta che avevo provato qualcosa di simile alla gioia. Poi non avevo più provato assolutamente nulla.

Naturalmente non piansi. Chi avrebbe mai potuto guardare quella gente buffa, che continuava a fare acrobazie, capitomboli e facce sciocche, e a tirarsi manganellate, senza scoppiare a ridere fragorosamente? A furia di ridere le guance mi dolevano in modo delizioso. Non avevo mai riso tanto e non m'importava alcunché di quelli che mi guardavano e arricciavano il naso. Feci persino una linguaccia a un brutto ceffo che mi stava fissando, finché una vecchia vettura scassata svoltò l'angolo sbandando e puntò dritto su di noi.

Gli sbirri si sparpagliarono, imitati dagli altri spettatori, che persero all'improvviso la loro dignità gridando e saltando indietro, lasciando cadere pacchi e borse. Non erano meno divertenti degli sbirri confusi, e risi anche di loro mentre la vettura scassata si avvicinava sempre più. Persino io balzai sul marciapiede, a differenza dell'uomo con la cinepresa e dell'uomo con il megafono, che rimasero ai loro posti mentre la vecchia e rugginosa Ford Model T arrivava di gran carriera. Incapace di distogliere gli occhi dal disastro imminente, non potei fare altro che guardare.

Con uno stridio selvaggio e uno schizzo di ghiaia che ci battezzò tutti quanti (un sassolino mi colpì sul naso e la polvere mi ricoprì il vestito) la vettura passò di schianto attraverso il cancello e si fermò sussultando a pochi centimetri dalla cinepresa.

«Stop! Qui abbiamo finito!» gridò l'uomo con il megafono, tergendosi la fronte con un fazzoletto sporco, mentre l'operatore staccava la cinepresa dal treppiede. «Taglia un po' prima, Clyde».

«No» rispose l'operatore, cominciando con calma a piegare il treppiede. «Sapevo quello che stavo facendo».

L'autista si alzò dal sedile, si tolse gli occhialoni e sogghignò, con la faccia tutta impolverata. «Mi spetta una gratifica di cinque dollari per essermi fermato a meno di un metro dalla cinepresa. Ricordi, Mack?»

«Va bene! Va bene! Prossima location!»

L'intera compagnia si sparpagliò come una manciata di biglie. Tutti montarono sui macinini in attesa e se ne andarono, rubando tutto il colore alla giornata, lasciando la strada polverosa improvvisamente vuota e riconsegnandola alla scialba normalità, sebbene in qualche modo meno reale di un momento prima.

Nel guardare le auto che si allontanavano provai un desiderio struggente di rincorrerle. Non mi sarei affatto sorpresa se quel piccolo buffone aggraziato si fosse girato e mi avesse chiamato con un cenno, tanto era forte la sensazione di appartenenza che provavo. Non lo fece, e per lunghissimo tempo rimasi a fissare la polvere sollevata dai vecchi macinini con la sensazione che mi fosse stato strappato un gingillo indicibilmente prezioso. Infine mi trascinai al lavoro.

Comunque quel giorno non combinai granché. Probabilmente tratteggiai lo stesso flacone di colonia una cinquantina di volte. Disgustata e sempre con la sensazione che mi mancasse qualcosa, raccolsi le mie matite, spensi la luce e me ne andai in anticipo. Dietro l'angolo c'era un nickelodeon, una vecchia bottega malandata con un tendaggio come schermo e un pianista mezzo addormentato sulla tastiera di un pianoforte scordato. Furtivamente, per non attirare l'attenzione di eventuali colleghi di passaggio, pagai il mio nichelino, mi accomodai su una sedia pericolante e risi fino ad aver male ai fianchi per le buffonerie degli stessi poliziotti che avevo visto quel mattino, a parte alcune differenze: l'azione a tratti era accompagnata da accordi striduli quando il pianista si svegliava; le uniformi sullo schermo non erano più blu sbiadito, bensì grigio chiaro; l'ambiente in cui correvano e saltavano era una spiaggia.

Guardando attorno vidi che gli altri spettatori erano gente come me, forse individui soli e smarriti, o casalinghe che si erano fermate dopo la spesa per non affrontare subito le faccende domestiche e i figli, o mariti che rimandavano il ritorno a casa, dov'erano attesi dalle mogli bisbetiche. Tutti noi eravamo arrivati in qualche modo alle tremolanti immagini in movimento sullo schermo e insieme le guardavamo rapiti, ridendo e dandoci di gomito, dimenticando il mondo esterno e i nostri guai o le nostre delusioni, e tutto questo grazie al *cinema*.

Dopo quella giornata mi svegliai e spalancai gli occhi. Non mi accontentai più di stare seduta alla finestra a sognare a occhi aperti o di condividere i pasti con Robert come una sonnambula. Cambiai i miei soliti itinerari per andare in cerca di *cinema* e fui quasi sempre ricompensata, perché il cinema spuntava ovunque, come una pianta seminata mesi prima in tutta la città.

«Esco a fare una passeggiata» dicevo a Robert, il quale sembrava disinteressato a qualunque mia attività purché non gli costasse soldi, e poi vagabondavo, a volte in tram, a volte a piedi, finché vedevo una folla di spettatori o sentivo le campane dei vigili del fuoco. Infatti alcune cineprese erano sempre presenti a ogni incendio nonostante i tentativi di allontanare gli operatori.

Una volta mi feci largo a gomitate fra la calca per assistere alla rappresentazione di un matrimonio davanti a una chiesa. Sbattendo le palpebre pesantemente truccate come se avesse un tic nervoso, la "sposa" guardava con adorazione lo "sposo", che aveva sulle labbra tanto rossetto quanto lei, mentre l'operatore girava indefessamente la manovella e una donna con il megafono urlava: «Adesso, Bessie, chiudi gli occhi e lascia che ti baci, ma attenti a non spiaccicare il trucco!»

Alla mia destra, una donna vestita in maniera troppo elegante sospirò e trasse un fazzoletto dalla borsetta.

Non riuscii a resistere alla tentazione di provocarla. «Aspetti la scena della luna di miele!»

«Oh, cielo!»

Proprio allora il parroco spalancò la porta della chiesa.

Molto drammatico, pensai, annuendo in segno di approvazione. Un tempismo perfetto.

«Via dalla mia chiesa!» Il parroco agitò un pugno. «Andate al diavolo, *gente del cinema*!»

La matrona accanto a me rischiò di svenire. «Oh, chissà cosa sta per fare quella gente spaventosa» gemette.

«Non credo che lui faccia parte della scena». Vidi che l'operatore aveva smesso di girare e si stava affrettando a piegare il treppiede. Nell'osservare il parroco constatai che non era truccato e aveva un incarnato naturale. A differenza degli attori, non aveva un colorito tanto pallido o giallognolo da contrastare con occhi e bocca neri.

«Via! Dannazione! Via dai gradini della casa del Signore!» Il parroco continuò a scuotere il pugno al cielo e io mi meravigliai, pensando che avrebbe dovuto davvero riconsiderare la sua vocazione, naturale com'era davanti alla cinepresa.

Seppure senza panico, la compagnia si affrettò a raccogliere casse, specchi, costumi e a montare sulle vetture scassate in attesa. La "sposa" si era arrotolata e annodata lo strascico intorno alla vita. Lo spettacolo era finito, con evidente delusione di tutti noi che eravamo radunati sul marciapiede e adesso stavamo fissando rabbiosamente il parroco ansimante e trionfante.

«Non devono avere un permesso?» domandai a voce alta.

«Macché, filmano ovunque vogliono» rispose un uomo alle mie spalle.

Allora mi girai, desiderosa di saperne di più. Non avevo mai parlato con nessuno che sapesse dall'interno come lavorava la *gente del cinema*.

«Molte di queste compagnie sono così piccole che non hanno un teatro di posa o uno stabilimento» spiegò lo spettatore. «I cittadini preoccupati vogliono che sia emanata un'ordinanza per proibire loro di lavorare qui a Los Angeles, ma personalmente credo che siano tutte sciocchezze».

«Sarebbe meglio dire cittadini *costipati*».

«Ecco lo spirito giusto!» sogghignò l'uomo. «Secondo il mio punto di vista, questa gente del cinema giova agli affari. Be', ho aperto un ristorantino di fronte a Inceville, sul

Sunset, e sto facendo un sacco di grana! Gli attori devono mangiare come chiunque altro. Un giorno ho persino recitato in una scena di massa».

«Che bello!»

Lui mi salutò sollevando il cappello e se ne andò.

Lo seguii con lo sguardo e iniziai a riflettere febbrilmente. Se soltanto anch'io avessi trovato un modo per lavorare nel cinema!

Con il passare dei mesi il cinema sembrò occupare sempre di più la città, anzi, sotto molti aspetti diventò esso stesso la città. Non mi fu più necessario cambiare i miei itinerari consueti per trovare gente del cinema. Non mi sorprendeva più vederla nelle piazzette e nei piccoli parchi tranquilli che amavo frequentare durante la pausa pranzo. Un uomo con una lunga parrucca e una tunica bianca come Gesù che pranzava in compagnia di due ballerine del Klondike, mentre su una panchina a breve distanza un uomo delle caverne e Maria Antonietta si tenevano per mano. Ogni giorno scompariva un aranceto, sostituito da un nuovo studio cinematografico. Pochissime compagnie dovevano ancora filmare clandestinamente nelle strade, pronte a raccogliere armi e bagagli e a tagliare la corda al minimo segnale. E quando c'era bisogno di una location in cui girare, i proprietari svegli erano più che felici di offrire la loro casa o il loro giardino in cambio di una somma notevole.

Erano sempre più numerosi i cinematografi in cui si proiettavano i film, più grandi dei vecchi nickelodeon, con sedili fissi e autentici schermi anziché teloni bianchi, e nuovi periodici come *Photoplay* dedicavano articoli alle vite delle nuove, misteriose "stelle" del cinema, anche se alcune pensioni private si vantavano ancora fieramente di non accettare «attori, ebrei e cani».

Be', io non ero un'attrice, non ero ebrea e non ero una cagna, eppure provai un'istantanea affinità con quella feccia della gente del cinema. A venticinque anni, sull'orlo del divorzio numero due perché Robert se n'era tornato a San Francisco una volta deciso di averne abbastanza di me, senza che io la prendessi sul personale, sapevo qualcosa su ciò che significava sentirsi estranei. Inoltre ero un'artista, come rammentavo ogni giorno a me stessa, anche se mi limitavo a disegnare bottiglie di ketchup e vasetti di crema per il viso.

Naturalmente dopo la partenza di Robert mia madre m'implorò di tornare a casa, dove sicuramente avrei trovato impiego come dama di compagnia, qualcosa che mi mettesse al riparo dai pettegolezzi.

Invece io mi guardai attorno. A Los Angeles nessuno spettegolava, nessuno ti rinfacciava il tuo passato. Tutti sembravano impegnati a reinventare se stessi ogni giorno. Non potevo tornare. Semplicemente non potevo affrontare la mia famiglia e i pochi amici che avevo avuto. No, se mai fossi tornata a San Francisco, sarebbe accaduto dopo avere fatto qualcosa di buono e di necessario, qualcosa di cui poter essere fiera, qualcosa di diverso dai miei matrimoni, qualcosa che potessi considerare mia.

Stanca della pubblicità, trovai lavoro alla Morosco Theater Company, una troupe amministrata dall'impresario Oliver Morosco, per la quale dipinsi e disegnai ritratti di attori per manifesti e pieghevoli. Era più interessante della pubblicità e mi entusiasmava frequentare gente di teatro, che non giudicava, non faceva domande, e non badava a quante volte una ragazza era stata sposata.

Comunque non potevo fare a meno di notare che la compagnia disprezzava molto la novità chiamata "cinematografo" o "cinema", come pure gli attori che vi partecipavano. «Non mi vedrete mai degradare la mia arte in un film!» proclamò Laurette Taylor, e tutti gli altri approvarono. Eppure dopo le prove la compagnia spesso girava l'angolo per assistere a uno spettacolo e io mi accodavo sempre come una sorellina minore che non voleva restare a casa. Ero affascinata dall'arte cinematografica che stava maturando.

I brevi film da un rullo, sciocchi e senza storia, tutti azione convulsa, erano diventati film da due rulli che almeno tentavano di sviluppare una trama, seppure assurda. Per i miei gusti c'erano troppe storie sulle damigelle in pericolo, e molti attori erano terribili, gesticolavano goffamente, si portavano le mani al petto o si battevano con violenza la fronte per esprimere angoscia, mostravano la schiena alla cinepresa e scrollavano le spalle quando dovevano mimare il pianto.

Tuttavia spiccavano alcuni attori, e più di tutti colei che era stata la Ragazza della Biograph, cioè la Piccola Riccioli d'Oro, come avevamo cominciato a chiamarla per i suoi lunghi capelli ricci e dorati. Naturalmente non conoscevamo il suo nome. Non conoscevamo l'identità di nessun attore del cinema perché nei manifesti era nominato solo lo studio cinematografico. Comunque i film di quella ingenua erano sempre di qualità superiore agli altri e la sua recitazione era più naturale, priva di esagerati gesti teatrali. Un giorno, finalmente, il suo nome apparve in cartellone: «Famous Players presenta: Mary Pickford».

«Be' finalmente ci fanno sapere chi sono!» gridò un attore della compagnia, suscitando una generale risata derisoria. «Ammesso che sia il suo vero nome. Sicuro come l'inferno, io cambierei il mio se fossi in uno di questi film!»

«Non reciterei mai in un film, neanche se mi presentassero come Teddy Roosevelt» proclamò Miss Taylor con la sua voce roca.

Mi resi conto che io invece avrei recitato in un film, e il cuore mi batteva forte quando mi girai per lanciare a Miss Taylor la mia occhiata più pietrificante. Stava succedendo qualcosa d'interessante, anzi, non era soltanto interessante, era entusiasmante, esaltante, qualcosa che capitava soltanto una volta ogni cento anni: la nascita di una nuova forma d'arte. Era elettrizzante esserne testimoni!

Ma forse non mi accontentavo più di essere semplicemente una testimone.

Quella notte, rientrata nella mia lurida pensioncina, afferrai uno dei taccuini che tenevo sempre a portata di mano accanto al letto e compilai una lista dei miei talenti per vedere se alcuni potessero essere utili nel cinema.

Be', sapevo disegnare, naturalmente. Guardandomi allo specchio pensai di essere abbastanza carina, ma in verità non avevo alcun desiderio di fare l'attrice come l'incantevole Mary Pickford. C'era un motivo perché non andavo mai da nessuna parte senza un blocco per schizzi in mano: era qualcosa dietro cui potevo nascondermi. Non riuscivo neanche a immaginare di truccarmi e di espormi all'occhio fisso e ronzante di una cinepresa. Per quanto possa sembrare superstizione, c'è qualcosa di vero nella vecchia credenza indiana secondo cui la macchina fotografica ruba l'anima. Non volevo essere ostaggio della cinepresa. Dopo due mariti, gli unici occhi da cui volevo che fossero esaminati tutti i miei pensieri e tutte le mie azioni erano i miei.

A San Francisco avevo scritto degli articoli per i quotidiani di Hearst: alcuni di cronaca mondana e un'intervista all'attrice di teatro Marie Dressler, che aveva riso della mia giovane età, eppure aveva trascorso ore a raccontarmi tutto dei suoi guai con gli uomini. A quanto pareva, ognuno di loro le aveva rubato soldi e l'aveva abbandonata, senza che lei fosse riuscita a capire per quale ragione. In verità, con lineamenti grossolani, occhi sporgenti e labbra da rospo, era brutta. Eppure mentre continuava a raccontare dei suoi dispiaceri quegli occhi sporgenti avevano brillato di malinconia e d'innocenza immatura, e la generosità e la tenerezza della sua anima avevano reso quel volto quasi bello. Ne avevo scritto e avevo pensato di essere riuscita a renderla viva sulla pagina. Purtroppo l'articolo non era mai stato pubblicato. Questa era tutta la mia esperienza giornalistica. Nondimeno annotai "scrittura" nel mio elenco.

Era tutto. Sapevo disegnare e sapevo scrivere… un poco. Come avrei potuto trovare lavoro nel cinema con queste capacità? Accantonato il taccuino, continuai ad applicare la mia "arte" al teatro e ad andare al cinema ogni sera, sempre assorta nelle mie cupe riflessioni.

Poi ci fu una festa. Le feste non mancavano mai. Era una delle gioie di lavorare per una compagnia teatrale, e io avevo già esperienza sufficiente per sapere che l'unico pretesto necessario era una bottiglia di gin in più, oppure una recensione sorprendentemente favorevole, o persino un costume nuovo, che non fosse già stato indossato mille volte. C'era sempre una festa nella stanza di qualcuno, a cui tutti i partecipanti contribuivano con un nichelino per i panini e con una bottiglia, se ne avevano una in più.

Quella festa fu diversa. Avevo invitato una nuova amica, Adela Rogers, anche lei originaria di San Francisco. Ci eravamo incontrate un paio di volte negli uffici di Hearst. Suo padre era un famoso avvocato di San Francisco, ma lei si era trasferita di recente a Los Angeles perché scriveva ancora per Hearst e il *Los Angeles Herald* le aveva affidato un servizio sulla strana, nuova industria del cinema. Con mia sorpresa e delizia, mi aveva cercata. Comprensibilmente il lavoro le aveva permesso di conoscere un po' di gente del cinema.

«Ehi, Fran! Ti spiace se porto alla baldoria alcuni amici del cinema? Mabel è uno spasso. Mabel Normand, lavora per Mack Sennett. Si spoglia sempre». Adela parlava in continuazione e si lisciava le calze. Anche se aveva un paio d'anni meno di me, sembrava molto più sofisticata e già un po' stanca della vita.

Alla festa, nell'appartamento di due stanze di Bert Lytell, che puzzava di benzina perché era sopra un'officina, anche se nessuno ci faceva più caso dopo avere bevuto abbastanza gin, gli attori di cinema si mescolarono liberamente a quelli di teatro, e io non riuscii a vedere la minima differenza tra gli uni e gli altri. Come al solito alcune donne non avevano tardato a calciare via le scarpe per mettersi a ballare, con o senza compagni disponibili. Quasi tutti gli uomini si pavoneggiavano nella speranza di fare colpo. Le coppie appartate negli angoli si scambiavano ardenti sussurri e alcune erano coppie di uomini. Comunque, io non ero più la timida sposina che ero stata al mio arrivo a Los Angeles. Sapevo che c'erano uomini a cui piacevano gli uomini e donne a cui piacevano le donne, e anche se non capivo davvero queste ultime, perché Robert mi mancava a letto (oh, sì, mi mancava molto), né gli uni né le altre mi disturbavano: a ciascuno il suo e a ciascuna la sua.

Naturalmente Mabel Normand trovò un motivo per spogliarsi. Se mamma mi vedesse adesso, pensai sogghignando, e sorseggiai cocktail alla frutta con gin da una tazza da tè, osservando Mabel che scuoteva il suo grazioso posteriore all'accompagnamento di un ukulele che suonava *When the Midnight Choo-Cho Leaves for Alabam'*.

«Questa è la nostra piccola Rembrandt» tuonò una voce profonda.

Alzai lo sguardo e mi vidi sovrastata da Charlotte Greenwood, l'alta e longilinea caratterista della Morosco Company, accompagnata da un uomo molto più basso di lei.

«Fran è un genio nel ritrarre a matita le persone, però non parla molto».

«Parlo quando ho qualcosa d'interessante da dire» risposi sorridendo. Mi era simpatica Charlotte. Era fra i pochi della compagnia Morosco a cui piaceva molto scorrazzare nei bassifondi del cinema.

«È un piacere conoscerla, Miss...?»

Sbalordita, mi resi conto che era Owen Moore in persona, il marito di Mary Pickford secondo l'ultimo numero di *Photoplay*, che avevo letto in tram nell'arrivare. Si curvò sulla mia mano e la baciò. Fui costretta a soffocare una risata.

«Miss...» Oh, cavolo! Quale nome fornire? Nata Marion Benson Owens, non ancora diciottenne avevo sposato Wesley de Lappe, poi avevo divorziato e avevo sposato Robert Pike, da cui ora ero separata, e non potevo certo andare in giro a farmi chiamare Marion Benson Owens de Lappe Pike. «Miss Marion» risposi. Soltanto il giorno prima avevo deciso di ribattezzarmi Frances Marion. Era molto più semplice. Frances era un vecchio nome di famiglia e significava "libera". Lo consideravo una sorta di regalo a me stessa, adesso che ero di nuovo libera, o quasi.

«Molto lieto». Owen Moore mi guardò con un sorriso lascivo e si avvicinò, troppo, perché riuscivo a fiutare il gin nel suo alito.

«Sono sposata». Mi affrettai a nascondere dietro la schiena la mano sinistra priva di fede. «Frances Marion è il nome che uso nella mia professione».

«Qual è dunque la sua professione?»

«Sono un'artista, come ha detto Charlotte. Creo ritratti di attori per la pubblicità. Sono molto brava». Mi sbalordì sentirmelo dire, perché non mi vantavo mai. Eppure qualcosa nel viscido atteggiamento di quell'uomo suscitò in me l'impulso di presentarmi come una persona capace e di valore.

«Mmh... Non mi dica... A Mary potrebbe piacere se le facesse il suo ritratto. Sono sposato anch'io, sa?»

«Sì, ho letto. Mi piacerebbe moltissimo conoscere sua moglie». Cercai di apparire noncurante anche se il cuore mi batteva fortissimo. Era forse una possibilità di entrare nel mondo del cinema e di conoscere un'attrice che ai miei occhi già incarnava tutto ciò che lo rendeva affascinante? «La ammiro molto».

«Be', credo di potere far sì che succeda» sorrise Owen, in un modo che sicuramente lui considerava pieno di fascino, mostrando tutta la dentatura di un biancore accecante. A quanto pareva quell'uomo odioso era abituato alle donne che gli cadevano ai piedi.

«Naturalmente la sua attenzione mi lusinga, Mr Moore. Tuttavia credo che lei possa trovare qui altre signore più... disponibili?»

«Può scommetterci il suo dolce culetto». Owen contrasse i muscoli del viso, socchiuse gli occhi e strinse i pugni.

Io rimasi imperterrita. Non volevo mostrarmi spaventata da quell'individuo che sembrava in procinto di reagire con violenza e che era capacissimo di picchiare una donna. Poi rabbrividii al pensiero della povera giovane dai riccioli biondi che aveva la sfortuna di essere moglie di quell'idiota. «Posso passare a... Come si chiama lo studio? Lunedì?»

«Famous Players Studio. Sì, passi pure, e porti i suoi famosi disegni. La presenterò». Owen sospirò nella fiaschetta che intanto aveva sfilato da una tasca del panciotto, poi si allontanò barcollando, sicuramente alla ricerca di una signora più "disponibile".

E così eccomi dinanzi a una porta chiusa in attesa di Mary Pickford, la ragazza con i boccoli. Era ridicolo che io, tanto più vecchia, donna di venticinque anni due volte divorziata, fossi tanto ansiosa da tremare come una foglia, rammaricandomi per la millesima volta di essere stata costretta a non portare i miei disegni. Adesso quale pretesto avevo per rubare tempo prezioso alla famosa Miss Pickford?

Eppure quella era la mia occasione, in cuor mio lo sapevo. Era la mia occasione di entrare nel cinema. Non mi accontentavo più di essere una spettatrice fra la folla. Non volevo più essere etichettata come "estranea".

Il ronzio cessò e la porta fu aperta. «Entri» invitò una voce dolce, ma sorprendentemente matura.

Per un attimo rimasi confusa. Non avevo mai sentito la voce di Riccioli d'Oro. Che strano... La ragazzina sembrava una donna!

Comunque riuscii a varcare la soglia della stanza buia. La luce di una lampadina in alto mi abbagliò.

«Salve, sono Mary». La mia mano venne stretta cordialmente.

Stretta cordialmente... da una ragazzina, non dalla romantica giovane donna che avevo visto sullo schermo. Fuori dallo schermo Mary Pickford appariva ancora più minuta, più bassa di me, appena un metro e cinquantaquattro, snella, ossa e muscoli graziosamente scolpiti. Tuttavia l'unica cosa di cui fui consapevole in quei primi istanti furono i suoi occhi, di forma perfetta, con iridi nocciola e sclere di un bianco puro, abbagliante, perfetto. Erano gli occhi che sullo schermo erano tanto espressivi, scintillanti di lacrime o ardenti di gioia, o semplicemente pensosi, gravi, capaci di manifestare un intero caleidoscopio di emozioni.

Tuttavia i boccoli dorati erano nascosti dal logoro turbante rosa che li avvolgeva, su una testa sproporzionata rispetto alle spalle strette e alla corporatura delicata.

«Sono Frances, Frances Marion». Strinsi gentilmente la piccola mano calda, con il terrore di stritolarla.

Miss Pickford mi scrutò a lungo, come per valutarmi, e mentre quegli occhi divenuti penetranti mi avvolgevano, mi assorbivano, mi esaminavano, le mie guance iniziarono ad ardere.

«Ecco, non è il mio vero nome, e non ho potuto portare i miei disegni» mi sentii aggiungere frettolosamente, d'un fiato, mentre quella donna bambina minuta eppure imponente continuava a scrutarmi. «I venti, il Santa Ana, erano troppo forti, però sono venuta comunque. Spero che non le dispiaccia. In verità sono terribilmente brava. Mr Moore ha detto che forse le piacerebbe essere ritratta...»

«Sì, Owen me l'ha detto». Ricevetti un'altra occhiata penetrante.

Allora mi resi conto che senza dubbio Miss Pickford aveva pensato che fossi un'altra delle "signore disponibili" di Owen. «Oh, no, cioè, è stato un perfetto gentiluomo» mentii. «Abbiamo parlato pochissimo, ma mi sono emozionata quando ha detto che avrei potuto conoscerla».

Miss Pickford si rasserenò e i suoi occhi lasciarono trapelare sollievo. «Grazie. È così anche per me. Mary Pickford non è il mio vero nome».

Le sorrisi, e per mia gioia lei rispose al sorriso.

«Ebbene, mi dica, Frances Marion, che non è il suo

vero nome, le piace disegnare? È questo che vuole essere? Un'artista?»

«Be', sono brava, ma non sono sicura di voler disegnare per sempre. Non è facile come può sembrare, non è molto soddisfacente, e io… penso… che non sia abbastanza…» esitai.

«Abbastanza…?» Mary Pickford mi scoccò un'altra occhiata penetrante e subito l'addolcì con un sorriso. «Oh, so cosa intende! Quando si lavora sodo… E guardi me!» Accennò alla propria testa. Sotto il turbante rosa i suoi capelli erano avvolti in strisce di tessuto. «Sono qui dall'alba a lavorare con lo sceneggiatore e con il regista per organizzare le riprese della giornata, poi recito sotto il calore del sole o delle luci, e quando ho finito devo lavarmi i capelli e acconciarli, perché siano sempre a prova di cinepresa, e mentre si asciugano mi occupo del montaggio, cioè quello che stavo facendo quando lei ha bussato». Indicò una macchina che sembrava poco maneggevole da cui pendevano scure strisce di pellicola. «È così che tagliamo e congiungiamo le scene, letteralmente, tagliando e giuntando diverse strisce di pellicola».

«Sembra affascinante». Non riuscii a trattenermi. Dovevo guardare le strisce di pellicola che pendevano dalla macchina. Erano traslucide, piene di immagini spettrali, riquadri e riquadri di immagini che montate in sequenza raccontavano una storia. «Modellare la sua interpretazione, *toccarla* con le sue stesse mani… dev'essere emozionante. Non riesco neanche a immaginarlo».

Miss Pickford parve sorpresa. «È… io l'amo, per questo non mi dispiace lavorare! Quando si trova quello che si intende fare, non sembra tutto così arduo. Queste immagini sono la mia vita. Non conosco altro. In primo luogo non mi lascia tempo di avere molti amici». Ancora una volta un'occhiata penetrante. Forse una sfida?

Oppure un invito?

«Mi è stato detto che lei non ama gli estranei». Decisi

di parlare schiettamente, intuendo che a quel punto tanto valeva essere sincere.

«Io... Be', è difficile da spiegare...» Miss Pickford esitò, come per decidere se farlo o non farlo. Infine scrollò le spalle. «Il lavoro è tutto ciò che conosco e di cui voglio parlare, ma non molte persone, fra gli estranei, lo capiscono davvero. Forse pensano di capirlo soltanto perché mi hanno vista sullo schermo, ma non è così».

«Credo di comprendere. Quando si ha questa... febbre... per qualcosa, si vuole avere attorno soltanto persone che abbiano la stessa malattia. Però non è una malattia, è un privilegio. A dire il vero la invidio. Non ho ancora trovato niente di simile. È per questo che... Credo di essere qui oggi proprio per scoprire questo, forse. Non volevo davvero ritrarla... Oh, voglio dire, adorerei poterlo fare! Tuttavia speravo in qualcosa di più, qualcuno che mi dicesse cosa fare, presumo». Vergognosa della mia confessione non richiesta, cercai di ridere, e il mio riso suonò forzato alle mie stesse orecchie.

«Vuole fare l'attrice?» Un gelido scintillio brillò in quegli occhi sconcertanti.

«Oh, no! Santo cielo, no... Non io. Però vorrei tanto riuscire a trovare qualcosa che mi appassioni, e ho pensato, ho cominciato a sperare, di poterla trovare nei film, nel cinema. È così entusiasmante, così... grezzo e nuovo!» Gli occhi mi si colmarono di lacrime e il cuore mi batteva in modo così sfrenato da sembrare in procinto di volarmi fuori dal petto, pieno di speranza. Respirai profondamente e frenai l'entusiasmo. Senza dubbio Miss Pickford si sentiva chiedere mille volte al giorno cosa fare per entrare nel mondo del cinema e io non intendevo comportarmi come chiunque altro. Avevo un'opinione troppo elevata di me stessa, nonché di Mary Pickford. «So che è molto impegnata, Miss Pickford, e non intendo rubarle altro tempo». Di nuovo fredda e professionale, le porsi la mano. «Se desidera che le faccia il ritratto o se c'è qualche altro lavoro che possa farle piacere affidarmi, può trovarmi alla Morosco Theater Company».

Allora Mary Pickford mi sorprese. Con un sorriso astuto ed esperto, molto diverso dal sorriso solare che usava nei film, rispose: «Mi sembra magnifico. Subito dopo aver finito questo film dovrò andare a New York, ma non dovrei tardare a tornare in California. Forse potrei cercarla al mio ritorno...?»

«Se non le fosse di troppo disturbo». Non fu neppure una promessa, solo una semplice domanda, eppure fu più di quanto avessi mai sperato di udire. Strinsi la mano di Miss Pickford con molto più entusiasmo del necessario e aprii la porta, lasciando che lo scompiglio del mondo esterno invadesse il piccolo e quieto santuario.

«Miss Marion... Frances?»

Mi girai.

«Ti prego, diamoci del tu». Miss Pickford arrossì, si fissò le scarpe e all'improvviso sembrò spaventosamente giovane, poi scosse la testa in un piccolo gesto di sfida che mi era familiare dai suoi film, come se avesse dimenticato che i suoi folti boccoli non le dondolavano sulle spalle, imprigionati da quel ridicolo turbante.

Evidentemente Mary Pickford era una donna assai competente, eppure mi stupiva ancora che non temesse di lavorare al montaggio con quella macchina dall'aspetto pericoloso, e mi chiedevo quanti anni avesse davvero. C'era qualcosa in quella creatura dall'aspetto fragile... D'improvviso desiderai abbracciarla e proteggerla dalla gente, soprattutto da gente come Owen Moore. «Sai, anch'io sono sposata...» Non so perché lo dissi. Semplicemente intuii che la vita di Mary Pickford non era così incantevole come avevo immaginato. «O meglio, lo ero. Sto per divorziare».

Lei rimase in silenzio.

«Il matrimonio è una sfida, vero?» proseguii, farfugliando. «Soprattutto quando ci si sposa in giovane età, senza avere esperienza».

«Sì, è così». Mary non disse altro, e io ebbi la certezza di avere varcato il confine invisibile, eppure evidente, che quell'attrice minuta aveva tracciato intorno a sé.

Mi girai per uscire nel caos dello studio cinematografico, ma prima di fare due passi sentii dire in tono pacato alle mie spalle: «Non credo che tu sia un'estranea, Frances Marion». Sbalordita, mi rigirai di scatto.

Mary sorrise e salutò con la mano. Risposi nello stesso modo, poi la porta fu richiusa e il ronzio ricominciò.

Sapevo di avere un sorriso sciocco sul viso e non me ne importava nulla, mentre cercavo di ritornare all'entrata. All'improvviso il ragazzo di prima sbucò dal nulla, come se fosse rimasto per tutto il tempo a sorvegliare la sala di montaggio e fosse il cane da guardia personale di Mary Pickford.

«Ehi, che io sappia Mary non ha mai passato tanto tempo con nessun altro, a parte sua madre, naturalmente. Mary non dedica mai tanto tempo neppure a suo marito, se mi perdona l'espressione». Nell'accennare a Owen Moore il suo viso irlandese, bello e cupo, s'increspò in una smorfia.

«Posso capirlo perfettamente» risposi, rabbrividendo di disgusto.

A un tratto il ragazzo sorrise e mi porse una mano sporca. «Mickey Neilan».

«Marion Bens… Cioè, Frances Marion».

«A quanto pare sappiamo tutto quello che abbiamo bisogno di sapere l'uno dell'altra». Mickey Neilan mi strinse bruscamente la mano. «A tutti e due piace Mary e tutti e due odiamo Owen».

«In sostanza sì» convenni, sorridendo.

«Be', spero che rimanga da queste parti, Frances Marion. Credo che Tad, come la chiamo, perché è piccina come una bimba, abbia bisogno di qualcuno come lei. Non ascolta un brutto ceffo irlandese come me! Ci vediamo!» Con un saluto baldanzoso Mickey Neilan girò sui tacchi e si allontanò di corsa.

«Sì! Ci vediamo!» Salutai con la mano, mentre lui spariva svoltando un angolo. Poi sorrisi di nuovo, con lo stesso sciocco sorriso.

Ero piaciuta a Mary Pickford! Oh, era assurdo! Non ero una ragazzina stregata dagli attori di cinema, eppure provavo la sensazione calda e luminosa di essere stata prescelta. Mary Pickford aveva decretato che non ero più un'estranea. Non ero più una sonnambula in attesa che la mia vita cominciasse.

Da qualche parte tra le ombre dello studio cinematografico un grammofono gracchiava una canzone popolare e, senza curarmi che qualcuno mi potesse sentire, iniziai a cantare: «*Aba daba daba daba daba daba dab, Said the chimpie to the monk, Baba daba daba daba daba daba dab, Said the monkey to the chimp*».

Aperto il portone uscii nella luce del sole, bianco e caldo a quell'ora del giorno. Mi sfilai la giacca sentendomi leggera, libera da ogni fardello, felice di non avere portato l'enorme cartella dei disegni, perché così ero libera di saltare e danzare e cantare. Per la prima volta da quando ero arrivata a Los Angeles, i miei piedi danzanti sapevano esattamente dove portarmi.

2.
Mary
Primavera 1914

Mamma, ho trovato un'amica!

La prima volta che lo disse, Gladys aveva tre anni e l'amica era una cagna bastarda e rognosa che Charlotte cacciò via appena le ebbe dato un'occhiata.

La seconda volta che lo disse, Gladys aveva otto anni e l'amica era una bambina che andò dietro le quinte dopo uno spettacolo pomeridiano, timida e bella, con un manicotto di pelliccia in una mano e l'altra aggrappata a una severa governante, la quale annunciò: «Miss Josephine voleva conoscere la ragazzina che interpreta Aurora». E Gladys Smith, la ragazzina che interpretava Aurora, fece il sorriso più grande e più bello, quello che sua mamma le aveva detto di sfoggiare con produttori e registi, poi salutò con una riverenza e offrì la mano. Miss Josephine la toccò molto delicatamente e sorrise. «Credo che tu sia molto carina» sussurrò a Gladys, allungandosi ad accarezzarle un boccolo biondo. «Posso invitarti alla mia festa di compleanno?»

Allora Gladys si costrinse a non strillare e a non battere le mani per la gioia, perché sapeva istintivamente che se lo avesse fatto Miss Josephine si sarebbe rammaricata di averla invitata. In qualche modo capiva di doversi comportare come se non intendesse accettare. Doveva comportarsi come se accettare fosse concedere un favore, come se fosse invitata a numerose feste di compleanno ogni giorno e semplicemente non sapesse quale scegliere.

Tuttavia la verità era che Gladys non era mai stata invitata a una festa di compleanno prima di allora, e dopo che Miss Josephine si fu congedata con un timido saluto, quando Charlotte arrivò per riportarla a casa, lei non riuscì a contenere l'entusiasmo: «Mamma, ho trovato un'amica! Miss Josephine! Dopo lo spettacolo mi ha cercata dietro le quinte e mi ha invitata alla sua festa di compleanno! Posso andare? Cosa indosserò? Non ho niente di abbastanza carino, ma forse posso prendere in prestito il mio costume?»

Charlotte non disse una parola. Si limitò a guardare con palese compassione la figlia, che non capì. Perché mamma sembrava così triste? Aveva trovato un'amica, finalmente! Una bambina della sua età, non sua sorella, non suo fratello, né un attore della compagnia, bensì una bambina vera, che l'aveva invitata a una festa! E Gladys si chiedeva come fosse una festa. Durante l'ultima rappresentazione aveva partecipato a una festa in palcoscenico, e tutti i bambini attori avevano finto di mangiare una torta, poi, com'erano stati istruiti, avevano fischiato all'entrata in scena dell'attrice protagonista, fra scatole impacchettate con sgargiante carta colorata che avrebbero dovuto essere regali, mentre erano tragicamente vuote, come Gladys aveva scoperto nell'intervallo fra lo spettacolo pomeridiano e quello serale, quando ne aveva scartata una.

Era l'unica festa di cui avesse avuto esperienza.

Probabilmente una vera festa aveva regali veri e vero gelato, e una torta non di cartone. Probabilmente una vera festa aveva bambini veri che non ridevano soltanto a comando. Probabilmente una vera festa aveva elefanti e addobbi e stelle pendenti dal soffitto, e tutti ridevano sempre e giocavano e mangiavano dolciumi e tornavano a casa con sacchi pieni di polvere di stelle a rammentare loro quanto era stata bella la festa.

Gladys attese e attese l'invito, perché mamma le disse che il modo corretto di essere chiamati a una festa era quello di ricevere un invito scritto, però lo disse con circospezione, come se conoscesse un segreto ignoto a Gladys, e questo era strano, perché madre e figlia si erano promesse di non avere mai segreti l'una per l'altra. Dovevano essere forti e proteggere Jack e Lottie e aver cura di loro. Ogni settimana in cui recitava, Gladys si emozionava nel consegnare il proprio salario a mamma, che lo riponeva nel borsellino in tessuto morbido che portava legato intorno al collo, e talvolta scuoteva la testa per farle sentire il tintinnio delle monete. «È musica per le nostre orecchie, vero, amore?» chiedeva mamma con un sorriso riservato unicamente a lei, un sorriso complice che Jack e Lottie non vedevano mai.

L'invito non arrivò. Per due settimane di seguito Gladys attese con impazienza dopo ogni spettacolo pomeridiano che Miss Josephine tornasse a invitarla di persona, a dirle dove si sarebbe svolta la festa e a quale ora avrebbe dovuto presentarsi, però non la rivide mai.

Finalmente Charlotte la invitò a sedere. I suoi occhi azzurri, grandi e scaltri, si indurirono dopo che a sorpresa si fu tersa una lacrima: Gladys non l'aveva mai vista piangere, neppure quando papà era morto e anche lei aveva pianto tanto da sentirsi male. Cosa fare senza papà? Anche se aveva avuto soltanto sei anni, Gladys era rimasta terrorizzata. Aveva capito che le donne e i bambini privi di protezione non avevano alcuna possibilità al mondo. Allora madre e figlia avevano deciso che lei, Gladys, si sarebbe cimentata nella recitazione per mantenere la famiglia unita.

Con le labbra contratte in un'espressione determinata, mamma spiegò: «Gladys, la tua amica non t'inviterà mai alla sua festa. Mi dispiace molto dirlo, ma non è affatto tua amica. È una marmocchia viziata, accompagnata a teatro dalla sua governante, probabilmente senza il permesso dei genitori. Conosco il tipo. Vogliono che la loro figlia non abbia nulla a che fare con noi, con te, perché siamo poveri e perché tu reciti, perché sei un'*attrice*. Ma non dimenticare mai che essere un'attrice è un privilegio, una cosa rara. Tu mantieni la tua famiglia e prosegui una nobile tradizione. Comunque la gente come noi deve rispettare certe regole. La società vera non vuole avere nulla a che fare con noi, a parte permetterci di dare l'anima sul palco, di farla ridere e piangere e *vivere*, soltanto per un po', fino a quando tornano a casa, ai loro palazzi di marmo, e allora se mai pensano a noi, ci considerano come servi, persino come cani, anzi, ancor meno. Per quanto mi riguarda possono andare tutti quanti al diavolo. Ma tu sei soltanto una bambina, Gladys, e mi dispiace che tu debba già imparare tutte queste cose».

«Ma... Ma... Miss Josephine voleva che andassi alla sua festa! Lo ha chiesto! Era timida con me». Gladys si sforzò d'impedire alla voce di tremare. Non voleva piangere e rattristare mamma. La vita era dura per lei. Anche se era Gladys a guadagnare i soldi, era mamma a doverli amministrare, a farli bastare, a procurare vitto e alloggio alla famiglia. Talvolta Gladys desiderava poter rimanere a casa a giocare come Lottie e Jack, però rammentava sempre a se stessa di essere *lei* la fortunata, perché era suo il privilegio di provvedere a tutti loro. E un giorno sarebbe diventata una stella: la più grande di tutte le stelle!

Jack e Lottie non lo sarebbero mai diventati. Gladys teneva questa consapevolezza per se stessa, e ne era riscaldata nelle notti di solitudine in cui Jack e Lottie si stringevano l'uno all'altra nel loro letto, sussurrandosi segreti sui bambini con cui giocavano: non attori, bensì veri bambini, come Miss Josephine.

«Non voleva davvero essere tua amica» continuò mamma, fingendo di non essersi accorta del tremito nella voce di Gladys. «Miss Josephine ti ammirava perché eri sul palcoscenico, semplicemente, e questa non è la stessa cosa, non lo è affatto. Anche se avesse voluto essere tua amica, i suoi genitori non avrebbero mai permesso che lo diventasse».

«Allora la odio!» E Gladys lo pensava davvero. Se Miss Josephine fosse stata presente l'avrebbe intontita di schiaffi, e non schiaffi da palcoscenico.

«No, non odiarla. Non dimenticare che le persone come Miss Josephine ti rendono possibile continuare a recitare. Finché loro verranno agli spettacoli, tu lavorerai. Non dimenticare mai che tu hai più bisogno di loro di quanto loro ne abbiano di te. Rammentalo, tesoro, e lavorerai per tutta la vita, e saremo sempre insieme e felici».

«Ma io voglio... voglio...»

Gladys non era del tutto sicura di ciò che voleva, se non far piangere Miss Josephine e farle provare dispiacere per non averla invitata. Però voleva anche che assistesse alla sua nuova recita, e a quella dopo ancora. E voleva, ciò che era più importante, che Miss Josephine l'ammirasse, che volesse essere lei, Gladys, anche se mamma credeva che fosse una cosa diversa dall'amicizia. Forse l'amicizia non era tanto importante, dopotutto. Aveva sempre mamma e Lottie e Jack.

Gladys non era in grado di esprimere chiaramente tutto questo. In quel momento i suoi sogni di una vera festa crollarono tutt'intorno alle sue esili spalle e lei ebbe molta voglia di piangere. Tuttavia trattenne le lacrime per un altro momento, per quando ne avrebbe avuto bisogno, magari quando avesse recitato in un ruolo in cui le fosse richiesto di piangere a comando.

Mamma, ho trovato un'amica!

Gladys aveva tredici anni e recitava da cinque. Aveva cominciato a otto, anche se dichiarò sempre di avere iniziato a cinque perché suonava meglio di otto. Comunque si sentiva come se avesse cominciato piccolissima e come se non avesse mai conosciuto alcun'altra vita in precedenza. L'unica vita di cui aveva memoria includeva solo teatri privi di uscite di sicurezza, cerone puzzolente e costumi logori che non doveva assolutamente strappare né macchiare e per i quali doveva sforzarsi di non diventare troppo grande perché non avrebbe potuto sostituirli, e senza il guardaroba non sarebbe mai stata assunta da nessuna delle compagnie di giro di seconda o terza categoria presso le quali aveva maggiori possibilità di trovare lavoro. L'unica vita di cui aveva memoria le imponeva di foderarsi i vestiti con carta di giornale durante le tournée invernali perché i treni erano pieni di spifferi; la costringeva a dormire in piedi su quegli stessi treni, con carta di giornale come cuscino, per destarsi coperta di carta e di fuliggine; la obbligava a viaggiare tutta sola senza la famiglia, affidata alle cure di attrici indifferenti, le quali talvolta dimenticavano di accertarsi che avesse mangiato. Altre volte invece viaggiava con l'intera famiglia, perché ormai tutti gli Smith recitavano, mamma e Lottie e persino Jack, che era il più piccolo e per questo a volte impersonava una bimba, anche se lo detestava. Era compito di Gladys insegnargli a non fare capricci, a essere felice di avere un lavoro, qualsiasi lavoro, perché i lavori scarseggiavano, e anche se gli Smith lavoravano abbastanza regolarmente, lei sapeva che erano lavori da quattro soldi. Nonostante il loro grande impegno non erano mai arrivati alle compagnie di prima categoria e dovevano sempre essere in tournée per tutti gli Stati Uniti e il Canada, recitando in teatri terribili, ammassandosi tutti insieme in pensioni pulciose, con mamma che dopo lo spettacolo, sebbene esausta, riusciva a cucinare pasti caldi quando le cose andavano bene; nutriva la sua prole di cracker a colazione, pranzo e cena quando le cose non andavano affatto bene; e aveva imparato a preparare una zuppa con ketchup e acqua.

La famiglia Smith trascorse l'estate del 1904 a Manhattan, dove aveva già lavorato. Naturalmente nessuno recitava in estate, quando i teatri erano soffocanti, perciò mamma di solito eseguiva lavori di cucito, e quell'estate aprì un chiosco di dolciumi a Coney Island. Ogni volta che era possibile la famiglia tentava di unire le proprie risorse a quelle di altri attori.

«Mamma! Ho trovato un'amica! È una ragazzina come me, il suo nome è Lillian, e anche lei, sua mamma e sua sorella, Dorothy, lavorano in teatro e cercano un posto in cui stare quest'estate. Potremmo stare tutti insieme e risparmiare soldi» spiegò Gladys a mamma.

Spesso Gladys spiegava le cose a mamma e a Lottie e a Jack. Era la capofamiglia, e doveva aiutare mamma e tenere gli altri in riga. Inoltre sapeva cose che loro non sapevano.

Sapeva come ottenere biglietti gratis per veri spettacoli teatrali avvicinando il gestore del botteghino, sgranando gli occhi, sbattendo le ciglia, porgendogli il proprio biglietto da visita e tubando: «Sono sicura che potrei imparare moltissimo dai vostri bravissimi attori!»

La prima volta che guidò Jack e Lottie e Lillian e Dorothy Gish in una di queste incursioni, Lillian si girò a guardarla con ammirazione e apprezzamento. Allora Gladys capì che forse aveva trovato un'amica, una vera amica, non una bimbetta che si presentava dietro le quinte per invitarla a una festa e poi non tornava più. Era difficile avere amiche in tournée, perché le compagnie si scomponevano e ricomponevano continuamente quando gli attori trovavano ingaggi migliori oppure decidevano finalmente di rinunciare e tornare a casa, ovunque fosse casa loro.

Anche se forse non avrebbe più rivisto Lillian e Dorothy, una fatalità che accettava pragmaticamente perché quella era la vita degli attori itineranti, gioì dell'estate trascorsa insieme a loro. Lillian era molto simile a Gladys: a tredici anni era la figlia maggiore, aveva una sorella minore, era molto legata alla madre, e naturalmente capiva la vita teatrale. Non era una di coloro che Gladys giudicava estranei, cioè chiunque non fosse un teatrante, chiunque non considerasse l'odore del cerone essenziale per svegliarsi come una tazza di caffè, chiunque non capisse le sfumature della posizione del nome in cartellone o della gerarchia nell'assegnazione dei camerini, o chiunque non sapesse che *In Convict Stripes* era un'autentica schifezza, mentre *East Lynne* faceva sempre piangere il pubblico.

Lillian sembrava un angioletto, era ancor più eterea e indifesa di Gladys, la quale era abbastanza perspicace per accettarlo e per comprendere che alcuni direttori del casting potevano preferire il tipo angelico al suo, che era più risoluto e più indipendente. Tuttavia l'aspetto serafico di Lillian celava un'anima d'acciaio come quella di Gladys.

«Un giorno sarò una vera attrice» giurò Lillian. Una soffocante notte d'agosto lei e Gladys non condivisero soltanto i bastoncini di zucchero alla menta, che nascosero ai bambini più piccoli, bensì anche il letto. Di solito Charlotte non permetteva a Gladys di farlo, perché sentiva che la famiglia doveva restare unita anche se abitava un appartamentino di due stanze insieme alle sorelle Gish e alla loro madre. Quella notte invece lo permise.

«Sarò una vera attrice, in teatro, qui a New York, a Broadway!»

«Anch'io» promise Gladys. «Ho un piano. Andrò a trovare Mr Belasco!»

«Belasco!» Lillian emise un fischio scettico con la sua boccuccia di rosa. Tutti sapevano che Mr David Belasco era il più grande impresario di Broadway. «E come?»

«Ancora non lo so, ma lo farò. Sono stanca delle compagnie itineranti. Non mi portano da nessuna parte, e sinceramente sono quella che ha talento. Adesso Lottie e Jack sono piccoli e affascinanti, ma cresceranno e smetteranno di esserlo. E mamma è senza speranza! Ha una paura terribile del palcoscenico. Ecco perché ottiene soltanto piccole parti. Io invece ho il talento che occorre per diventare un'attrice di Belasco, e ci riuscirò!»

«Lo so, Gladys» rispose Lillian, con sguardo solenne e ammirato.

«E quando ci sarò riuscita, ti chiamerò» continuò grandiosamente Gladys, picchiettando la bianca manina dell'amica. «Allora potremo recitare insieme per Mr Belasco. Io sarò la primattrice e tu sarai l'ingenua».

«Be', andrà benissimo per me se avremo la stessa paga». Lillian sbadigliò e soffiò sulla candela per spegnerla.

Gladys girò il cuscino, cercò di trovare un angolino fresco e sorrise.

Le primattrici erano sempre pagate molto meglio delle ingenue.

Mamma, ho trovato un'amica!

Gladys aveva diciassette anni e non era più Gladys. Adesso era Mary Pickford, come l'aveva battezzata David Belasco in persona. Aveva recitato a Broadway, in un dramma serio, una raffinata produzione di Belasco per cui non aveva dovuto essere lei stessa a fornire i costumi. Ah, la gioia di restare perfettamente immobile per la sarta e di farsi prendere le misure per il costume che nessun'altra avrebbe mai indossato se non lei, un autentico vestito di prima della guerra civile, con sottovesti di pizzo, crinolina e nastri di raso! Anche se non era una primattrice con una stella sulla porta del camerino, riceveva ottime recensioni e aveva il ruolo importante della giovane Betty nel dramma di William de Mille *The Warrens of Virginia*, in cui aveva una parte anche Cecil, fratello minore di William.

Tuttavia dopo *The Warrens of Virginia* mamma esortò Mary, come ormai la chiamavano tutti compresi mamma, Lottie e Jack, a fare una cosa spaventosa, una cosa assolutamente raccapricciante, orribile.

La spinse ad accettare un lavoro nel cinema.

«Hai avuto successo e ne avrai ancora, tesoro, ma nel frattempo dobbiamo pagare l'affitto, e ho sentito dire che adesso pagano molto bene giù alla Biograph!»

Era il 1909. Mary aveva visto alcuni film per passare il tempo durante la tournée e non li aveva giudicati granché bene. Erano una moda passeggera e i nickelodeon erano orrendi, molto, molto peggiori dei teatri più pacchiani in cui aveva recitato, anche se il pubblico sembrava amare quelle immagini tremolanti e silenziose sullo schermo.

Tuttavia nessun attore che si rispettasse vi recitava. Era umiliante pensare che lei, un'attrice di Belasco, accettasse di lavorare nel cinema! Come avrebbe mai potuto farlo?

«Pagano cinque dollari al giorno» riferì mamma.

La mattina successiva Mary si recò allo studio Biograph sulla Quattordicesima Strada, indossando le sue più belle scarpe a tacco alto e un grazioso cappellino di paglia che mamma le aveva appena sistemato. Naturalmente nel presentarsi rese un grande favore alla Biograph Company. Non capitava tutti i giorni che un'attrice seria si degnasse di visitare uno studio cinematografico.

Eppure dinanzi al portone dell'edificio di arenaria rossa arrossì d'umiliazione. Ciò che non aveva detto a mamma, e neppure a Lottie o a Jack o a Lillian o a chiunque altro, era che un anno prima si era già proposta alla Biograph ed era stata cacciata, giudicata indegna.

Indegna! Del cinema!

Adesso le cose erano diverse, e al tempo stesso erano le stesse. Sì, era un'attrice di Belasco e non avrebbe mai potuto essere privata della legittimità che ne derivava. Però era anche un'attrice di Belasco con una famiglia da mantenere e in quel momento era disoccupata. Subito dopo avere lasciato il proprio biglietto da visita in quello studio cinematografico si sarebbe affrettata a recarsi al collocamento teatrale, perché forse qualche compagnia stava iniziando a selezionare attori per le tournée autunnali.

Aprì la porta e varcò la soglia. Lo studio era un caos, esattamente come ricordava. L'atrio era pieno di uomini in maniche di camicia e visiera verde affollati intorno a calcolatrici e registri. I fattorini correvano avanti e indietro, come pure diversa altra gente truccata nel modo terribile che si usava per i film, spalmati in viso di strati e strati di quella orrenda pasta giallastra.

Consegnato il proprio biglietto da visita alla receptionist, Mary ricevette istruzioni: «Va' a sedere laggiù, ragazza».

Mary rabbrividì, si erse in tutto il suo metro e cinquantadue (con i tacchi) e si appollaiò sul bordo di una panca. Alla parete dirimpetto era appeso un orologio. Avrebbe atteso esattamente quindici minuti prima di andarsene. Cinque dollari o meno, non intendeva umiliarsi più a lungo.

Nel passare di corsa un fattorino si fermò a scrutarla da capo a piedi. Mary era abituata a quel tipo di sguardo, con cui era esaminata a ogni audizione. Era lo sguardo di chi osservava, analizzava e decideva. Il suo fato dipendeva da quegli sguardi. Il fattorino si trattenne un po' più a lungo del solito e Mary provò l'impulso improvviso e irresistibile di fargli una smorfia. Così storse il naso e gli fece la linguaccia. Lui indietreggiò di un passo, sbalordito, poi sorrise e se ne andò di corsa.

Due minuti dopo un uomo dal naso adunco, molto alto e molto magro, le si avvicinò con un gran sorriso. «Sei un'attrice?» chiese con accento strascicato del Sud.

«Certo che sono un'attrice!»

«Quale esperienza hai?»

«Dieci anni in teatro, l'ultimo con David Belasco!»

«Mmh... Be', sei troppo piccola e troppo grassa».

«Cosa...»

«Miss...»

«Pickford. Il mio nome è Miss Pickford» ribatté rapidamente Mary, balzando in piedi, tutta tremante d'indignazione. «E se lei pensa...»

«Credo che tu possa andare. Ti garantisco tre giorni di lavoro la settimana a cinque dollari al giorno».

«Mr... Mr...»

«Il nome è Griffith».

«Se lei crede che un'attrice di Belasco lavori nel cinema per soli cinque dollari al giorno, allora sbaglia di grosso. Chiedo venticinque dollari la settimana, garantiti, e una gratifica se lavoro più di tre giorni».

Mr Griffith scoppiò a ridere. Affondò le mani nelle tasche, scosse la testa e rise di nuovo. «Ne discuterò con l'amministrazione» si limitò a rispondere, tuttavia Mary vide una riluttante ammirazione nei suoi occhi e alzò il mento con aria di trionfo. «Adesso andiamo al trucco e vediamo cosa sai fare». L'afferrò per un braccio, la condusse nello spogliatoio delle donne e la lasciò.

«Ehi, D.W.!» chiamò qualcuno, e Mary s'imbronciò per i modi informali della gente del cinema. In teatro nessuno si sarebbe mai sognato di chiamare per nome Mr Belasco! In teatro lei non avrebbe temuto ciò che temeva in quel momento, ossia che qualcuno, forse persino lo stesso Mr Griffith, irrompesse nello spogliatoio e cercasse di ottenere da lei certi "favori" in cambio di una parte. Aveva sentito dire che cose del genere succedevano nell'ambiente del cinema. In verità, aveva sentito dire che succedevano anche in teatro, ma fino a quel momento era stata protetta da una sorta di aura virginale.

Comunque nessuno le fece alcuna proposta indecente. Accadde invece che Mr Griffith in persona irruppe nello spogliatoio e iniziò a truccarla rudemente, un trucco terribile che cancellò tutti i suoi lineamenti, trasformando il suo viso in una luna pallida e piatta, con le sopracciglia di gran lunga troppo scure, quasi nere, che non si armonizzavano affatto al castano chiaro dei suoi boccoli. Maneggiando piumini da cipria e spazzole, Griffith aggredì come una furia il suo volto, poi le gettò un abito enorme e le disse di prenderlo e accorciarlo, se necessario. Infine emise un breve grugnito di approvazione, le ordinò di recarsi sul set subito dopo essersi cambiata, e se ne andò.

Mary aveva sentito dire che la maggior parte dei film era girata all'aperto per catturare la luce del sole. Invece alla Biograph fu condotta in un seminterrato nero come la pece, stipato di mobili e fondali dipinti, dove una muraglia di lampade nude sfolgorò all'improvviso con un sibilo minaccioso, e subito dopo si accesero altre lampade munite di paralumi che pendevano da alti pali. L'effetto istantaneo fu di calore ardente e luce fiammeggiante. Abbagliata, Mary sollevò una mano a proteggersi gli occhi.

«Bene! Giriamo!» ordinò la voce dall'accento del Sud. «Piccola Miss Belasco, tu sarai Pippa. In questa scena Pippa suonerà una chitarra e passerà da un gruppo di persone all'altro. Sei bella, sei graziosa, sei vivace, sei affascinante… Bene! Pronti… Azione!»

Appena le fu cacciata in mano una chitarra, Mary trasalì

nell'udire un suono innaturale, uno staccato ronzante e ticchettante che sembrava sincronizzato con i movimenti di colui che girava la manovella di una cinepresa. Allo scorrere della pellicola nella cinepresa l'aria si riempì come di nevischio.

In qualche modo, senza inciampare nei detriti sparsi sul pavimento, incluso uno stivale abbandonato, Mary riuscì a fare smorfie e a spostarsi da un gruppo all'altro, fingendo di suonare la chitarra, mostrando istintivamente alla cinepresa il viso inondato di luci crude.

«Chi è la nuova dama?» mormorò qualcuno, e Mary girò la testa di scatto verso la voce. Un attore la fissava con occhi torvi. Forse era bello, ma chi avrebbe mai potuto dirlo con tutto quel trucco orribile?

«Non sono una dama! Mr Griffith? Mr Griffith?» Lasciò cadere la chitarra lungo il fianco e sollevò una mano a proteggersi gli occhi per scrutare le ombre radunate dietro la cinepresa in cerca dell'unica persona che conosceva.

L'uomo alto e diritto sbucò dalle ombre. «Mary Pickford! Non interrompere mai una scena, mai, in nessuna circostanza, se non sono io a ordinare stop! Io sono il regista! Io sono Dio, capisci? Invece tu sei soltanto una sciocca attricetta, anche se lavori per Belasco. Hai idea di quanto costa un metro di pellicola? Be', ci sei già costata due dollari, e ti saranno detratti dallo stipendio, signorina!»

Mary si sentì ardere il viso e gli occhi le si colmarono di lacrime pungenti. Non seppe se crollare in ginocchio singhiozzando, oppure fracassare la chitarra sulla testa dell'attore. Era così confusa... A parte alcune cose che aveva imparato a conoscere in teatro, cioè gli attori e la recitazione, tutto le appariva estraneo e sconcertante. Quelle luci abbaglianti... Sentiva il trucco sciogliersi sul viso! L'orribile manovella della cinepresa era così rumorosa come il clangore di un tram. Il regista, presenza divina, umiliava un'attrice senza alcun rimorso. Invece Mr Belasco trattava le attrici come dee! Si comportava con loro con grande sollecitudine, rispetto e decoro, perché erano artiste. *Lui* non avrebbe mai urlato contro di lei!

«Owen, vai a corteggiarla. Amoreggiate, voi due. Hai mai amoreggiato, Mary Pickford?» chiese Mr Griffith, osservandola con uno strano miscuglio di ammirazione e di divertimento.

Mary capì che la stava mettendo alla prova. Cercava di spezzarla, e questa era una cosa che non gli avrebbe mai permesso di fare. «Certo» ribatté, anche se il cuore le batteva forte e i palmi delle mani erano così viscidi che la chitarra le sfuggì di mano, cadendo con un tonfo echeggiante. Aveva soltanto diciassette anni! E anche se il pubblico credeva che le attrici vivessero esistenze sordide, mamma non le aveva mai permesso di andare da nessuna parte senza essere accompagnata, e neppure di pensare ad avere un fidanzato. D'altronde non aveva mai incontrato nessuno che…

Il giovane attore che l'aveva chiamata "dama" le si avvicinò. «Owen Moore» si presentò con un sorriso galante, poi la afferrò per la vita, la attirò a sé con sicurezza, e Mary si ritrovò ad accarezzargli il colletto della camicia e i bottoni, a strofinare il viso sul suo collo, a posare la testa sul suo petto molto solido e molto virile…

«Azione!» ordinò Mr Griffith.

Allora Mary non si accorse neppure della cinepresa, assorta ad ascoltare il cuore di Owen Moore che batteva contro le sue orecchie, contro le sue labbra, come se in qualche modo… Seppe farlo senza sapere come, quasi che un interruttore dentro di lei fosse stato premuto dal battito cardiaco di quell'uomo… Così gli baciò il petto, dolcemente, con piccoli baci come di fata, e lo sentì trattenere il respiro, e sorrise come non aveva mai sorriso prima, provocante, trionfante, arcuando le labbra.

Eppure riuscì a guardare la cinepresa per tutto il tempo.

«Stop!»

Owen Moore la lasciò con un'espressione sbalordita sul viso, come se ora avesse paura di toccarla. Sembrava persino che si sentisse vittima di uno scherzo. A occhi socchiusi la scrutò. «Non l'avevi mai fatto prima?»

In preda alle vertigini, assordata dal battito del suo stesso cuore, Mary si limitò a scuotere la testa, senza parlare, per il timore che la voce le tremasse.

«Torna domani, Miss Attrice di Belasco» tuonò D.W. Griffith, con gli occhi che ridevano senza che cercasse di nasconderlo. «Oppure preferisci cenare con me stasera?» All'improvviso la sua voce si abbassò di due ottave.

Il tono del regista rammentò a Mary il velluto scuro del portagioie in cui mamma teneva la fede nuziale e il modo in cui la stoffa stringeva il semplice anello d'oro in una presa morbida, eppure inesorabile. Poi si domandò perché mai in quel momento avesse ricordato proprio il portagioie. «No, direi di no» rispose nel modo più algido e signorile possibile, evitando gli occhi improvvisamente cupi e minacciosi di Owen Moore. «Molte grazie a tutti».

Fuggì dal teatro di posa, ma non prima di aver afferrato il tagliando che il signor Griffith le porgeva e avere ricevuto dalla cassiera i suoi tre dollari. Oh, come si maledisse per aver rovinato quella prima ripresa! In tram si accorse del modo in cui gli altri passeggeri la fissavano perché non si era trattenuta allo studio a struccarsi. Rientrata alla pensione, corse subito nella propria stanza e chiuse la porta.

Sarebbe ritornata l'indomani?

Sì, sarebbe tornata, se non altro per rivedere il suo nuovo "amico": un amico di cui sapeva di non poter parlare a mamma. Non ancora, almeno.

Mamma, ho trovato un'amica!

Lasciato lo studio cinematografico dopo aver parlato con Frances Marion, quella sera, Mary tornò a casa, e non da Owen, bensì da mamma. Persino dopo tre anni di matrimonio, mamma significava ancora casa.

Tre anni di matrimonio, cinque anni di cinema. Ora Mary Pickford era l'attrice cinematografica più amata, come le dicevano. Il suo viso compariva quasi su ogni numero di *Photoplay*. Con un compenso di mille dollari la settimana, era l'attrice più pagata del mondo. Il suo ultimo film, *Tess of the Storm Country*, era un enorme successo, il suo maggior successo fino a quel momento.

E ogni notte, dopo aver chiuso gli occhi, Gladys Smith rammentava a se stessa che tutto avrebbe potuto scomparire in un istante. Il pubblico era volubile. Nel mondo moderno, in cui tutto era veloce, i gusti cambiavano di mese in mese, persino di settimana in settimana. La sua bellezza avrebbe potuto sfiorire. Avrebbe potuto ingrassare come mamma. In tal caso sarebbe regredita agli inizi della carriera, avrebbe ricominciato a recitare piccole parti in infime compagnie di giro, e Jack e Lottie e mamma, sempre, sempre mamma, non avrebbero più avuto cibo a sufficienza né un tetto sopra la testa. E sarebbe stata tutta colpa sua.

Per il momento, comunque, era una stella. Era una stella sposata, con un marito attore alcolista che non era granché bravo e non sopportava di avere assai meno successo di lei. Doveva riconoscere che durante il loro primo incontro si era sprigionato puro magnetismo animale. In seguito non aveva mai più visto Owen Moore recitare una scena in modo altrettanto convincente, quindi non poteva rispettarlo. Lui ne era consapevole e si vendicava sminuendola in pubblico, ricordando a tutti di avere iniziato la carriera cinematografica prima di lei, di essere stato la stella più grande prima di lei, e di averle insegnato tutto quello che sapeva, anche se ovviamente non era abbastanza. D'altronde, chi avrebbe mai potuto spiegare la volubilità del pubblico? Inoltre si vendicava di lei anche in altri modi.

Ecco perché Mary cercava rifugio nell'appartamento di mamma quasi ogni sera, anziché rientrare alla pensione in cui abitava con Owen, ed era felice di lasciare che Charlotte cucinasse per lei stufati caldi e gustosi spezzatini, i cibi semplici che ancora preferiva dopo tanti anni di vita randagia. In seguito restava seduta mentre mamma le spazzolava i boccoli e li raccoglieva per la notte perché l'indomani fossero lustri e belli.

Seduta sulla sedia a dondolo, con gli occhi chiusi, mentre mamma le ravviava e le lisciava i capelli, Mary mormorò: «Mamma, oggi ho trovato un'amica».

«Davvero, amore?» sussurrò dolcemente Charlotte.

«Sì. È una giovane donna, un'artista. Ha detto di voler lavorare nel cinema. Non come attrice» si affrettò ad aggiungere Mary, perché in passato mamma l'aveva avvertita più volte che non avrebbe mai potuto essere davvero amica di altre attrici. «La gelosia e la rivalità s'intrometteranno sempre» aveva dichiarato. «Vale anche per Lillian. Voi due, come attrici, sarete sempre inevitabilmente in competizione, dunque come potrete essere amiche? Le attrici fingeranno di esserti amiche per ottenere favori, poi ti pugnaleranno alle spalle appena avrai un insuccesso o ingrasserai di un grammo».

Allora Charlotte smise di spazzolarla. «Ne sei sicura?» chiese. «Una giovane donna che non vuole diventare attrice di cinema? Mai sentita una cosa del genere! Non dev'essere molto carina...»

«Invece no, è davvero bella, alta, molto alta e snella!» Mary sospirò. Sapeva bene che, bassa com'era, sarebbe inevitabilmente ingrassata. «Il suo nome è Frances, Frances Marion, ed è... È difficile da spiegare, ma ho avuto l'impressione che mi capisse. È qualcosa che ha detto a proposito dei mariti...»

Charlotte posò la spazzola. «Cos'ha fatto stavolta? Ti ha messo le mani addosso? Se è così, allora io...»

«Niente, non è successo niente di nuovo. Tutto come al solito. Oh, mamma, ho commesso un tale errore!»

«Sì, tesoro, è vero, e non intendo addolcirti la pillola. È stata la peggior decisione della tua vita. Adesso non c'è niente che tu possa fare in proposito, e tutto è successo perché non mi hai ascoltata. Non è forse così? Ti avevo pur detto di non vederlo più. Invece tu hai voluto sposarlo. È stata colpa mia. Avrei dovuto sapere che dirti di non fare una cosa è deleterio, perché sei un'irlandese testarda come me».

«La colpa non è stata tua, mamma, è stata mia. Ero troppo giovane per capire e sono stata travolta dai sentimenti. Be', questa Frances... Ha detto di essersi sposata giovane anche lei, e ora sta per divorziare».

«E tu sei cattolica». Mamma le tirò una ciocca un po' troppo forte.

«Be', comunque torneremo a New York per il prossimo film, e Owen rimarrà qui». Per la millesima volta Mary sperò di poter annullare il proprio matrimonio semplicemente immaginandolo, e trascorrere molto tempo separata dal marito consolidava tale fantasia. Al tempo stesso si sentiva in colpa. Una buona moglie, una moglie seria, non avrebbe dovuto vivere con il marito anziché con la madre? Aveva mai concesso una possibilità a Owen? Dapprima lo aveva costretto a mantenere segreto il matrimonio. Consapevole di avere commesso un errore sposandosi di nascosto con rito civile, non era riuscita a dirlo a mamma, a Lottie e a Jack, altrimenti avrebbe spezzato loro il cuore. Così aveva mantenuto il segreto per mesi, e quando loro finalmente lo avevano scoperto... Che scena! Griffith avrebbe dovuto vederla allora, isterica e singhiozzante come desiderava vederla davanti alla cinepresa. Alla fine mamma si era girata verso Owen e aveva chiesto: «Mary condivide una stanza con me. Dove dormirai *tu*?»

In seguito tutto era stato più facile. Mary sapeva che Owen la tradiva con altre donne, vedeva le attricette in fila fuori dal suo camerino e le occhiate di commiserazione che le lanciavano, anche se la stella più grande era lei.

La stella più grande di tutte era lei. Era la donna incapace di soddisfare il marito, eppure al tempo stesso era la più amata dalla cinepresa, la cui adorazione era sufficiente per lei, almeno per il momento, anche se sapeva che non lo era per suo marito.

Mary diede il bacio della buonanotte alla madre e s'infilò nel letto. Era ancora strano andare a dormire così presto. Era abituata al mondo del teatro, in cui non ci si sognava di andare a dormire se non passata la mezzanotte, perché si era così eccitati dopo lo spettacolo serale che occorrevano ore per rilassarsi. Il cinema invece era diverso, più disciplinato, e questo era uno dei motivi per cui Mary lo amava. Doveva andare a letto alle nove per poter apparire riposata, alle otto del mattino, davanti alla spietata, sensibile, adorante, bramosa macchina da presa.

Talvolta dormiva ancora con le braccia distese sopra la testa, come ai tempi del teatro itinerante, quando tutti e tre, lei, Lottie e Jack, in treno, erano stati costretti a stringersi su un unico sedile. Quella sera, prima di chiudere gli occhi, rammentò lo sguardo compassionevole e comprensivo di Frances Marion, che l'aveva guardata come se sapesse tutto di Owen. Era impossibile, naturalmente, eppure Mary riusciva a immaginare che fosse possibile.

Mentre i pensieri in subbuglio la tenevano desta, come sempre, se permetteva loro di farlo, Mary desiderò confidarsi con qualcuno, una sua coetanea, capace di farla sentire come avrebbe dovuto sentirsi alla sua età, perché non le era mai successo. Si era sempre sentita coetanea di mamma, responsabile di ogni cosa: cibo in tavola, un tetto sopra la testa, il successo di ogni singolo film, la felicità dei nuovi "fan" del cinema, com'erano chiamati. Forse Lottie avrebbe potuto esserle amica, com'erano amiche Dorothy e Lillian Gish, se non si fosse rivelata una mela marcia, e per questo Mary incolpava se stessa. Si era sempre presa cura di lei, l'aveva sempre assecondata, e così, naturalmente, Lottie non aveva alcuna disciplina né etica del lavoro, anche se lei le assicurava molti ruoli. Non le era mai grata, mai!

Invece Frances Marion... Qualcosa in lei aveva inaspettatamente perforato l'armatura di Mary, un'armatura che s'ispessiva a ogni aumento di stipendio, a ogni intervista, a ogni sua foto pubblicata sui giornali, a ogni lettera di fan adoranti, non soltanto negli Stati Uniti, bensì ormai anche nei paesi stranieri. Era inebriante quella nuova fama, e al tempo stesso era preoccupante, anche se Mary presentiva che era unicamente un'avvisaglia e che altre cose sarebbero seguite, non sapeva se stupefacenti o tragiche.

Qualche promotore cinematografico l'aveva appena nominata "Fidanzata d'America". Gladys Smith, nata a Toronto e ribattezzata Mary Pickford, era la Fidanzata d'America. Era tutto talmente vertiginoso da stordirla. «Se soltanto sapessero...» sbuffò nel cuscino. Se soltanto si fosse saputo che la Fidanzata d'America non aveva un amore, pur essendo sposata, e che il letto nuziale poteva essere il luogo più solitario del mondo, quando il marito era un estraneo il cui unico attributo era quello di essere stato il primo ragazzo ad abbracciare la futura moglie nel giorno peggiore della sua vita.

Se soltanto l'America fosse stata consapevole delle decisioni che si dovevano prendere quando si era coinvolte in una professione, in un'industria, di cui si stava contribuendo a modellare l'esistenza: decisioni che altre donne sposate non dovevano prendere, decisioni che intorpidivano l'anima, la stessa anima che si era così desiderose di denudare davanti alla cinepresa, l'unica cosa durevole, l'unica cosa nutriente, nella propria vita.

Invece Frances Marion... Forse lei sapeva. Mary sospettava che lo sapesse. E con quel confortante pensiero finalmente si addormentò, non prima di sussurrare al cuscino: «Mamma, ho trovato un'amica».

3.
Frances
Novembre 1914

«Non so cosa fare con le comparse». Lois lasciò cadere il braccio che reggeva il megafono e studiò la scena che avevamo dinanzi, una scena di festa con una folla di comparse vestite allegramente, anche se miseramente. «Il pubblico sta diventando troppo sofisticato. Ora riceviamo lettere in cui affermano di saper leggere le labbra e quindi di capire cosa dicono le comparse. E la maggior parte di quello che dicono è indecente».

«Non potete, tu o qualcun altro, suggerire loro cosa dire o scrivere qualche battuta?»

«Non ho un momento libero». Per la prima volta da quando la conoscevo, Lois Weber non sembrava fresca come una rosa. Si truccava sempre per sembrare elegante come qualunque attrice, ma in quel momento i suoi occhi rivelavano la spossatezza nonostante il trucco. A un tratto, nel fissarmi, li sgranò come per un'idea improvvisa. «Puoi farlo tu, Frances, vero? So che hai detto di non voler essere filmata, ma questa è una cosa diversa. Mi sarebbe di grande aiuto. Mentre io mi occupo dell'allestimento, vai a scarabocchiare qualcosa e a farti truccare, poi, mentre giriamo, vai fra le comparse, di spalle alla cinepresa, e suggerisci loro alcune battute. Non importa quali, purché siano adatte a questa scena».

«Io? Scrivere dialoghi?» Sgranai gli occhi a mia volta. Cosa diavolo voleva dire?

Ero sul set. Io, Frances Marion, ero davvero *sul set.* Ormai conoscevo il gergo del cinema, e nonostante le mie proteste ero stata filmata una volta, quando avevo sostituito un'attrice che non sapeva cavalcare. Comunque non aveva importanza, perché ero stata filmata a figura intera, con il viso distolto dalla cinepresa.

Potevo rivendicare anche altre esperienze lavorative: donna delle pulizie che spazzava la segatura negli angoli, sarta che rappezzava i costumi strappati, e imbianchina, dato che sfruttavo il mio vantato talento artistico imbrattando i fondali con vernici di scarsa qualità. Avevo imparato a tagliare e a giuntare la pellicola, come dimostravano le cicatrici che avevo sulle dita. Avevo redatto comunicati stampa e scritto biografie di attori, false o autentiche, ma soprattutto false. Avevo preparato cinquanta tramezzini al cetriolo per una scena di festa, e quando la frutta era finita, avevo agguantato il cappellino ed ero corsa alla bottega dietro l'angolo a comprarne altra.

Amavo ogni singolo minuto di lavoro. Non vedevo l'ora di arrivare allo studio ogni mattina e non trascorrevo più le mie giornate come una sonnambula.

Fu Adela a offrirmi la grande occasione. Dopo il primo incontro con Mary Pickford, le telefonai e la implorai di aiutarmi a trovare un modo, qualsiasi modo, per poter lavorare nell'industria cinematografica. Al telefono, Adela rifletté per un po', masticando una gomma, gonfiandola e facendola scoppiare, poi rispose: «Lois Weber è sempre in cerca di nuove protette, quelle che chiama le sue stelline. Lavora con il marito allo studio Bosworth e una volta ti ha vista. Eravamo all'Alexandria Hotel, dopo avere pranzato, e tu te ne stavi andando. "Chi è quella bella ragazza?" mi ha chiesto Lois, e io le ho risposto. Però è successo prima che tu fossi stregata dal cinema. Quindi ricordale questo episodio quando la incontri».

Così seguii il suggerimento di Adela e Lois rammentò l'episodio con piacere genuino, anche se rimase sbalordita quando dichiarai di non voler diventare attrice. «Allora perché sei qui?»

Come tutti coloro che conoscevo, Lois sembrava incapace di capire perché una bella ragazza con buoni agganci non aspirasse a diventare attrice, mentre ogni santo giorno i treni scaricavano centinaia di aspiranti stelle del cinema, tanto che gli studi avevano appeso alle cancellate cartelli che esortavano: «Tornate a casa da mamma! Abbiamo già abbastanza attori».

«Voglio creare qualcosa, qualcosa di duraturo. Voglio imparare tutto su questa industria e voglio frequentare persone che desiderano la stessa cosa. Voglio costruirmi una carriera e voglio sentirmi soddisfatta di aver fatto un buon lavoro quando torno a casa la sera. Voglio poter dire alla gente che faccio qualcosa di importante, qualcosa di vero, di mio!»

«Oh, santo cielo!» Lois Weber scoppiò a ridere, seppure con gli occhi colmi di comprensione. Era una donna alta, elegante, con seno abbondante e vita tanto stretta da farmi sentire uno spaventapasseri. «Sei così giovane, così entusiasta! Mi ricordi me stessa. Anche se amo mio marito, non avevo nessuna voglia di fare la casalinga. Naturalmente, Frances, non è permesso dire cose del genere... se non qui!» Accennò al proprio ufficio, ma io compresi che intendeva tutto lo studio, o forse persino tutta Los Angeles, la città che si reinventava a ogni sorgere del sole.

«È divertente lavorare con tuo marito?» Dubitavo che potesse esserlo. Buon Dio! Avrei ammazzato Robert se avessimo lavorato insieme, eppure per qualche motivo desideravo moltissimo che Lois rispondesse affermativamente. Lei regista, e il marito, Phillips Smalley, sceneggiatore, erano una coppia molto dinamica, il tipo di coppia capace d'indurre una come me, due volte divorziata, a considerare il pensiero di risposarsi, purché con l'uomo giusto, ossia un uomo che mi rispettasse, che fosse mio pari in tutto e per tutto, e che non si lasciasse intimidire da me. Un uomo con cui poter creare qualcosa di duraturo. Sbuffando mi resi conto che un uomo simile non esisteva, se non nei film.

«È stimolante» rispose Lois, inarcando un sopracciglio, e io scoppiai a ridere.

Ci stringemmo la mano, poi stipulammo un contratto per venti dollari la settimana, che firmai con il mio nuovo nome, sottraendo due anni alla mia vera età.

«Tutti in questa industria lo fanno» mi assicurò Lois. «In seguito mi ringrazierai». Sotto la mia firma scrisse: «Tipo raffinato». Poi notò il mio sguardo interrogativo e rise di nuovo. «Per quando deciderai, dopotutto, di voler diventare attrice».

Fino a quel momento avevo resistito, a parte quella cavalcata. Adesso invece mi trovavo seduta davanti a uno specchio sporco e incrinato, illuminato fiocamente da vecchie lampadine, a guardare in quale modo le attrici applicavano strato su strato il denso fondotinta. Alla lunga ne presi un tubetto, lo annusai, mi scostai perché puzzava di mentolo e di sudore, quindi iniziai ad applicarmelo a brevi strati su tutta la faccia, imitando le altre. Con la spugna meno sudicia che riuscii a trovare lo spalmai, cercando di non pensare a tutte le attrici che prima di me avevano usato quello stesso fondotinta e quella stessa spugna. Non potevo certo affermare che un trucco discreto mi fosse estraneo. Come il fumo, era una delle mie nuove abitudini, che avrebbero fatto svenire qualunque matrona di San Francisco. D'altronde non ero più a San Francisco, no? Ero libera, ero *Frances*, vivevo sola a Los Angeles, mi ero imbarcata in un'avventura di mia scelta, e anche se adesso avevo completamente cancellato i miei lineamenti con quel trucco disgustoso e stavo per appesantirmi le palpebre di kohl gommoso, continuavo a ridacchiare. Grottescamente truccata o meno, non stavo forse vivendo il periodo più bello della mia vita?

Al mattino, quando mi ero vestita, non avevo certo previsto di dover girare una scena, perciò dall'armadio dei costumi scarsamente fornito, perché le comparse dovevano provvedere al proprio vestiario, scelsi un abito da festa macchiato, poi mi feci strada fra i cavi e le casse che circondavano il set. Mentre Lois mi si avvicinava come se pattinasse, non potei fare a meno di notare che aveva il naso appena incipriato e si era spruzzata un po' di profumo. Sembrava che in quanto unica donna regista della compagnia sentisse di dover esaltare la propria femminilità per placare gli uomini a cui per mestiere doveva impartire ordini... sempre con un sorriso, naturalmente.

«Sai cosa vuoi far dire alle comparse?»

«Sì, ho immaginato alcune conversazioni: chiacchiere da ricevimento, come: "Oh, adoro il tuo vestito", "Che bel cappello", e cose del genere. Dovrebbe essere abbastanza per soddisfare gli spettatori che leggono le labbra».

«Meraviglioso. A proposito, sei adorabile. Non vedo l'ora che tu veda i giornalieri!»

Scossi la testa. Forse ero adorabile con i capelli neri raccolti in un'acconciatura elegante e le sopracciglia naturalmente nere che spiccavano magnificamente in fotografia, però sapevo di non essere tagliata per recitare.

La compagnia era piccola e Lois e Phillips non facevano distinzioni fra i tirapiedi come me e le stelle come Claire Windsor, perciò più tardi, quello stesso giorno, ci radunammo tutti quanti nella buia sala di proiezione a guardare i giornalieri.

Allora ebbi la dimostrazione di avere assolutamente ragione. «Oh, Dio» gemetti, coprendomi gli occhi con le dita. Poi sbirciai, poi me li coprii di nuovo e al tempo stesso mi sforzai di guardare lo schermo. «Oh, sono terribile!» E lo ero *davvero*. Il modo in cui mi muovevo... Ero rigida come una marionetta mossa da fili invisibili. Le mie braccia parevano bastoni in confronto a quelle di tutte le altre attrici, e i miei occhi azzurri erano così chiari da sembrare quelli di una lupa.

«Per me sei favolosa» mormorò George Hill, un operatore. Il suo bel viso, con gli occhi pieni di sentimento e i baffi affascinanti, si illuminò quando gli lanciai un sorriso di gratitudine. Mi seguiva come un cagnolino, però era ancora un ragazzo, non aveva più di diciotto o diciannove anni, e io non avevo alcuna intenzione di gettarmi in una nuova relazione, senza contare che il mio divorzio non era ancora definitivo.

«Che stai dicendo?» rise Lois, stringendomi una spalla. «Sei meravigliosa!»

«No, no... Mai più!»

Lois annuì. «Be', comunque apprezzo che tu ti sia cimentata. Ti è piaciuto scrivere dialoghi?»

«Mi è piaciuto immensamente!» Era stato divertente e liberatorio infilarmi nei panni altrui! Immaginare le loro vite, le loro relazioni, i discorsi che potevano fare, anche se si trattava soltanto di chiacchiere da ricevimento. Non avevo recitato un unico ruolo, ma parecchi, tutti diversi, e tale diversità era stata inebriante. Eppure a fine giornata, seduta insieme ai miei compagni, ero ancora me stessa, ero ancora Frances. La cinepresa non mi aveva rubato alcunché, tranne le parole. La mia anima apparteneva ancora unicamente a me.

Dopo quel giorno continuai a sbrigare tutte le più strane mansioni che mi furono affidate, incluso scrivere dialoghi di quando in quando, e così imparai, assimilai, felice di essere utile e di trascorrere le giornate in compagnia di persone come me, disadattati di talento e privi di scopo finché si erano imbattuti nel cinema, o il cinema si era imbattuto in loro. Lo studio Bosworth era a Laguna Beach, quindi era un bel viaggio dalla mia pensione, però valeva la pena compiere il lungo tragitto in tram soltanto per ammirare il panorama, le meravigliose scogliere a strapiombo sull'oceano e la vista di Catalina, talvolta smagliante, talvolta simile a uno spettro nella nebbia. Era esaltante conoscere gli attori di teatro che si presentavano, alcuni senza essere invitati, come per dispensare favori inauditi e cimentarsi con la "gente del cinema", anzi, con il cinema, perché ormai non si parlava più di noi, gente strana, bensì di ciò che noi stavamo creando.

Una mattina in cui sostituivo la receptionist all'ingresso, alzai lo sguardo e mi trovai di fronte nientemeno che la mia vecchia amica Laurette Taylor, della Morosco Company.

«Vedo che frequenta i bassifondi, Miss Taylor. O forse dovrei segnarla come "Teddy Roosevelt"?» Non ero riuscita a trattenermi.

Miss Taylor mi scoccò un'occhiata furente e passò oltre per andare a incontrare Lois.

Chissà perché, non mi si spezzò affatto il cuore quando Miss Taylor dimostrò di non essere granché brava sullo schermo.

Un giorno si presentò Owen Moore, bello e pieno di sé come sempre, con i folti capelli neri scintillanti e i denti bianchi e regolari ancora più splendenti. Doveva recitare da coprotagonista con un'altra scoperta di Lois, una ragazza di nome Elsie Janis. Mi piaceva Elsie. Era incantevole, sempre energica e loquace, sempre attiva, sempre in movimento. Faceva la verticale, scherzava con la troupe, imitava tutti coloro che incontrava. A quanto pareva era un'attrice teatrale molto famosa, soprattutto in Inghilterra, dove cantava e si esibiva in piccoli sketch in cui imitava chiunque, da Nellie Melba a Lord Kitchener.

«Forza, Fran» esortò Elsie, un giorno, truccata e vestita da cavernicola per il film che stava girando, *'Twas Ever Thus*. «Abbiamo bisogno di altre ragazze delle caverne! Spalmati un po' di fango in faccia, indossa qualche pelliccia e unisciti a noi sul set!»

«Oh, Elsie, no!» Anziché seguire la compagnia alle riprese in esterni, intendevo rimanere allo studio per lavorare a uno scenario con una delle mie nuove amiche, Bess Meredyth, una giovane attrice molto allegra, la quale, come me, non amava particolarmente recitare pur essendo di bell'aspetto. Anche lei desiderava scrivere e aveva già redatto alcune sceneggiature. Mi stava insegnando a sviluppare le idee in modo che i registi potessero filmarle. «Tutti hanno idee e le idee si vendono. Se ne può anche ricavare un po' di soldi, sai?» mi spiegò Bess. «Però trasformare un'idea in una sceneggiatura è una cosa completamente diversa». E lo era davvero. Comunque era esaltante cercare di guardare attraverso l'obiettivo della cinepresa, osservare gli attori, scegliere le inquadrature, descrivere le motivazioni, imparare a trasmettere emozioni attraverso l'azione anziché le parole. L'azione non doveva essere sciocca o fine a se stessa, bensì realistica, controllata. Non era meno esaltante entrare nella mente di ciascun personaggio, poi, alla fine della giornata, strisciare fuori dalla fitta foresta psicologica che avevo creato, sgravarmi del fardello dei problemi e delle disgrazie di quelle persone immaginarie, ed emergere più leggera dell'aria, miracolosamente più leggera, più allegra di quanto fossi mai stata, pronta a ballare, a bere, ad amare, a ridere, a godermi la vita come non avevo mai saputo godermela prima.

«Oh, Fran, in futuro potrai rimanere qui allo studio» insistette Elsie, mettendo il broncio. «Io invece non sarò da queste parti per sempre! Dopo avere girato il film tornerò in Inghilterra per sollevare il morale alle truppe. Sai, questa orribile guerra! Non posso credere che stia continuando».

«Neanch'io». Era il 1914. La guerra in Europa era scoppiata in luglio e in novembre si stava ancora combattendo. Nel vedere Elsie inaspettatamente seria compresi che non era affatto contenta di essere lontana dal suo paese di adozione nel momento del bisogno, soprattutto per recitare la parte di una cavernicola, e io non potevo biasimarla. «Va bene» acconsentii finalmente, perché mi divertivo sempre molto con lei ed era una bella giornata. Inoltre avrei avuto la faccia tutta imbrattata di fango, quindi chi avrebbe mai potuto riconoscermi?

Quando la mia faccia fu imbrattata di fango dissi a me stessa che avrebbe giovato meravigliosamente alla mia carnagione, proprio come qualsiasi maschera di fango in un salone di bellezza. Dopo essermi arrampicata per due ore su una collina piena di rocce frastagliate e di cactus, mi ritrovai con le mani scorticate e le ginocchia graffiate.

«Questa è una delle volte in cui sono felice di non dover scrivere dialoghi» dichiarai sbuffando allorché il regista ebbe gridato: «Stop!» per allestire una nuova inquadratura. «*Ugga buuugga* è tutto quello che riesco a escogitare».

«Di sicuro non è Shakespeare». Elsie sbadigliò, poi si stese su un masso piatto, e sembrava proprio una lucertola al sole quando sollevò al cielo senza nubi il suo visetto, l'unico a non essere imbrattato di fango, dal momento che lei era la star.

«Attenta ai serpenti a sonagli» avvisai. Nel corso della ripresa precedente una ragazza aveva rischiato di calpestarne uno. Allora il regista aveva estratto una pistola e aveva sparato al rettile.

«Ho già controllato». Elsie sbadigliò di nuovo. «Sai, Fran, a volte non riesco a capire come questa follia del cinema possa durare... Il nome del mio personaggio è Flessuosa. "Oh, le intrepide donne dell'Età della Pietra, che combattevano e morivano accanto ai loro uomini"... È scritto su un cartellone! Riesci a crederlo?»

«Be', so scrivere meglio!» Battei i piedi al suolo nel tentativo di spaventare i serpenti a sonagli eventualmente rintanati nei dintorni. Poi osservai il mio costume malconcio, le gambe inzaccherate di fango, i graffi e i tagli. Il sole alto picchiava su tutte noi, sparse sulle rocce, mentre dietro la macchina da presa sedevano il regista e lo sceneggiatore, la segretaria di edizione e tutti gli altri, misericordiosamente protetti dagli ombrelloni. «Questo è il mestiere più folle. Come si può voler stare davanti alla cinepresa?»

«Frances Marion! Credevo che non volessi diventare attrice!»

Una figura minuta, stagliata sullo sfondo di un parasole in pizzo, aveva ancora le mani a portavoce dopo aver urlato.

Riparandomi gli occhi con la mano vidi lo sguardo scintillante e malizioso di Mary Pickford. «Mary!» Incapace di trattenermi, battei le mani, spruzzandomi di fango. «Oh, sei tornata! Sono così felice!» Senza curarmi dell'inquadratura successiva, scesi dal versante roccioso anche se il regista non aveva ancora finito con me. «Quando sei tornata?»

«Ieri. Sono venuta sul set a trovare Owen, ma non lo vedo». Mary aggrottò le sopracciglia. Aveva i boccoli d'oro raccolti in un'alta acconciatura alla moda, da adulta, e indossava uno squisito abito di lino bianco con fascia di seta azzurra. Appariva fresca e affascinante come se fosse appena arrivata da una festa in giardino.

Io invece mi sentivo sciocca e a disagio, in costume di pelliccia, tutta inzaccherata, con un gran bisogno di spogliarmi, concedermi un lungo bagno e cambiarmi. «Non so dove sia Owen» mentii, perché sapevo esattamente che era dietro le rocce ad amoreggiare con una delle altre "intrepide donne dell'Età della Pietra".

«Dunque alla fine non sei riuscita a resistere e sei diventata attrice?» mi canzonò Mary, osservando il mio costume. Eppure scorsi nel suo sguardo delusione, forse risentimento.

«Oh, no! Ho soltanto fatto un favore a Elsie! Non sono un'attrice! Anzi, faccio un po' di tutto e sto imparando molto, qui al Bosworth. Stavo pensando d'imparare a scrivere… sceneggiature…» Mi sentivo intimidita a confessare le mie ambizioni a Mary. Dopotutto non la vedevo da mesi e ci conoscevamo appena.

Invece lei sorrise cordialmente e posò una mano guantata sul mio braccio infangato, come se non le importasse di sporcarsi. «Penso che sia meraviglioso! Sapevo che avresti trovato un modo per inserirti nel cinema!»

«Sì, ma lo studio sta per chiudere perché Bosworth intende ritirarsi. Pensa di essere troppo vecchio e sostiene che questo è un mestiere per giovani. Così Lois e suo marito si accingono a passare alla Universal». L'avevo appena saputo e non avevo ancora avuto la possibilità di decidere se seguire Lois alla Universal oppure no. Molti nuovi studi cinematografici stavano aprendo. Forse in uno studio più piccolo avrei potuto imparare a scrivere. Anche se volevo bene a Lois e le ero molto grata, sospettavo che se non mi fossi separata da lei sarei rimasta sua assistente, incaricata unicamente di sbrigare mansioni assortite.

«Lavora per me!» proruppe Mary, e con tutta evidenza ne rimase sbalordita lei stessa, perché subito si coprì la bocca con una mano e inarcò le sopracciglia per lo stupore.

Trattenni il fiato, in attesa, senza che lei annullasse l'offerta. «Cosa?»

«Vieni a lavorare per me, Frances! Dico davvero! Purtroppo posso assumerti soltanto come attrice anche se non vuoi recitare, perché il mio contratto specifica che posso scegliermi il cast. Però ti voglio soprattutto per collaborare a scrivere le sceneggiature dei miei prossimi film. Ci divertiremo!»

«Dici sul serio? Tu non… Io non… Insomma, sto ancora *imparando*!»

«Vale per tutti noi! Non è questo l'aspetto entusiasmante? Stiamo creando il cinema con il nostro lavoro giorno dopo giorno e non c'è nessuno a dire che stiamo sbagliando!» Mary mi lanciò di nuovo quello sguardo penetrante che tanto contrastava con il suo aspetto pudico e verginale.

«Io… Mi piacerebbe moltissimo! Dove devo firmare?» Con una mano tracciai la mia firma nell'aria. Non potevo aspettare qualcosa di così ordinario come un mero foglio di carta. Lei avrebbe potuto cambiare idea!

Mary scoppiò a ridere. «Che sciocca! Non ho alcun contratto qui con me. Dovrai passare a conoscere mamma, poi ci penseremo».

«Oh, certo, certo! Va bene, Mary». Al posto di un vero contratto, porsi una mano, che lei mi strinse con decisione. «Sono onorata e umiliata».

«Non sentirti umiliata. Non faccio beneficenza. Assumo persone che mi sembrano dotate di talento, e con cui mi piace passare il tempo».

«Ehi, donna delle caverne! Riporta il culo sulla tua roccia!» gridò il regista, con il megafono orientato nella mia direzione.

Mi strinsi nelle spalle e mi arrampicai di nuovo sulla collina. Giunta in cima mi girai a salutare a gesti Mary, che ricambiò il saluto.

«Fran, esci con noi stasera?» Elsie si alzò e assunse di nuovo la sua posa da Flessuosa. «Andiamo giù allo Ship Café».

Normalmente sarei andata volentieri. Mi ero unita a un gruppo di gente del cinema eterogeneo ed eclettico, composto di attori come Mabel Normand, Sessue Hayakawa ed Erich von Stroheim, nonché di miei colleghi factotum dello studio Bosworth, Sidney Franklin, George Hill e Adela, naturalmente, come pure Bess e un'altra scenarista, Anita Loos, che non poteva avere più di diciassette anni, eppure in qualche modo aveva convinto i genitori a lasciarla vivere e lavorare a Los Angeles. Era un gruppo divertente e di solito dopo il tramonto ci incontravamo per bere birra, mangiare panini, spettegolare e ballare sul ponte dello Ship Café, un autentico bastimento, riproduzione di un galeone spagnolo, giù al Venice Pier. Eravamo tutti giovani, bramosi di divertimento e di fama, innamorati del nostro lavoro e quindi, naturalmente, innamorati gli uni degli altri. Era inebriante appartenere a un gruppo come quello. Ci salutavamo con abbracci e baci affettuosi, ridere era la nostra droga preferita (almeno per la maggior parte di noi, non ero sicura che lo fosse anche per Mabel), e ci aiutavamo a vicenda, lasciando l'ego fuori dalla porta. Se Adela si bloccava sull'idea per una storia, l'aiutavamo a sviluppare la trama. Se Lois non era sicura di come sistemare la cinepresa, tutti avevano suggerimenti da proporre. E alcuni della banda, come von Stroheim, per esempio, erano così poveri che facevamo una colletta per pagar loro i conti, semplicemente perché erano divertenti, sicuri di valere, ambiziosi. L'ambizione era l'altra cosa che ci accomunava.

«Non stasera, Elsie. Ho un appuntamento, con Mary, Mary Pickford». Non potevo credere alle mie orecchie.

«Mary? È tornata?» Elsie si girò verso la macchina da presa, dove Mary stava parlando con Owen. Persino da lontano sembrava che non fosse una conversazione lieta. Mary aveva le braccia incrociate sul petto, con il parasole che le pendeva sulla schiena, e Owen agitava freneticamente le braccia.

«Credo che il mio tempo con Owen sia finito, per adesso» rise Elsie. «Adoro Mary, ma quando la gatta non c'è...»

«Elsie! Anche tu?» Non riuscii a trattenermi, pur sapendo di sembrare puritana. D'altronde, ero sbalordita. Elsie era così dolce, così allegra, eppure... Sì, anche lei aveva qualcosa di rapace, come se il mondo intero fosse a disposizione per soddisfare ogni suo desiderio. Mi fu impossibile non chiedermi se quella fosse una delle sgradevoli conseguenze del successo.

«Non soltanto io: anche tutte le altre cavernicole qui presenti... tranne te, a quanto pare. Oh, Fran, non essere così sconvolta! Il loro matrimonio è una farsa. Lo sanno loro, lo sappiamo noi, lo sanno tutti, a parte le apparenze da salvare per le riviste di cinema, naturalmente. Mary è fredda come un cetriolo, sempre così seria! Owen, invece... Be', lui non è per niente freddo. Andiamo! Non sei mica una santa!»

Avvampai di rossore. No, non ero affatto una santa. Mi piaceva la compagnia maschile. Talvolta iniziavo la nottata allo Ship Café e la finivo nel letto di qualcuno, che però non era mai un uomo sposato, mai. Non l'avrei mai fatto.

«Ma, Elsie... Tu sei amica di Mary...»

«In verità, no. Mary non ha amiche. Ha soltanto conoscenti».

«Anche se è così, non è giusto».

«Oh, non preoccuparti! D'ora in poi smetterò di frequentare Owen. Non desidero ferire Mary. Non lo farei mai sotto i suoi occhi. E comunque sto per tornare in

Inghilterra, dov'è in corso una guerra, se l'hai dimenticato. Immagino che quella non tarderà a calmarmi».

«No, non ho dimenticato la guerra» ribattei, anche se, a dire il vero, l'avevo proprio dimenticata. Nessuno negli Stati Uniti parlava granché del conflitto in Europa. A parte preoccuparsi per come avrebbe potuto influire sui profitti oltremare, l'industria cinematografica stava appena incominciando a rendersi conto che esisteva un mercato internazionale per i film americani.

«Ai vostri posti, donne delle caverne!» ruggì il regista nel megafono. «Motore… Azione!»

Così cominciai a scorrazzare all'intorno, gesticolando verso le altre donne, mimando duro lavoro o spossatezza a seconda dei capricci del regista e intanto facendo del mio meglio per tenere il viso distolto dalla cinepresa.

Mia madre non sapeva ancora della mia nuova carriera, nessuno a San Francisco ne era al corrente. Anche se era poco probabile che qualcuno che mi conosceva frequentasse le sale cinematografiche, non volevo espormi. Ero l'unica donna delle caverne a non competere per essere inquadrata e a non mendicare silenziosamente i favori della macchina da presa.

«Non sai che c'è una guerra in corso?» gridò a un tratto Elsie, nel raccogliere un sasso e sollevarlo sopra la testa, feroce e risoluta come tutte le altre cavernicole. La sua voce tremò, e mi sembrò che in quel momento non stesse recitando.

Eppure in quel sole pallido e implacabile, tra i fiori sgargianti, sotto un cielo azzurro niente affatto velato dal fumo o dalla foschia di un campo di battaglia, mentre gli uccelli veleggiavano in alto e un oceano di opportunità si spalancava miracolosamente di fronte a me, era impossibile crederlo.

Soprattutto dopo che il regista ebbe urlato: «Stop!»

4.
Frances
Inverno 1915

Era in corso una guerra, una guerra sullo schermo.

Mary sedeva accanto a me in una sala affollata, con i capelli raccolti in un voluminoso cappellino di velluto per evitare ciò che le capitava sempre più spesso, cioè essere riconosciuta. Grazie a Dio non avevo mai avuto simili preoccupazioni, e speravo di non doverle mai avere. Volevo essere *conosciuta*, sì, e lo volevo con ogni grammo di ambizione che possedevo, tuttavia non volevo essere *riconosciuta*. Potevo tagliarmi i capelli, potevo decidere di infilarmi un vestito vecchio se avevo bisogno di correre in bottega a comprare il burro, oppure potevo indossare uno scollatissimo abito da sera, se volevo.

Invece Mary stava cominciando a rendersi conto di non poter fare nulla di tutto ciò senza ripercussioni, e sapevo che questo le suscitava sentimenti contrastanti. Da una parte essere riconosciuta confermava la sua celebrità, e la fama significava tutto per lei, per motivi che iniziavo appena a comprendere. D'altra parte i nuovi fan del cinema erano diversi da tutti gli altri fan che avevo visto. Non sempre si accontentavano di guardare o chiedere cortesemente un autografo. No, i fan del cinema erano inclini a piangere, talvolta a strillare o a protendersi per toccare Mary, per palparle il vestito o persino i boccoli, come se ne avessero il diritto, come se si sentissero suoi padroni, come se la possedessero dalla testa ai piedi per averla comprata con i biglietti cinematografici e con la loro devozione, le loro risate, le loro lacrime.

Quella sera Mary era sfuggita alla loro attenzione, almeno per il momento. Il biglietto costava due dollari, perciò gli spettatori erano interamente concentrati sullo schermo. Non riuscivo a capacitarmi: due dollari per un biglietto del cinema! Fino a pochi anni prima il prezzo era cinque centesimi e tuttora per la maggior parte dei film era ancora di soli dieci o quindici centesimi. Ma per l'ultimo film di D.W. Griffith, che prometteva di essere uno spettacolo diverso da qualunque altro il pubblico avesse mai visto, avevamo pagato volentieri, e ora tutto il pubblico era in fermento, più interessato a ciò che stava per apparire sullo schermo che a coloro che sedevano in platea. Dopo le prime proiezioni cominciava già a circolare la voce che l'opera di Griffith fosse sbalorditiva, senza precedenti.

Il titolo del film era *Nascita di una nazione*.

Rimasi col fiato sospeso dal momento in cui l'orchestra, una vera orchestra, non semplicemente un pianista, iniziò a eseguire la musica originale, composta appositamente per il film, ossia un'altra cosa inaudita. Per tre ore intere non fui consapevole di nulla se non di ciò che si svolgeva sullo schermo. Le immagini e la musica entusiasmante mi percossero come i pugni di un peso massimo, così che a volte non riuscii a decifrare ciò che vedevo e mi fu possibile soltanto lasciarmi travolgere, nella speranza di ricavarne un senso in seguito.

Dieci rulli, il film era di dieci rulli! Quali sarebbero state le conseguenze? Dieci rulli consentivano uno sviluppo narrativo immenso, una narrazione epica, non le dolci letterine che tutti noi eravamo abituati a produrre. Gli studi cinematografici erano sicuri che il pubblico potesse restare seduto soltanto per il tempo necessario ad assistere alla proiezione di un film di due rulli, di cinque al massimo.

Invece Griffith non si era curato minimamente delle previsioni, e il risultato era elettrizzante. La mia mente vacillò, godendo il film e sforzandosi di comprenderne la strabiliante magia tecnica, mentre le innovazioni si succedevano incessantemente sullo schermo. Non contento della narrazione lineare, Griffith aveva utilizzato tagli e inserti, ottenendo risultati entusiasmanti. Come diavolo aveva potuto immaginare simili tecniche? Come aveva potuto prevedere che il pubblico sarebbe stato in grado di formulare mentalmente le connessioni necessarie a capire la successione degli eventi? Era brillante, intenso e assolutamente emozionante. Rimasi per l'intera proiezione in un tale stato di tensione che una volta concluso il film mi accorsi di avere tutto il corpo dolorante.

Le scene di battaglia erano miracolosamente organizzate e illuminate, come se un dagherrotipo di Brady avesse preso vita. L'incredibile uso del diaframma della cinepresa le dissolvenze... Non avevo mai visto niente di simile, e queste tecniche offrivano al pubblico la possibilità di riprendere fiato e prepararsi a quello che stava per accadere. Le didascalie erano raffinate e ornate come artistici biglietti da visita, anziché grezze e disadorne come quelle che usavano tutti gli altri.

Naturalmente, era una narrazione epica: la storia di due famiglie, una del Nord e una del Sud, sullo sfondo della Guerra civile e della Ricostruzione. Con una scelta geniale, Griffith si era concentrato sulla vita intima delle famiglie e sui rapporti personali. Anche se lo spettacolo era mozzafiato, ciò a cui mi appassionai profondamente era il destino delle persone comuni.

Per tutto il film Mary rimase aggrappata al mio braccio, infervorata quanto me, con le unghie che affondavano sempre più nelle mie carni finché, allentando la presa, mi lasciò quattro graffi arrossati. Eppure non m'importava. Io e lei eravamo un'unica persona, un unico essere stupefatto che viveva e respirava, completamente e interamente ammaliato, proprio come il resto degli spettatori travolti da quello sconvolgente vortice emotivo che risucchiò tutti e che non ci liberò sino alla conclusione, quando l'eroe e l'eroina furono finalmente uniti, e l'immagine si dissolse nell'ultima didascalia: *Libertà e unione, unite e inseparabili, ora e per sempre!*

L'orchestra eseguì l'accordo finale e poi fu silenzio,

silenzio profondo, come in chiesa. Udii un forte rumore di tonfi, mi guardai attorno e soltanto a poco a poco mi resi conto che gli spettatori battevano i piedi sul pavimento. Continuarono così fino a scuotere l'intero edificio, poi arrivarono gli applausi fragorosi, gli evviva e infine un boato, un grido sincero e assordante.

In piedi, applaudii e urlai finché la gola mi fece male. Mi accorsi di qualcosa che mi scivolava sulle guance e mi resi conto che erano lacrime. Accanto a me, Mary era in piedi sulla poltrona, esultante, anche lei con il viso inondato di lacrime. Il cappellino le pendeva sulla schiena senza più nascondere i boccoli, ma nessuno la guardava. Erano ancora tutti sopraffatti da quello che era appena accaduto sullo schermo.

«Oh, Fran! Oh, Fran! Hai mai...? Non ti senti *fiera*?»

Mi si serrò la gola nel pensare: Sì! Era proprio ciò che stavo cercando e che avevo atteso per anni. Questa fioritura, questa apertura del cuore, degli occhi e della mente, vaste prospettive, e tutto mediante la creatività di persone come me. La nostra immaginazione eccedeva la vita reale, quindi sentivamo la necessità di costruirne un'altra, e la costruivamo con tentativi ed errori, sudore e lacrime e fortuna e fegato e cuore. Ero fiera di quel film e dell'industria cinematografica: la *mia* industria.

In quel cinema caldo e soffocante, uno dei nuovi "palazzi" che spuntavano dalla terra come le grandi piramidi, ma erano monumenti ai film, non ai re, nessuno di noi voleva andarsene. Come bovini storditi, restammo a fissare lo schermo bianco, quasi avessimo il potere di evocare le nostre scene preferite.

«Voglio fare questo stesso effetto alla gente». Mi volsi a Mary, afferrandole un braccio. Il suo viso era ancora roseo, i suoi occhi ancora splendenti di emozione. «Voglio fare in modo che non desiderino andarsene. Voglio travolgerli con le mie storie e le mie idee! Voglio fare arte, non mero intrattenimento!»

«Tu lo farai, io lo farò. Se ha potuto farlo Griffith... Voglio dire, Fran, ho lavorato per lui alla Biograph! Sapevo che aveva talento ma... Oh, che arrogante! Non ha mai voluto collaborare. Avevo molte idee, ma di rado mi ascoltava. Eppure è proprio per questo che ha potuto realizzare un film tanto geniale. Non è forse così? Non ha ascoltato nessuno di coloro che gli dicevano che era impossibile fare un film di dieci rulli e che era altrettanto impossibile un montaggio come quello che lui invece ha realizzato... Oh, Fran, quella corsa, alla fine! Nessuno l'ha mai fatto prima!» In quel momento Mary non sembrava una famosa attrice, ma una semplice fan del cinema. E io sapevo che lo era davvero. Amava i film con la stessa devozione del più fervido dei suoi fan. Forse proprio per questo loro l'adoravano: perché in lei si riconoscevano.

«Ora ti penti di aver lasciato la Biograph per la Famous Players?»

«No! Oddio, no! Sono così felice per Lillian! Non è stata meravigliosa? E Mae Marsh? Certo, ha avuto una relazione con Griffith, mentre io ho sempre rifiutato. Anche per questo lui è stato così duro con me». Mary sorrise maliziosamente, e io cercai di non mostrarmi sconvolta come mi sentivo. Per qualche motivo non avevo mai potuto pensare alla vita sessuale di Mary, anche se, naturalmente, era sposata.

«Griffith... Voleva che... tu...?» Guardai attorno per accertarmi che nessuno ascoltasse, poi mi chinai per sussurrarle all'orecchio: «Voleva fare l'amore con te?»

«Sì, certo!» rise Mary, allegra come se le avessi appena suggerito di andare a mangiare un gelato. Allora, per la prima volta, mi sentii la meno disinvolta fra noi due. Poi mi resi conto che non avrei dovuto essere sorpresa. Dopotutto, Mary era un'attrice, e io stavo già imparando che le attrici percorrevano un sentiero per il successo diverso, più oscuro, di quello che percorrevano donne come Bess e Adela, e come me. Avevo visto il modo in cui gli uomini di potere trattavano le attrici. Non era una relazione paritaria, e le attrici ambiziose... be', erano costrette a compiere molte scelte sgradevoli. Era un segreto noto a tutti che le attrici desiderose di parti importanti erano considerate bersagli facili, almeno da alcuni registi e produttori.

Eppure non avevo mai visto Lois Weber fare proposte a un attore che pensava di ingaggiare. Strano, vero?

Mary continuava a ridere della mia espressione verecon- da, quindi fui costretta ad ammettere di essere sgomenta per un altro motivo. Il mio unico contributo allo sviluppo della nostra recente amicizia, affinché non fosse così squili- brata come a volte temevo, era la sofisticata esperienza della divorziata di San Francisco. Ero più istruita di Mary per- ché, dopotutto, avevo terminato la scuola, avevo studiato il latino e i classici ed ero cresciuta in un ambiente agiato, seppure soffocante, mentre Mary era cresciuta in povertà, non era mai andata a scuola, era molto suscettibile in pro- posito e cercava disperatamente di rimediare. Inoltre avevo conosciuto molti più uomini di lei. Tuttavia mi resi conto all'improvviso, sconcertata, di essere stata molto più protet- ta di quanto lo fosse mai stata lei perché non ero un'attrice e non ero cresciuta in teatro. Per quale ragione non avevo mai nemmeno pensato di chiederle di parlarmi di quel tipo di abuso? Cos'altro, lei e altre come lei, avevano dovuto subire, e accettare, come parte del prezzo esorbitante che le donne dovevano pagare ad alcuni uomini per soddisfare la propria ambizione?

«Oh, Fran, non fare quella faccia! Ovviamente Griffith si aspetta di avere relazioni con tutte le sue attricette. Non è mica l'unico, sai? L'ho imparato il mio primo giorno di lavoro con lui, però non ho mai detto sì, e per qualche motivo lui non me l'ha mai fatta pagare, a differenza di quanto ha fatto invece con altre, anche se... Be', sai, questa potrebbe essere una delle ragioni per cui mi sono innamo- rata tanto di Owen...» Mary divenne pensierosa. «Stare con lui mi ha protetta da Griffith e anche da altri registi». Emise una breve, arida risata. «Be', non sarei mai diventata semplicemente un'altra delle bamboline di Griffith, così alla fine me ne sono andata. Anche se rispettavo il nostro lavoro, non potevo sopportare i suoi modi autoritari. Lui vuole che le sue attrici sorridano e facciano la riverenza e chiedano quanto in alto, quando lui ordina loro di saltare. Eppure ammiro questa sua opera: mi riempie di meraviglia e soggezione. Adesso la gente smetterà di chiedersi se la mania del cinema durerà. Certo che durerà, e grazie a ciò che ha fatto Griffith. Ha elevato una moda, una mania, a una forma d'arte».

«Mi ispira la volontà di impegnarmi di più nel lavoro» confessai, mentre il pubblico cominciava finalmente a uscire, come una mandria.

Mary si rimise il cappellino per nascondere del tutto i boccoli e guardò nervosamente attorno, poi parve diventare più piccola e meno attraente. Era un gran bel trucco, che avevo già notato altre volte.

«Però, dieci rulli! Il film dev'essere costato un'enormità… Credi che recupererà le spese?»

«Non lo so. La domanda è proprio questa… Cosa vuole davvero il pubblico? Cortometraggi che costano cinque centesimi ma durano soltanto pochi minuti, oppure qualcosa di più lungo, come un libro, in modo da perdercisi per un'ora o due? O tre, in questo caso». Mary scosse la testa, e mi sembrò quasi di vedere gli ingranaggi scattare nella sua mente. Un'altra cosa che avevo imparato di lei, nel breve periodo in cui avevamo approfondito la nostra conoscenza, era che la sua mente non riposava mai. Pensava sempre, concepiva strategie, ferocemente determinata a rimanere sempre un passo avanti a tutti gli altri. Non c'era da meravigliarsi se lei e Griffith si erano scontrati, visto che erano molto simili. Pensierosa, riprese: «Mi chiedo soprattutto se vi siano abbastanza registi capaci…»

«Miss Pickford? Mary?» Una donna si fermò nella corsia a bloccarci il passaggio, quindi porse una matita e un piccolo album. «Posso avere un suo autografo?»

«Mary? Mary Pickford?» Altri spettatori si girarono a fissarla.

Quando mi protesi verso di lei per proteggerla in qualche modo, forse persino per farle scudo, Mary mi respinse e si tolse il cappellino a rivelare i boccoli d'oro. In breve tempo una piccola folla si radunò intorno a noi e la nostra conversazione fu dimenticata. Mary sorrise felicemente e firmò ogni foglio che le fu presentato, strinse ogni mano, accettò ogni abbraccio.

«Mi scusi, signorina...»

Alzai lo sguardo.

Un uomo dai patetici baffetti si tolse il cappello e mi porse un biglietto. «È la cameriera di Miss Pickford? Potrebbe consegnarle questo? Rappresento la ditta di cosmetici Mademoiselle, che sarebbe felice di chiedere a Miss Pickford di pubblicizzare la nostra crema per il viso».

Prima che potessi rispondere che non ero la cameriera di Miss Pickford, l'uomo sparì fra la folla, proprio mentre Mary firmava il suo ultimo autografo.

«Oh, Fran! Mi dispiace tanto!» Mary tornò di corsa da me senza sembrare affatto dispiaciuta. Con un sorriso felice raccolse di nuovo la capigliatura nel cappellino. «Mamma mi ha insegnato a non respingere mai i miei fan. Non sono cari? Così devoti!»

Accettai il suo rapido abbraccio, poi lei mi prese a braccetto e uscimmo dal teatro. Allora accartocciai il biglietto da visita e lo gettai via.

Arrivammo all'automobile di Mary, una Buick nera da turismo del 1915, così bella che non riuscii a reprimere un moto d'invidia nell'ammirarne la raffinata eleganza. Pur non essendo una cameriera, ero ancora ben lontana dal poter acquistare un'automobile. Mary avviò il motore e partimmo. Per ampie strade collinari scendemmo al quartiere chiamato Hollywoodland, dove ciascuna di noi aveva affittato un bungalow in uno dei tanti complessi residenziali che esperti investitori immobiliari stavano costruendo per approfittare della cronica scarsità di alloggi. Infatti i treni scaricavano ogni giorno centinaia di nuovi cittadini. Los Angeles era una città in rapidissima espansione.

Con perizia, Mary parcheggiò l'auto in strada, quindi ci recammo ai nostri bungalow gemelli, situati l'uno accanto all'altro, con un giardinetto in comune. La luce nel portico di Mary era accesa. Una donna paffuta sbucò dall'ombra con un gemito.

«Mamma, è stato fantastico! Devi vederlo al più presto!» gridò Mary.

«Davvero? Quel Griffith? Continua a non piacermi il modo in cui ti trattava alla Biograph». Charlotte Pickford increspò la bocca larga, sollevò il naso prominente, e io sorrisi.

La madre di Mary Pickford era già leggendaria nell'industria cinematografica. «Ama Mary, odia sua madre» dicevano tutti. «È così prepotente. È anche un'ubriacona. Mary non fa niente senza di lei».

Eppure mi piaceva Charlotte, mi piaceva molto. Adesso sapevo da chi Mary aveva ereditato la mentalità pragmatica che sembrava sconcertare chi la identificava con il suo personaggio cinematografico, talvolta angelica, talvolta adorabilmente battagliera: una creatura di luce, aria e desiderio. Tuttavia la Mary che conoscevo non era affatto così. Nella vita reale, Mary e Charlotte Pickford erano le donne più intensamente pragmatiche che io avessi mai incontrato.

Era Charlotte ad amministrare i conti di Mary, e anche i miei, perché non ci sapevo fare con i numeri. Il denaro era destinato a essere speso, e ora che guadagnavo tanto (cinquanta dollari a settimana!) ero sola e non dovevo render conto a un marito... be', compravo ciò che desideravo. Tutto sarebbe finito entro breve tempo, no? Non riuscivo a immaginare di poter continuare a guadagnare tanto. Qualcuno mi avrebbe scoperta, avrebbe capito che ero un'impostora, e così avrei dovuto riprendere a disegnare e a vivere in una pensione. Ma almeno avrei avuto indumenti favolosi da indossare.

Charlotte pensava che non fosse una condotta prudente. Mi esortava a risparmiare ogni centesimo, come faceva Mary. Mi faceva da madre, si preoccupava per me quasi quanto per sua figlia, e io ne ero assolutamente felice, perché mia madre si era preoccupata sempre e soltanto delle ripercussioni sociali del mio comportamento, in quanto avrebbero potuto riflettersi su di lei.

Naturalmente, Mary guadagnava molto più di me, moltissimo, e non volevo neppure sapere quanto. Comunque i soldi che aveva erano così tanti che avrebbero potuto essere anche finti, e Charlotte li investiva saggiamente in terreni, anche se non in immobili. Ecco perché l'attrice più pagata del mondo aveva affittato un piccolo bungalow in un modesto complesso residenziale accanto a quello della sua nuova migliore amica, cioè io.

E io ne ero felice. Impegnata com'ero sia nel lavoro che nello svago, talvolta mi sentivo sola da quando Robert se n'era andato. In precedenza mi ero trasferita da una squallida pensione all'altra, senza neppure prendermi la briga di disfare le valigie. Ora praticamente convivevo con Mary e con Charlotte, e mi sentivo giovane come non mi capitava più da anni, quasi fossi saltata stupidamente nell'età adulta con quei due disastrosi matrimoni e fossi cresciuta troppo presto, prendendo me stessa e i miei problemi fin troppo seriamente.

Nel cinema, invece, il tempo non era sempre lineare, anzi, zigzagava spesso, balzava avanti e indietro, e offriva sempre una possibilità di redenzione. Era forse questo che mi stava accadendo? Mi si offriva una possibilità di tornare indietro e cominciare daccapo? Era stata Mary a offrirmi quell'opportunità?

Nell'abitare accanto a lei mi sembrava di essere tornata ai giorni del collegio, quando non avevo ancora permesso agli uomini di stravolgere il mio modo di pensare e far deragliare i miei sogni. Io e Mary spettegolavamo e ridacchiavamo come compagne di stanza, provando nuove acconciature e speculando sul futuro. Adesso, se mi sentivo sola, triste o annoiata, non dovevo fare altro che uscire nel portico e chiamare perché Mary rispondesse dal lato opposto del vialetto con la sua voce dolce e melodiosa. Entravamo l'una in casa dell'altra senza preoccuparci di bussare, perché le porte non erano quasi mai chiuse a chiave e cucinavamo i nostri esperimenti gastronomici, che in realtà erano disastrosi. Oh, la volta in cui Mary aveva deciso di cuocere biscotti ai funghi! Anche se rischiavamo spesso di avvelenarci a vicenda, non aveva alcuna importanza, perché Charlotte, chioccia straordinaria, interveniva sempre tempestivamente per rimediare ai nostri errori.

Non frequentavo più il gruppo dello Ship Café così spesso come prima. Mary non amava uscire. Sempre sicura di se stessa allo studio, spesso in altri ambienti appariva timida e impacciata in modo commovente. Decisi che era dovuto alla sua mancanza di istruzione scolastica, e comunque spariva la vivacità che la caratterizzava quando era osservata unicamente dalla cinepresa. Quasi sempre il sabato sera noi tre rimanevamo a casa a preparare popcorn e poi, sedute nel portico, ad ascoltare le antiche storie irlandesi di spettri, fate e spiriti con cui Charlotte ci deliziava.

Come me, che mi sentivo e sembravo diversa, anche Mary era cambiata. Non era più la bambolina di porcellana diffidente, guardinga ed estremamente prudente che avevo conosciuto al nostro primo incontro, soltanto alcuni mesi prima... (Sembrava impossibile!) In breve tempo eravamo diventate l'una l'intera vita dell'altra. Era quasi come se Mary, una volta deciso di meritare un'amica, si fosse sbarazzata di un busto troppo stretto che indossava da anni. L'affettuosa fiducia che riponeva in me era sorprendente.

Amavo sinceramente quella Mary fanciullesca e frivola che rideva facilmente e permetteva alla sua sorprendente arguzia di manifestarsi spesso. A volte, mentre stavamo facendo qualcosa di sciocco, come quando le avevo insegnato a gettare gli spaghetti contro la parete per controllare la cottura e in breve ci eravamo trovate con tutta la cucina drappeggiata di fili di pasta appiccicosa, lei s'immobilizzava e io rimanevo sconcertata nell'accorgermi che i suoi occhi, ardenti di allegria un attimo prima, erano colmi di pianto.

«Oh, Fran» mi disse una volta nell'asciugarsi le lacrime. «Tu non sai, non sai... Non avevo mai avuto la possibilità di divertirmi così e di essere bambina! Ho sempre lavorato».

Allora l'abbracciai forte, desiderando con tutto il mio cuore che ci fosse il modo di donarle un'infanzia, di tornare indietro nel tempo.

Con il sole scompariva anche la nostra frivola spensieratezza. La sera era riservata ad appuntare i capelli, oppure a lavarli, e allora andavamo nella cucina di Mary e lasciavamo che Charlotte ci viziasse entrambe. Certo, acconciare i miei capelli era molto più semplice, erano soltanto capelli. Invece i capelli di Mary erano qualcosa di più, esigevano cura, tempo e responsabilità, quasi fossero una persona. La povera Mary era ostaggio di quei lunghi boccoli biondi che ogni singola notte dovevano essere sciacquati con champagne e succo di limone, nonché arrotolati pazientemente da Charlotte con i bigodini.

Mentre le nostre ciocche si asciugavano, restavamo sedute fianco a fianco sulla grande altalena nel portico, a respirare la fragranza della lavanda che Charlotte aveva piantato in giardino. Alla luce tremolante delle lanterne appese, leggevo a Mary recensioni di libri. Eravamo sempre in cerca di novità con cui persuadere Adolph Zukor, capo della Famous Players, ad acquistare i diritti per lei.

Inoltre io descrivevo le mie idee, lieta dei suggerimenti di Mary. Mary Pickford conosceva l'arte cinematografica meglio di chiunque altro avessi mai incontrato: meglio di Lois, meglio di Bosworth, forse persino meglio del Grande Griffith in persona. Quando condividevo con lei le idee per una storia, Mary coglieva all'istante l'aspetto tecnico: «Be', è un'idea divertente, Fran, tre vetture che si rincorrono... Ma come filmare una scena del genere? Per girarla come l'hai scritta sarebbe necessario installare una cinepresa su ogni auto, e finanziariamente non è proprio possibile per un film di un rullo. Forse si potrebbe per uno di due o tre rulli, però non sono sicura... La trama è terribilmente esile...»

Allora guardavo la mia amica, quella piccola, dolce eroina cinematografica che aveva appena manifestato la sua spaventosa perspicacia, e scuotevo la testa, prendevo appunti, m'imprimevo ogni cosa nella memoria.

«Avete fame, ragazze?» chiese Charlotte nonostante l'ora tarda, e con ansia guardò la figlia. In privato mi aveva detto di essere preoccupata perché la vedeva troppo magra. Invece Mary mi aveva confidato che sua madre non capiva che la macchina da presa ingrassava e che quello che era un vantaggio in teatro, perché consentiva di essere vista dalle file di poltrone più lontane, era uno svantaggio nel cinema. Per questo mangiava come un passerotto.

Annusai l'aria: gnocchetti di pasta bollita con pollo e verdure. Charlotte aveva sempre qualcosa che bolliva sulla stufa, qualcosa di così sostanzioso e fragrante che si assimilava semplicemente inspirando.

«Che profumi deliziosi!»

Anche se in un armadietto erano sempre nascoste una o due bottiglie, fingevo di non accorgermene. Charlotte era una bevitrice e Mary non la denigrava mai per questo. «Tu non lo sai, Fran» insisteva, scuotendo la testa. «Non puoi sapere quanto è stata dura per mamma, quando eravamo piccoli. Eravamo poverissimi e non abbiamo mai avuto una casa. Così mamma ha preso il coraggio dov'è riuscita a trovarlo».

Naturalmente essere forti bevitori alcolisti era diverso da essere alcolisti, così non badavo a Charlotte le notti in cui parlava biascicando e si abbandonava a nostalgiche reminiscenze di una fascinosa vita errabonda che non aveva alcun rapporto con le avversità descritte da Mary. In quelle notti l'accento irlandese di Charlotte era sempre un po' più spiccato.

«Però non ho molta fame» decisi, nonostante il brontolio allo stomaco. Anche se non intendevo diventare attrice, non mi dispiaceva essere scambiata per tale. «Comunque grazie, Mrs Pickford».

«Charlotte per te, cara. Non farmelo ripetere!»

Sorrisi. «Charlotte».

La porta d'ingresso di Mary si aprì e sbatté, e due figure corsero fuori, ridendo a gran voce.

«Ciao, Mary!»

«Ciao, sorellina!»

«Dove state andando voi due?» Mary socchiuse gli occhi a fissare il fratello e la sorella. Jack Pickford era snello, quasi femminile nonostante i baffi, mentre Lottie Pickford era una ragazza grande e chiassosa, che all'età di ventidue anni appariva già sciatta e volgare. Aveva gli stessi occhi della sorella, però aveva capelli scuri e modi disinvolti e spensierati, mentre Mary era disciplinata e prudente.

«A far baldoria. Vieni con noi» invitò Jack, e Lottie si piegò in due dalle risate.

Mary si accigliò. «Non avete una convocazione presto domani?»

«Sicuro. Ce la faremo. Magari avremo addosso gli stessi vestiti, ma ce la faremo» promise allegramente Lottie nel correre insieme al fratello verso la Buick di Mary senza nemmeno chiedere il permesso.

Mary li seguì con lo sguardo, poi si voltò, le mani sui fianchi. «Sono stata io a procurare loro quei lavori! Non lavorerebbero neppure, se non fosse per me! Comunque sta a loro tenerli. Non so cosa fare con quei due, mamma! Semplicemente non lo so! Insegno e insegno come devono comportarsi, ma non mi ascoltano. Cosa ho fatto di sbagliato?»

«Niente, tesoro, niente. Loro sono fatti così. Devi semplicemente amarli e continuare a essere la stessa brava ragazza che sei sempre stata, il mio orgoglio e la mia gioia, la mia roccia» rispose Charlotte per tranquillizzarla, e Mary con riluttanza sorrise di nuovo, anche se il suo sguardo rimase duro e furente.

Mi morsi la lingua. Avevo già imparato a mie spese che nessuno poteva criticare la famiglia di Mary, se non la stessa Mary.

Poi, però, fu Charlotte ad aggrottare le sopracciglia. «È passato *lui*, prima».

«Owen? Cosa voleva?»

«Soldi».

«Gli ho consegnato il suo assegno due giorni fa».

«Sì, e sei stata generosa come sempre. Non ti preoccupare per lui. Me la sbrigo io».

«No, mamma, no. Lo vedrò domani». Le piccole spalle di Mary si afflosciarono.

«Ti accompagnerò» le sussurrai impulsivamente all'orecchio, e lei sorrise, riconoscente.

«Sembri pallida». Charlotte le si avvicinò e pigolò come la chioccia che era. «Adesso devi andare a letto, tesoro. Anche tu, Fran. Vi porterò le borse d'acqua calda e il latte caldo».

Anche se mi lanciò un'occhiata esasperata con gli occhi scintillanti, Mary rispose docilmente alla madre: «Oh, ti ringrazio tanto, mamma, però vorrei restare ancora un po' qui con Fran, se non ti dispiace. Tu invece dovresti proprio andare a dormire. È già tardi». Per noi lo era, perché erano quasi le dieci e l'indomani avremmo dovuto essere allo studio alle sette.

«Va bene, mie care, vado a coricarmi nel mio letto di vecchia vedova». Nel dir questo, Charlotte fece l'occhiolino.

«Fran, sai a cosa stavo pensando? Cioè, prima di tutto… questo…» Mary gesticolò stancamente, poi si accomodò sui cuscini di una delle sedie di vimini nel portico.

Io sedetti nell'altra e con un gemito mi sfilai le scarpe nuove, molto alla moda ma un po' strette, poi le lanciai via e allungai le gambe, flettendo le dita dei piedi. Infine alzai gli occhi alle stelle, così vicine che si aveva l'illusione di poterle sparpagliare pungolandole con un dito, come luminose palle da biliardo. «A cosa?» domandai.

«Stavo pensando a questa sera, come sono eccitata, quanto sono infatuata, davvero, del film di Griffith, e di *tutti* i film. In verità, sono innamorata, ecco cos'è. E mi chiedo perché non riesco a provare lo stesso sentimento per mio marito, e perché, invece, mi sento soltanto oppressa da lui».

Rimasi in silenzio per un poco, scegliendo attentamente fra le possibili risposte che mi si presentavano. Talvolta Mary era stranamente protettiva nei confronti del marito, anche se non riusciva a costringere se stessa a vivere con lui. «Be', per essere sincera, penso che Owen sia minacciato dal tuo talento. E poi, cara, ti sei sposata giovane, prima di conoscerlo bene».

«Oh, lo so. Però non è di questo che sto parlando. Fran, mi chiedo se… se *mai* proverò per un uomo ciò che provo per la mia carriera, per i film. La passione che conosco, la capacità di provare passione che possiedo nel mio cuore, è tutta per quello che sto facendo, per quello che *stiamo* facendo». Alla luce della luna il viso delicato di Mary appariva più semplice, più ordinario che durante il giorno. Era creato per luci intense e primi piani. «A volte mi domando se amare tanto il mio lavoro mi renda meno donna, perché non voglio parlare d'altro, né pensare ad altro. Ma noi non dovremmo essere così, vero? Noi donne, intendo. Non dovremmo amare qualcosa più di quanto siamo capaci di amare un uomo».

«Invece per gli uomini è normale preferire la carriera e il successo». Ero sollevata che la conversazione si fosse allontanata da Owen, la croce che Mary era condannata a sopportare, forse la penitenza inflittale affinché espiasse il suo successo, un senso di colpa cattolico di fronte al quale ero priva di argomenti.

«Sì, presumo che sia così. Nessuno ha detto a Edison che dovrebbe restare più spesso a casa con sua moglie». Mary rise mestamente. «Ma l'altra cosa è che... A volte mi sento come se qualcosa in me non andasse, o mi mancasse, e ciò mi preoccupa. Non ha nulla a che fare con il mio essere donna. Riguarda invece il cuore, il mio cuore, la *mia* capacità di amare».

«Owen non è il tuo grande amore» le ricordai. «Non lo è. Sono stata educata a credere che ciascuno di noi ha un unico grande amore nella propria vita».

«Ma sarò *capace* di vivere il grande amore? Saprò riconoscerlo? Non ti preoccupa questo?»

«Stai interpellando la persona sbagliata». Sospirai, concedendo a me stessa di ripensare al passato, una cosa che di solito non facevo. «Due volte divorziata, ricordi?»

«È successo perché ti innamori troppo facilmente? Perché hai un cuore?»

«È successo perché mi innamoro troppo stupidamente. Oh, Mary, non riuscivo a escogitare nient'altro da fare, così mi sono sposata, come una stupida bambolina priva di volontà propria. Adesso invece le cose sono diverse. Ora ho qualcosa da fare, finalmente, qualcosa che *amo* fare. Come hai detto, non so se voglio innamorarmi di nuovo. L'amore, per una donna, è...»

«Soffocante?»

«Complicato. Non è forse così? Gli uomini possono innamorarsi senza che ciò influisca su qualunque loro attività, anzi, conferisce loro ancora più prestigio, aggiunge loro qualcosa. Ma per le donne, l'amore non aggiunge, sottrae. Infatti mi sento come se innamorarmi significasse rinunciare a qualcosa. Perché?»

«È proprio così che mi sento anch'io, Fran! Esattamente così!» Mary si curvò in avanti ad abbracciarsi le ginocchia. «E non voglio rinunciare a niente! Non voglio rinunciare alla mia carriera affinché Owen possa sentirsi più simile a un uomo. Invece lui me lo chiede ogni giorno. Ogni momento in cui siamo insieme, mi tormenta, cerca di farmi sentire meno donna soltanto perché sono ambiziosa».

«Owen è un somaro». Ecco, l'avevo detto, e non m'importava.

Fortunatamente, Mary ridacchiò. «Sì, è vero. Tuttavia, non voglio vederlo fallire, e al tempo stesso non sono disposta a sacrificare il mio successo per il suo. Ma nella situazione inversa lui non penserebbe minimamente a tirarsi indietro».

«No, certo». Ora sedevo con la schiena dritta e le mani strette a pugno, bruciando di rabbia per tutte le aspettative non realistiche e per tutti i ruoli che ci erano imposti, ruoli e aspettative che non potevamo scegliere. In quel momento di giusta collera pensai: Be', sono felice, adesso, in questo momento, sono felice di essere qui, a parlare con Mary, che si sente esattamente come mi sento io. Siamo uguali, noi due... Chi altri mi capirebbe ora?

«Ma è così soltanto per noi? Oppure anche altre donne sentono le stesse cose?» Mary giocherellava con l'orlo di pizzo del vestito e cincischiava il bottone di uno stivaletto di raso.

Pensai a mia madre, a mia sorella, a tutte le loro amiche a San Francisco, donne in apparenza contente di essere semplicemente decorose, le quali permettevano ai mariti di dire loro cosa pensare. Persino Lois Weber non aveva mai lavorato per uno studio che non avesse procurato lavoro anche a suo marito, dotato di minor talento, e così si era trovata costretta a rifiutare buone opportunità per se stessa. «Alcune donne sono felici di essere sposate. Tua madre era felice quando tuo padre era vivo?»

«Sinceramente non lo so». Mary si afflosciò contro lo schienale e io non riuscii più a vedere il suo volto immerso nell'ombra. «Non ricordo molto di quello che accadde prima della sua morte. Ero così piccola... Avevo cinque anni. Mi chiedo perché mamma non si sia risposata. Se lo avesse fatto, io non avrei dovuto diventare capofamiglia quando ero soltanto una bambina. Di certo a mamma non mancavano i corteggiatori, allora, e avrebbe potuto scegliere. In verità c'è stato qualcuno, una volta, quando eravamo in tournée, ma noi tre – io, Lottie e Jack – abbiamo opposto una tale resistenza! Quel pover'uomo non ha mai avuto alcuna possibilità. Avevamo tanto bisogno di mamma allora, e adesso che noi siamo adulti forse lei è troppo vecchia. Forse ne soffre. Io non le chiedo nulla. Immagino di non volerlo sapere».

«Non voglio arrivare piena di rimpianti alla vecchiaia, anzi, a dire il vero credo che questa sia la cosa di cui ho più paura: guardare al passato con rammarico e pensare a tutte le cose che non ho fatto».

«Ero convinta che non avessi paura di nulla, Fran» rispose Mary, e l'ammirazione nella sua voce mi fece più piacere di quanto avrebbe dovuto.

«Invece *tu* di cosa hai paura? Io ti ho appena rivelato il mio timore più grande... Sarebbe giusto che tu mi ricambiassi».

«Oh, forse l'ho già affrontata» rispose Mary, con voce così fioca che fui costretta a sforzarmi per udirla.

«Non è giusto! Devi dirlo!»

«Va bene». Nell'oscurità la sentii sospirare. «Perdere tutto. Tornare a com'era prima, quando eravamo sempre in giro e vivevamo come cani affamati che si nutrivano di scarti. Non essere in grado di provvedere a mamma e Jack e Lottie. Sì, è questa. Questa è la cosa di cui ho più paura».

«Più del tuo timore a proposito della capacità di amare?»

«Oh, sì. Infinitamente di più».

«Non voglio escludere la possibilità di amare di nuovo, e nemmeno tu dovresti. Adesso, però... Oh, Mary!» Non riuscivo a restare immobile. Dovevo muovermi. Balzai in piedi e iniziai a passeggiare avanti e indietro lungo il portico. Guardai di nuovo le stelle, che ora sembravano appese lassù per me e per me soltanto. Erano *mie*, avrei potuto catturarle, e se vi fossi riuscita, avrei conservato la più luminosa per me stessa e avrei donato tutte le altre a Mary. «C'è così tanto nel mio futuro!» Mi girai di scatto e mi appoggiai alla balaustra del portico. L'aria e il mio umore erano così elettrici che mi sembrava di avere le estremità dei capelli scintillanti come lucciole. «C'è così tanto che posso fare a modo mio. In realtà lo avevo soltanto intuito, avevo permesso a me stessa di crederlo. E poi, questa sera, guardando quel film... È come l'amore. Ho le vertigini, il cuore che palpita, e la notte non riesco a dormire. Provo un sentimento simile all'amore descritto nei romanzi rosa, ma lo provo unicamente quando penso alla mia carriera! Non ho mai sentito nulla del genere per un uomo. Mai. E adesso non me ne frega niente».

«Lo so, lo so!» Anche Mary balzò in piedi, quindi mi prese a braccetto. La quiete era ovunque, la quiete ordinaria, ovunque, tranne in quel portico pieno di donne ambiziose e irrequiete. «Stasera non voglio fare altro che sognare quel film. Cosa c'è di male se preferisco sognare un film piuttosto che un uomo, sia pure il mio stesso marito?»

«Non credo di voler essere "normale", se così si vuol dire. E tu? Vorresti davvero rinunciare a tutto questo per mero amore? Un uomo? *Bambini?*»

Mary non rispose, e anche se rimanemmo in piedi l'una accanto all'altra, la sentii indietreggiare, come faceva talvolta, ritirandosi dal mondo per proteggere la propria energia e risparmiarla, risparmiare la parte migliore di se stessa per la macchina da presa. Ogni volta che ciò accadeva, sentivo che mi nascondeva qualcosa, come se non potesse fidarsi di me, e ne soffrivo, perché io invece condividevo *ogni cosa* con lei.

Con un lieve sospiro, Mary sfilò il braccio dal mio e si allontanò, ritirandosi di nuovo nell'ombra. Senza neppure augurarmi la buonanotte, se ne andò silenziosamente.

Di nuovo guardai le stelle. Avevo ancora tanto da imparare su Mary, e quantunque fossimo intime, quantunque credessi che fossimo simili, forse non avrei mai saputo tutto di lei, nonostante il desiderio, quasi il bisogno con cui mi aveva istantaneamente e vertiginosamente accolta nella sua vita, e l'insistenza con cui mi esortava a chiamarla con qualche vezzeggiativo: «Squeebee, sono la tua piccola Squeebee di Skunkville, ricordi? Hai detto che la mia zuppa di cavoli aveva il profumo di una puzzola! Sai, una volta cresciuta non ho mai più avuto nomignoli. Così ora voglio averne uno!» Tuttavia, non si fidava completamente di me.

Avrebbe mai potuto confidare in qualcuno?

Quando la porta d'ingresso di Mary fu chiusa, cominciai a risentire della lunga giornata. Dopo uno sbadiglio mi sgranchii, poi allargai le braccia e iniziai a roteare lentamente nel portico, suscitando una lieve brezza, sentendo l'aria calda della notte pulsare dolcemente contro i palmi delle mani aperte. Canticchiai un motivetto mai sentito, tratto dall'aria medesima, piena di promesse e di possibilità. Nonostante la stanchezza avrei potuto rimanere là tutta la notte a fissare le stelle e a vedere il mio futuro scritto in ciascuna, però all'improvviso mi fermai e mi abbracciai.

Ero sola, interamente sola per la prima volta dopo lungo tempo, e desideravo essere ancora più sola. Avevo bisogno di andare in un luogo in cui mi fosse possibile concentrarmi, riflettere, elaborare pienamente ciò a cui avevo assistito quella stessa sera, in quel cinema, perché *Nascita di una nazione* di Griffith non era semplicemente un'evoluzione, cioè qualcosa che sembrava aver luogo ogni giorno in quella pazza industria, bensì una *rivoluzione*.

Mary aveva ragione: dopo quel film l'arte cinematografica avrebbe dovuto essere presa sul serio.

Attraversai il selciato ed entrai nella mia casetta, una casa intera soltanto per me. Durante i miei due matrimoni avevo sempre vissuto in appartamento. Adoravo quel piccolo bungalow, arredato a mio gusto. Non dovevo rendere conto a nessuno.

Non condividevo la predilezione vittoriana di Charlotte

per i centrini e le tovaglie e le stampe colorate in spesse cornici dorate. Quanto al gusto di Mary, mi resi conto soltanto in quel momento che sinceramente non avrei saputo dire quale fosse. D'altronde non ero mai andata a far compere con Mary, a differenza di quanto mi era successo con altre amiche. Non avevo mai sfogliato insieme a lei cataloghi e riviste, tranne *Photoplay*. Non l'avevo mai sentita esprimere alcuna opinione su temi domestici, incluso il cibo. A questo proposito, sembrava contenta di lasciare ogni decisione alla madre.

O forse, semplicemente, era priva di opinioni per tutto ciò che non concerneva il cinema?

Sebbene ordinata, a parte tutti i quaderni e blocchi per schizzi sparsi ovunque, la mia casa era quasi disadorna. Alle pareti erano appesi alcuni disegni e dipinti scelti accuratamente, quasi tutti opera mia, tutti con semplici cornici in legno. Vi erano anche vasi di fiori. Perché no? In fondo quasi tutta Los Angeles era un giardino pieno di fiori che aspettavano soltanto di essere colti. Avevo chiesto a Mickey di ricavarmi uno scrittoio da un pezzo di compensato che avevo inchiodato sotto una finestra. Nei fine settimana, quando Mary non girava, sedevo là a respirare profumo di lavanda, seguendo con la testa il ronzio confortante delle api che danzavano tra i gerani nella fioriera, e scribacchiavo furiosamente, racconto dopo racconto. Ne spedivo alcuni alle riviste affinché fossero pubblicati, mentre altri li conservavo per adattarli e svilupparli in scenari cinematografici che potessero essere filmati.

Ora che mi ero finalmente concessa il permesso di scrivere (è strano pensare che spetti agli altri dire sì o no, quando in realtà siamo i guardiani di noi stessi), sembrava che non rischiassi mai di esaurire storie da raccontare. Scaturivano dal mio cervello scorrendo fino alle dita come acqua da una fonte inesauribile; alcune belle, alcune brutte, alcune bruttissime. La cosa importante era che il flusso non si esauriva mai, scorreva sempre. Istinto, non avevo altro che istinto, disciplina e desiderio di lavorare. E l'istinto mi diceva che se non avessi mai temuto di rimanere senza parole e senza storie da raccontare, allora avrei avuto successo.

Spensi la luce e andai in camera da letto, dove l'armadio era pieno di abiti, mantelli e scarpe. Mi spogliai del mio nuovo vestito di velluto viola, lo spazzolai con la spazzola apposita, starnutendo nella polvere che volava, quindi lo appesi all'appendiabiti e con un sospiro felice osservai il mio guardaroba. Mi piaceva far compere, era la mia unica stravaganza. Non avevo bisogno di un'automobile di lusso, né di costoso champagne. I vestiti, invece... Ah, quelli erano tutta un'altra cosa! Avevo una bella figura, adatta alle ultime mode. Ero snella e un po' più alta della media, in pratica una taglia da modella. Non si trattava unicamente dell'aspetto, però, ma anche di come mi sentivo.

Il mio guardaroba mi conferiva una certa aria, un tono, una legittimità che in cuor mio sapevo di non aver ancora guadagnato. Seguendo un suggerimento di Lois Weber, avevo deciso che se mi fossi vestita meglio di tutte le altre con cui lavoravo, inclusa Mary, allora avrebbero dovuto prendermi sul serio anche se ero l'ultima arrivata. O almeno, mi avrebbero notata.

Sebbene piccolo, minuscolo rispetto alla casa immensa di mia madre a San Francisco, il bungalow era mio. Lo pagavo e lo arredavo. E anche se amavo avere Mary e Charlotte a pochi passi, ero ancora più felice di essere sola, finalmente, dopo tanti anni di soffocante matrimonio. A differenza di Mary, avevo vissuto davvero con entrambi i miei mariti.

Talvolta però il mio letto poteva essere un freddo e solitario ricordo dell'unico aspetto del matrimonio di cui avevo gioito. Alcune notti restavo sveglia a domandarmi se sposarmi di nuovo soltanto per assicurarmi di avere sempre il contatto con il corpo solido e caldo di un uomo, i suoi muscoli contratti, i folti capelli da afferrare, le ruvide guance non rasate come un marchio sulla mia carne. Da quando mi ero trasferita accanto a Mary esitavo ad accogliere uomini in casa. Sapevo che lei non avrebbe approvato.

D'altronde, era ancora sposata, quindi non era costretta a dormire in un letto vuoto se non lo voleva.

E se Mary avesse avuto ragione? E se io non fossi stata capace di amare pienamente? Sapendo questo, consapevole di non avere amato nessuno dei miei mariti, mi sarei mai sposata di nuovo, un giorno, soltanto per avere un uomo accanto ogni notte? In verità, i miei matrimoni falliti non erano parsi grandi tragedie, bensì solo errori a cui sarebbe stato possibile rimediare. Semplicemente avevo sposato uomini che erano stati poco coinvolti emotivamente come lo ero stata io. Ma forse la volta successiva non sarei stata altrettanto fortunata. Dopotutto, era sufficiente considerare Owen e Mary.

Era strano... Nonostante i miei errori passati avevo sempre pensato che un giorno avrei amato un uomo come... Be', come nei film che scrivevo. E se invece non fosse mai accaduto? Sarebbe stata una tragedia?

E avrei desiderato avere figli, un giorno?

Accidenti! Mi coprii la testa con il cuscino per interrompere quelle riflessioni convenzionali e disgustosamente femminili. Volevo tornare al cinema e concentrarmi unicamente su *Nascita di una nazion*e. Volevo rivivere le emozioni provate sia come spettatrice rimasta senza fiato dinanzi a qualcosa che mai si era visto, sia come sceneggiatrice cinematografica: l'orgoglio, lo stupore, il febbrile desiderio di creare io stessa qualcosa di simile.

Mentre giacevo nel letto, il battito del cuore che mi rimbombava nelle orecchie divenne ancora una volta il battito dei piedi del pubblico. Ecco cosa continuavo a ricordare: quel tambureggiare frenetico. Sembrava che fosse stato necessario muoversi per sfogare un'eccitazione incontenibile. Mai prima di allora avevo assistito a una reazione simile indotta da una forma d'arte, né all'opera, né in un museo, né alla fine un concerto.

Mi tolsi il cuscino dalla faccia e rividi le stelle fuori dalla finestra, scegliendone una. Un'unica stella in tutto il firmamento che era improvvisamente a mia disposizione, perché ora desideravo realizzare una sola cosa, prima di avere, o forse *anziché* avere, marito, figli e tutto il resto.

Forse quando ero molto giovane avevo sognato troppo in grande, desiderando diventare cantante, pianista, pittrice, e sparpagliando le mie speranze come pallettoni mi ero assicurata di non centrare mai neppure un bersaglio.

Così quella notte mi concentrai su un unico obiettivo. Volevo sedere al buio in una sala cinematografica, circondata di persone come me, che avevano bisogno di film, avevano bisogno di fascino e risate e lacrime e brividi. Volevo sedere fra i miei compagni di viaggio e vedere il mio nome sullo schermo, non come attrice, bensì come creatrice, come persona dotata di immaginazione, capace di commuovere il pubblico tanto da suscitare una frenesia emotiva e iniziare una rivoluzione.

«L'hai visto, Mickey? L'hai visto?» Mary sfrecciò nel proprio camerino e io la rincorsi, spandendo caffè dalla tazza che tenevo in mano.

Mickey Neilan era già là in attesa, stravaccato con i piedi sulla toeletta, una trasgressione che Mary consentiva solo a lui.

«Abbassa la voce, Tad» trasalì Mickey. «Ho fatto le ore piccole in una nottata memorabile».

Mary scosse la testa con aria di rimprovero, ma non riuscì a trattenere un sorriso affettuoso, e io capii la sua indulgenza. Che cosa aveva di speciale Mickey? Avevo cercato di capirlo già dopo il nostro primo incontro, lo stesso giorno in cui avevo incontrato per la prima volta anche Mary.

Mickey non era più un fattorino: la fosca bellezza del suo viso non si poteva ignorare, così era diventato comprimario di Mary in alcuni film, incluso quello che avevano appena completato, *A Girl of Yesterday*, in cui figurava un'altra epica interpretazione della sottoscritta. Non avevo idea della ragione per cui avevo permesso a Mary di persuadermi a interpretare la sua rivale, eppure, naturalmente, un'idea l'avevo. Ero incapace di dire no a Mary.

Ancora una volta, quando guardammo i giornalieri, non riuscii a capire perché la gente continuasse a costringermi a recitare. «Sono terribile! Così rigida! Non ho nulla del tuo talento, Mary». Ero sincera, e niente affatto invidiosa. Mary possedeva un dono che io non avevo, qualcosa che non avrei mai potuto apprendere perché sospettavo che fosse impossibile da insegnare.

D'altronde, possedevo un dono che Mary non aveva. Infatti lei, nonostante la sua abilità nel diventare persone diverse nei film, era priva d'immaginazione nella vita reale.

«Ci vuole tempo» rispose Mary, cercando di rassicurarmi senza troppa convinzione, e non parve affatto turbata quando le dissi una volta per tutte, alla presenza degli altri, che non avrei recitato mai più. Mickey era il protagonista maschile. Quando vedevo lui e Mary insieme sul set percepivo qualcosa di più di un'armonia nella recitazione, almeno da parte di Mickey, che di quando in quando le lanciava sguardi adoranti anche mentre non si girava, e cominciava a bere persino prima del solito ogni volta che Owen si presentava per portarla a cena, anche se non lo avevo mai visto passare la notte al bungalow e avevo rinunciato a cercare di definire quello strano matrimonio.

«Hai mal di testa, Mickey?» chiese affettuosamente Mary, nello spostare con gentilezza i piedi di lui dal proprio trucco.

«Il peggiore, Tad, il peggiore in assoluto. Comunque… cosa? Cosa dovrei aver visto?»

«*Nascita di una nazione*, di Griffith. L'hai visto? Cosa ne pensi? Io e Frances l'abbiamo visto ieri sera».

«Ah, sì?» Mickey aprì un occhio per fissarmi, e io, senza una parola, gli porsi la tazza di caffè.

«È stato notevole, Mickey». Mary sedette e cominciò a

truccarsi con immensa esperienza. Nessuno truccava Mary Pickford, a parte lei stessa. «Griffith non mi è mai piaciuto molto personalmente, però sul piano professionale l'ho sempre rispettato, e adesso lo rispetto ancora di più perché ha cambiato l'intera industria. Vedrai... D'ora in poi tutti ci prenderanno sul serio».

«Questa è la peggiore notizia che abbia mai sentito» gemette Mickey, togliendo finalmente i piedi dalla toeletta e raddrizzando la schiena.

«Perché mai?» chiesi, appollaiandomi su uno sgabello. «Non vuoi essere preso sul serio come artista?»

«Buon Dio, no!»

«Mickey, tu sei bravo, sei davvero bravo, non soltanto come attore, ma anche come regista». Odiavo che Mickey non rispettasse se stesso e le proprie capacità. Sembrava nutrire ostilità nei confronti del cinema, anche se non riusciva a starne lontano. Possedeva un enorme talento, eppure... pareva che lo detestasse, quasi fosse un ostacolo fra lui e la bottiglia che tanto amava.

«Mia cara Fran, quando saremo presi sul serio come industria, come *arte*...» Increspò le labbra e allungò un mignolo come se tenesse un'immaginaria tazza da tè. «Allora arriverà la gente piena di soldi a fottere tutto... Chiedo scusa, signore». E lanciò un'occhiata a Mary.

«Un quarto di dollaro, prego». Accigliata, Mary protese una tazza di latta e Mickey fu costretto a lasciarvi cadere una moneta.

«Scusa, Tad. Comunque arriveranno e non sarà più divertente. Pensi che allora potremo continuare a lavorare come lavoriamo adesso, come suoniamo, come improvvisiamo, come creiamo su due piedi? Con il nostro modo di lavorare sembriamo una banda di monelli di strada. Per ora va tutto bene e si può continuare così. Ma se volete essere prese sul serio, dovrete pagarne il prezzo, tutt'e due. Ricordate le mie parole».

«È assurdo, Mickey. Sto già facendo soldi per lo studio,

un sacco di soldi, e ho voce in capitolo sui miei film. Non ti ho forse assunto? E Fran? Papà Zukor si fida di me per fare film e io mi fido di lui per distribuirli».

«Per adesso. Ma sai come ti chiama il tuo santo Papà dopo l'ultima trattativa per rinnovare il contratto, vero?» Mickey sorrise, con gli occhi neri che lampeggiavano. Non riuscii a trattenere un sorriso perché lo avevo sentito dire anch'io.

«No». Mary smise di truccarsi e ci fissò entrambi nello specchio. «Come?»

«La Fidanzata della Banca d'America».

Mentre le sue guance diventavano scarlatte, Mary dilatò le narici. Poi un sorrisetto trionfante le tremolò sulle labbra, e tutti e tre scoppiammo a ridere.

«Miss Pickford... Mr Neilan... Siete attesi sul set» annunciò un ragazzo, affacciandosi alla porta. Stette a guardarci mentre ridevamo e scosse la testa. «Dev'essere divertente stare in cima».

Allora scoppiammo a ridere ancora più forte, anche se per quanto mi riguardava non potevo ignorare del tutto che il ragazzo non si era riferito a me. Alla Famous Players non si pensava affatto che Frances Marion fosse in cima, e neppure nel mezzo. Oppure, se lo si pensava, si sospettava che fosse dovuto soltanto alla generosità della monella che esattamente in quel momento diede il tocco finale al proprio trucco, per poi trasferirsi dietro un paravento per indossare rapidamente il proprio costume, una lacera tuta di jeans, e infine, come una piccola pifferaia magica, guidarci sul set.

Appena fu dinanzi alla macchina da presa, Mary smise di ridere e la sua mascella divenne di granito, mentre i suoi occhi accorti si restringevano nell'esaminare l'allestimento. Con timore reverenziale la guardai accostarsi alla cinepresa e spostarla di un millimetro a sinistra senza chiedere il permesso all'operatore, che la lasciò fare. Poi si volse al resto del cast e alla troupe. «Ci restano soltanto due giorni, gente, perciò facciamo del nostro meglio oggi. Non ho mai sforato il preventivo e non intendo farlo adesso. Non intendo neanche permettere a Griffith di fregarmi. Dunque facciamo un buon film, anzi, no, un grande film». Il piccolo generale marciò fino al proprio segno, e quando il regista, James Kirkwood, gridò: «Azione!» il suo atteggiamento da condottiera scomparve e lei divenne il suo personaggio, Rags, una fiera ragazza di montagna innamorata di un bel damerino di città interpretato da Mickey.

Come un interruttore, pensai, e non potei fare a meno di sorridere ammirata.

Seduta su una sedia di tela accanto alla cinepresa rumorosa, consultai il mio taccuino per le scene da girare durante la giornata. Mary aveva scoperto il libro, *Rags*, ma insieme avevamo lavorato allo scenario con l'aiuto di Mickey e Kirkwood. Anche se per quel "film di prestigio" di cinque rulli eravamo rimasti fedeli al romanzo, io avevo aggiunto alcuni bit d'azione per mantenerlo vivace e sfruttare quello che consideravo come il talento sempre più sviluppato di Mary per lo slapstick. Nessuno, nemmeno Charlie Chaplin, sapeva eseguire una caduta sul sedere come Mary Pickford.

Quando la macchina da presa iniziò a girare, Mary sedette compassata su un tronco finto, anziché cadere come avevo suggerito, e cominciò una scena d'amore con Mickey.

Appena Kirkwood ebbe gridato: «Stop!» chiamai con un cenno Mary, che saltò agilmente alcuni cavi e mi fu accanto in un baleno, con un simpatico sorriso sul volto.

«Perché non hai fatto la gag?» Le mostrai lo scenario con i miei appunti, approvati da lei stessa soltanto il giorno prima.

«Cara Fran, ho pensato semplicemente che non avrebbe funzionato, non in questa scena».

«Ma tu sei bravissima in queste gag, Mary, e definiscono il tuo personaggio».

«Sono d'accordo, ma non per questa scena, Fran. Un dettaglio può avere grandi conseguenze». Mary continuava a sorridere, però sporgeva ostinatamente il mento e gli occhi le scintillavano come acciaio.

Anche i miei. «Eravamo d'accordo, Mary, abbiamo discusso ogni aspetto. Perché non chiediamo a Kirkwood di fare un'altra ripresa con la gag, in modo da poter poi scegliere?»

«No, Fran». Mary alzò la voce, e io mi accorsi che le comparse e i macchinisti ci fissavano.

«Mary, non voglio fare una scenata» sussurrai, sentendomi bruciare le orecchie, e strinsi la matita con tanta violenza da spezzarla in due di netto.

«Non c'è motivo di fare alcuna scenata. Il nome prima del titolo è il mio, non il tuo. Ricordalo, Fran... cara» dichiarò Mary, con voce squillante come una campana. Poi girò sui tacchi e ordinò a Kirkwood di passare all'allestimento successivo.

«Oh, certo che lo ricorderò! Non mi permetti mai di dimenticarlo!» Le gettai dietro la matita spezzata mentre si allontanava. Sentii qualcuno trattenere il fiato ma non mi girai per scoprire chi fosse. Balzai dalla sedia, con la vista offuscata dalle lacrime, e mi recai all'angolo della caffettiera. Ormai sapevo che su un set cinematografico non mancava mai una caffettiera elettrica gorgogliante.

Alle mie spalle sentii il solito trambusto di fondali sostituiti e inchiodati, e il gemere della pesante cinepresa spostata altrove. Di solito fra una ripresa e l'altra le comparse correvano alla caffettiera come a un pozzo nel deserto, ma in quel momento nessuno osò avvicinarsi perché il mio sfogo mi aveva resa un paria. A un tratto mi sentii posare una mano su un braccio e alzai lo sguardo.

Mickey mi era accanto in costume da damerino di città, con lustra giacca nera, papillon e bombetta rigida. Il trucco pesante non riusciva a nascondere la sua preoccupazione. «Avevi ragione, Fran. Però aveva ragione anche Mary».

«Cosa vuoi dire?»

«La caduta sarebbe stata brillante, ma lei deve sentirsi a suo agio nel farla, altrimenti non funziona. Quale che fosse la ragione, non si sentiva a suo agio, e non spettava a te discutere. Comunque, non qui e non adesso».

«Perché il nome prima del titolo è il suo, non il mio, e io non sono nessuno».

«Sì».

«Grazie mille» mormorai, prima di versare mezzo vasetto di panna nel caffè.

«Per adesso, tesoro» promise Mickey, prima di baciarmi sulla guancia con le labbra bagnate di whisky. «Soltanto per adesso». Poi si allontanò con disinvoltura.

Tenendo la pesante tazza di caffè contro il petto, mi girai e sospirai profondamente, cercando di ripristinare la mia dignità. Quando tornai al mio posto, le comparse e la troupe si aprirono dinanzi a me come le acque davanti a Mosè, e apparve Mary a sbarrarmi il passo.

«Mi dispiace, cara Fran» disse Mary a voce abbastanza alta da poter essere udita da tutti.

«Davvero?» Incredula, la fissai.

«Sì. Avrei potuto fare almeno un'altra ripresa e provare. Non so perché ho puntato i piedi così. Immagino che sia stato perché sono abituata a fare da sola. Per tutta la vita mi sono fidata sempre e soltanto di me stessa, a parte mamma. Però ti ho chiesto di lavorare con me, e lo adoro. Ti adoro, adoro le tue idee, quindi mi dispiace».

«Non mi hai chiesto di lavorare con te, Mary». Fui costretta a ridere. «Mi hai chiesto di lavorare *per* te».

«Oh, e che differenza c'è?»

Una gran differenza, pensai, senza dirlo. Mi limitai a osservarla. Era adorabile non meno che formidabile. Tuttavia rammentavo che la sera prima aveva confessato di aver paura di perdere tutto ciò per cui aveva lavorato tanto duramente. Era spaventata. Ogni giorno sul set, ogni giorno della sua vita, era spaventata. «Dispiace anche a me» sorrisi.

Allora Mary rise e mi gettò le braccia al collo, senza preoccuparsi di rovinare il trucco. «Il punto è che avrei dovuto ascoltarti, avrei dovuto fidarmi di te».

«E io non avrei dovuto fare una scenata». La baciai sulla guancia e sentii che tutto era di nuovo a posto. Lei tornò di corsa sul set e io mi appollaiai sulla mia sedia dopo aver chiesto a qualcuno una nuova matita.

La lunga scena successiva iniziò con un mezzo primo piano di Mickey e Mary che si guardavano negli occhi. Non avevo molto da fare, così mentre la cinepresa girava rumorosamente, presi in silenzio un altro taccuino dalla borsa e badando a non essere vista, lo aprii e cominciai a leggere la prima parte di uno scenario a cui stavo lavorando in segreto; il primo scenario completo che osavo tentare, da sola, senza collaborazione alcuna.

Naturalmente era per Mary. Doveva essere per Mary. Sinceramente non riuscivo a immaginare di scrivere per altri. Ogni idea di storia che mi veniva in mente aveva come eroina una ragazza snella e ridente con boccoli dorati e scuri occhi espressivi. Tuttavia ogni idea era soltanto mia.

The Foundling avevo scritto in prima pagina a lettere maiuscole, in grassetto.

"*The Foundling*, con Mary Pickford. Scenario di Frances Marion".

5.
Mary
Estate 1915-Inverno 1917

Mary e Charlotte, e Owen, partirono in treno per l'Est nell'estate del 1915. Gli uffici della Famous Players erano ancora a Manhattan e Mary era obbligata per contratto a girare un certo numero di film nello studio di Fort Lee, in New Jersey, proprio oltre il fiume.

A differenza di molti suoi colleghi attori, non si lamentava mai di dover tornare nell'umida costa orientale. New York le piaceva. Le piaceva andare alle commedie. Le piaceva far visita ai vecchi amici, come lo stesso Belasco, che ancora la rimproverava per essere diventata attrice di cinema, però esibiva orgogliosamente sulla propria scrivania, affinché tutti la vedessero, una sua foto firmata tratta dal film *Tess of the Storm Country*. Non le dispiaceva passare in amministrazione per esaminare personalmente i resoconti degli ultimi incassi dei suoi film, nonché confrontarli con quelli di altri attori della Famous Players. L'industria cinematografica era ancora saldamente radicata a New York, benché la produzione si stesse spostando sempre più a Los Angeles, e lei, a differenza della maggior parte degli attori che conosceva, voleva verificare di persona quanto rendevano i suoi film, quanti cinema li proiettavano e per quanto tempo, com'era progettata la pubblicità. Lei stessa esortava costantemente la compagnia ad acquistare sempre più spazi pubblicitari, perché questo procurava successo ai film! Voleva esaminare i libri contabili, seguire le cifre con le dita come se ciò la aiutasse ad assimilarle, quasi che l'inchiostro filtrasse attraverso la carne e passasse nella circolazione sanguigna. Altrimenti come avrebbero potuto esistere quelle cifre? Come avrebbe potuto esistere lei stessa, per non dire la casa, i vestiti per Lottie, l'auto per Jack, i gioielli per mamma? Dunque doveva verificare, tenersi aggiornata sui conti per sapere con certezza che non sarebbe svanito tutto e che lei non sarebbe stata costretta a ricominciare la vita vagabonda, con la famiglia affamata al seguito.

Inoltre Mary apprezzava gli incontri settimanali con Papà Zukor.

Papà Zukor... Così chiamava il capo della Famous Players, colui che l'aveva guardata negli occhi e, a differenza di Griffith, aveva visto il suo futuro come lo aveva visto lei stessa, protagonista dei suoi film, costruiti intorno a lei e per lei sola, il suo nome prima del titolo. Lei lo chiamava: «Caro Papà» e lui le rispondeva: «Dolce Tesoro». Mary si eccitava sempre quando la gente restava sconvolta da quella familiarità sentimentale, perché nessun altro avrebbe mai considerato Adolph Zukor come un'affettuosa figura paterna.

Per gli altri Zukor era un uomo freddo e calcolatore. Come tutti gli altri, anche lui, un immigrato che parlava ancora con forte accento austriaco, aveva incrociato il cinema per caso, però ne aveva implacabilmente afferrato il potenziale economico. Mary si fidava di Papà Zukor per distribuire i suoi film e Zukor quasi sempre si fidava di lei per farli. Certo, lei doveva accettare le storie scelte da lui, anche se le era consentito acquistarne alcune autonomamente. Doveva lavorare con la scuderia di registi sotto contratto, però poteva scegliere i coprotagonisti fra gli attori della Famous Players, e di rado lavorava due volte con lo stesso primattore perché lei, Mary, era la stella, l'unica e la sola, proprio come aveva giurato da bambina.

«Dolce Tesoro» tubava Papà ogni volta che si incontravano. «La mia figlioletta. La mia attrice preferita!»

Anche se sorrideva con le fossette e gli dispensava un bacio sulla guancia coriacea, Mary nutriva poche illusioni. Zukor mirava a far soldi per la Famous Players e per se stesso, non per lei. Allora perché non sedere qualche volta nel suo ufficio, senza la segretaria, soltanto loro due, semplicemente un incontro fra amici, cari amici, che si scambiavano le ultime novità? E nell'arrotolarsi i boccoli intorno a un dito come piaceva tanto a lui, dopo avergli chiesto affettuosamente della sua famiglia, perché non ricordargli che un'automobile e un autista sarebbero stati un buon investimento per favorire la sua carriera, in quanto le avrebbero consentito di risparmiare tempo nel recarsi sul set ogni mattina? E che dire di un incarico retribuito per mamma, che lavorava sodo come chiunque altro a rammendare costumi e ad assicurare che Mary beneficiasse di un intervallo adeguato per il pranzo? Davvero, con mamma sul set, Mary sarebbe stata molto più rilassata e più efficiente, e questo sarebbe convenuto a tutti, no? E magari anche un ruolo per Lottie o per Jack in qualche film di qualcun altro?

Perché non suggerirgli di smetterla di costringere i poveri proprietari di sale cinematografiche ad acquistare pacchetti di pessimi film d'ogni genere soltanto per avere quelli di Mary? Non era forse ingiusto nei loro confronti e nei confronti della stessa Mary?

«Caro Papà, quanto pagano le sale per avere i miei film?» mormorò lei, dopo una lunga notte insonne trascorsa a lottare con la consapevolezza che i suoi film erano usati per finanziarne altri di gran lunga inferiori.

«Tremila dollari» rispose Papà, fingendo di consultare un registro contabile sulla scrivania.

«È giusto, certo. Infatti sono stata in quei cinema e ho visto lunghissime file di spettatori. I proprietari delle sale devono ricavare un guadagno, oltre a recuperare quei tremila dollari».

«Sì» convenne Zukor, un ometto magro, dal viso avvizzito, con occhi simili a punte di spillo, scrutandola con circospezione.

«Naturalmente sono costretti ad acquistare anche film di altri autori insieme ai miei, vero? Li costringi ad acquistare alcuni altri film insieme a ciascuno dei miei, vero?»

Un cenno di assenso.

«E quanto devono pagarti per gli altri film, che acquistano soltanto perché vogliono il mio?»

«Duemilaottocento». Questa volta Zukor non finse neppure di non ricordare le cifre a memoria.

«Capisco... Capisco...» Mary annuì pensierosa e si posò un dito sul mento. «Ma sai, caro Papà... Sono stata allo Strand, l'altro giorno, dove stanno proiettando *Rags*. Ricordi che ti ho detto che a ogni spettacolo la fila degli spettatori in attesa di entrare in sala girava tutt'intorno all'isolato? Be', l'altro giorno stavano proiettando l'ultimo film della cara piccola Marguerite Clark e... Oh, cielo! La sala era vuota, semplicemente vuota, e il suo povero proprietario... Quale tragedia per lui, per non parlare della carriera della cara piccola Marguerite... D'altronde, Papà, in quel cinema avresti potuto sparare una cannonata senza colpire un'anima».

«Davvero?»

«E questo mi ha fatto pensare, caro Papà. Ho l'impressione che la sala non recupererà mai quello che ha pagato. Quanto hai detto? Duemilaottocento dollari. Be', non li riavrà mai con il film della cara piccola Marguerite. A proposito, io l'ho visto, perché ho pensato che qualcuno dovesse pur vederlo! In conclusione, le sale perdono soldi con gli altri film, quindi ci rimetti anche tu... Oh, ma... Certo, tu non ci rimetti affatto con i miei film. E mi sembra che questo non sia affatto giusto, vero? Ti sembra giusto che i profitti dei miei film siano sfruttati per sostenere le perdite altrui? Non pensi che sarebbe più giusto se i profitti dei miei film, i film a cui lavoro così tanto per realizzarli e per promuoverli, fossero condivisi in modo più equo fra noi, anziché essere usati per finanziare film di altri?»

Zukor impallidì, e Mary si sentì dispiaciuta per lui. «Ora, naturalmente, il mio contratto scadrà fra poche settimane, e...»

«Cosa vuoi, Mary? Non ho mai bisogno di mettermi a dieta perché perdo dieci chili ogni volta che devo rinegoziare uno dei tuoi contratti. Sei già l'attrice più pagata di tutta l'industria cinematografica».

«Sì, e sono anche la più redditizia».

«Cosa vuoi?»

«Voglio che tu smetta di imporre altri film insieme ai miei, caro Papà. Voglio che tu li distribuisca singolarmente, senza i film altrui che stentano a sopravvivere, e voglio una maggior quota di profitti».

«Sottoporrò la tua richiesta al consiglio d'amministrazione» promise trucemente Zukor, e Mary si sforzò di non sorridere, perché lui e i tipi come lui sottoponevano sempre le richieste al consiglio per salvare la faccia.

«Sono sicurissima che puoi escogitare qualcosa, caro Papà. Ci riesci sempre!» Mary girò intorno alla scrivania per posare un bacio sulla testa calva di Zukor.

Lui sorrise e le accarezzò la mano. «Dolce Tesoro, sei di famiglia, e lo sarai sempre. Verrai a trovarci nel fine settimana? I ragazzi muoiono dalla voglia di rivederti».

«Oh, ne sarei felice!» Mary gli mandò un bacio prima di chiudersi la porta alle spalle. Che caro, caro uomo era Zukor!

Un altro giorno, un'altra visita amichevole.

«Caro Papà...»

«Cosa c'è adesso, dolce Tesoro?»

«Stavo pensando...»

Papà gemette, prese una bottiglia di acqua di selz, lasciò cadere un antiacido in un bicchiere e vi versò l'acqua, poi la guardò frizzare prima di inghiottirla. «A cosa stavi pensando?»

«Ai miei film. Penso che la loro qualità stia scadendo un po'. Non lo credi anche tu?»

«Sei ancora molto redditizia, anzi, sei la più redditizia, e sono sicuro che ne sei consapevole».

«Sì, certo. Ma l'ultimo, *Madame Butterfly*... Be', sai, non era proprio quello che il mio pubblico si aspettava da me, e ha reso soltanto la metà del film precedente. Ecco, l'ho girato per te, perché sapevo che eri così entusiasta della storia, anche se non era adatto a me, e lo sapevo, eppure...»

«Il tuo contratto sta per scadere, vero?»

«Be', credo proprio di sì!»

«Cosa vuoi?»

«Stavo pensando... Non sarebbe appropriato se io avessi il pieno controllo artistico dei miei film? Dopotutto portano il mio nome, e sulle riviste, sui manifesti, sulla pubblicità c'è il mio viso, quindi se vanno male sono io a soffrirne, non tu. Tu hai un grande studio cinematografico con altri attori e con altre attrici, e... Diciamo la verità, caro Papà, nessuno sa che i miei film sono prodotti dalla Famous Players. Tutti sanno che sono "Mary Pickford". Mi spezzerebbe il cuore lasciarti, ma sono stata chiamata dalla Vitagraph e dalla Universal, dove sembrano capire il mio dilemma... di artista, ovviamente».

«Ne parlerò con il consiglio d'amministrazione».

«Grazie, caro Papà!»

Così, anche se correva voce che Charlie Chaplin stesse facendo la stessa cosa, Mary fu la prima attrice a dirigere la sua società di produzione, la Pickford Film Corporation. Con il nuovo contratto, ebbe diecimila dollari a settimana, molto più potere decisionale, e metà dei profitti dei suoi film, non più inclusi in alcuna prenotazione in blocco, bensì distribuiti mediante una nuova divisione creata esclusivamente per lei e chiamata Artcraft. Papà Zukor era presidente della società, quindi suo socio, non più suo capo. Naturalmente, mamma era la tesoriera. Alcuni altri dirigenti della Famous Players erano membri del consiglio d'amministrazione. Se non apprezzava le storie che le venivano presentate, Mary poteva appellarsi al consiglio.

Inoltre collaborava al montaggio definitivo di qualunque suo film e aveva il controllo assoluto su regista, casting e pubblicità.

«Caro Papà, guarda dove siamo arrivati insieme! Devo tutto a te» dichiarò Mary, come una gatta che faceva le fusa, soddisfatta, almeno per il momento.

Quella volta Papà non si sciolse affatto in una pozza di puro affetto, come aveva fatto quasi sempre dopo le trattative contrattuali. Invece la fissò con sguardo duro, mordendo violentemente il sigaro.

Allora Mary ebbe come un fremito di apprensione lungo la schiena. Alcuni giorni dopo la firma del suo nuovo contratto, la Famous Players si fuse con la Jesse Lasky Company e assunse il controllo della Paramount, la compagnia che distribuiva i film di entrambe.

«Soltanto così possiamo permetterci il tuo contratto, dolce Tesoro» spiegò Papà Zukor nel proprio ufficio, in occasione di un pranzo privato tra lui e Mary, per la quale aveva portato la succulenta torta di mele tedesca di sua moglie, sapendo che lei l'adorava. «L'attrice più pagata della storia può lavorare soltanto nel più grande studio cinematografico del mondo, cioè quello che siamo adesso».

I nuovi dirigenti unitisi a Papà Zukor erano Samuel Goldfish, che di recente aveva cambiato il proprio nome in Goldwyn, Jesse Lasky e Cecil B. DeMille, dei quali Mary non si fidava affatto, perché ciascuno di loro aveva fatto del proprio meglio per assicurarsi che gli attori rimanessero anonimi il più a lungo possibile, così da evitare di pagarli in proporzione alla loro popolarità. Se nessuno avesse conosciuto i loro nomi, sarebbero stati tutti intercambiabili e i salari avrebbero potuto rimanere bassi.

Tuttavia la situazione era cambiata in breve tempo proprio a causa di Mary, i cui fan avevano scritto insistentemente alla Biograph per sapere chi fosse la ragazza con i boccoli. Adesso Mary era la star più grande del paese e quei produttori non ne erano affatto contenti.

Una sera, poco prima di Natale, nel 1916, Mary disse a Frances: «Mickey aveva ragione». Stavano prendendo il tè all'Algonquin, dove viveva Frances. Cara Fran! Era arrivata a New York pochi mesi dopo Mary per assistere alla proiezione della loro prima vera collaborazione, *The Foundling*, in programmazione allo Strand, e condividerne con lei il trionfo.

Quando Fran scese dal treno, Mary fu costretta a riferirle che il film era andato in fumo, letteralmente. Un incendio aveva devastato lo studio della Famous Players e il negativo di *The Foundling* era bruciato insieme ad altri prima che fosse possibile stamparne una sola copia. Mary era afflitta! Sarebbe stato il primo film in cui Fran veniva accreditata nei titoli come sceneggiatrice.

Frances l'aveva presa con filosofia (una delle qualità che Mary ammirava maggiormente in lei) e aveva rifiutato l'offerta di trovarle un ruolo nella prossima produzione, in modo che potesse avere di che vivere in attesa di girare nuovamente *The Foundling*. «No, Mary, sono una scrittrice, adesso. Non posso continuare ad approfittare della tua gentilezza» aveva insistito Frances, inclinando la testa in un modo testardo, ma elegante, che rendeva la sua ostinazione una virtù piena di fascino. «Se riuscirò a emergere nell'industria sarà come sceneggiatrice, e nient'altro».

Mary la ammirava per questo, e si affrettò a scrivere una lettera di raccomandazione, spiegando il disastro di *The Foundling*. Fran era parsa molto a disagio nel chiedere quel favore, e Mary non capiva perché. Forse Fran non si rendeva conto che avrebbe fatto di tutto per aiutarla? Era intuitiva quasi quanto Mary, che non aveva mai incontrato alcun'altra persona altrettanto dotata di naturale talento cinematografico. Collaborare con lei a *The Foundling* era stata un'esperienza straordinaria. Aveva potuto trascorrere le sue giornate insieme a una persona per cui i film erano tanto importanti quanto lo erano per lei, una persona che lavorava sino a tarda notte ed era la prima ad arrivare sul set la mattina seguente, come se anche lei non sopportasse di starne lontana, come se anche per lei le luci, il rumore, il costante andirivieni di persone gioiosamente impegnate nel lavoro fosse più accogliente di qualunque casa. E Fran aveva capito il personaggio cinematografico di Mary meglio di chiunque altro, perché l'aveva studiata e scriveva adorabili scenette in modo tale da permetterle di recitare con la massima naturalezza, adattando sempre perfettamente la gestualità della vita reale a ciò che doveva interpretare.

Semplicemente, lavorare con Fran era facile. Con lei non era necessario spiegare educatamente a un uomo perché una donna non si comportava in certi modi nella vita reale, né era necessario sopportare, sempre educatamente, commenti sprezzanti come: «Attieniti a ciò che sai, ragazza, e lasciami fare il mio lavoro». Mary aveva più esperienza di qualunque produttore o regista, eppure non sempre era presa sul serio: spesso la esortavano con arroganza a stare tranquilla e a limitarsi a sorridere graziosamente alla cinepresa.

Fran non era mai arrogante con lei.

Comunque Fran aveva trovato lavoro alla World Film grazie alla lettera di Mary, e ora scriveva per Clara Kimball Young ricevendo un compenso di duecento dollari a settimana, che la rendeva la sceneggiatrice più pagata dell'industria cinematografica! Mary era felice per lei, e al tempo stesso ne sentiva terribilmente la mancanza, soprattutto dopo la fusione.

«A proposito di cosa Mickey aveva ragione?» Fran sedette con eleganza su una sedia di velluto e si sfilò i guanti per prendere il suo cocktail, rivelando una macchia d'inchiostro tra l'indice e il pollice della mano destra, per la quale Mary l'amò ancora di più.

«Adesso i film sono soltanto affari. Con questa fusione, lo studio non è più semplicemente uno studio cinematografico, è una società conglomerata, e i soci vogliono che io fallisca». Mary sorseggiò tristemente il proprio tè: niente cocktail per lei. «Sempre una tazza da tè, dolce Tesoro» non mancava mai di rammentarle Papà. «Se bevessi tè in un bicchiere, la gente penserebbe comunque a qualcos'altro, quindi usa sempre una tazza». Inoltre Mary non poteva vestire elegantemente come l'amica, che indossava un sofisticatissimo abito da sera in raso blu, scollato, con maniche trasparenti. Per ordine di Papà, Mary si copriva sempre le braccia e il décolleté.

«È ridicolo, Mary!» Con un cenno al cameriere, Fran ordinò un altro cocktail. Era così sicura di sé, adesso! Quando Mary l'aveva vista per la prima volta era parsa una creatura timida, eppure stranamente affascinante, come una puledra, braccia e gambe sottili, passi incerti, e la tendenza a tremare un po' di nervosismo. Allora Mary si era sentita più matura di lei, anche se Fran le era maggiore di quattro anni ed era già stata sposata due volte.

«Niente affatto. Detestano il mio successo e non sopportano che io guadagni più di alcuni di loro. Vorrebbero assumere il controllo della mia carriera e guadagnare quanto me. Mi chiedo come reagirebbero se fossi un uomo... Reagirebbero così se fossi Wallace Reid anziché Mary Pickford?»

«No, non reagirebbero così». Frances aggrottò la fronte e sorseggiò il cocktail. «Sai come mi chiama Mr Brady al World? Mi chiama *Pete*! Sembra incapace di accettare che una donna sia capo dei suoi sceneggiatori, quindi mi ha affibbiato un soprannome maschile».

«Oh, Fran!»

«Ecco perché mi vesto così». Frances indicò il proprio abito elegante. «Anche se mi chiama Pete, non gli permetterò mai di dimenticare che sono una donna. Noi donne non dovremmo mai rinunciare alla nostra femminilità. Vogliono le nostre menti, i nostri cervelli. Cosa diavolo importa se questi cervelli sono coperti da un grazioso cappellino tondo a falda larga anziché da una bombetta?»

Ecco perché Mary aveva bisogno di Fran! Perché nessun'altra persona sapeva parlare altrettanto francamente dell'essere donna in un mondo maschile. Le altre attrici erano pronte ad approfittare di qualsiasi segno di debolezza perché volevano soltanto una cosa: usurpare la sua posizione. Invece Fran aveva ambizioni diverse, che non erano in competizione con le sue, e stava vivendo le sue stesse frustrazioni. «Non dovrebbe avere alcuna importanza che cosa indossiamo, eppure ne ha sempre, vero? Gli uomini hanno bisogno di tenerci prigioniere. Dio non voglia che ci sia concessa la libertà! Adoro il tuo vestito. Vorrei poterne indossare uno simile!»

«Non sei mica costretta a vestirti sempre come una perfetta santarellina, Mary. E puoi anche concederti un cocktail, per l'amor del cielo! Sei capo della tua compagnia di produzione, adesso. Non devi ubbidire agli uomini!»

«No, Papà ha ragione, devo pensare al mio pubblico. Non posso deluderlo. Non posso *scandalizzarlo*». Perché se gli spettatori smettessero di vedere i miei film, pensò Mary, tornerei a vivere come un tempo, a dormire seduta in treno, sempre preoccupata che mamma, Lottie e Jack abbiano abbastanza da mangiare. Cosa mi disse mamma, tanto tempo fa? «Non dimenticare mai che tu hai bisogno del pubblico più quanto il pubblico abbia bisogno di te».

«Cosa importa se i soci della compagnia vogliono che tu fallisca? Tu non fallire. È semplice» dichiarò Fran, con una tale decisione che l'amica ne fu quasi convinta.

Poi Mary rise, perché sapeva bene come andavano le cose. «Certo! Mi resta solo da capire cosa fare per impedire che gli avvoltoi dello studio si freghino le mani per la gioia, dicendo: "L'avevamo detto! L'avevamo detto che la ragazza non avrebbe potuto farcela da sola. L'avevamo detto che se ci avesse provato sarebbe stato un disastro!"».

«Oh, Mary!» Fran si sporse in avanti, rossa in viso, con gli occhi stranamente luccicanti. «Primo, non preoccuparti tanto. Sei la persona più intelligente che conosca nel mondo del cinema. Secondo, ho avuto un'idea. Desideravo trovare un modo per... Be', in un certo senso per restituirti la tua infanzia, se non altro in un film. Non ridere!» Fran alzò una mano come per precludere qualsiasi derisione. «So che sembra sciocco, ma... Ascolta, penso di aver trovato un'opera adatta. Si intitola *The Poor Little Rich Girl*. È un delizioso romanzo che narra di una cara bambina, ricchissima ma trascurata dai suoi genitori, sempre molto impegnati. Nel leggerlo ho pensato subito a te, Mary. A ogni pagina vedevo il tuo viso. Questa volta dovrai diventare una bambina, non una ragazzina o una donna che sembra una ragazzina, bensì una vera bambina, che salta e gioca, e fa tutte le cose che non hai mai potuto fare da bambina. Cosa ne pensi? Se io lasciassi la World per scriverlo... Cioè, Zukor accetterebbe?»

«Oh, Fran!» Mary raddrizzò la schiena. «Non so cosa dire! Che tu voglia offrirmi questa possibilità... È un soggetto perfetto per il primo film prodotto interamente da me! Sarà così divertente, e sarà anche una sfida, una sfida artistica! Pensi davvero che io possa interpretare una bambina in modo credibile? Ho venticinque anni, sai? Ho interpretato giovani donne, o adolescenti, mai una bambina. Quanti anni ha?»

«Undici. E penso che tu possa farlo, Mary. Ti ho vista quando ci divertiamo a fare le sciocche: la gioia, l'abbandono, proprio come una ragazzina, o come una bambina. Ecco perché ho pensato a te nel leggere il romanzo».

«Fran, lo prometto. Prometto che m'impegnerò al massimo per recitare nel modo giusto. È meraviglioso! Grazie, cara! Appena mi consegnerai la sceneggiatura la porterò a Papà».

Giocherellando con l'orlo della scollatura, Fran corrugò la fronte, poi, all'improvviso, guardò Mary come l'aveva sempre guardata un tempo, per essere guidata e rassicurata. «Pensi che ti permetterà di assumermi?»

Mary sorrise. «Certo che lo farà, Fran. Ormai lavori come scrittrice da un anno. *The Foundling* ha avuto un buon successo, dopo che lo abbiamo girato di nuovo. Non preoccuparti per questo. Mi prenderò cura di te!»

Allora Frances la guardò in modo strano, con gratitudine, ma non con la totale gratitudine a cui Mary era abituata. Poi sorrise e le strinse la mano. «Te la porterò domattina».

«Posso lavorarci con te, se vuoi. Vuoi forse discutere dell'allestimento? Proprio oggi stavo pensando che mi piacerebbe provare qualcosa di nuovo con l'illuminazione. L'altro giorno ho sperimentato con uno specchio e...»

«Mary, tesoro, non riesci mai a smettere di lavorare, vero? Neanch'io, di solito, ma... Stasera ho un appuntamento». E il modo in cui Fran sorrise, incurvando appena gli angoli della bocca come se avesse un segreto, suscitò immediatamente la curiosità di Mary, e forse anche l'invidia.

«Con chi? È alto, bruno e bello?»

«Abbastanza alto, e non intendo dire altro. Buonanotte, cara». Frances si curvò a baciarla sulla guancia, e Mary fiutò il profumo muschiato, con un accenno di orchidea e di aria calda e umida che evocava sensualità. «Saluta Charlotte da parte mia».

«Lo farò». Mary soffrì appena un poco nel seguire con lo sguardo la sua migliore amica che attraversava l'atrio dell'Algonquin, sicura di sé, sostando brevemente per abbracciare alcune persone che l'avevano chiamata per nome prima di scomparire oltre la porta d'ingresso, nella notte. Non si sentiva a proprio agio all'Algonquin, famoso perché era frequentato da artisti, scrittori e simili, di cui percepiva sempre la superiorità compiaciuta ogni volta che era loro presentata: «Oh, certo! Mary Pickford! La stella del cinema con i boccoli!» Invece Fran era una scrittrice, perciò era accettata.

Naturalmente, Mary doveva ammettere che Fran era più istruita di lei... Chiunque lo era! Ecco perché quando non era sul set dedicava tanto tempo alla lettura. Tuttavia aveva la sensazione che non sarebbe mai riuscita a recuperare.

L'unica cosa che sapeva, l'unica cosa di cui era sicura, era il cinema: i *suoi* film.

Si concesse un momento per infilare i guanti e rassettarsi il cappellino. Era forse invidiosa di Fran per la sua vita, la sua raffinatezza, l'appartenenza al mondo intellettuale da cui era stata accettata, e i suoi numerosi e vari "appuntamenti"?

In quel momento era davvero alquanto stanca, stanca della propria vita. Owen, fra l'altro, beveva ancora di più da quando lei aveva firmato il suo ultimo contratto. Non aveva alcuna speranza di trovarlo al rientro in albergo. E anche se non voleva davvero trovarlo, non voleva neppure pensare a dove potesse essere.

All'improvviso Mary si sentì molto sola. Si alzò, abbassò la veletta, indossò un anonimo cappotto di lana beige e attraversò l'atrio rasentando le pareti. In strada decise di tornare a piedi all'albergo. Le avrebbe giovato rammentare i giorni in cui non aveva potuto permettersi il tram, figurarsi un autista. Le avrebbe giovato ricordare a se stessa tutto ciò che aveva da perdere.

Quando andarono in sala di proiezione, pochi giorni dopo avere girato la scena finale di *The Poor Little Rich Girl*, Mary e Fran stentavano a contenere l'eccitazione, ma con una reciproca stretta di mano si rammentarono silenziosamente a vicenda di doversi comportare come gli uomini che dovevano impressionare.

Seppure abbigliata in modo estremamente sobrio e professionale, Mary dispensò a tutti i presenti il sorriso più solare, poi sedette al centro della sala, accanto a Fran. Erano le uniche donne, tranne la segretaria di Papà Zukor, che sedeva sempre al suo fianco a prendere appunti. Le luci si spensero e le immagini iniziarono a dipanarsi. Lo studio giudicava superfluo pagare musicisti per le proiezioni.

Mentre il film proseguiva, il silenzio nella sala si fece profondo. Quando ridacchiarono alle scene umoristiche,

Mary e Fran furono zittite dalle teste che si giravano e dagli occhi maschili che scoccavano occhiate di disapprovazione. Alla fine smisero di ridacchiare, di schiarirsi la gola e persino di respirare, o così parve a Mary. Finito il film, nessuno applaudì. L'immobilità in sala era agghiacciante.

Mary rimase troppo impietrita persino per stringere una mano a Fran, la quale si accasciò sulla poltrona, tutta tremante.

«È un disastro» mormorò qualcuno ancor prima che la luce fosse riaccesa e il proiettore venisse spento. «Un assoluto disastro».

«È pessimo» sentenziò Jesse Lasky, con tale malcelata gioia che Mary desiderò intensamente prenderlo a schiaffi. Purtroppo non poteva farlo perché le mani le tremavano troppo.

«Non so cosa farmene» dichiarò finalmente Papà Zukor, e si volse a Mary con espressione tanto dolente e delusa che lei ebbe voglia di piangere.

«Chi ha inserito tutto quel ridicolo slapstick?» chiese inorridito qualcun altro, di cui Mary non ricordava il nome perché non era ancora riuscita a memorizzare i nomi di quegli sconosciuti che sembravano tutti uguali, con i loro abiti scuri, i sorrisetti compiaciuti, le mani negligentemente infilate nelle tasche, gli sguardi penetranti come pugnalate.

Quando Frances fece per alzare la mano con esitazione, Mary si affrettò a costringerla con una percossa ad abbassarla. «No» le sussurrò aspramente all'orecchio. «La responsabilità è tutta mia».

«Monsieur, debbo intervenire». Maurice Tourneur si alzò, estremamente dignitoso, estremamente francese.

Mary e Frances si scambiarono un'occhiata, consapevoli di quello che stava per accadere.

«Queste due… queste due signore… Debbo dire che sul set non mi hanno rispettato».

«Monsieur Tourneur…» Mary si alzò, anch'essa con

grande dignità. «L'ho scelta io personalmente per dirigere questo film, come era mia prerogativa secondo il mio ultimo contratto. Come può affermare di non essere stato rispettato?»

«Posso affermarlo perché non ha filmato la sceneggiatura così com'era» insistette Tourneur, nel suo accento spiccato. «Lei e lei...» Indicò Frances. «Voi due avete... Come posso dire? Avete inventato molte cose... Voi... Voi avete...»

«Improvvisato» concluse Mary. «Abbiamo improvvisato, come fanno tutti i veri artisti».

«*Oui!* È così! Il... il... Come lo chiamate? Lo slapstick? È stato tutto voluto da loro. Non era la sceneggiatura che volevo filmare, però sentivo di non poter dire no a Miss Pickford. Dopotutto il capo è lei!»

«Capisco...» Papà Zukor scosse la testa, sempre molto addolorato. «Penso davvero che sarebbe dannoso per la tua carriera, Mary, se distribuissimo questo... questo... Sinceramente non so come definirlo. Non so cosa sia... È una tragedia? Una farsa dei poliziotti di Keystone? Il problema concerne tutti gli aspetti del film. Non so cosa fare».

«Dobbiamo distribuirlo perché lo abbiamo già venduto ai cinema» interloquì qualcuno. «Tutti stanno aspettando la nuova Mary Pickford, e non abbiamo nient'altro di pronto». Papà Zukor si alzò. In verità, non era imponente, né alto, e in particolare aveva le spalle molto strette, eppure in quel momento parve quasi gigantesco a Mary. «Mary, dolce Tesoro...»

Nel sentir pronunciare il proprio soprannome alla presenza di tutti quegli uomini potenti, la cui disapprovazione era evidente, Mary si sentì umiliata e all'improvviso si disprezzò per avergli permesso di chiamarla così e per averlo chiamato Papà. Cosa diavolo aveva avuto in mente? Era terribilmente puerile!

«Non so cosa dire» ripeté cupamente Zukor. «Dovrò rifletterci per tutta la notte. Ti suggerisco di fare lo stesso».

«Io... Tornerò in sala di montaggio e vedrò cosa fare».

Nel frattempo Frances si alzò, poi, a tentoni, come se avesse improvvisamente perso la vista, si avviò all'ingresso, allungando una mano per appoggiarsi a ogni poltrona, come nel tentativo di orientarsi.

«No, Fran, no. Andiamo a casa». Mary afferrò Frances per un braccio, pregando che l'amica non crollasse prima di essere salita in auto. Non dovevano permettere a quegli uomini di vedere nulla di remotamente prossimo a una "crisi isterica femminile".

Tuttavia, una volta al sicuro a bordo della lussuosa vettura da turismo, Mary fu scossa dai tremiti in tutto il corpo, e Frances scoppiò a piangere.

«Oh, Mary! Come abbiamo potuto sbagliare? È stato così *divertente* sul set, vero? Così creativo... E quel Tourneur! Non aveva idea di cosa stava facendo, era così dannatamente *truce*. Se gli avessimo permesso di fare a modo suo, questo sarebbe stato il film più tetro mai realizzato!»

Mary non era assolutamente in grado di spiegare il divario fra quello che avevano appena vissuto e il divertimento provato nel realizzare il film, a parte Tourneur. Eppure tutta l'azione, tutta la creatività erano così vivaci, così innovative... La lotta nel fango con i bambini con cui la povera piccola ragazza ricca desiderava immensamente giocare era davvero ispirata, e il modo in cui Fran aveva rappresentato la bambina che prendeva alla lettera le parole degli adulti era geniale. Nell'assistere al film, Mary lo aveva *visto*. Era così, ne era certa. Nondimeno, sembrava che lei e Fran avessero assistito a un film completamente diverso da quello a cui avevano assistito gli uomini. «Non capisco, Fran, semplicemente non capisco... Non ridevano affatto! Non hanno riso nemmeno alla scena in cui ho accidentalmente bevuto il brandy e mi sono ubriacata». Ciò che maggiormente sconvolgeva Mary era il cupo silenzio con cui era stato accolto il film. «Sembrava che avessero deciso in anticipo di non volerlo apprezzare. Io lo consideravo geniale, davvero, anche in versione preliminare. Forse...

non sono stata convincente nell'interpretare una bambina? Pensavo… Cioè, mi sono impegnata tanto! Ho osservato i bambini e mi sono esercitata allo specchio!»

«Ti ho rovinato la carriera!» Frances nascose il viso tra le mani. «Oh, mio Dio, ho rovinato la carriera di Mary Pickford!»

«Smettila» scattò Mary. «Non voglio sentirtelo dire».

«Che cosa faremo?»

«Cosa intendi con *noi*? Tu continuerai a scrivere, perché puoi, perché in cartellone non compare il tuo volto, ma soltanto il tuo nome, e puoi sempre cambiarlo. Potresti diventare *Franklin* Marion, se volessi. Nessuno se ne curerebbe, e probabilmente sarebbe meglio per la tua carriera». Mary rimase sbalordita dalla facilità con cui lo disse, quasi si fosse preparata il discorso, e forse era proprio così.

Allora Frances si scostò da lei girandosi a guardare fuori dal finestrino, apparentemente sgomenta per la sua spietatezza.

«Io invece non posso farlo» proseguì Mary in tono più pacato. Si sentiva svuotata, come se si fosse tagliata le vene in sala di proiezione per riversare il proprio sangue sul pavimento affinché quegli uomini ignobili lo calpestassero. «Il pubblico conosce il mio volto, la mia immagine, il mio nome. Non posso cambiare nulla di tutto ciò, e ho lavorato molto duramente per ottenerlo, Fran, molto duramente… E adesso? Sono tutti là a bere whisky e a ridere di me per avere osato assumere il controllo e parlare loro da pari a pari, come un uomo, non come una ragazzina, e per essere intelligente e fare domande e semplicemente volere ciò che è giusto: ciò che è giusto, ciò che è *mio*!»

«Mi dispiace così tanto, Mary» sussurrò Frances. «Pensavo… Pensavo che quello che stavamo facendo fosse magico. Lo pensavo davvero. Pensavo che fosse perfetto per te… Pensavo di poterti donare qualcosa, qualcosa che ti mancava, qualcosa di cui avevi bisogno. Se questa volta ho sbagliato tanto, allora non so se potrò ancora fidarmi del mio istinto d'ora in poi...»

«Be', non hai affatto sbagliato. Non potresti. Però io avrei dovuto saperlo. Non avrei dovuto lasciarmi coinvolgere dal tuo entusiasmo, perché ho lavorato troppo sodo per arrivare dove sono arrivata. Devo essere più intelligente. E adesso anch'io non so se potrò ancora fidarmi del mio istinto». Mentre Fran singhiozzava in silenzio, Mary guardò fuori dal finestrino. Iniziava a nevicare. Le strade di New York apparivano grigie e desolate, e tutti sembravano vestiti di nero. «Semplicemente non lo so» ripeté tetra.

Lasciata Fran all'Algonquin, dove entrambe erano state incapaci persino di salutarsi, Mary tornò a casa, da Owen.

Non tornò da mamma, anche se ogni nervo e ogni fitta al cuore straziato la esortavano a cercare conforto e saggezza, o almeno un abbraccio amorevole e rassicurante, dove li aveva sempre trovati.

Invece si recò doverosamente a casa, dal marito, perché dopo avere fallito nel lavoro non avrebbe potuto sopportare di fallire anche nel matrimonio.

«Bene bene bene...» la accolse Owen, con un bicchiere in una mano e un foglio di carta nell'altra. Aveva la camicia stazzonata e macchiata, gli occhi iniettati di sangue, la pelle giallastra, però somigliava ancora abbastanza al giovanotto spavaldo che le aveva rubato il cuore mozzandole il fiato.

«Che c'è, Owen?» Mary appese il cappotto all'attaccapanni. Si sentiva infinitamente stanca, come se stesse arrancando contro una corrente oceanica. Si tolse il cappellino di feltro.

«Ha telefonato Zukor. O dovrei dire Papà?» Owen sogghignò sarcastico. Disprezzava il rapporto fra Mary e Zukor, probabilmente perché questi non riusciva mai a ricordare il suo nome e lo chiamava sempre "Mr Pickford".

«Davvero?»

«Sì, davvero. Ha lasciato un messaggio, e anche alquanto

lungo. Gli ho risposto che non sono la tua segretaria, ma lui ha insistito». Con uno strano bagliore negli occhi, Owen le porse un foglio.

Comprendendo che non gli era affatto dispiaciuto annotare quel particolare messaggio, Mary protese una mano tremante per prenderlo.

Di scatto Owen ritirò il braccio e agitò il foglio sopra la testa di Mary come per allettare un gatto con un giocattolo, quasi aspettandosi di indurla a saltare per afferrarlo. «Oh, no! Questo non me lo negherai, mia cara moglie. Non mi toglierai questa soddisfazione».

«Bene, allora...» Mary si lasciò cadere su una sedia, ormai incapace di reggersi in piedi, e chiuse gli occhi, strizzando le palpebre. Poi ascoltò Owen leggere il messaggio con voce profonda e intensa, infondendovi più significato che a qualunque battuta di dialogo mai recitata.

«Sono parole di Zukor, non mie... "Di' a tua *moglie* che domani per prima cosa deve presentarsi al mio ufficio. Dille che deve *riflettere su quello che ha fatto*. Dille che ho pagato una *fortuna* a Tourneur perché lo ha voluto lei, e anche Frances. Dille che quella Marion non è stata a buon mercato. Dille che ho fatto tutto ciò che mi ha chiesto, eppure mi ha molto deluso. Dunque bisogna che si prepari a prendere il primo treno per Los Angeles perché mi sto accordando con DeMille affinché diriga il suo prossimo film. Infatti ho deciso che è di questo che ha bisogno al momento: una guida *risoluta*. Francamente, DeMille esita a lavorare con lei, adesso. Ecco perché dovrà scrivere, e portarmi domani per approvarlo, un telegramma in cui dichiarerà di essere entusiasta di lavorare per DeMille e prometterà di fare la brava ragazza e di non interferire, come ha fatto in passato». Owen sbatté il bicchiere sul tavolo con uno schianto.

Mary udì rumore di passi e respiro affannoso, sentì il calore corporeo del marito e sussultò, sollevando un braccio a proteggersi il viso dalle percosse. La prima volta che lui l'aveva picchiata, mamma le aveva raccomandato: «Proteggiti sempre il viso». Ma non fu malmenata. Dopo un momento, tremando di paura, alzò lo sguardo, e di fronte a sé, in piedi, vide Owen, il cui sorriso grottesco la agghiacciò. Non lo aveva mai visto più felice, neppure nel giorno del matrimonio, né dopo la loro prima volta insieme: mai. Per rendere finalmente felice Owen Moore era stato necessario il suo abietto fallimento.

Lui era così felice che non la picchiò e non la sminuì. Non aggiunse una sola parola per accentuare la sua umiliazione. Si limitò a indugiare per un lungo momento, sorridendo, prima di sollevarla per le ascelle e tirarla in piedi. Le infilò una mano sotto la camicetta per strizzarle violentemente il seno e l'altra sotto la gonna per afferrarle il sesso, una volta soltanto. Poi soddisfece il proprio desiderio e il proprio bisogno baciandola brutalmente sulla bocca, finché lei, seppure con riluttanza, iniziò a eccitarsi e sentì sorgere il proprio desiderio, si sentì sciogliere in un rivolo fra le cosce. Allora lui la respinse. «Stanotte non voglio te, Mary». Si terse la bocca con il dorso della mano. «Non voglio mai te. Non sei una vera donna, e tutti e due sappiamo perché». Infine se ne andò, non prima di avere afferrato e scagliato attraverso la stanza l'album di ritagli rilegato in cuoio che Charlotte aveva così accuratamente composto, facendo volare fogli e fotografie come stelle filanti. «Confortati con questa roba, stanotte, cara moglie». E stranamente non sbatté la porta in modo teatrale come quel pessimo attore che era, bensì se la chiuse con cura alle spalle.

Mary si infilò una mano sotto la camicetta per tastarsi delicatamente il seno strizzato da Owen e non provò alcun dolore. Si palpò alla ricerca di graffi o di lividi senza percepire alcunché, neppure le proprie dita gelide.

Come in trance, si spostò a tentoni per l'appartamento, toccando ogni oggetto semplicemente per scoprire se qualcosa fosse in grado di vincere il suo intorpidimento, ma invano. Nulla riuscì a ripristinare la sua sensibilità, neppure il piccolo orologio in celluloide sopra un tavolino, né i ritagli che aveva raccolto con tanta cura, ora sparsi sul pavimento: "Mary Pickford trionfa con il suo nuovo film!" "La nostra Mary è ora l'attrice più amata nel mondo!" Si inginocchiò per toccarli senza riuscire a sentirli. Perché non passare ai coltelli da cucina, oppure al tagliacarte sulla scrivania, simile a un pugnale?

A un tratto qualcosa attirò la sua attenzione: fuori nevicava. Ricordò che aveva già iniziato a nevicare quando aveva lasciato l'ufficio. Il suo autista vi aveva accennato senza che lei ascoltasse, ancora assorta a rivivere mentalmente il disastro, mentre Fran si aggrappava a lei, piangendo. Quanto tempo era trascorso da quel momento?

Mary si avvicinò a una finestra e premette il naso sul vetro.

La neve... Oh, la neve! I grossi fiocchi goffi che cadevano veloci le rammentarono quando, bambina, aveva cercato di raccoglierli sulla lingua. Anche nel correre per prendere un treno e recarsi a un orribile teatro, consapevole di dover arrivare puntuale altrimenti qualcun altro avrebbe avuto il lavoro, a volte si era fermata, mentre mamma non guardava, e svelta come una lucertola aveva dardeggiato la lingua per provare ad assaggiare la neve, ed era rimasta delusa perché non aveva sapore, nessun sapore.

Ed ecco, fuori dalla sua finestra, la neve che si accumulava, confortante.

Anche se si trovava a un piano alto, il settimo, o forse l'ottavo, la vedeva chiaramente cadere ondeggiando sul marciapiede sottostante, beatamente libero dalla solita attività newyorkese. Non si vedeva nessuno là fuori, nessuna impronta, nessuna matrona infagottata che portava a passeggio il cane, nessuno strillone intento a vendere risolutamente la propria merce, nessun uomo d'affari teso ad avanzare a passi strascicati nella neve a testa china nel vento contrario, le mani sollevate a trattenere la lobbia.

Il marciapiede sembrava morbidissimo con la sua ondulata coltre di neve ancora intatta.

E Mary era stanchissima, stanca fino alle ossa, stremata da tutto: Zukor e i soci della compagnia, e Owen, e persino Fran, la cara Fran. Era stanca di essere responsabile di tutto e di tutti. Sollevò una mano ad aprire la finestra e seppe che l'aria fredda la colpiva in viso, anche se non riuscì a sentirla.

Aveva ancora la capacità di sentire qualcosa? Avrebbe mai potuto sentire di nuovo qualcosa? Eppure sentiva il richiamo della coltre di neve otto piani più giù, così assoluta... Così allettante...

A chi sarebbe mancata, se fosse caduta?

Di sicuro non sarebbe mancata a Owen, e Zukor sarebbe stato felice di essersi liberato di lei, e Fran sarebbe stata benissimo. Il suo pubblico l'avrebbe pianta, poi non avrebbe tardato a trovare altre stelle da adorare. Se si fosse girata a guardare dietro le quinte avrebbe visto le attrici pronte a sostituirla: Marguerite Clark, Mae Marsh, persino Lillian, la cara Lillian Gish. Dunque, a chi mai sarebbe davvero mancata?

A nessuno. A nessuno, tranne...

«Mamma!» Mary rimase sorpresa nell'udire la propria voce, le proprie parole spaccare finalmente il ghiaccio che la imprigionava, e prima di poter cambiare idea, si allontanò dalla finestra e andò al telefono.

«Mamma? Mamma?»

«Cosa c'è, cara? Cosa c'è?»

«Mamma, vieni qui, presto! Vieni qui! Ho bisogno di te».

«Cos'ha fatto? Non importa, resta dove sei. Sto arrivando».

Pareva quasi che Charlotte attendesse una chiamata simile... Ma come? Come avrebbe potuto sapere quanto Mary si sentiva disperata, se lei stessa non ne era stata consapevole sino a quel momento?

Lei era Mary Pickford, la più amata fra le stelle del

cinema! E Mary Pickford era padrona del mondo. Non era forse vero? Aveva il mondo ai suoi piedi. Di cosa avrebbe mai potuto avere bisogno?

Di sua madre, ecco di cosa aveva bisogno. Aveva venticinque anni e aveva bisogno di sua madre come se fosse ancora una bimba di sei anni seduta in treno, con i piedi ciondolanti che non toccavano il pavimento del vagone. Aveva bisogno di ricordare che era amata: null'altro. Aveva bisogno di sentirsi amata, rispettata e perdonata.

Mamma arrivò e pianse. Mamma le preparò un bagno caldo e la lavò dolcemente, come da piccola. Mamma la mise a letto e le disse di non pensare a quegli uomini orribili, poi chiese alla cucina dell'albergo di portare latte caldo, e Mary andò a dormire, con mamma seduta accanto a vegliarla.

La mattina successiva, sola, Mary ubbidì alle istruzioni e si recò all'ufficio di Zukor. Meno di due settimane dopo prese un treno per tornare in California, dove nemmeno mamma avrebbe potuto aiutarla ad affrontare il formidabile Cecil B. DeMille, che il primo giorno la accolse sul set con un frustino.

Tuttavia Mary non gli offrì alcun pretesto per brandirlo, anzi, fu l'immagine della docilità. Sorrise e annuì e si presentò sempre puntuale e si trattenne sino a tardi. Si risparmiò interamente per la cinepresa e DeMille non riuscì a spezzarla.

Appena ultimate le riprese, fece le valigie e montò sul primo treno per tornare all'Est, da Fran, per la prima di *The Poor Little Rich Girl*.

Aveva un presentimento, una sensazione.

«Oddio, no, Mary! Come puoi volerlo vedere? Non lo sopporto! Ha quasi rovinato la nostra amicizia». Fran sembrava ancora sconvolta. Era dimagrita, impallidita, insicura quasi quanto lo era stata all'epoca del loro primo incontro. Non aveva ancora ritrovato il suo equilibrio, il suo slancio. Del resto, nemmeno Mary.

Tuttavia Mary sentiva la necessità di vedere il film con Fran. Doveva accertarsi che la loro amicizia fosse ripristinata. Ormai aveva pochissime cose su cui contare.

«Fran, devi capire… Non hai idea di com'è stato lavorare con DeMille. Le battute che circolano sul suo conto sono giuste! "Gli angeli sono preoccupati perché Dio crede di essere Cecil B. DeMille!" È vero, Fran, è proprio così!»

«Davvero indossa pantaloni da equitazione e impugna un frustino?»

«Sì, e ha sempre un assistente che porta in giro una sedia per lui, il Grande Uomo, e neppure si gira a guardare prima di sedersi, perché la sedia è sempre lì pronta».

«Oh, povera Mary!»

«Il film, *Romance of the Redwoods*, andrà benissimo, però, Fran, è stato terribile sul set. Ho dovuto fare sempre la brava bambina. Oh, sono così stufa di sentirmelo dire! Ma Zukor aveva spie sul set, ne sono convinta. Se mi fossi comportata male, lo avrebbe saputo. E io dovevo tornare all'Est, anche soltanto per un paio di giorni. Dovevo andarmene».

«Per trascorrere questi giorni posso immaginare modi migliori che andare a vedere il nostro film. Ho il cuore spezzato, Mary! Mi sento così responsabile…»

«No. Fran, no. Io mi fidavo di te, tu ti fidavi di me e… Be', siamo entrambe ugualmente responsabili». Mary iniziò a raccogliersi i capelli, come faceva sempre quando andava a vedere i suoi film. «Ho fatto ventiquattro film in tre anni, Fran. Sono stanca. Devo concludere quest'altro film di DeMille, poi…» Non seppe cos'altro dire. Aveva la vista offuscata e non riusciva a pensare, con tante cose da fare, tante strade da percorrere e tanti possibili vicoli ciechi in attesa, sia nella carriera che nella vita personale. Non poteva ancora vederli, ma sapeva che esistevano. Ne esistevano sempre. Lottie aveva appena avuto un bambino, che Mary avrebbe dovuto nutrire, vestire e istruire perché sua sorella non era in grado di accudire neppure un topolino.

Al tempo stesso non voleva affatto prendersi cura di un bambino! Era troppo… troppo…

E Jack stava bevendo più che mai e corteggiava le stelline, e si buttava in azioni spericolate come volare in aereo e intratteneva costose relazioni con donne sposate. Invece mamma…

Ebbene, mamma era sempre la stessa, la sua roccia, il suo punto di riferimento perenne, la ragione per cui, nonostante tutto, Mary non saltava.

«Devo andare a vedere un film, il mio film, circondata dal mio pubblico. Ho bisogno di ricordare perché faccio cinema… Oh, per favore, Fran! Accompagnami!»

«Va bene». Frances scosse la testa. «Però mi sento un po' come Tom Sawyer al suo funerale».

Mary finì di sistemarsi i capelli, indossò gli occhiali scuri e con Fran si recò allo Strand. Anche se la fila di spettatori in attesa girava intorno all'isolato, Mary sapeva che conveniva non fidarsi. Nessuno aveva ancora visto il film né aveva letto alcuna recensione, vero, povere anime? C'era sempre la fila alla prima proiezione dell'ultimo film di Mary Pickford.

Nell'acquistare i biglietti, Frances scelse due posti nell'ultima fila di platea. Le luci si abbassarono, l'orchestra iniziò a suonare e apparve il titolo, *The Poor Little Rich Girl.*

Di solito Mary amava guardarsi sullo schermo. Era in grado di dimenticare tutto il lavoro compiuto e di perdersi nella magia della musica, dell'immagine e della storia. Com'era possibile che la piccola Gladys, così bassa e paffuta nella vita reale, si trasformasse in uno spiritello adorabile e grazioso? Era meraviglioso, i film erano meravigliosi, il loro potere era meraviglioso: era come se strappassero il cuore a ciascuno spettatore, lo trasformassero, e alla fine, allo svanire delle immagini dallo schermo, lo restituissero arricchito, perfezionato.

Semplicemente, Mary amava i film, l'intera esperienza cinematografica, la sala cinematografica come una cattedrale moderna, e lo Strand era particolarmente lussuoso, con tende di velluto e affreschi e balconate, un'orchestra o un organista, poltrone imbottite, una sensazione di benessere condivisa con gli altri spettatori, tutti disposti a essere coinvolti, anzi, persino ansiosi di essere travolti.

Quel giorno, però, Mary e Frances prestarono a ciò che accadeva intorno a loro molta più attenzione che a quello che accadeva sullo schermo. Furono i volti a imprimersi maggiormente nella memoria di Mary, il riso, il pianto, il corruccio, il sorriso, in cui vide riflessi i sogni, gli istinti, le speranze, tutto ciò che aveva provato durante le riprese. Le reazioni del pubblico furono radicalmente diverse dalla contratta inespressività del privilegio e della disapprovazione maschile da cui era stata circondata in sala di proiezione due mesi prima.

Alla fine, quando la povera piccola ragazza ricca si destò dal coma per sorridere alle facce preoccupate dei genitori, che sino ad allora erano stati troppo impegnati per prestarle attenzione, il pubblico intero si commosse visibilmente e i fazzoletti furono estratti dalle borsette con frequenza allarmante.

Poi, quando Gwen – o meglio, Mary – si alzò dal letto e prese per mano i suoi genitori, ora pentiti e riconoscenti, per incamminarsi con loro verso un roseo futuro colmo di amore e libertà, esplosero le acclamazioni e il pubblico balzò in piedi, applaudendo e piangendo.

Allora Mary non riuscì a trattenersi: lei stessa scoppiò a piangere. «Oh, Fran!» Batté le mani e il cappellino le cadde dalla testa, scoprendo i boccoli dorati.

Con le lacrime agli occhi, Frances si girò verso di lei. «Mary! Mary! Avevano torto! Zukor e Lasky e Goldwyn e tutti gli altri… Avevano completamente e miseramente torto!»

«Sì, proprio così! Oh, loro! Se soltanto potessi…»

«Eccola! È la piccola Mary!»

In seguito Mary non riuscì a ricordare se a urlare fosse

stato qualcuno in fondo alla sala, seduto dietro di lei o davanti, ma non ebbe alcuna importanza. L'importante fu che il pubblico dello Strand Theatre di New York distolse l'attenzione dallo schermo bianco per rivolgerla alle ultime file, dove tante mani improvvisamente afferrarono Mary, e tirarono, accarezzarono, pungolarono.

«È Mary in persona! La povera piccola ragazza ricca è qui, proprio qui!»

«Mary! Oh, Mary!»

Allora Mary si volse a Frances e la vide impallidita, con gli occhi spalancati e le pupille dilatate per la paura. Se ne rese conto, eppure, stranamente, non provò alcun timore. Infatti percepiva unicamente amore e affetto emanare da ogni braccio proteso, da ogni sorriso fervido, da ogni sguardo colmo di lacrime: amore per lei, amore per ciò che lei e Fran avevano realizzato sullo schermo.

«Dobbiamo uscire di qui». Frances reagì prontamente, chiamando con un gesto un usciere, il quale si fece largo fra la folla che si assiepava a circondare Mary.

«Sì, ma dobbiamo essere prudenti! Voglio che nessuno rimanga ferito!» Mary sorrise a tutti, mandando baci e accogliendo con gratitudine gli applausi. Poi l'aria cominciò a ristagnare per la pressione della folla, e allora cedette un poco al panico, solo un poco, finché fu afferrata ai fianchi e sollevata di peso, con i piedi ciondolanti, da un poliziotto in uniforme blu, il quale spiegò, con accento irlandese: «Mi dispiace, Miss Pickford, ma è l'unico modo».

«Va bene» rispose lei con un sorriso, in cui il sollievo si fondeva al trionfo. «Vieni, Fran, da questa parte!»

Allora Frances per raccogliere i cappotti di entrambe fu costretta a strappare quello di Mary dalle mani di uno spettatore.

E Mary rise ancora più allegramente. «Lascialo, se devi! Ne posso comprare un altro!»

«No!» Frances brandì trionfalmente il cappotto e balzò

al fianco di Mary, aggrappandosi al poliziotto come a un'ancora di salvezza.

Seduta sulla spalla dell'agente, Mary abbassò gli occhi, incontrò lo sguardo di una donna e gridò: «Mi piace il tuo cappellino!» La vide crollare svenuta e provò una sensazione orribile e al tempo stesso meravigliosa. Gridò: «Beccati questa, Miss Josephine».

«Chi?» gridò a sua volta Frances.

Senza rispondere, Mary scosse la testa e ridacchiò.

«Mary! Mary! La nostra Mary!»

Con i canti che le risuonavano nelle orecchie, Mary chiuse gli occhi per un istante, lasciandosi trasportare non soltanto dall'amore e dalla frenesia degli ammiratori, bensì anche dal vigoroso poliziotto, e desiderò che quel momento non finisse mai, mai, perché le apparteneva, perché aveva avuto ragione, dopotutto. «Non ci fideremo mai più di loro!» gridò a Frances nell'uscire finalmente dal cinema per una porta posteriore che si apriva in un vicolo.

Un ratto solitario fissò la ressa prima di scappare via con una buccia di banana in bocca.

Con un grugnito, il poliziotto depose Mary al suolo, poi suonò il fischietto per chiedere rinforzi, e lei quasi si aspettò di veder comparire i poliziotti di Keystone.

Poco dopo arrivò la loro vettura, in cui furono infilate come torte in un forno, e fuggirono svoltando nella strada di fronte al teatro. Mary balzò in ginocchio sul sedile posteriore per osservare la massa di persone che le inseguivano, agitando freneticamente le braccia, e inviò loro una serie di baci.

«Buon Dio!» Frances si afflosciò sui morbidi cuscini della nuova auto di Mary. L'autista premette l'acceleratore e la berlina, ruggendo, svoltò di nuovo per immettersi nel traffico di Broadway. «Cosa diavolo era?»

«Era la vittoria, cara Fran!» Nonostante una tasca scucita, i guanti persi e i capelli scompigliati, anche perché qualcuno aveva tentato persino di strapparle un boccolo,

Mary si sentiva molto serena, tranquilla, *a posto*. «Quanto mi piacerebbe, se a ciò che è appena successo avessero assistito coloro che hanno detto che abbiamo sbagliato a fare questo film e per questo ci hanno punite! Frances, avevamo torto, avevamo torto marcio!»

«Cosa dici? Non hai visto cos'è appena successo? Avevamo ragione!»

«No, avevamo torto. Innanzitutto, abbiamo sbagliato a permettere a quegli uomini orribili di proiettare il film in anteprima privata, senza pubblico. D'ora in poi proietterò sempre le anteprime dei miei film a un pubblico. Sarà una clausola del mio contratto. Ecco perché nessuno ha riso: perché nessuno era presente, tranne i soci della compagnia, e sai bene che volevano il nostro fallimento».

«Certo» annuì Frances, pensierosa.

«Ma avevamo torto soprattutto perché abbiamo permesso loro di sconvolgerci. Oh, Fran!» Mary afferrò una mano dell'amica e la strinse forte. «Abbiamo permesso loro di farci sentire stupide e piccine! Come abbiamo potuto permettere che accadesse? Siamo intelligenti, sappiamo cosa stiamo facendo, abbiamo buon istinto e buon giudizio. Non dobbiamo permettere a nessun uomo di dirci che non è così, o di indurci a dubitare di noi stesse. Prometti, Fran! Promettimi che non permetterai mai più che succeda!»

«E promettimelo anche tu, Squeebee!»

Mary abbracciò l'amica, la sua più cara amica, oltre a mamma, e la baciò sulla guancia. «Non permetteremo mai più ad alcun uomo di mettersi fra noi, cara Fran. Mai!»

«Mai» le sussurrò Frances all'orecchio.

Poi Mary si afflosciò sui cuscini e ripensò a quello che era appena successo, scegliendo i momenti speciali da imprimersi nella memoria: quando la donna era svenuta; quando l'uomo si era aggrappato disperatamente a uno dei suoi boccoli; quando tutto il pubblico era balzato in piedi con un boato.

Mamma aveva già ritagliato le prime recensioni positive quando Mary rientrò in albergo dopo avere lasciato Frances. Nel consegnarle una pila di telegrammi, mamma indicò il primo.

> RICH GIRL UN ENORME SUCCESSO. SONO FELICISSIMO PER ENTRAMBE. NON VEDO L'ORA DI CONOSCERE IL VOSTRO NUOVO PROGETTO.
> CON AFFETTO, PAPÀ

Mary inarcò un sopracciglio e increspò le labbra. Poi allungò una mano verso il telefono per leggerlo a Frances.

6.
Frances
Autunno 1917

Questi sono gli anni d'oro, ricordavo a me stessa nei momenti più strani, mentre ero seduta per un pranzo affrettato fra un allestimento e l'altro, oppure scegliendo le comparse per il giorno successivo dopo le riprese della giornata, o persino sola nel mio ufficio (il mio ufficio!) ad appuntire le matite, un compito che non permettevo alla mia segretaria di svolgere, perché era l'aspetto più tangibile della mia nuova condizione, con le punte acuminate che profumavano di trucioli e di piombo, una gioia che non volevo condividere.

«Questi sono gli anni d'oro» ci assicuravamo a vicenda, talvolta con solennità, talvolta con una risata esaltante, prima che una di noi balzasse in piedi con un'idea o con un dettaglio da aggiungere a una scena, e poi correvamo a girare, con Mickey che si arrampicava su una scala dietro la cinepresa per gridare il nuovo allestimento alle comparse, mentre Mary si inginocchiava a vezzeggiare i bambini del cast per indurli a comportarsi nel modo più naturale con lei, e io correvo al reparto attrezzeria per recuperare gli oggetti richiesti, come una palla da baseball sporca di terra o una lunghissima corda per saltare che Mary avrebbe utilizzato per qualche buffonata.

«Questi sono gli anni d'oro» sussurravo subito dopo aver posato la testa sul cuscino ogni notte, troppo esausta per concepire qualunque altra preghiera. Da molto tempo non recitavo più le lunghe e solenni preghiere della mia infanzia. Ormai avevo solo il tempo per ricordare a me stessa quanto fossi fortunata a sprofondare nel sonno, il miglior sonno che avessi mai avuto in vita mia. Era sonno ben guadagnato, assolutamente necessario perché anche il giorno successivo sarebbe stato eccitante, appagante ed estenuante. Mi rendevo conto che il sonno è sfuggente solo quando non si ha idea di cosa si farà l'indomani, perché non ci si concede il permesso di meritarlo.

Adesso però lo meritavo. Dopo il fenomenale successo di *The Poor Little Rich Girl*, Zukor aveva concesso a Mary tutto quello che voleva. E lei aveva voluto me e Mickey Neilan; noi tre di nuovo insieme a Hollywood e un reparto di produzione tutto nostro alla Famous Players. Così realizzammo i nostri film come *noi* li volevamo, senza interferenze da parte degli *uomini*, come io e Mary chiamavamo i capi della compagnia nei nostri ironici bisbigli.

Per qualche ragione Mickey, anche se decisamente uomo, non rientrava in tale categoria. Lo trattavamo come un compagno di giochi, il ragazzino a cui consentivamo di accedere al nostro circolo ogni volta che avevamo bisogno di qualcuno che facesse lo sposo in un finto matrimonio. E Mickey aveva ancora la sua fosca bellezza, e pur essendo un bevitore era un regista abile e creativo che non aveva paura di dire a Mary cosa fare. E lei lo ascoltava. Lui ci assecondava, quando io e Mary improvvisavamo scene sul set, e contribuiva con le sue idee perché capiva cosa stavamo facendo e ci credeva.

Stavamo plasmando il personaggio di Mary: una bambina, non una qualsiasi, bensì *la* bambina, la bambina adorata dell'America, incarnazione dell'innocenza e della simpatia travolgente, della vulnerabilità e del coraggio, un personaggio che alla fine di ogni film tutti gli spettatori desideravano abbracciare, coccolare e proteggere.

E Mary aveva finalmente l'infanzia che nella realtà le era stata negata. Dinanzi alla macchina da presa interpretava tutti i suoi sogni infantili dimenticati: compiere acrobazie, saltare la corda, esplorare, scherzare. La cinepresa l'aveva sempre amata, ma ora la conteneva a stento. Quando guardavo i giornalieri, mi sembrava di spiare attraverso un recinto una bambina inconsapevole di essere osservata, perché Mary era meravigliosamente spontanea, pura, gioiosa.

Creavamo film che prendevano vita. Naturalmente bastava la presenza dei bambini a infondere vitalità, e noi ne avevamo sempre molti sul set. Gli attori bambini erano privi di tecnica e non avevano imparato a recitare in modo stilizzato. Dunque non dovevo fare altro che scrivere: «Mary e i bambini fanno il tiro alla fune», e loro agivano naturalmente, con spontaneità. Non era necessario dirigerli, perché Mickey era tanto geniale negli allestimenti che i bambini e Mary dovevano semplicemente giocare.

Tuttavia non erano soltanto la presenza di bambini e storie infantili come *Rebecca of Sunnybrook Farm* e *The Little Princess* a rendere i nostri film così unici e amati dal pubblico. Era il divertimento con cui li creavamo, una gioia che sembrava permeare l'opera finita. Per la prima volta compresi che uno stato d'animo poteva essere catturato dalla cinepresa.

Quando assistevo in sala alla proiezione di un film terminato non perdevo mai la capacità di emozionarmi nel vedere le idee che avevo annotato su uno dei miei taccuini trasformate in un film girato, montato e accompagnato dalla musica; le *mie* parole tradotte in immagini, le emozioni che *io* avevo immaginato espresse da volti giganteschi sullo schermo, perciò ne ero affascinata come qualunque spettatore.

Anche allora intuivo che forse non avrei mai più potuto gioire di una collaborazione come la nostra, a cui ciascuno contribuiva in ugual misura. Io e Mary sceglievamo le storie, spesso basate su opere popolari, letterarie o teatrali. Mentre le mie scelte erano del tutto istintive, Mary considerava sempre i profitti dei film precedenti e le caratteristiche a cui era dovuto il loro successo, nonché il modo che avrebbe consentito di ripetere tale successo. Io creavo gli scenari, adattando le storie per lo schermo, suggerendo angolazioni di ripresa e scrivendo la maggior parte dei titoli di testa, ma Mary contribuiva sempre aggiungendo alcuni elementi. Tutti e tre sceglievamo coprotagonisti e comprimari, mentre io mi occupavo delle comparse. Poi, sul set, Mickey era sempre rapido, anche quando non si faceva vivo se non dopo mezzogiorno a causa della sbronza colossale della sera prima, e sembrava improvvisare riprese che un tiranno come DeMille avrebbe progettato per mesi. Eppure, a film concluso, si restava sorpresi dalla qualità artistica e dall'immediatezza.

Come un piccolo generale in mutandoni a sbuffo, Mary sovrintendeva ogni cosa. Assumeva esclusivamente i migliori operatori e i migliori direttori artistici, spendendo i soldi di Zukor con saggezza ma senza lesinare, sicura di recuperare tutto cento volte al botteghino. Poi, come nell'illusione di un mago, e non ho mai capito come ci riuscisse, si scrollava di dosso i panni e le responsabilità di produttore e compariva dinanzi alla macchina da presa fresca, innocente, ringiovanita di almeno dieci anni, e diventava la piccola ragazza ricca, o Rebecca di Sunnybrook Farm, o Sarah Crewe, la piccola principessa. Era così naturale sullo schermo che ora i fan presumevano che fosse davvero una ragazzina, eppure non ho mai incontrato nessuno che lavorasse più duramente di lei per ottenere interpretazioni "naturali". Mary trascorreva ore davanti allo specchio nel suo camerino per riprodurre alla perfezione le posture infantili. Ogni mattina, mentre io sorseggiavo il caffè e facevo colazione, lei si esercitava per mantenere il corpo tanto agile ed elastico da poter eseguire ogni sorta di acrobazie infantili: saltare su e giù dai letti, arrampicarsi sulle scale a pioli, saltare e correre e fare la ruota, uguagliando i bambini sul set.

Il nostro set! Divenne presto famigerato alla Famous Players-Lasky. Ogni settimana ricevevamo una lettera con cui Zukor ci informava che altri registi dello studio si lagnavano del rumore che facevamo, delle risate, delle canzoni e dei giochi. A fine giornata Mickey cantava sempre qualche indecente canzone irlandese che induceva le madri dei bambini attori a condurre via i loro tesorucci, coprendo loro le orecchie con le mani.

Una volta Cecil B. DeMille, in pantaloni da cavallerizzo e frustino, passò di lì e parve tanto inorridito dalla nostra allegria e dalle nostre incontrollabili risate, che nel vederlo tutti noi restammo di colpo paralizzati.

Poi, appena il Grande Uomo si fu allontanato con un sopracciglio inarcato, scoppiammo tutti a ridere.

«Cosa dirà a Zukor?» Mi tersi gli occhi perché stavamo ridendo fino alle lacrime. «Non riesco a immaginare cosa pensi di noi!» Ero inginocchiata sul set per insegnare a Mary e a quattro bambine il gioco dei sassolini. Avevo appreso con grande stupore che Mary non ci aveva mai giocato. Comunque, appena ebbe imparato giocò con tale abbandono e pura gioia che ne fui profondamente commossa, sentendomi orgogliosa di poterle offrire una seconda possibilità di essere bambina. Guardandomi, mi accorsi che il mio elegante vestito era tutto stazzonato e che le mani ben curate erano tutte sporche.

«Non importa cosa gli dirà. Stiamo facendo soldi a palate!» Mickey sorrise e si appoggiò allo schienale della sua sedia da regista. Era snello e muscoloso come un adolescente. Non indossava pantaloni da cavallerizzo, però all'improvviso afferrò una corda per saltare e la fece schioccare come il famoso frustino di DeMille.

«Oh, cacca!» Mary balzò in piedi, si mise le mani sui fianchi e assunse una risoluta espressione di sfida, subito imitata dalle bambine con cui stava giocando.

Io e Mickey ci scambiammo un'occhiata. "Cacca" era una parolaccia, se era pronunciata da quella santarellina di Mary.

«Dica pure quel che vuole! Non m'importa!» dichiarò Mary. «Anche se gli devo ancora un film, che suppongo dovrò fare uno di questi giorni, gli dico cacca, perché i nostri film incassano il triplo dei suoi. Ho appena visto gli ultimi resoconti».

Mi divertì come sempre il contrasto fra il suo aspetto infantile e la sua mente ferocemente pragmatica, e non potevo non ammirarla, perché era proprio così: non aveva più nulla da temere da DeMille. Anzi, Mary Pickford non aveva nulla da temere da nessuno, e si vedeva.

Qualcos'altro si vedeva, e mi chiesi se Mickey l'avesse notato. Speravo di sì, e al tempo stesso speravo di no. Mickey aveva ancora una cotta enorme per la sua Tad, e anche se Mary, pur essendone consapevole, non lo aveva mai incoraggiato, talvolta scorgevo un lampo di dolore nei suoi occhi scuri, e vedevo che per quanto fosse difficile si sforzava di non essere più così affettuoso con lei come lo era stato in passato. Scherzavano e si provocavano ancora, ma evitando il semplice contatto fisico di un tempo. Ormai Mickey non cingeva più con noncuranza i fianchi o le spalle di Mary nel discutere una scena. A volte serrava i pugni, quando capitava che lei lo sfiorasse. E l'ironia era che in generale Mary era più rilassata di quanto fosse mai stata, più libera nel manifestare affetto, elogio e persino rabbia. Non reprimeva più i sentimenti. Eppure, adesso che tutti eravamo rientrati in California, aveva qualcosa che non poteva condividere con me. Mi ero aspettata che tornassimo nei nostri piccoli, bizzarri bungalow gemelli e avevo desiderato ritrovare la nostra serena intimità. Invece Mary e Charlotte avevano comprato una casa. Dopo avere esplorato Los Angeles, dove le case spuntavano come funghi, secondo Charlotte era arrivato il momento di smettere di affittare per comprare, e così Mary aveva comprato. Dato che non avevo potuto permettermi di acquistare una casa nel loro quartiere, ne avevo affittata una per me sola.

Trascorremmo ancora serate intime trattenendoci allo studio, nel bungalow che Zukor, pentito, aveva allestito e arredato per Mary. Cenavamo insieme quando avevamo intenzione di lavorare al copione del giorno successivo, oppure se riprendevo la vecchia abitudine di leggere a Mary un testo che poteva essere adattato per il cinema, sia che fosse uno dei classici che non conosceva, sia che fosse un romanzo recente. Discutevamo liberamente, ciascuna suggerendo cosa escludere, senza timore di ferire l'una i sentimenti dell'altra. Ricordavo ancora con stupore la nostra prima vera discussione, sul set di *Rags*. Davvero ero stata così insicura? Allora ero stata una nullità, come aveva dichiarato Mickey. Ebbene, non era più così. Nei titoli il mio nome aveva quasi, seppure non del tutto, la stessa importanza di quello di Mary.

Fuori dal set continuavamo a trascorrere del tempo insieme, cavalcando a Griffith Park e andando al cinema. Spesso Charlotte mi invitava a cena per uno dei suoi abbondanti e sostanziosi stufati. Eppure intuivo che Mary non dipendeva più da me come un tempo, e sospettavo di conoscerne la ragione.

Il mio sospetto fu confermato un sabato mattina, quando il telefono squillò inaspettatamente. «Oh, Fran!» gridò Mary, nel suo allegro tono di complicità. «Andiamo a cavalcare! È una bella giornata!»

Naturalmente indossai il mio completo da equitazione e saltai in macchina. Annullai l'appuntamento per pranzo che avevo con Adela e corsi da Mary, perché sentivo ancora la sua amicizia come un privilegio e dubitavo di potermene mai stancare.

Ci incontrammo alle scuderie di Griffith Park, dove parcheggiammo le nostre vetture l'una accanto all'altra. Amavo quel parco di tremila acri, pieno di sentieri e ruscelli e vegetazione selvaggia. Spesso gli studi cinematografici vi giravano le scene in esterni. Là Griffith (nessuna relazione con la persona da cui aveva preso nome il parco, chiunque fosse) aveva girato le scene di battaglia per *Nascita di una nazione*. Le stalle erano grandi e sempre brulicanti di gente di Hollywood. Persino nella moderna epoca delle automobili si cavalcava ancora, e io e Mary ci eravamo scambiate molte confidenze nel trottare su e giù per i sentieri.

«Fran, cara!» Mary mi sorrise quando ci avviammo per uno dei nostri sentieri preferiti in sella ai soliti cavalli. Era eccezionalmente carina in camicetta gialla di lino, pantaloni larghi da equitazione e lucidi stivali neri, con il viso luminoso e gli occhi scintillanti di aspettativa. «Ho intenzione di chiederti un favore».

«Quale favore, mia cara Squeebee?» Inspirai per riempirmi i polmoni di aria fragrante di pino e gelsomino. Era bello stare all'aperto. A volte avevo grande nostalgia dei giorni dei film girati in esterni, anziché nei set soffocanti, inondati di luci artificiali accecanti. Era bello sentire il sole delicato sulla pelle e non vedevo l'ora di trascorrere una giornata a cavalcare pigramente. Forse poi saremmo andate a far compere, oppure al cinema. Era appena uscito un nuovo film di Charlie Chaplin.

Non avevo mai dimenticato la prima volta che avevo visto Chaplin, l'agile poliziotto dai capelli neri che avevo applaudito il giorno in cui, ancora sonnambula, mi ero imbattuta nelle riprese in strada di un film di Mack Sennett. Adesso invece ero desta e viva, e Chaplin, che aveva perfezionato il suo personaggio del Vagabondo, era una stella grande quasi quanto Mary. Eppure ogni volta che lo incontravo alle feste era calmo, gentile, quasi timido, se non era con il suo migliore amico, un nuovo attore di nome Douglas Fairbanks, il quale si era da poco trasferito a Hollywood da New York. Insieme, i due eseguivano buffonate e acrobazie per ore.

«Be', lo scoprirai fra pochissimo!» Mary emise un gridolino di gioia e con un colpo di talloni incitò il cavallo al galoppo. La imitai, pensando che avessimo iniziato una gara, finché scorsi, più avanti, sul sentiero, altri due cavalieri. Con sorpresa, e al tempo stesso senza sorpresa, scoprii che uno dei due era Douglas Fairbanks.

Rallentai, riconducendo il cavallo al passo. Avevo sentito

le voci allo studio, ma le avevo respinte, difendendo Mary da chiunque avesse alluso a quella nuova storia d'amore. Comunque, mi ero interrogata in proposito. Nelle ultime settimane, Mary aveva... Be', aveva iniziato ad apparire sensuale. Era l'unico modo per descrivere il cambiamento della mia amica. Anche se era sempre stata sorprendentemente bella, aveva qualcosa di molto puritano e vittoriano, con una tendenza a increspare le labbra nei momenti di riposo e a sedere in modo molto rigido, con tutti i muscoli contratti, anche quando avrebbe dovuto rilassarsi. Eppure ultimamente aveva la pelle luminosa, le labbra gonfie e rosee, ansiose di sorridere. Inoltre camminava in modo diverso, ancheggiando, quasi volesse farsi beffe della seducente Theda Bara.

Nell'avvicinarmi alla coppia, i cui cavalli si strofinavano il muso in segno di saluto, cercai di decifrare il tumulto di emozioni che mi tormentava come uno sciame d'api. Non rimproveravo affatto una storia d'amore a Mary, anzi, Dio sapeva che se mai una persona meritava un po' di felicità sessuale, quella era lei! Era troppo presto per stabilire se avesse trovato la felicità, e se quella fosse felicità. Tuttavia la conoscevo benissimo e sapevo che non avrebbe mai posto a repentaglio la sua immagine pubblica per un rapporto che non fosse stato così onnicomprensivo da non poter essere semplicemente evitato, ma... Con Douglas Fairbanks? Un altro attore? Non aveva imparato dall'esperienza con Owen? Di recente Fairbanks era diventato famoso per le sue commedie da salotto, era molto divertente, estremamente atletico, però di sicuro mancava della profondità che Mary mostrava sullo schermo, e non era ancora una stella, o almeno non una stella del calibro di Mary Pickford. Inoltre, come tutti a Hollywood sapevano, era sposato e aveva un figlio piccolo.

«Ehi, Fran!»

Ombreggiandomi gli occhi, vidi che la cavallerizza accanto a Doug era Anita Loos. Con un colpo di tallone spronai il mio cavallo al trotto. Mi piaceva Anita. Quando Fairbanks aveva firmato un contratto con la Famous Players e si era trasferito a Los Angeles, lei lo aveva seguito e adesso scriveva scenari per lui.

«Ah, la mia collega chaperon! O forse dovrei dire la mia complice in questa copertura?» Gli occhi d'ebano di Anita sfavillavano sotto la lucente frangetta nera. Sembrava una quindicenne, anche se aveva poco più di vent'anni. Indossava una camicia da marinaio con fiocco e pantaloni da equitazione.

«Anita!» Doug le scoccò un'occhiataccia di ammonimento, poi guardò attorno, ma noi quattro eravamo del tutto soli sul sentiero. Alla fine parve accorgersi della mia presenza. «Miss Marion…»

«Mr Fairbanks…» risposi, con altrettanta noncuranza, attirando una rapida occhiata implorante di Mary, che ignorai.

«Douglas, naturalmente conosci Frances, la mia più cara amica al mondo. Anche lei era da Elsie, quel… quel giorno particolare». Mary arrossì.

Mi chiesi quale fosse stato quel "giorno particolare" da Elsie, e a un tratto ricordai. Era stata soltanto una festa normale, niente di "particolare", almeno per me. Ovviamente, invece, era stata speciale per Mary e per Doug, perché si fissarono sfacciatamente a vicenda con desiderio. Così Anita fu indotta a girare il cavallo e a invitarmi a seguirla, ciò che feci, mentre Doug e Mary, senza una parola o un gesto, o persino un accenno a ciò che ci stavano chiedendo, si avviarono per un sentiero diverso che si addentrava fra i boschi.

«Suo fratello ha una casa nei dintorni» spiegò infine Anita, nel proseguire languidamente la nostra passeggiata.

Avevo sentito, ma non risposi. Ero troppo arrabbiata, ferita nella mia rettitudine. Come aveva osato Mary coinvolgermi in tal modo? Alle stalle avevamo salutato molte persone che ci conoscevano. E io avevo difeso l'innocenza di Mary da tutti i pettegolezzi!

Poi la mia rabbia si sciolse in dolore. Dopotutto Mary non aveva voluto passare la giornata con me. Aveva semplicemente avuto bisogno di una copertura.

Così ricordai tutto quello che avevo fatto per lei nell'ultimo anno o poco più, tutti i modi in cui le avevo semplificato la vita... Scrivevo a suo nome una rubrica settimanale di consigli, senza assumermene il merito, perché lei me lo aveva chiesto. Avevo lasciato la World Film, dove ero stata capo del reparto scenari, per unirmi a lei a Hollywood, dove ero tornata a essere semplicemente collaboratrice di un terzetto. Di certo un terzetto molto ambito e di enorme successo, tuttavia... Inoltre accorrevo sempre quando Mary chiamava, interrompendo quello che stavo facendo e indipendentemente dalle mie ambizioni...

Ricordai tutte le belle serate trascorse con lei a parlare delle nostre carriere, a chiederci se ci saremmo mai davvero innamorate... Eppure era proprio amore il sentimento manifestato adesso dal volto di Mary: amore, semplice e vero, come se lo avessi scritto per lei in una sceneggiatura.

Invece non l'avevo scritto io.

Accelerai al piccolo galoppo e mi allungai sin quasi a sfiorare col viso il collo del cavallo, inalando un pungente odore di stalla. Come potevo essere gelosa proprio di Mary? Quanto ero meschina!

Finalmente il calore sempre più intenso del nuovo giorno, il cinguettio degli uccelli, il fragore di un torrente nelle vicinanze e le chiacchiere vivaci di Anita operarono a poco a poco la loro magia e io iniziai a rilassarmi, a comprendere, a simpatizzare. Questi sono gli anni d'oro, Fran, rammentai a me stessa. Qualunque cosa stessero facendo in quel momento Doug e Mary, lei sarebbe tornata da me, lunedì, allo studio, e naturalmente io non sarei mai stata lì a trottare su quel bel sentiero, fra tanta gente del cinema che si godeva una giornata di libertà come un branco di scolaretti in ricreazione, e non avrei mai desiderato tornare allo studio lunedì, se all'inizio Mary non mi avesse offerto una possibilità.

Poi ricordai Owen Moore. Lo detestavo. Non potevo sopportare la prepotenza e la possessività con cui trattava Mary, anche adesso che la sua stessa carriera precipitava in un declino inarrestabile, mentre altri uomini, veri uomini come Douglas Fairbanks, anziché zerbinotti come lui, diventavano famose stelle del cinema. Ovviamente Mary non aveva alcun futuro con Owen, che non l'aveva mai meritata. Sapevo già che il suo rapporto con Fairbanks, qualunque cosa fosse, non era semplicemente un'avventura. Lei, cattolica, non ne sarebbe mai stata capace. Però non si sapeva ancora cosa sarebbe potuto diventare il loro rapporto, quindi non potevo fare a meno di presumere il peggio. O forse il meglio?

«Da quanto tempo?» chiesi ad Anita. «Da quanto tempo si...?»

«Si frequentano? Si incontrano di nascosto? Fanno l'amore?» Gli occhi scuri di Anita lampeggiarono in modo significativo. «Un paio di mesi, che io sappia. Certo, potrebbero avere cominciato a New York...»

«In quel "giorno particolare"...» Così dicendo, ricordai che l'incontro a cui Mary aveva alluso era avvenuto nell'Est. «No, probabilmente non è stato allora. Mary non è impulsiva».

«Invece Doug lo è. È come un bambino. Vuole quello che vuole quando lo vuole. Non sono soltanto la sua sceneggiatrice. Sono la sua baby-sitter».

«*Sceneggiatrici!*» Non riuscii a trattenermi dal ridere. Per l'industria cinematografica ero unicamente la "sceneggiatrice di Mary", come se non avessi un nome e non ne meritassi alcuno. Agli occhi del pubblico chi scriveva i film non esisteva neppure. I fan di Mary presumevano che i suoi film fossero interamente creati da lei stessa, così spontanea, così naturale. Quando si accennava a noi, se non si conosceva la verità, e la maggior parte degli estranei non la conosceva, si presumeva che "sceneggiatrice" fosse un sinonimo stravagante di "segretaria".

Anche Anita rise. Aveva una risatina squillante come un tintinnare di campanellini. «Sceneggiatrici, cameriere, procacciatrici di coperture... È la stessa cosa, non è vero? Rassettare la loro immagine, sullo schermo o nella vita».

Annuii, anche se avrei voluto contraddirla perché avevo pensato, o *presunto*, di essere qualcosa di più per Mary. «Non permetteremo mai ad alcun uomo di mettersi fra noi, vero, Fran?» Quante volte Mary me l'aveva detto?

Mi fu impossibile non ridere di me stessa e della mia ingenuità. Era ridicolo pensare che potesse essere del tutto vero. Eravamo donne, dopotutto. Donne, non scolarette. E le donne, anche nell'epoca moderna, non potevano essere del tutto indipendenti dagli uomini. Nell'assestare un colpetto di talloni al cavallo, irritata, mi resi conto che gli uomini ci condizionavano sempre, nel bene e nel male. Stava a noi decidere in quale modo.

Dopo due ore di cavalcata e di schiena dolorante, per non parlare delle parti basse, io e Anita ritrovammo Doug e Mary dove li avevamo lasciati. Si augurarono buona giornata con studiata noncuranza nell'eventualità che qualcuno fosse abbastanza vicino per udire. Io mandai un bacio ad Anita e mi limitai a un cenno con la testa nel salutare Doug, che non mi degnò di un'occhiata.

Poi ci allontanammo in direzioni diverse.

Come avevo giurato a me stessa, non pronunciai una sola parola per tutto il tragitto fino alle stalle, e Mary non se ne accorse neppure. Sorrise a se stessa per tutto il tempo, un sorriso sognante e soddisfatto, e sospirò di quando in quando. Dunque è così, pensai. Non intende parlarmi di lui.

Tuttavia, dopo avere affidato i cavalli a un paio di stallieri, nel tornare alle nostre auto, Mary all'improvviso mi abbracciò e mi strinse a sé tanto forte da strapparmi un gridolino. «Grazie, Fran! Grazie! Volevo dirtelo, ma... Avevo paura, sai? Temevo quello che avresti potuto dire. Avevo paura di... Be', di tutto e di tutti. Ma per qualche ragione avevo paura soprattutto di te. Non è sciocco?» Mary mi guardò, incerta.

Naturalmente avrei voluto rassicurarla. Non era forse così che mi sentivo sempre con lei, come se fossi responsabile della sua felicità? Eppure, stranamente, inspiegabilmente, non ne fui capace, non in quel momento. Per quale ragione? Perché mai proprio allora per la prima volta mi fu impossibile dire a Mary esattamente ciò che voleva sentire? Ero forse risentita per essere stata colta alla sprovvista e costretta a svolgere un ruolo che non avevo cercato? Oppure ero gelosa nel vedere Mary assolutamente felice per merito di qualcuno che non ero io, per merito di un uomo? Anche se era un sentimento meschino, ammettevo con me stessa di essere capace di provarlo. Non fui in grado di rispondere, e prima di potermi trattenere, sbottai: «Sei sicura che non ti stia usando per fare carriera?»

Mary s'immobilizzò e strinse i pugni. Con gli occhi pericolosamente sfavillanti, si scostò di un passo da me, poi finse di ispezionare le suole degli stivali da equitazione. Alla fine, con un certo sforzo, sollevò lo sguardo. «Non lo conosci come lo conosco io, Frances. Ignorerò ciò che hai appena detto perché non hai avuto occasione di conoscere davvero Douglas».

«In effetti, questo è vero...»

«Inoltre...!» Mary scosse la testa e parve in procinto di pestare un piede, come faceva nei film, tuttavia riuscì a trattenersi. «Tu hai avuto le tue esperienze! Perché io non posso avere le mie?»

Arrossii ardentemente e gli occhi mi si riempirono di lacrime furenti, non per il senso di colpa! No, non avevo nulla di cui scusarmi! Sì, avevo avuto le mie "esperienze". Sì, mi piaceva andare a letto con gli uomini. Mai, però, con uomini sposati. Sino a quel momento non mi ero mai resa conto che Mary doveva avere invidiato alcuni aspetti della mia vita, e sinceramente non lo avevo mai creduto possibile. Sapevo unicamente che Mary mi aveva presentata come la sua più cara amica, e adesso per la prima volta stavamo per litigare… a causa di un uomo. Occorreva prudenza, e così scelsi le parole riflettendo, molto più di quanto avessi mai fatto in precedenza, nell'intento di porre fine alla discussione prima che una di noi dicesse qualcosa che non avrebbe mai potuto ritrattare. «Voglio solo che tu sia felice, Mary. Davvero, non desidero altro per te».

Mary annuì, a sua volta attenta, guardinga. Così ci studiammo a vicenda come se ci fossimo incontrate per la prima volta. Poi montai a bordo della mia vettura scoperta a due posti, mentre Mary apriva la portiera della sua auto. Uno di questi giorni devo sostituirlo! pensai nel regolare lo specchietto retrovisore spaccato per poi tamponarmi frettolosamente gli occhi. Con un cauto gesto di saluto, a cui Mary rispose altrettanto circospetta, inserii la marcia e partii per tornare al mio bungalow a Hollywoodland.

Dato che avevo davanti un'intera giornata, per giunta senza Mary, decisi di seguire il tragitto più lungo, per i canyon e fra le colline, talvolta meravigliandomi dei cambiamenti avvenuti in quella zona della California da quando ero arrivata, cinque anni prima: tante case edificate, interi quartieri progettati, aranceti distrutti per costruire studi cinematografici, nonché nuove strade che permettevano di scendere fino all'oceano o di salire alle montagne con la stessa facilità, mentre in precedenza avrebbe potuto essere necessaria una giornata intera se non si fosse preso il tram.

Era la mia casa, la mia vita, la mia carriera; quella carriera che avevo tanto desiderato e per costruire la quale avevo lavorato tanto duramente. Ora avevo tutto. *Erano gli anni d'oro.*

Non era così?

Abbassando lo sguardo mi accorsi di muovere le mani e le dita nell'aria, sfiorando appena il volante. «Mani irrequiete com'è irrequieta la tua mente» avrebbe detto mia madre, e avrebbe potuto aggiungere: «E cuore irrequieto». Infatti avevo mente e cuore in tumulto, in perenne ricerca di qualcosa di più, sempre di più. Sì, la mia carriera era appagante. Sì, avevo lavorato sodo per arrivare dov'ero. Eppure il mio letto restava vuoto la notte. E i film che stavamo facendo, sebbene divertenti e creativamente appaganti, erano fini a se stessi. Forse Mary non si curava dell'occhiata sdegnosa di Cecil B. DeMille. Io invece sì. Anche se i nostri film erano divertenti e molto amati, non avevo ancora realizzato nulla di ciò che avevo sognato dopo aver visto *Nascita di una nazione.* Non ero progredita, non avevo imposto la mia visione ad alcun progetto. Sempre, sempre, raccoglievo la matita con davanti l'immagine di Mary, i bisogni di Mary, la visione di Mary.

Oh, Fran... Ascoltati! Abbassai lo sguardo al mio completo da equitazione alla moda, appena acquistato, inclusi gli stivali di pelle, che facevo pulire e lucidare ogni settimana dal calzolaio. I film divertenti incassavano molti soldi, enormi quantità di denaro, e dovevo ammettere che non mi dispiaceva beneficiare dei frutti delle mie fatiche, come la vettura scoperta a due posti e la casa spaziosa. Forse un giorno ne avrei comprata una tutta mia.

Eppure non potevo davvero immaginare di comprare una casa tutta mia senza qualcuno con cui condividerla. A un tratto mi resi conto di avere pensato che forse, un giorno, io e Mary avremmo comprato casa insieme. Una vera assurdità! Una prospettiva puerile... In verità, mi era impossibile concepire di vivere autonomamente a Hollywood senza Mary al centro della mia vita. Quanto era patetico tutto questo?

Spazzando via alcune lacrime di autocommiserazione, spinsi sull'acceleratore e sussultai insieme al motore, poi proseguii a velocità costante sulla strada polverosa, questa volta verso casa. Marion Benson Owens de Lappe Pike... Osservai il mio riflesso nello specchietto retrovisore spaccato e scoppiai a ridere di me stessa. Sei la donna più fortunata del mondo, eppure ti comporti come una patetica scolaretta la cui migliore amica ha deciso di sedersi con qualcun altro a pranzo.

Mi fermai di fronte al mio bungalow. Sì, era molto bello, molto più bello di quello che in passato avevo affittato accanto a Mary, a dimostrazione che tutto sommato ero un po' cresciuta. Staccai lo specchietto retrovisore rotto e lo portai in casa, proponendomi di sostituirlo lunedì. La vita era troppo breve per trascorrerla a guardare in uno specchio deformante. Meritavo di meglio.

Nell'esaminare la posta ricevuta mi fece molto piacere trovare, oltre alle fatture delle sarte (troppe), una lettera di Elsie Janis. L'aprii dopo essermi versata un bicchiere di limonata e la scorsi distrattamente. Ancora una volta pensavo a Mary. Avrei forse dovuto telefonarle per scusarmi? Oppure avrei dovuto lasciare che l'animosità sbollisse e aspettare di tornare sul set, lunedì, affinché la frattura fosse sanata dal nostro lavoro condiviso, che ci aveva unite sin dal primo momento? Sospirando, rilessi attentamente la lettera di Elsie.

> Ehi, Fran, impavida donna delle caverne in armi! Non sai che c'è una guerra? Lascia Hollywood e i suoi orpelli e porta il tuo culo qui in Europa, dove tutto è terribile e straziante, ma molto più *reale* di qualsiasi altra cosa tu abbia mai sperimentato in California.
>
> Cosa stai aspettando?

Film, romanticismo, pubblicità, sentimenti feriti, meschine gelosie... Quale importanza aveva tutto questo ora che l'America era entrata in guerra? Cosa stavo facendo, nascosta a Hollywood e perdendo l'esperienza più importante della mia generazione? Era esattamente ciò di cui avevo bisogno per scuotermi. Doveva pur esservi un modo che mi consentisse di utilizzare le mie capacità e le mie conoscenze per documentare le immani sofferenze e gli sconvolgimenti della guerra, anzi, no, per documentare le sofferenze *delle donne* in guerra. Infatti si stavano già realizzando abbastanza film sui soldati, mentre senza dubbio molte donne erano "laggiù", come nella canzone *Over There*. Donne come me, che avevano bisogno di qualcosa di importante da fare; qualcosa di più grande da contemplare che le proprie pene meschine.

Corsi al telefono. Chi avrei dovuto chiamare? Anche se non conoscevo nessuno al Dipartimento della Guerra, sicuramente conoscevo qualcuno che aveva conoscenze a Washington…

Naturalmente, sì, certo, conoscevo qualcuno che aveva conoscenze a Washington, qualcuno sul cui aiuto sapevo di poter contare. Non dovevo fare altro che chiedere.

Presi il telefono e non ebbi neppure bisogno di cercare il numero, perché conoscevo a memoria quello di Mary.

7.
Mary
Autunno 1917

Anche Mary rincasò dalle stalle in tumulto, mentalmente ancor più che emotivamente. A differenza dell'amica, non possedeva il dono della narrazione, almeno non mediante le parole. Aveva sempre avuto difficoltà a esprimere i pensieri più intimi e aveva imparato fin troppo bene a conservare tutto per la macchina da presa.

Ma se avesse potuto parlare con Fran, la cara Fran, le avrebbe confessato di avere fallito, anche se aveva tentato! Oh, eccome se aveva tentato di dimenticarlo! Ma era impossibile dimenticare il momento in cui Douglas Fairbanks, in un tristissimo giorno di novembre del 1915, l'aveva letteralmente conquistata, anche se allora lei aveva temuto soprattutto di rovinare il miglior paio di stivali che aveva, in capretto candido come la neve.

Che cosa l'aveva spinta, quel "giorno particolare", ad afferrare per un braccio la moglie di Douglas e a dichiarare: «Beth, non possiamo permettere che Elsie la faccia franca, vero? Dobbiamo proteggere ciò che ci appartiene!»

Normalmente, Mary non sarebbe mai stata così audace. In verità, non aveva avuto alcuna intenzione di partecipare alla festa. Preoccupata per la fusione della Famous Players con Jesse Lasky, avrebbe preferito controllare i propri incassi anziché recarsi a una festa di addio per Elsie Janis. Tuttavia Owen aveva insistito sulla necessità di partecipare per fare gli auguri a Elsie prima che partisse per l'Europa, dove avrebbe intrattenuto le truppe britanniche, e lei aveva acconsentito. Altrimenti lui avrebbe avuto un pretesto per prendersi la soddisfazione di riferire: «Mia moglie era troppo impegnata per unirsi a me». Dunque, che cosa l'aveva indotta, quel giorno particolare, a essere così avventata, così audace?

Era stato semplicemente il modo in cui Elsie aveva rubato il marito a lei e anche a Beth Fairbanks.

Prendendo a braccetto Owen Moore e Douglas Fairbanks, la piccola Elsie Janis li allontanò dalle loro mogli e girò la testa per esclamare: «Signore, spero che non vi dispiaccia se prendo a prestito i vostri mariti!»

Senza curarsene minimamente, Beth Fairbanks, donna dolce e placida, si accontentò di rimanere all'interno, davanti al fuoco caldo, a spettegolare con altre ospiti, inclusa Fran.

Invece Mary non si accontentò. «Andiamo, Beth! Dobbiamo seguirli!» E così si trovò, con i suoi begli stivali in capretto bianco, a seguire le tracce di Elsie, Owen e Douglas nella triste sera piovosa, cercando disperatamente di non restare indietro. Ma il suolo della proprietà affittata da Elsie in New Jersey era fangoso e impervio, e il terzetto, che rideva e chiacchierava allegramente, aveva già parecchio vantaggio quando Beth si arrese. «Ho freddo, Mary» annunciò. «Torno indietro».

«Be', io no!» ribatté Mary, la cui natura irlandese aveva ormai preso il sopravvento. Forse non voleva Owen per se stessa, ma di sicuro voleva che nessun'altra lo avesse.

Il terzetto era scomparso oltre una curva quando Mary giunse a un ruscello. Non era molto profondo, però era largo, e non sarebbe stato possibile attraversarlo senza rovinare gli stivali. Un tronco sottile era caduto in equilibrio precario di traverso al torrente. Quando vi montò con prudenza, Mary lo sentì oscillare.

«Mi scusi… Posso?»

Mary alzò lo sguardo.

Di fronte a lei, Douglas Fairbanks sorrideva, mostrando denti di un bianco accecante nel volto abbronzato.

Quando lui protese le braccia come per invitarla ad accomodarsi, Mary s'infuriò. Credeva forse che non sapesse badare a se stessa? Credeva forse che lei (Mary Pickford!) andasse in giro a farsi trasportare come un sacco di patate da attori sconosciuti? Poi abbassò lo sguardo al tronco oscillante e sentì provenire dal bosco una risata del marito, che era con Elsie. «Bene, Mr Fairbanks». Con riluttanza, si lasciò sollevare di peso e trasportare sul tronco fino alla riva opposta. «Grazie, Mr Fairbanks».

«Doug. La prego, Miss Pickford, mi chiami Doug».

«Mary, allora. Chiamami Mary. Io però ti chiamerò Douglas, se non ti dispiace. Mi sembri più un Douglas».

Lui esibì di nuovo il suo sorriso abbagliante. Dopo averla trasportata senza sforzo, come se fosse stata una piuma, e averle permesso di sentire quanto fossero muscolose le sue braccia, la depose gentilmente al suolo e s'inchinò. «Spero che non ti dispiaccia se ti ho aspettata. Desideravo avere un'occasione di parlare con te, Mary. Da molto tempo sono un ammiratore dei tuoi film».

«Grazie». Mary fu sorpresa. Non riceveva complimenti da tanto tempo, neppure dal marito, così, a quella lode tanto inattesa quanto dolorosamente necessaria, si rilassò e fiorì. «Vedo che i tuoi film stanno andando molto bene...»

Douglas scrollò le spalle. «Per quello che sono... Non m'illudo affatto. Non sono un grande attore, però mi è stato detto che ho *personalità*». Socchiuse gli occhi allegri e sorrise di nuovo.

Allora Mary decise che Douglas Fairbanks era molto bello, tanto nella vita reale quanto lo era sullo schermo nelle sue commedie da salotto.

Alla fine tornarono indietro e rientrarono. Elsie e Owen ritornarono più tardi, barcollando e ridendo, gli abiti in disordine, e Mary, umiliata, insistette di dover tornare subito a casa col marito.

«Spero di rivederti, Mary» disse Douglas nell'aiutarla

a indossare la pelliccia, mentre Owen usciva per andare a prendere l'auto.

«Lo spero anch'io, Douglas. Grazie per questo bel pomeriggio» disse Mary sorridendo.

Sempre molto galante, Douglas Fairbanks fece un inchino profondo.

Quel primo incontro era avvenuto nel 1915, due anni prima: due anni in cui Mary aveva tentato, invano, di bandire dalla mente l'uomo che l'aveva presa in braccio e conquistata; due anni in cui aveva tentato di evitarlo alle feste e agli incontri professionali a New York. Eppure non le era stato possibile evitarlo del tutto.

Un incontro memorabile era avvenuto in occasione di un ballo all'Algonquin, dove Douglas aveva chiesto seriamente a Mary un'opinione su alcuni problemi cinematografici, le aveva dispensato lodi in abbondanza, poi aveva volteggiato divinamente nella danza con lei fino a farle girare la testa e finché il suo cuore aveva iniziato a scongelarsi.

Infatti il suo cuore era incrostato di ghiaccio da anni, ossia fin dalle sue nozze, sei lunghi anni prima. Nessuno l'aveva mai fatta commuovere, tranne mamma e Fran, e naturalmente il lavoro. Il suo cuore era tutto per la macchina da presa e per i fan fervidi e affettuosi di cui non poteva mai smettere di essere consapevole.

Nessun uomo l'aveva più attratta, perché non si era mai permessa d'immaginare di amarne di nuovo uno. Sapeva di non amare Owen, di non averlo mai amato, e di non poterlo amare. Eppure non sapeva come liberarsi di lui se non pregando per la sua morte, come a volte faceva, con senso di colpa.

Frances poteva sposarsi, divorziare e andare a letto con qualunque uomo desiderasse senza alcuna conseguenza. Invece tutto ciò non era possibile per la buona, piccola cattolica Fidanzata d'America. I fan di Mary sapevano a malapena che era sposata, perché lei nelle interviste non parlava mai molto del proprio matrimonio, anche se di quando in quando posava con Owen per sciocchi ritratti che li rappresentavano felicemente sposati per salvaguardare le apparenze. Se mai avesse divorziato...

Mary rabbrividì.

Aveva soltanto venticinque anni! Era giovane, molto giovane, ed era una donna, anche se nei film aveva continuato a interpretare ragazzine.

Comunque non poteva neppure immaginare di amare un altro uomo, non poteva porre a repentaglio tutto ciò per cui aveva lavorato. Così permise alla propria amicizia con Douglas di svilupparsi sobriamente e correttamente sotto gli occhi guardinghi di Charlotte. Per due anni, settecentotrenta giorni struggenti, Mary ripeté costantemente a se stessa che lei e Douglas erano semplicemente amici. Prendeva il tè con sua moglie, santo cielo! Erano semplicemente colleghi in profonda sintonia che parlavano di lavoro. Schiettamente ambizioso e affamato di consigli, Douglas interpellava Mary, e al tempo stesso non mancava mai di adularla e di rispettarla.

«Tu reciti più spontaneamente di chiunque io conosca e per questo sei più espressiva» le aveva detto mentre danzavano all'Algonquin.

Allora Mary si era domandata se fosse stata una presa in giro e aveva irrigidito la schiena contro il braccio saldo di lui. Poi aveva alzato lo sguardo al suo viso e aveva visto la serietà nei suoi occhi castani, incredibilmente castani, e si era sentita disposta a fare qualsiasi cosa, qualsiasi cosa, affinché quegli occhi continuassero a guardarla.

Quegli occhi miracolosi espressero dolore, proprio come quelli di un ragazzino, quando sua madre morì e Mary inviò un biglietto di condoglianze. Poco dopo il telefono di lei squillò. «Per favore, vieni a fare un giro in auto con me» implorò lui, con voce atona. «Vorrei un'amica».

Senza raccogliere i capelli, anche se sicuramente sarebbe

stata riconosciuta, Mary si affrettò a prendere un mantello, ignorò lo sguardo sospettoso di Charlotte e corse giù nell'atrio. Poco dopo lui arrivò con una vettura scoperta a due posti. Lei montò e quando l'auto ripartì ruggendo ebbe la stupefacente sensazione di proiettarsi nel futuro.

Quella notte, una volta giunti a Central Park, Douglas guidò lentamente vagando per le vie strette, parlando a bassa voce della madre, di quanto le doveva, di quanto aveva temuto di deluderla diventando attore e sposando Beth, per la quale lei non aveva mai nutrito alcuna simpatia.

Mary ascoltava, posandogli di quando in quando una mano sul braccio e sentendo che lui non le chiedeva altro che la presenza. Era un uomo che non pretendeva da lei di essere diversa da com'era, e lei per una volta nella vita non si sentì inadeguata.

«Non so cosa farò ora, senza di lei... Lei era, lei era...»

«La tua roccia?» Mary pensò a Charlotte, sapendo che sarebbe andata alla deriva senza di lei e senza l'amore e il sostegno che ne riceveva costantemente. Era l'unica cosa su cui poteva contare in una vita caotica che non aveva mai neppure sognato, perché non esisteva quando lei era abbastanza innocente per sognare.

«Esattamente! È strano, suppongo... Senza dubbio mi consideri strano...» Douglas lanciò un'occhiata inquieta a Mary, e si tirò il colletto della camicia. «Un uomo adulto, che reagisce così alla morte della madre...»

«Penso che sia commovente, e penso che tu debba essere stato un figlio meraviglioso».

«Ho tentato, oh, ho tentato!» Douglas frenò bruscamente ma senza sobbalzi perché non stava andando molto veloce, e la via era deserta. Di colpo chinò la testa sulle braccia posate sul volante e cominciò a singhiozzare.

Mary guardò attorno ansiosamente come in cerca di qualcuno a cui chiedere consiglio, ma naturalmente lei e Douglas erano del tutto soli. Che fare ora? Desiderò abbracciarlo, stringere a sé e confortare quell'uomo meraviglioso, così forte eppure così dolorosamente debole nel modo migliore. Desiderò tenerlo fra le braccia per sempre, restare in auto con lui e dimenticare ogni cosa, mariti e mogli e film e recensioni e botteghino, e soprattutto il pubblico, con i suoi occhi giudicanti e la sua mente sospettosa. Desiderò rimanere intrappolata con lui in quell'incantesimo creato dal dolore ma trasformatosi in qualcosa di bello, qualcosa di curativo, vincolante e promettente. «Oh, Douglas!»

«Cosa?» Lui alzò la testa, con gli occhi ancora bagnati di lacrime.

Allora Mary ebbe un tuffo al cuore. I capelli di lui, solitamente lisciati all'indietro come nelle sue commedie da salotto o in una pubblicità dei Brooks Brothers, erano tutti scompigliati in modo adorabile.

«L'orologio» indicò Mary.

L'orologio nel cruscotto aveva una piccola crepa e il tempo, letteralmente, si era fermato.

Mary lo interpretò come una sorta di segno, forse perché ne stava cercando uno. «Douglas, l'orologio si è fermato, proprio adesso, mentre tu... È come se qualcosa o *qualcuno...*»

«Qualcuno come la mamma, come se mia madre stesse tentando di dirmi qualcosa». Douglas le prese la mano e la tenne delicatamente, quasi fosse stata un pulcino. «Mary, non ho pianto per tutto il giorno. Non ho versato una sola lacrima. Oggi ho persino accompagnato mio fratello a uno spettacolo di Broadway. Poi, tornato in albergo, ho trovato il tuo biglietto... Ecco, sto cercando di dire che in questo momento, con te, ho potuto piangere, ho potuto *sentire*, e mia madre mi sta facendo sapere che questa è una cosa buona, che va tutto bene...»

Incapace di parlare, Mary agì come aveva quasi sempre agito da quando aveva memoria. Si volse a Douglas amorevolmente come si volgeva alla cinepresa, e lasciò che i suoi occhi manifestassero ciò che aveva nel cuore.

Due mesi più tardi, lei e Charlotte tornarono a Hollywood per allestire un reparto di produzione con Fran e Mickey, non molto lontano da La Brea Avenue, dove Douglas si era trasferito con la moglie e il figlio di sette anni. Naturalmente, appena si fu sistemata, Mary si recò in visita di buon vicinato a casa Fairbanks e fu accolta cordialmente da Beth Fairbanks, che ovviamente fu un poco turbata da una visitatrice tanto illustre. In verità, era sempre stata un po' nervosa in presenza di Mary. In quel momento Douglas Fairbanks Jr, un bimbo biondo e paffuto, era inginocchiato sul pavimento a giocare con un esercito di soldatini di piombo.

«Vado a preparare il tè!» esclamò Beth nell'allontanarsi di corsa, lasciando Mary sola con il marito e con il figlio.

«Ti dispiace se gioco anch'io?» chiese Mary al bambino, inginocchiandosi accanto a lui. Indossava un'ampia veste bianca molto bella e un cappellino tondo a falda larga che le incorniciava il viso.

«Tu puoi essere i tedeschi e io i francesi» rispose solennemente il figlio di Douglas.

Lei annuì e schierò i suoi soldati, poi alzò lo sguardo e vide Douglas fiero di suo figlio, felicissimo di vedere lei, e ancora un po' triste, ma di una tristezza condivisa con lei, quindi dolceamara, non tragica, e non poté fare a meno di ricordare con reverenza quella notte a Central Park. Douglas aveva siglato "Presso l'orologio" l'ultima lettera che le aveva scritto, mostrando che anche nel suo ricordo quella notte era qualcosa di più che sofferenza.

All'improvviso Doug si inginocchiò accanto a lei per sussurrarle all'orecchio, provocandole con l'alito caldo un fremito alla nuca e al seno. «Non posso più aspettare, Mary. Devo vederti. Incontriamoci a Griffith Park, domani alle tre».

Incapace di guardarlo per paura di ciò che avrebbe potuto fare lì, sul pavimento, accanto al suo serio ragazzino, Mary annuì con forza, pervasa in tutto il corpo da felicità e desiderio.

«Oh, cara, questa guerra orribile!» cinguettò Beth nel tornare portando su un vassoio d'argento alcuni bicchieri alti e una caraffa di tè.

Mary balzò in piedi, le ginocchia che tremavano per il terrore.

«Ultimamente il mio piccolo non vuole fare altro che giocare alla guerra» continuò Beth, ignara della tensione che si era creata nella stanza. «Non si parla d'altro. Ho una tale paura che il mio Douglas sia coinvolto in qualche modo, ora che siamo entrati in guerra».

La guerra. Mary quasi ansimò. Finalmente travolti dal grande conflitto europeo, gli Stati Uniti avevano dichiarato guerra alla Germania soltanto un mese prima, nell'aprile 1917, e Hollywood non vedeva l'ora di fare la sua parte, nonché di espandersi nei mercati dei paesi alleati che non erano più in grado di produrre film a causa della carenza di manodopera e di materiali. Tuttavia la vita procedeva ancora come al solito e si continuava a realizzare film. Così, fino al momento in cui Beth ne aveva parlato, Mary non aveva pensato che forse Douglas avrebbe dovuto combattere davvero. A un tratto, mentre lo guardava, le ultime vestigia di moralità o di decenza a cui ancora si aggrappava, quali che fossero, si dissolsero, e lei si rese conto che lui le sarebbe mancato ancor più di quanto lo desiderava. «Spero sinceramente che Douglas trovi un modo per contribuire senza esporsi ad alcun pericolo» replicò, annuendo una volta soltanto, e vide Douglas arrossire di gioia. «Dopotutto, ha il suo bambino a cui pensare».

Beth sorrise, mentre Douglas si girava verso una finestra per guardare il grazioso giardino ben curato.

Il pomeriggio seguente, per incontrarlo a Griffith Park, Mary si abbigliò con estrema cura. Da molti anni non si vestiva più per un uomo, a parte Papà Zukor. Così non seppe neppure come cominciare, e fu tentata di telefonare a Fran per chiederle in prestito qualcosa di elegante, qualcosa di adulto. Ma nell'allungare la mano per prendere il telefono, subito la ritrasse. Non poteva confidarsi con Fran, non ancora. Non poteva confidarsi con nessuno. Era intrappolata in un castello di vetro da lei stessa creato. Per liberarsi da quelle mura doveva agire sola.

Finalmente scelse un severo vestito di lino senza troppi fronzoli né bottoni e corse all'auto, tanto eccitata da ciò che si accingeva a fare da rinunciare a ogni prudenza e rischiare ogni cosa per essere accarezzata, coccolata, adorata, *presa*.

Quando lo vide, in piedi sotto un albero sul sentiero, corse verso di lui, in attesa, con braccia bramose, e appena si baciarono per la prima volta fu esattamente come se si fossero già baciati mille volte prima.

Il giorno dopo il suo piccolo... battibecco con Fran alle stalle, Douglas andò a casa sua per un tè con lei e Charlotte.

Era parte della loro recita incontrarsi in pubblico come amici e colleghi, sempre insieme ad altri, sempre discutendo a voce alta di lavoro. Perspicace come al solito, indecifrabile come una sfinge, Charlotte rimase seduta accanto al servizio da tè senza dire una parola, nonostante disapprovasse.

«Sai, Fran ha chiamato la notte scorsa» riferì Mary tagliando la torta, mentre Charlotte serviva il tè. «Vuole andare in guerra! Riesci a immaginarlo? Vuole diventare una specie di corrispondente e mi ha chiesto se avessi conoscenze a Washington. Certo, sono entusiasta di aiutare la cara Fran in qualsiasi modo, però mi ha fatto pensare al mio contributo, e anche al tuo, Douglas».

Douglas non rispose.

Mary sapeva che era sensibile alla critica secondo cui lui e gli altri attori abili avrebbero dovuto essere in uniforme. Tuttavia gli studi cinematografici avevano tirato ogni filo immaginabile per mantenere i loro protagonisti di maggior successo al sicuro e davanti alla macchina da presa.

«Potremmo offrirci di promuovere la vendita di fondi obbligazionari» continuò Mary. «Pensa a quanti soldi potremmo raccogliere! Suppongo che dovremmo includere anche Charlie. In fin dei conti, noi tre siamo le più grandi stelle di Hollywood» aggiunse in tono di pura constatazione, dato che si trattava esattamente di un fatto accertato sui resoconti da lei esaminati ogni settimana, confrontando i biglietti venduti, gli incassi e il numero di sale.

Non ancora abituato quanto Mary alla propria posizione di spicco, raggiunta solo di recente, Douglas sorrise giubilante e si esibì in una verticale al centro del salotto. Mentre Charlotte tratteneva il fiato, Mary sorrise con indulgenza. Proprio come un ragazzino, Douglas aveva necessità di esprimersi all'istante, nel modo più fisico, bruciando tutta la propria energia e il proprio abbagliante carisma. Senza saltare i divani o camminare sulle mani o eseguire numeri da giocoliere con le palle da croquet, sarebbe arso per autocombustione.

«Io e Charlie potremmo fare acrobazie, o pugilato, o giochi di destrezza, o ginnastica! E tu potresti pronunciare discorsi, Tupper! Nessuno è bravo come te a commuovere la folla!»

Mary sorrise e arrossì. Tupper era uno dei nuovi soprannomi da lui coniati per lei. Non aveva idea di cosa significasse, però aveva deciso di chiamarlo Hipper o Duber, senza sapere cosa volessero dire. Era tutto parte del mondo esaltante in cui si trovavano, un mondo di segreti e di nascondigli e di desideri, un mondo in cui era immersa lei, Mary Pickford! Indossava ridicoli ed esilaranti travestimenti, poi balzava a bordo della nuova Hudson Phaeton di Douglas, e rideva mentre correvano ruggendo per la città, su e giù per le colline, intorno agli aranceti, sino a trovare infine qualche tranquillo vicolo cieco in cui Douglas fermava la vettura e poi l'attirava nel proprio abbraccio sicuro. Allora lei si scioglieva in lui e si baciavano e si accarezzavano e mormoravano, e si raccontavano sciocchezze.

Talvolta, com'era accaduto il giorno precedente, rinunciavano a ogni prudenza perché non sempre bastava baciarsi, toccarsi e mormorare, specialmente per Douglas, pieno di energia e di passione, e allora andavano da suo fratello, oppure si recavano di nascosto in casa dello stesso Douglas, se Beth era tornata a New York. Era paradisiaco, era pericoloso, era sempre alquanto frettoloso, sorvegliando perennemente la porta. Comunque il sesso con lui era migliore di qualsiasi altra cosa lei avesse mai sperimentato con Owen, anche se a volte Douglas si lasciava trasportare e la faceva rimbalzare sul letto o sul divano. Ma era parte di lui, parte di tutto il loro rapporto: lui la travolgeva e la conquistava ogni volta che si vedevano.

«Promuovere la vendita di fondi obbligazionari...» ripeté Charlotte inarcando un sopracciglio. «Quindi andreste tutti insieme in giro per il paese, a fare spettacoli... insieme?»

«Sì, mamma, per lo sforzo bellico». Mary rifiutò di guardare la madre. «Certo, dovremmo stare tutti insieme».

«E pensi che sia saggio?»

«Penso che sia importante» rispose Mary, scegliendo accuratamente le parole. Ah, mamma! Charlotte vedeva tutto, eppure con Douglas si comportava diversamente da come si era sempre comportata con Owen. Si mordeva la lingua, letteralmente, tanto che talvolta trasaliva davvero. Si era sempre pentita di averle proibito di vedere Owen in passato e non intendeva fare la stessa cosa con Douglas. Comunque aveva i suoi metodi e sapeva come far sentire in colpa la figlia, in colpa come... Be', in colpa come avrebbe dovuto sentirsi perché Douglas era sposato e aveva un figlio, e lei stessa, sposata a sua volta, doveva pensare alla propria carriera e al proprio benessere... Ma per il momento, per la prima volta nella vita, tutto ciò non aveva alcuna importanza, né la sua carriera, né il suo pubblico. Mary pensava soltanto con il cuore e con altre parti del corpo trascurate per lunghissimo tempo. La sua coscienza l'avrebbe raggiunta in seguito, prima o poi, come faceva sempre.

E così Mary Pickford, Douglas Fairbanks e Charlie Chaplin concordarono di intraprendere una turbinosa tournée in tutta la nazione per raccogliere fondi obbligazionari per la guerra. Era un dovere patriottico, e Mary sentì il proprio cuore gonfiarsi di orgoglio nell'indossare l'uniforme militare confezionata su misura per lei dal costumista dello studio e nel passare in rivista le truppe del 143° reggimento di artiglieria da campo, che le aveva conferito il grado onorifico di colonnello.

Prima di partire per la tournée, Mary avrebbe dovuto girare un altro film con Frances, che in quel periodo si stava comportando in modo molto strano e cercava febbrilmente di trovare un incarico oltremare. Cosa stava mai pensando la cara Fran? Perché voleva abbandonare Hollywood proprio quando era ormai giunta al culmine della sua professione?

Naturalmente, Mary fu felicissima di aiutare l'amica: alcune telefonate e tutto fu organizzato. Fran iniziò a prepararsi per la partenza, ma prima accettò di scrivere *Johanna Enlists*, un film per aiutare lo sforzo bellico, nonché per consentire a Mary di lavorare, mentre anche Douglas girava un film in attesa di partire per la tournée di promozione dei fondi obbligazionari, lasciando Beth e il figlio a casa.

Era tutto per le truppe, naturalmente, sempre per le truppe.

8.
Frances
Inverno 1918

«Mary, sono sfinita, sono di cattivo umore e sono troppo ben pagata per portarti la borsa» mi lagnai nel seguire la mia amica, che stava marciando, come il piccolo generale che era, in una corsia fra due file di letti d'ospedale smaltati di bianco. «Devo tornare in albergo e lavorare alla sceneggiatura». Era stata una lunga giornata in cerca di location per *Johanna Enlists*, che stavamo girando a San Diego, presso la base militare di Camp Kearney, dove si stava addestrando il 143° reggimento di artiglieria da campo, di cui Mary era colonnello onorario e di cui ci servivamo per le scene militari. Avevamo camminato tutto il giorno per boschi e campi, poi, per qualche motivo, Mary aveva insistito perché la accompagnassi nel suo giro all'ospedale militare, mentre tutto ciò che desideravo davvero era sedermi, cenare e dedicarmi alla sceneggiatura, l'ultima prima di partire per l'Europa. «Perché lo stiamo facendo?» domandai, incapace di evitare un tono lamentoso.

«Vedrai, Fran, vedrai» fu tutto ciò che disse Mary, con uno scintillio negli occhi e un sospetto sorriso compiaciuto sul volto.

Scossi la testa, strascicando i piedi. I soldati desideravano vedere unicamente lei, Mary Pickford. Comunque non avevano ancora combattuto, quindi quasi tutti i letti erano vuoti. Irritata perché Mary non aveva minimamente dubitato che l'avrei seguita senza fare domande, pensavo soltanto alla bella camera d'albergo che mi aspettava, con un camino e una macchina per scrivere. Dovevo terminare velocemente il film per poter arrivare oltreoceano prima della fine della guerra.

A volte avevo la sensazione irrazionale, o meglio, il terrore, che se non fossi partita sarei stata condannata a essere per sempre la sceneggiatrice di Mary. Anche se adoravo Mary, adoravo scrivere film per lei, e sino a non molto tempo prima avevo concesso a me stessa quell'unico sogno, di cui essere grata, ora desideravo di più per me stessa e meno da condividere. Stavo ancora cercando qualcosa pur avendo già progettato il mio immediato futuro: viaggiare all'estero per la prima volta come corrispondente di guerra, svolgere bene un lavoro necessario, poi tornare a casa e riprendere la mia carriera di sceneggiatrice più pagata dell'industria cinematografica. Forse avrei scritto ancora per Mary, o forse no. Se fino a un paio di mesi prima scrivere per lei mi era bastato, ora non era più così.

Perché non mi bastava più?

«Mary, per favore, lasciami tornare a casa!» Perché dovevo chiedere a Mary il permesso di tornare in albergo a immergere i miei piedi stanchi in un pediluvio?

Mary scosse la testa e sporse ostinatamente il mento, con gli occhi che sprizzavano eccitazione. «Fran, cara...» rispose risoluta fermandosi, poi girò su se stessa e spostò uno di quei paraventi che offrivano scarsa intimità.

Esitai, incuriosita, e al tempo stesso in preda a una lieve repulsione. Cosa, o *chi*, era nascosto da quel paravento? Poi seguii Mary. Forse non la seguivo sempre?

«Eccoci, cara Fran!» Mary era appollaiata ai piedi di un letto d'ospedale occupato e mi sorrideva con espressione buffa, occhi scintillanti, sopracciglia inarcate, un rossore sulle guance. Non riuscivo a capire. Sembrava che mi stesse offrendo qualcosa, possessiva e generosa al tempo stesso, come se ne avesse precedentemente rivendicato l'appartenenza. «Frances Marion, vorrei presentarti il tenente Fred Thomson del 143° reggimento di artiglieria da campo. Tenente, in quanto colonnello onorario della sua unità, le ordino di salutare Miss Marion stringendole la mano». E in un lampo, con un altro sorrisino compiaciuto, affettuoso e autoritario, proseguì la sua marcia lungo la corsia per salutare gli altri pazienti.

Così rimasi sola con il tenente, il quale, non meno sbalordito di me, si appoggiò sui gomiti per alzarsi a sedere, poi mi porse la mano. «Miss Marion, è un onore» esordì con voce baritonale, e il mio cuore fece un salto mortale. Il tenente sorrise, e il mio cuore eseguì un'intera serie di acrobazie. Aveva capelli biondo-rossicci e corti, tranne un ciuffo da ragazzino sul cocuzzolo, occhi abbaglianti color fiordaliso, naso, zigomi e mandibola scolpiti nella pietra come una statua greca, denti bianchi e uniformi. La sua mano non stringeva la mia con la forza che mi sarei aspettata vedendo le spalle larghe e le braccia muscolose, bensì cordialmente, gentilmente, come se avesse terrore di stritolarmela.

«Frances Marion» mi sentii dire stupidamente, prima di ricordare che Mary mi aveva già presentata. «Sono un'amica di Mary» balbettai, arrossendo per la prima volta da quando non ero più adolescente.

«Sì, lo so». Il tenente mi sorrise con gentilezza, quasi come se fossi un'innocua idiota, poi accennò a una sedia accanto al letto. «Forse seduta si sentirà più a suo agio».

Non avevo alcun desiderio di sfilare la mano dalla sua, ma in qualche modo lo feci e mi lasciai cadere sulla sedia. Mi strinsi la borsetta in grembo come una vecchia cameriera puntigliosa, senza riuscire a decidere dove posarla. Mi sentivo incapace di muovermi e di svolgere le funzioni più elementari, tranne respirare. Continua a respirare, comandai a me stessa. E non svenire, aggiunsi, mentre il mio cuore cominciava a battere con rapidità allarmante contro il corpetto. «Cosa… come… È malato?» balbettai finalmente, ricordando che nonostante l'aura romantica da cui eravamo avvolti, come se fossimo seduti insieme nei recessi di un accogliente ristorante a lume di candela, in realtà ci trovavamo nell'ambiente sterile di un ospedale militare, e il bel tenente seduto sul letto indossava un camice da ospedale, non un'uniforme.

«Mi sono rotto una gamba giocando a football». Il tenente Thomson sorrise mestamente. «Comunque guarirò prima dell'imbarco, a Dio piacendo».

«Salvo imprevisti» aggiunsi spontaneamente. Quando il tenente mi guardò perplesso, mi resi conto che non si era limitato a ripetere un luogo comune: aveva davvero invocato Dio. «Oh, mi dispiace! Io... Io...»

«Non si preoccupi» sorrise il tenente. «Sono il cappellano dell'unità, ma questo non significa che io sia un santo».

«Grazie a Dio» sussurrai, prima che la mia mano volasse sulla mia bocca spalancata e io rimanessi orripilata a fissare il tenente Thomson, il pio, santo tenente Thomson. Ero sicura di confermare i suoi peggiori sospetti sulla gente di Hollywood, marmaglia di peccatori pagani senza Dio.

Con mio enorme sollievo, il tenente gettò indietro la testa e scoppiò a ridere. Così, fortunatamente, potei ridere anch'io.

Alla fine mi rilassai e posai la borsetta sul pavimento, poi trovai una posizione comoda sulla fredda sedia di metallo, perché sapevo che mi sarei trattenuta per qualche tempo, anzi, per molto tempo. Ma come lo sapevo?

«È stato amore a prima vista» confessai a Mary più tardi, quella notte, quando bussò alla porta della mia camera d'albergo poco dopo il mio rientro, con un desiderio di sapere intenso e commovente. Era come se fossero trascorse moltissime ore, moltissimo tempo, oceani e montagne valicati, una vita intera già progettata, sperata e dimenticata, perché sapevo che quel momento avrebbe definito per sempre la mia vita, il discrimine fra il periodo "prima di Fred" e il periodo per sempre felice "dopo Fred".

«Non avrei mai potuto scrivere una scena simile... Tu mi conosci, Mary! Odio le cose sdolcinate. Eppure è stato come recitare la mia prima scena d'amore, e anche scriverla, dirigerla, illuminarla e... Be', è stata la mia scena, mia e di Fred, e sono incapace di spiegare l'accaduto, a parte dire che anche lui prova lo stesso sentimento, lo so. Non è una persona frivola, anzi, è l'uomo più serio che abbia mai incontrato, eppure mi ha fatta ridere... Oh, se mi ha fatta ridere!»

«E non è neanche troppo brutto da guardare!» Mary mosse i fianchi allusivamente in un modo del tutto incongruo per lei.

«No, infatti! È atletico, cioè è davvero un atleta di livello mondiale. Avrebbe partecipato alle Olimpiadi se non fosse moralmente contrario a gareggiare di domenica».

«È religioso? Oh, Fran!» Mary smise di agitare i fianchi e si lasciò cadere accanto a me sul letto.

Non riuscii a non ridere, anche se capivo cosa intendeva Mary: io, due volte divorziata, stile di vita bohémien nella peccaminosa Hollywood, con un uomo profondamente religioso? «In verità, è un ministro del culto» spiegai, incapace di guardarla negli occhi, ma sapendo che dovevano essere spalancati per l'orrore.

La religione non aveva molta parte nelle nostre vite. Anche se Mary si avvolgeva nel suo cattolicesimo come in un cilicio ogni volta che si menzionava Owen, non l'avevo mai vista andare a messa. Quanto a me, non mi ero più avvicinata a una chiesa da quando mi ero trasferita a Los Angeles, nonostante fossi cresciuta in una famiglia episcopale. Non credevo molto in Dio, dovevo ammetterlo. Io e lui non eravamo d'accordo su quasi nulla.

«Fred è vedovo» aggiunsi. In pochissimo tempo avevo scoperto molte cose sul tenente Thomson.

«Un ministro del culto vedovo? Oh, Fran! Mi dispiace di averti fatto questo... Non lo immaginavo! Pensavo che fosse l'uomo più bello che avessi mai visto, a parte Douglas, naturalmente, e ho subito pensato di presentartelo. È così alto, e v'immagino insieme, che coppia sareste! Ho persino immaginato di inquadrarlo con la cinepresa! Ho voluto farlo per te, cara Fran, affinché tu abbia qualcuno che ti renda felice come Douglas rende felice me. Adesso però sono dispiaciuta!»

«No, non esserlo, cara Squeebee! Ho raccontato tutto a Fred dei miei divorzi e della mia carriera. E sai cosa? Non gli dispiace! Non gli dispiace affatto né degli uni né dell'altra. "Penso che in una coppia si debba essere eguali. Non voglio una compagna che si aggrappi a me, ma una compagna che mi stia accanto". Così ha detto».

«Allora sono felice, Fran. Sono felice che il mio piccolo piano abbia funzionato, e sono felice di avere il tuo perdono per averlo messo in atto!»

«Non c'è nulla da perdonare. Sai, Mary, ti ho detto che avrei scribacchiato questa sceneggiatura per poi trasferirmi oltreoceano il più presto possibile, ma ora penso che... Be', non credi anche tu che sarebbe prudente da parte mia restare durante le riprese, soltanto per essere sicura che tutto proceda bene?» Non riuscii a reprimere un sogghigno scaltro, mentre Mary agitava un dito in segno di rimprovero.

«Penso che non sia soltanto prudente, Miss Marion. In realtà è una condizione contrattuale. Dovrei ordinarle di farlo, se lei non si offrisse volontaria».

«Oh, Mary!» Le gettai le braccia al collo e per un lungo momento restammo così, sedute, intrecciate, con il cuore generoso di Mary che batteva contro il mio petto, mentre accoglievo la sua gioia e la sua approvazione. Comunque non sarebbe stato affatto necessario. Sarei tornata subito in ospedale se Mary avesse pronunciato una sola parola di disapprovazione nei confronti del tenente Fred Thomson.

Invece Mary approvava e condivideva la mia esaltante felicità, e così l'accresceva. Allora compresi come doveva essersi sentita quel giorno alle stalle e quanto dovevo averla delusa.

«Mary, mi dispiace tanto per quello che ho detto di Doug, quella volta a Griffith Park, cioè... che ti stava soltanto usando». Sciolsi l'abbraccio e le afferrai una mano, vergognandomi tanto da non riuscire a guardarla in faccia.

«Ecco, soffrivo perché non mi avevi parlato di lui e perché non volevi davvero la mia compagnia, quel giorno, ma soltanto un pretesto per poterlo vedere».

«No, avevi ragione, Fran. Mi dispiace di non avertene parlato prima di allora. Avevo paura di parlarne a *chiunque*, ed è ancora così. Tu e mamma siete le uniche a saperlo».

«Comunque, se tu non fossi felice per me ne sarei devastata» continuai. «Quindi so quanto male devo averti fatto. Rammenta cosa abbiamo detto, Squeebee... Non avremmo mai permesso ad alcun uomo di mettersi fra noi. Ricordi?» «Ricordo». Mary scosse la testa e i suoi occhi s'incupirono, ovviamente rammentando il contrasto con lo studio a proposito di *The Poor Little Rich Girl*.

«Questo vale anche per gli uomini che ci amano, non soltanto per i capi e per gli amministratori dello studio. Vale per le nostre vite, Mary, perciò deve includere gli uomini che vi appartengono davvero, cioè Douglas e Fred». Rimasi quasi senza fiato nel sentirmi pronunciare il suo nome in questo modo, già così sicura di lui. Eppure potevo ben dirlo. Si era già impossessato del mio cuore: perché non del mio vocabolario?

«Certo, Fran, certo. Saremo sempre amiche, e ancora di più, grazie a loro. Ricordi che dicevamo di non essere capaci di amare a causa del nostro lavoro e che avremmo dovuto rinunciare a qualcosa per essere amate? Ebbene, per me non è così con Douglas, e spero che per te non lo sia con il tuo Fred. Io sento di non dover rinunciare a nulla! Anzi, sento che lui accresce tutto, le mie speranze e i miei sogni, la mia ambizione. Non mi toglie nulla. Com'è successo, Fran? Come abbiamo potuto essere così fortunate?»

«Non lo so. So soltanto che lo siamo e che ne sono grata. Ora però devo dormire un po' per essere fresca come una rosa per il mio audace tenente. È tre anni più giovane di me... Pensi che sia un problema? Devo ammettere di non essere riuscita a dirglielo».

«Oh, Fran!» Mary scoppiò a ridere alzandosi dal letto

per tornare nella sua stanza. «Gli hai parlato dei tuoi divorzi, ma non sei riuscita a dirgli la tua età?»

Scossi la testa, sentendomi più che mai sciocca.

«Frances Marion, sei una donna modello, e lo intendo come un complimento sotto ogni aspetto!»

Risi, salutando con un gesto Mary mentre usciva. Poi mi sciolsi i lunghi capelli neri, mi tolsi gli orecchini e mi preparai ad andare a letto celebrando il mio consueto rito femminile: mi spazzolai le ciocche lustre, mi applicai una crema detergente sul viso e sulla gola, e mi strofinai succo di limone sui gomiti, come mi aveva consigliato Mary. Eseguivo quel rituale ogni notte, quasi senza riflettere. Quella sera invece lo assaporai, prolungando ogni minimo gesto, indugiando, accarezzandomi la pelle più teneramente del solito.

Pete! All'improvviso rammentai il vecchio soprannome dei tempi della World Film, ormai quasi dimenticato. Ero stata soprannominata Pete! Lo avevo permesso anche se ciò aveva riflesso l'incapacità da parte dei miei colleghi maschi di sopportare la consapevolezza che ero donna. Avevo tollerato di essere trattata così.

Ebbene, decisi che non sarebbe accaduto mai più e scivolai sotto le coperte impaziente di chiudere gli occhi. Infine evocai l'immagine di un tenente robusto e di alta statura, con capelli biondo-rossicci e un sorriso smagliante.

Non stanotte, pensai. Stanotte sono una donna e intendo sognare un sogno di donna.

Ci fu concesso pochissimo tempo. Può sembrare un luogo comune di proporzioni monumentali, considerato che il mondo intero era in guerra, e infatti lo avrei cancellato senza esitare da qualunque sceneggiatura. Eppure fu davvero così. Ci fu concesso pochissimo tempo per conoscerci, per condividere speranze e sogni, per gettare le prime, traballanti fondamenta di una vita insieme.

Ci fu concesso pochissimo tempo per amare. Tuttavia fu

qualcosa di unico e lo percepii sin dall'inizio. Decisi di non andare a letto con Fred Thomson prima del matrimonio, pensando che se avessi potuto scrivere una sceneggiatura per modificare il passato e ripristinare la mia verginità, lo avrei fatto. Poi mi ricredetti, perché se avessi conservato la verginità, sarei stata ancora a San Francisco, mentre erano stati i miei precedenti matrimoni, qualunque significato potessero avere per quell'integerrimo ministro del culto, a condurmi a Los Angeles, a Hollywood, a Mary, a una carriera cinematografica… e a lui.

«Davvero non ti dispiace?» domandai per la cinquantesima volta.

Passeggiavamo insieme sui vialetti, fra le aiuole fiorite e ben curate, nello studio cinematografico Famous Players-Lasky, dove stavamo girando le scene in interni per *Johanna*, e Fred usava un bastone perché la sua gamba non era ancora guarita completamente. Era trascorso soltanto un mese da quando Mary ci aveva presentati, e in quel mese di lettere, di telefonate, di frequenti viaggi in auto a San Diego e all'ospedale militare di Hollywood, un mese vertiginoso e frastornante in cui il flusso del tempo era parso accelerato, ci eravamo incontrati, ci eravamo corteggiati e avevamo concordato di sposarci. Ora Fred aveva un breve congedo prima di partire con il 143° reggimento per la Francia e per l'ignoto.

«Come potrebbe dispiacermi il tuo passato, Frances?» chiese Fred, assolutamente affascinante in uniforme. Mi era impossibile non paragonarlo agli attori, i quali fissavano con ostilità e gelosia quel giovane tenente perché non potevano competere con lui. Fred aveva in tutto e per tutto l'aspetto di una stella del cinema, e forse, un giorno… «Il tuo passato ti ha resa quella che sei» aggiunse, risoluto. «Lo stesso vale per il mio passato. Sono due passati molto diversi, è vero, ma il futuro sarà il medesimo. Non è forse così?»

Annuii, troppo felice per potermi esprimere a parole.

«Mi aspetterai sin dopo la guerra, amore mio? Non

voglio sposarmi prima di partire. Ho già perso una moglie e non voglio perderne un'altra, né lasciare che mia moglie perda me». Fred sorrise e mi prese una mano, che sembrava così fragile nella sua grossa zampa. «Dopotutto, sarai in pericolo anche tu, Miss Audace Corrispondente di Guerra».

«Oh, l'hai letto!» Sgomenta, ritirai di scatto la mano.

«Come avrei potuto evitarlo? Quando ho chiesto di te, la receptionist mi ha consegnato una copia di *Motion Picture World*! E la copertina esibiva una fotografia enorme di una fascinosa ragazza in uniforme: tu. Ebbene, tenente Marion, debbo dire che lei è molto seducente».

«Oh!» Mi coprii il viso con le mani, mortificata. «Devi capire che non ho chiesto io questo tipo di pubblicità. Invece lo studio... Be', è così che si fanno le cose da queste parti, in maniera un po', anzi, molto, esagerata. È per il bene dell'industria, naturalmente. È ancora così giovane, e facciamo tutto il possibile per pubblicizzarla, per offrire costantemente al pubblico un'immagine rispettabile dei film e di coloro che li creano, e una sceneggiatrice, una donna, che si reca...»

«La sceneggiatrice più pagata, secondo l'articolo» interruppe Fred.

Allora, nel riprendere fiato, scrutai il suo bel viso per capire se si sentisse in qualche modo minacciato dal mio successo professionale, e tutto ciò che vi scoprii fu sincera ammirazione.

Il reparto pubblicità della Famous Players-Lasky aveva diffuso a tutta la stampa la notizia della mia assegnazione al Committee on Public Information, un'agenzia governativa indipendente con compiti di propaganda. Come corrispondente di guerra ero incaricata di filmare le donne americane dietro le linee del fronte. Mary era stata descritta come disperata, quasi in lacrime al pensiero di perdere la sua sceneggiatrice e la sua migliore amica. In pubblico tutti si congratulavano con me. In privato tutti erano molto perplessi per la mia decisione di sacrificare cinquantamila dollari l'anno per una misera paga militare, senza contare il trasferimento all'estero, la scialba e indecorosa uniforme che avrei dovuto indossare, il rischio di farmi sparare o di restare sotto le bombe, e l'inconcepibile necessità di lavarmi personalmente la biancheria intima e di bere acqua da una borraccia.

Invece io ero felice di essermi arruolata prima ancora di sapere dell'esistenza di Fred Thomson. Mi sembrava che ciò mi consentisse di essergli pari. Di sicuro la sofisticata carriera che mi aveva permesso di avere successo a Hollywood appariva frivola a un uomo come Fred, la cui calma integrità si irraggiava quasi come un'aura, anche se lui avrebbe aborrito una simile descrizione. Avevo già compreso che non era un atleta per gioire delle medaglie o del clamore della folla, proprio come non era un ministro del culto per ottenere distinzione sociale. Fred Thomson era un atleta perché credeva sinceramente che Dio gli avesse donato un corpo da atleta e quindi doveva adempierne la promessa, ed era ministro del culto perché sentiva di avere la missione di ispirare e di consolare coloro che non erano altrettanto fortunati. Credeva profondamente che Dio parlasse attraverso di lui, ma pacatamente, umilmente, a differenza di Billy Sunday, celeberrimo ex campione di baseball e predicatore evangelico, il quale non pronunciava sermoni per meno di cinquecento persone e sul pulpito gridava, gesticolava, correva su e giù, spaccava sedie.

Avevo già deciso di impegnarmi, almeno per il momento, in qualcosa di più che scrivere film, e questo consolidava il nostro rapporto, recente e ancora fragile. Oltre a sapere e ad accettare che Fred avrebbe sempre mantenuto il punto di vista più onesto e più moralmente sano, comprendevo i miei punti di forza. Se fosse stato solo, un uomo come Fred Thomson non avrebbe mai potuto sopravvivere in un luogo come Hollywood.

«Siamo una bella coppia» osservai.

«Una coppia perfetta» annuì Fred.

«E davvero non ti dispiace?»

«Sono pazzo di te, Frances Marion... Anzi, no, Marion Benson Owens de Lappe Pike. Ho capito bene?»

Felice, così felice da sembrarmi ingiusto nei confronti di tutti gli altri, annuii a mia volta.

«Vedi, adoro ogni sillaba del tuo nome ridicolmente lungo, amo tutto di te, e anche se so che vi saranno ostacoli (aspetta di conoscere mia madre!) non m'importa, perché questo...» Fred mi prese di nuovo la mano. «Questo è *giusto*. Vale la pena aspettare fino alla fine della guerra, poi staremo insieme e capiremo. Tu continuerai a scrivere perché sei una scrittrice, e io farò qualcos'altro se la chiesa non mi vorrà più come predicatore a causa dei precedenti divorzi di mia moglie. Predicare per me è un'attività, ma non sono un predicatore. Esistono altri modi per ispirare le persone. Tu hai trovato un modo, io ne troverò un altro».

«Fred!» Avevo il cuore che batteva forte e le mie mani cercavano istintivamente una matita che non avevo. «Tu... Quello che hai detto è magnifico! Voglio scriverlo! È perfetto, davvero, e sono sicura di poterlo usare in qualche modo...»

«In un film?» Fred rise, e la pelle agli angoli degli occhi gli s'increspò nel modo più disarmante, un modo che non avevo notato fino a quel momento. Oh, pensare a tutte le cose disarmanti e incantevoli che dovevo ancora scoprire di lui!

«Sì! È stato un discorso perfetto».

«Non era un discorso, tesoro, era il mio cuore. E una cosa che dovrai imparare, perché non credo che tu l'abbia già imparata, è che la vita reale non è sempre magica come i film, eppure talvolta lo è ancora di più». Fred mi cinse i fianchi con una delle sue braccia vigorose e mi attirò a sé. Trattenendo il respiro, scrutai i suoi occhi, la sua bocca, poi espirai e abbassai le palpebre in attesa del bacio che ricambiai con trasporto, sciogliendomi fino a sentirmi incapace di reggermi in piedi, ma deliziosamente, perché sapevo che quell'uomo, alto, solido e forte come una quercia, mi avrebbe sorretta per tutto il tempo necessario.

Nessuna cinepresa era presente, nessun proiettore ci illuminava con la sua luce calda, nessuna costumista si aggirava fuori dall'inquadratura per rassettarmi gli indumenti in modo perfetto, i capelli non mi ondeggiavano fascinosamente sulla schiena nella corrente di un ventilatore, e nessun regista gridò: «Stop!»

Eppure ero l'eroina del mio film e per la prima volta nella vita non mi dispiaceva affatto essere la protagonista, perché soltanto come protagonista della mia vita avrei meritato Fred Thomson come primattore.

Lui ne valeva la pena. Lui valeva tutto. Già allora ero consapevole di quanto avrei potuto perdere.

9.
Mary
Primavera 1918

Mary non si stancava mai di ascoltare *Over There*: i cori giubilanti, le trombe squillanti delle bande militari, le folle acclamanti che non cantavano, urlavano, mentre lei sollevava le braccia per dirigerle, si alzava in punta di piedi per poter essere più visibile, lasciava che Douglas e Charlie la prendessero per le gambe e la sollevassero affinché la folla potesse vederla meglio. Lei era così piccola e la folla era così enorme, che ora indossava i colori più sgargianti e i cappellini più grandi per poter essere vista da lontano.

«Non preoccuparti, Mary» osservò Charlie, acido. «Sei l'unica in abiti femminili».

«Be', non devi preoccuparti neanche tu, perché sei l'unico con bombetta, bastone e grandi scarpe flosce» ribatté Mary. Anche se di solito non indossava il costume del suo personaggio, il Vagabondo, Charlie camminava come lui, e la sua tipica andatura ondeggiante era così inconfondibile che la gente lo riconosceva da centinaia di metri di distanza.

Entrambi indietreggiarono. Allora Douglas afferrò un megafono ed esortò la folla: «Ammazzate i tedeschi! Comprate obbligazioni di guerra per lo Zio Sam!» Agitava le braccia e saltava in continuazione, come una cheerleader, anche se indossava un completo confezionato su misura.

Mary Pickford e Charlie Chaplin sorridevano con indulgenza nell'osservare Douglas Fairbanks, il bambino del trio, per il quale nutrivano un affetto condiviso. In verità, Mary provava profonda antipatia per Charlie e sospettava che lui la ricambiasse. Comunque si detestavano unicamente perché erano molto simili, cioè perfezionisti irriducibili, e al tempo stesso erano molto diversi. Charlie era interessato soltanto ai film e per nulla al botteghino. Mary non riusciva a comprendere la sua incapacità di ricordare gli incassi complessivi di ciascuno dei suoi film e sapeva che Charlie non la considerava un'artista a causa del suo senso degli affari. Entrambi desideravano avere più tempo e più attenzione da Douglas.

Comunque Mary dichiarava alle orde di cronisti che li seguivano in quell'impresa dal successo immenso, senza precedenti: «Ammiro molto il talento artistico di Mr Chaplin». E Charlie ripeteva costantemente: «Miss Pickford è la più rara delle creature, una vera artista e una persona adorabile». Tutti e tre insieme recitavano scene divertenti: Mary e Chaplin si appollaiavano sulle robuste spalle di Douglas; Douglas e Chaplin sollevavano in alto Mary come una bambola elegante; Douglas e Chaplin fingevano di affrontarsi in un incontro di pugilato arbitrato da Mary. Seduti tutti e tre allo stesso tavolo firmavano autografi sino ad avere i polsi dolenti e gridavano alla folla fino a sgolarsi. Era universalmente riconosciuto che il loro contributo da solo era responsabile del finanziamento della guerra. Migliaia e migliaia di persone accorrevano in ogni località per ammirare a bocca aperta le loro stelle del cinema preferite, per vederle finalmente in carne e ossa, per sentire le loro voci (un'esperienza unica!) e per inondarle d'amore e d'affetto, nonché per acquistare obbligazioni con un fervore quasi frenetico, anche se la guerra era una motivazione accessoria. Nulla del genere era mai stato fatto prima dell'esistenza del cinema.

Quando Douglas ebbe concluso il suo discorso, Mary e Chaplin lo affiancarono e lui sollevò le loro braccia in segno di vittoria. Il clamore della folla fu tale da assordare dolorosamente Mary, il cui volto si aprì in un sorriso enorme in risposta alle grida.

«Mary! La nostra Mary!»

«Charlie! Vecchio Charlie!»

«Doug! Fai la verticale, Doug!»

E Doug soddisfece la richiesta, mentre Charlie fingeva di dirigere la banda militare che suonava *Over There* e Mary sorridendo sventolava una bandiera americana.

Seguì il tè con il presidente. Nonostante la sua aria severa, Wilson pizzicò il sedere a Mary nello scostarle la sedia affinché si accomodasse, attirandosi una torva occhiata di Douglas. Poi Charlie eseguì giochi di destrezza con le tazze da tè e infine poterono tornare alle loro stanze al Willard Hotel.

«Ceniamo, Doug?» chiese Charlie, mentre l'ascensore li portava al piano loro riservato, dove le loro valigie erano già state portate e disfatte anche se l'indomani sarebbero partiti per New York.

«Scusa, vecchio mio, ma ho altri progetti» rispose gentilmente Douglas.

Ignorandoli e guardando dritto avanti, Mary proseguì inesorabilmente verso la porta della propria camera, così non vide l'espressione di Charlie. Nell'aprire la porta sentì soltanto una sorta di caldo solletico scorrerle giù dal collo lungo la spina dorsale. Seguendola, Douglas entrò.

Mary era l'altra donna, Piccola Mary, Nostra Mary, l'Angelo Vendicatore della Guerra, Mrs Owen Moore.

Tante persone pretendevano di possederla! Interpretava tanti ruoli diversi che era difficile non confonderli: direttrice della sua compagnia di produzione, figura paterna per il fratello e per la sorella, figlia devota di mamma. In quel momento, però, l'unico ruolo che contava era quello di Donna: la Donna dell'Uomo Douglas. Gioiva di una relazione fisica che non aveva mai conosciuto. La sua pelle fremeva sotto lo sguardo sincero e avido di Douglas. In privato non riusciva a togliergli le mani di dosso, doveva sentire i suoi muscoli sotto le camicie inamidate, il suo addome piatto, i suoi baffi sorprendentemente morbidi. Quando erano insieme in pubblico il desiderio di toccarlo era così forte che sebbene fosse aprile aveva preso l'abitudine di portare un manicotto affinché nessuno potesse vedere la sua fede nuziale e accorgersi che serrava forte le mani.

Sul treno dalla California a Washington erano riusciti ad avere soltanto alcuni brevi incontri intimi. Una volta Mary aveva dovuto nascondersi nel bagno dello scompartimento privato di Douglas a causa della visita inaspettata di un inserviente giunto a chiudere la cuccetta. Un'altra volta era riuscita ad accoglierlo furtivamente nel proprio scompartimento senza che mamma se ne accorgesse. In ogni modo erano in grado di sedere insieme in pubblico tranquillamente, senza attirare l'attenzione. Dopotutto erano colleghi, commilitoni. I cronisti erano ormai abituati a vederli insieme, di solito con Charlie al seguito, quindi nessuno badava alle volte in cui erano soltanto loro due.

«Non so se tu sia adatta a Doug» confessò Charlie durante una delle poche assenze di Douglas, forse impegnato a scrivere una lettera alla moglie, come sospettava Mary. «Mi piace Beth».

«Anche a me». Mary lo scrutò negli occhi, ricambiata. Non aveva mai conosciuto un uomo snello come lui, poco più alto di lei, con spalle e fianchi stretti, mani delicate ed espressive come quelle di una donna. Douglas torreggiava su entrambi, anche se non era molto alto.

«Hai un modo interessante di dimostrarlo». Pronunciate in accento cockney, le parole suonarono taglienti, anche se il tono di Charlie rimase di pacata curiosità.

«Beth è una persona adorabile. Però non è adatta a Douglas».

«E tu lo sei?»

«Penso di sì, sì».

«Perché?»

«Intellettualmente sono sua pari. Sono un'artista come lui».

Charlie rise. «Doug non è un artista! È un grande atleta

e ha una personalità magnetica, ma non è un artista come noi!»

Mary provò un profondo sentimento di affinità. Nei pochi anni trascorsi a Hollywood, Chaplin aveva rivendicato per se stesso la qualifica di "artista", l'unico vero genio riconosciuto oltre a Griffith, quindi essere definita sua pari fu per lei una sorpresa esaltante. Tuttavia si precipitò a difendere il proprio amante. «Anche Douglas è un artista! Un grande artista!»

«Ascolta... Amo Doug come amo mio fratello, forse ancora di più. Non so perché, ma c'è qualcosa in lui a cui non posso resistere, e farei qualsiasi cosa per lui. Però so che in un certo senso è un fortunato figlio di puttana. Per arrivare dov'è non ha faticato neppure la metà di quanto abbiamo faticato noi. Lui stesso sarebbe il primo ad ammetterlo, quindi è inutile difenderlo».

«Continuo a pensare di essere adatta a lui» insistette pacatamente Mary. «So di esserlo. E lui è adatto a me».

«Più di tuo marito?»

«Sì». Mary fu sorpresa dall'immediatezza della propria risposta. Aveva appena ammesso spontaneamente che un giorno Douglas avrebbe potuto soppiantare Owen. In altre parole, aveva ammesso per la prima volta a se stessa di voler sposare Douglas, anche se per il momento non riusciva a immaginare come sarebbe stato possibile rimuovere gli ostacoli dal sentiero che avrebbe potuto condurre alle nozze.

Anche Charlie rimase sorpreso, e inarcò un nero sopracciglio. «Oh! Io non... Dunque questa non è semplicemente un'avventura?»

«Vedo che non mi conosci molto bene, Charlie. Non ho mai avuto avventure nella mia vita e non intendo iniziare adesso».

Sul momento Charlie non rispose. In seguito, nell'osservare Douglas entrare nella stanza d'albergo di Mary al Willard, gridò: «Le avventure non sono consentite!»

E Douglas, girandosi a guardarlo, rimase senza parole. Poi Mary lo attirò nella stanza e chiuse la porta.

Il treno stava per raggiungere Pennsylvania Station e a Douglas e a Mary rimanevano soltanto pochi momenti per stare insieme. In seguito lui e Charlie si sarebbero recati a Wall Street prima di partire per il Midwest e lei si sarebbe trattenuta a New York qualche giorno prima di andare a Chicago. Così avrebbe rivisto Douglas soltanto dopo alcuni mesi, una volta rientrata a Hollywood.

A New York, Douglas era atteso da Beth e dal piccolo Douglas Fairbanks Jr.

«Mi mancherai» sussurrò Mary con le lacrime agli occhi. Ormai da più di una settimana era abituata a vederlo ogni giorno. Anche se non avevano potuto dormire insieme ogni notte, era stato estremamente giusto, reale, *meritato* sedere al tavolo da pranzo con lui ogni giorno, parlare del tempo o della guerra o degli ultimi incassi dei loro film, crogiolarsi alla luce del suo sorriso abbagliante e dell'ammirazione sincera che brillava nei suoi occhi castani, nonché beneficiare della sua sollecitudine, perché lui era sempre ansioso di proteggerla da ogni avversità, oppure da ogni cronista ficcanaso o ammiratore fanatico. E adesso l'illusione era distrutta. Mary non poteva più fingere che fosse stato qualcosa di diverso da un'intimità fugace e forzata. Quando si fossero rivisti, avrebbero dovuto comportarsi quasi come estranei e lei non poteva sopportarlo. Non poteva sopportare neppure di pensare che lui sarebbe tornato da Beth e dal loro figlioletto. «Non so come potrò sopportarlo» sussurrò, appoggiando la testa sulla camicia bianca di lui, incurante che presto si sarebbe bagnata di lacrime.

«Nemmeno io» rispose Douglas con voce rauca per l'emozione, nel cingerla con le braccia e stringerla a sé. «Sei la mia ragione di vita, Mary, il mio mondo».

«Cosa facciamo adesso?» Davvero Mary non sapeva cosa fare, e per una volta non voleva essere l'unica a decidere. Per tanti anni si era assunta la responsabilità di Lottie e di Jack, oltre che della propria carriera, e aveva preso decisioni che nessuno avrebbe mai dovuto prendere, eppure ora l'amore la rendeva impotente. In quel momento voleva che fosse Douglas a pensare per lei, perché era stanchissima di essere pratica e pragmatica. Voleva abbandonarsi interamente all'emozione e al desiderio.

«Finiremo questa tournée. Poi, quando saremo di nuovo insieme a Hollywood, ne parleremo».

«Sono stanca di parlarne!» Il treno iniziò a rallentare. Anche se le tendine del finestrino del suo scompartimento privato erano chiuse, Mary sapeva che ormai il convoglio doveva essere entrato in città. La banchina doveva essere affollata di cronisti in attesa di accogliere il triumvirato. Lei avrebbe dovuto riacquistare il controllo di se stessa per affrontarli, e lo avrebbe fatto. Si aggrappò a Douglas, e lui a lei, e ricordò la notte precedente, la prima volta in cui avevano dormito insieme, il piacere squisito di dormirgli accanto sino al mattino. Lo aveva guardato dormire e lo aveva visto scuotersi, rigirarsi, agitarsi, inquieto nel sonno come nella veglia. Non aveva dormito molto proprio perché aveva voluto soltanto guardarlo, imprimerselo nella memoria.

Da che cosa era tanto attratta? Dal suo rispetto e dalla sua galanteria, naturalmente, dalla sua bellezza e dalla sua prestanza fisica, decisamente, ma soprattutto dalla sensazione che aveva descritto a Fran: con lui sentiva accresciuti i propri pregi, mentre con Owen non si era mai sentita così, anzi, aveva sempre provato una vergogna e un senso di colpa soverchianti, che non avevano mai costituito e non avrebbero mai potuto costituire un fondamento per il matrimonio. Con Douglas, invece, che l'amava e la rispettava nonostante i suoi difetti, o comunque quelli che avevano in comune… Era inebriante immaginarsi in coppia con lui, una vera coppia, nel mondo e nell'industria cinematografica! Insieme avrebbero potuto realizzare molto più di quanto avrebbero potuto realizzare individualmente, che già era davvero tanto! Tuttavia, immaginarsi insieme a lui, Doug-e-Mary, Mary-e-Doug, schiudeva una prospettiva tanto vasta da lasciarla senza fiato. Di notte, a porte chiuse, sarebbero stati soli, come la notte precedente. Al pensiero di tornare a casa ogni sera da quell'uomo, il suo cuore quasi si sciolse nella tenerezza, e così si abbandonò un poco al pianto.

Allora lui le disse: «Qui, Tupper, cara, qui» e le accarezzò i capelli e le spalle, e le baciò la sommità della testa più e più volte, finché lei smise di piangere e accettò il fazzoletto che lui le porgeva.

«Promettimi...» Mary fu incapace di manifestare ciò che desiderava più di ogni altra cosa in quel momento, perché le appariva cattivo, sbagliato, e non voleva riconoscere che lui aveva già promesso.

«Prometterti cosa? Qualunque cosa, Mary! Tutto quello che vuoi!» Guardandosi allo specchio sopra la testa di lei, Doug si raddrizzò la cravatta, e lei fu costretta a sorridere. Era un uomo che amava la propria bellezza, e in ciò c'era qualcosa di accattivante.

«Promettimi che non... che non andrai a letto con lei, con Beth, tua moglie».

Douglas rimase come paralizzato, seppure appena per una frazione di secondo. Poi le posò le braccia sulle spalle e si chinò a guardarla negli occhi. «Lo prometto. Mary, come hai potuto... Non devi neppure chiederlo. È ripugnante per me. Sono un uomo onesto, nonostante tutto... Sai quanto mi addolora!» E l'angoscia nei suoi occhi era autentica. Lei sapeva che il suo smaniare nel letto della sera precedente non era stato provocato semplicemente da un eccesso di esuberanza che gli aveva turbato il sonno, bensì anche da un senso di colpa equivalente al suo, e ciò, perversamente, rendeva la loro relazione ancora più sacra: entrambi soffrivano, entrambi erano miserabili peccatori.

«So che è assurdo chiedertelo quando non possiamo neppure...»

«Sì, possiamo!» Di scatto Douglas si alzò sulle punte dei piedi come per accingersi a compiere un salto mortale. I suoi occhi assunsero un'espressione che Mary stava cominciando a riconoscere: l'ardore febbrile che brillava nel suo sguardo ogni volta che all'improvviso aveva un'idea, ovvero circa cento volte al giorno. Lei sapeva che vivere accanto a un simile uomo poteva logorare alcune donne, e che Beth senza dubbio ne era logorata. Invece questo a lei non sarebbe mai accaduto, non sarebbe mai stata logorata dal rapporto con lui. Talvolta in passato aveva ceduto a stati d'animo oscuri e all'eccessiva autocommiserazione, ma con Douglas, come avrebbe mai potuto sguazzare in simili pensieri? Con Douglas avrebbe avuto soltanto luce, mai ombra.

«Possiamo... cosa?»

«Possiamo farcela! Mary, io posso andare subito da Beth e annunciarle che intendo chiederle il divorzio, e tu puoi fare la stessa cosa con Owen. Succede continuamente. Perché non potremmo divorziare anche noi?»

«Perché noi siamo ciò che siamo! Io sono la Fidanzata d'America! Lo desidero tantissimo, caro, però desidero anche la mia carriera, e tu lo sai: non ho mai dovuto nasconderti la mia ambizione, come invece ho dovuto fare con Owen. Senza dubbio sei consapevole di quanto ciò sia terrificante per me!»

«Lo so, carissima, lo so. Adesso, però, con questa tournée per la raccolta di obbligazioni, sei al culmine della fama, lo siamo entrambi, e l'America ti ama più che mai. Quale momento potrà essere migliore di questo? Mary, sono pazzo senza te e non posso più vivere in questo modo!» I suoi occhi scuri erano colmi di angoscia sincera.

«Douglas, io... Devo riflettere. Forse questo periodo di separazione ci farà bene. Avremo la possibilità di riprendere fiato. Torna a casa da Beth, vai a vedere tuo figlio, e... e...» Mary tentò, oh, tentò davvero di essere pragmatica, ma immaginarlo a casa con la moglie fu troppo, e non riuscì a trattenere le lacrime. Per lei tornare alla vecchia vita con Owen… era ormai impensabile! Era insopportabile. Non voleva rivederlo mai più. Tuttavia sapeva che Owen l'avrebbe tormentata se lei avesse agito come Douglas desiderava. Owen Moore non avrebbe ceduto in silenzio. Inoltre doveva considerare il proprio pubblico, per il quale aveva lavorato così duramente e aveva sacrificato tanto: la sua infanzia, la sua vita privata, ogni grammo di dolci che non mangiava, ogni notte in cui aveva dovuto rinunciare a rimanere sveglia fino a tardi a leggere perché doveva svegliarsi prestissimo il giorno dopo, ogni volta che desiderava vestirsi da adulta mentre era costretta a indossare un grembiulino e un nastro enorme nei capelli per diventare davanti alla cinepresa la fanciulla di cui Frances aveva scritto per lei, la fanciulla che il pubblico amava. L'unica costante nella sua vita era la carriera, sempre anteposta a ogni altra cosa. Forse avrebbe potuto vivere senza Douglas, anche se in quel momento le bastava immaginare tale eventualità per desiderare di chiudersi in una stanza e ululare sino a perdere la voce. Tuttavia non sarebbe mai stata in grado di vivere senza la sua carriera. E Douglas, a differenza di Owen, non le chiedeva affatto di rinunciarvi. Ma sarebbe stato attratto da lei se non fosse stata Mary Pickford? Forse Fran aveva avuto ragione? Se anche fosse stato così, ormai il rapporto che Douglas aveva con lei travalicava di gran lunga l'intenzione di trarne vantaggio professionalmente. Ciò che lei ancora non sapeva era se tale rapporto fosse eccessivo, eccessivamente impetuoso. Avrebbe potuto essere interrotto? Forse lei stessa desiderava interromperlo? «Ora dobbiamo andare» insistette, facendosi forza come aveva sempre fatto, raddrizzando le spalle e protendendo il mento. Ricordò ciò che mamma le aveva detto tanto tempo prima, ossia che aveva bisogno del suo pubblico più di quanto il suo pubblico aveva bisogno di lei e che avrebbe potuto perderlo in un istante, e ricordò ciò che ci si aspettava da lei come figlia maggiore, primogenita, l'unica e la sola, l'unica ragazza, l'artista, la produttrice, la vera capofamiglia. «Torna a casa da Beth» esortò di nuovo. «Non possiamo ancora permetterci di fare niente».

«Io posso» dichiarò solennemente Douglas.

«Io non posso» ribadì Mary, altrettanto solennemente. Lo baciò sulla guancia abbronzata e si girò, mentre lui, rapido e furtivo, sgusciava fuori dallo scompartimento. Poi infilò i guanti, si rassettò i boccoli, si guardò in uno specchio e si disperò per gli occhi gonfi, le guance fiammanti, le labbra contuse. Chiunque avesse posseduto un briciolo di buon senso avrebbe compreso, nel guardarla, che era innamorata e che soffriva. Eppure, mentre smontava dalla carrozza ferroviaria per seguire Douglas e Charlie, già impegnati a eseguire le loro solite buffonate e acrobazie, e mentre soffiava baci alla folla che l'acclamava, seppe che davvero nessuno avrebbe potuto sospettare la verità.

Quando guardava Mary Pickford, infatti, il pubblico vedeva soltanto ciò che voleva vedere. Se mai avesse percepito chi era veramente, l'avrebbe abbandonata per sempre. Non era forse così?

Non guardò Douglas quando finalmente si fece largo tra la folla per tornare dalla moglie e dal figlio.

Ma Douglas non tornò da loro, come Mary non avrebbe tardato a scoprire.

«Miss Pickford, come commenta la recente separazione fra Douglas Fairbanks e sua moglie? A quanto pare, non si vedono da settimane, e oggi Mrs Fairbanks ha indetto una conferenza stampa, durante la quale ha affermato che lei potrebbe essere informata sulla situazione».

Nell'angolo tranquillo del ristorante dell'albergo, Mary rischiò di lasciar cadere il cucchiaio nella zuppa. Seduta al tavolo di fronte a lei, Charlotte ansimò rumorosamente, e i commensali che non le stavano già fissando rimasero a bocca aperta.

Tre giorni prima Mary aveva detto addio a Douglas, il quale, a quanto ne sapeva, era tornato dalla moglie, poi era ripartito, solo, per proseguire il giro di raccolta delle obbligazioni di guerra, e in quel momento avrebbe dovuto essere da qualche parte nel Michigan.

«Mrs Fairbanks... ehm... ha lasciato intendere che lei potrebbe avere qualcosa da dire in merito a ciò che è accaduto» continuò il cronista, imbarazzato, consultando i propri appunti.

Mary era felice che nessun fotografo lo accompagnasse, tuttavia decise di interpellare il portiere dell'albergo a proposito di quella grave intrusione nella sua vita privata.

«Mi dispiace apprenderlo» cominciò, dopo aver bevuto un sorso d'acqua per poter riuscire in qualche modo a parlare senza che le tremasse la voce. «Tuttavia non mi riguarda se Mr e Mrs Fairbanks si sono separati».

«Ma lei e Mr Fairbanks...»

«Io e Mr Fairbanks siamo colleghi di lavoro e collaboriamo nel promuovere la vendita di obbligazioni di guerra, perché ogni obbligazione acquistata è un chiodo conficcato nella bara del Kaiser!» Così dicendo, Mary picchiò un pugno sul tavolo.

Il giornalista trasalì, poi sorrise in segno di apprezzamento, salutò e se ne andò.

«Mary...»

«Non adesso, mamma». Con il cuore che batteva forte e la testa che pulsava, Mary non riusciva a guardare Charlotte. Quanti fra i commensali più vicini avevano udito casualmente la sua breve conversazione con il giornalista? Si concentrò per terminare il pasto, anche se aveva lo stomaco contratto e temeva di vomitare, e così offrire al pubblico uno spettacolo ancora più straordinario. Comunque non intendeva permettere che ciò accadesse, né alzarsi e tornare di corsa in camera per cercare di capire cosa fosse appena successo. Dunque continuò a mangiare placidamente e finì la cena.

Charlotte parve comprendere, perché non disse più una sola parola alla figlia. Infine ordinò un dolce anche se di solito Mary non ne mangiava. Così, quella sera, Mary e Charlotte mangiarono il gelato con apparente piacere, infine si alzarono e tornarono amabilmente alla loro suite, tenendosi a braccetto e sorridendo a tutti.

Poi, appena chiusa la porta della suite, Mary strinse i denti e affrontò la furia della madre.

«In nome della Beata Vergine, in quale guaio ti sei cacciata?» Charlotte iniziò a passeggiare avanti e indietro, torcendosi le mani e guardando ovunque. Abbassò le tendine della finestra come se qualcuno potesse vedere all'interno anche se l'appartamento era al dodicesimo piano. Corrugò la fronte nel notare una macchia invisibile sul tappeto e la schiacciò con la punta di una scarpa. In breve, osservò ogni cosa, tranne Mary.

«Mamma, per favore...»

«Non dirmi: "Mamma, per favore", signorina! È ovvio che quella donna ha parlato di te al cronista, e lui è stato troppo cortese, oppure troppo codardo, per dirlo chiaro e tondo. Probabilmente ti sarà concessa una breve tregua perché nessuno potrebbe mai sospettare di adulterio l'innocente, piccola Mary, e sei sempre stata brava con la stampa, hai concesso molte esclusive e sei amata, almeno per adesso. Però tutto questo non durerà. Se continuerai a essere associata a quel Fairbanks, la stampa non potrà più ignorarlo: dove c'è fumo, c'è fuoco. Ora dimmi, cos'ha fatto quel bastardo?»

«Mamma, non lo so. L'ho salutato sul treno e lui doveva tornare a casa da Beth...»

«Ciò che a quanto pare non ha fatto».

«Non lo sapevo!»

«Ora lo sa il mondo intero!»

«Non doveva succedere, mamma, non ora, non ancora, o forse mai... Non so...»

«Mary, ho tenuto a freno la lingua per settimane. Sapevo cosa stavi facendo, ed eri così felice che non ho voluto dire la mia. So che lui era nella tua camera d'albergo a

Washington... Santo cielo, bambina, so tutto di te! E tu non sei una santa più di quanto lo sia io, quindi chi sono io per dirti di smettere? Nondimeno... Tu sei davvero una santa per tutti quei milioni di persone che amano i tuoi film, che pagano per vederli, che dipendono da te per rallegrare le loro giornate, che stanno comprando obbligazioni a destra e a manca perché sei tu a esortarli, perché tu sei la Fidanzata d'America, la Piccola Patriota. Ebbene, non puoi deludere tutta quella gente».

«Perché, mamma? Forse perché se lo facessi tutto questo sparirebbe?» Mary allargò le braccia a indicare tutta l'opulenta suite d'albergo con tappeti orientali e mobili antichi, bagno modernissimo con rubinetteria in ottone, vasca profonda e morbidi asciugamani, letti con lenzuola fini, l'abito di seta indossato da Charlotte, l'abbagliante collana di rubini che Mary le aveva regalato per il compleanno, pile di cappelliere con i più recenti capi di modisteria, alcuni dei quali con preziose piume di struzzo e di pavone, scatole di guanti impilate come tessere del domino, e fuori un'auto in perenne attesa affinché Charlotte potesse disporne a piacere in qualsiasi momento, anche soltanto per uscire a comprare un'altra bottiglia di gin. «Se tutto questo sparisse, tu dove andresti? Torneresti a Toronto per vivere con zia Lizzie e ti guadagneresti da vivere come pensionante o come lavandaia?»

«Mary...»

«Senza di me non avresti nulla! Senza di me, Jack e Lottie dovrebbero *lavorare* davvero! E tu hai terrore di perdere tutto, quindi ti intrometti nella mia felicità per conservare ciò che hai, proprio come hai sempre fatto! Be', sono stanca, mamma! Sono stanca di essere come i buoni pasto per te, per tutti voi! Quando potrò essere felice? Quando potrò amare ed essere amata?»

Charlotte attraversò la stanza in due passi e alzò una mano.

Con una guancia dolorante, Mary vide le stelle e rimase

così sbalordita da lasciarsi cadere seduta proprio in mezzo al tappeto orientale. Si vide con le gambe distese in avanti e si domandò che cosa fosse appena accaduto. «Non sei meglio di Owen, mamma» sussurrò. Incapace di guardare la madre, aveva gli occhi pieni di pianto e la sensazione che il mondo intero fosse ignoto, sbagliato.

«Sono meglio di Owen. Sono tua madre e ti amo, ma non ti permetto di parlarmi così, signorina. Non sei l'unica della nostra famiglia a poter avere un lavoro. Non sei l'unica della nostra famiglia ad avere talento. Comunque sei l'unica della nostra famiglia a essere dotata da quando eri una bimba di una disciplina che ammiro. Inoltre possiedi un senso di ciò ch'è giusto e di ciò ch'è sbagliato da fare invidia al papa». Charlotte sedette sul tappeto lasciandosi sfuggire un gran gemito che suscitò in Mary il desiderio di ridere, perché in quel momento le sue emozioni erano imprevedibili. Poi con le braccia calde e morbide la abbracciò e la attirò al proprio seno abbondante.

Nonostante le lacrime di dolore, Mary ridacchiò: sempre più, di anno in anno, mamma somigliava a Marie Dressler.

«Ora stai tranquilla, bimba mia, stai tranquilla, mia cara, chiudi gli occhi e dimentica tutto. Sei stanca e sei molto nervosa, ed è proprio per questo che sei un'attrice. Sei la mia preziosa figlia e devi riposare, adesso. Vedremo tutto domani. O forse no, forse sarà il giorno dopo, o il giorno dopo ancora: non posso predire il futuro. Però ti amo e posso prometterti che ti amerò sempre, e così anche il tuo pubblico, e anche... Signore, aiutami... anche Fairbanks... Gesù, il modo in cui quell'uomo ti guarda! Ebbene, troveremo una soluzione per ogni cosa».

«Oh, mamma, me lo prometti?»

«Lo prometto» tubò Charlotte, prima di alzarsi in piedi con le articolazioni che schioccavano, di nuovo con un gran gemito. Poi dolcemente trasse in piedi la figlia.

Abbracciata dalla madre, Mary si lasciò accompagnare in camera da letto. «Mi dispiace di aver detto quelle cose, mamma. Non voglio deluderti, né deludere Jack o Lottie, mai. Non voglio che tu debba lavorare di nuovo come lavandaia».

«Lo so, tesoro, lo so».

«Vorrei che Fran fosse qui» confessò Mary tra gli sbadigli, e trasalendo un poco per il senso di colpa si rese conto di avere pensato a Fran per la prima volta da quando aveva iniziato a promuovere le obbligazioni di guerra. Era questo l'effetto esercitato dagli uomini? Inducevano le donne a dimenticare le amiche, le altre donne? «Fran saprebbe cosa fare. Lo sa sempre».

«Fran ha la sua vita da vivere» fu la strana osservazione di mamma.

«Ma lei saprebbe cosa fare, e vorrebbe aiutarmi».

Invece Fran non era lì, anzi, si stava preparando per andare laggiù, laggiù, *laggiù*…

Incapace di trattenersi, Mary iniziò a cantare *Over There*, dolcemente, quasi come una ninnananna.

Era strano come un'unica canzone potesse avere due aspetti completamente diversi. E lo stesso, forse, poteva valere per una persona, un'attrice…

Forse…

10.
Frances
Autunno 1918

Ero completamente disgustata e stufa di sentire *Over There*.

Una banda militare la stava suonando quando m'imbarcai sul trasporto truppe *Rochambeau*, a New York. Ogni giorno la sentivo cantare o canticchiare da qualcuno almeno una volta, mentre passeggiavo sul ponte e rabbrividivo appena vedevo una macchia scura all'orizzonte, temendo che fosse un sottomarino tedesco come quello che aveva affondato il *Lusitania*. Due volte una benintenzionata infermiera della Croce Rossa organizzò un piccolo talent show per raccogliere fondi destinati alle truppe, e quale canzone fu cantata almeno tre volte ogni spettacolo? Be', *Over There*, naturalmente!

Sarei stata felice se non avessi sentito mai più *Over There*.

Avrei esultato se avessi rivisto Fred alla fine della guerra. O forse…

Forse non lo avrei mai rivisto. Forse non avrei mai rivisto, nessuno di coloro che conoscevo, inclusa Mary. Pensare a Mary mi ricordava Hollywood e tutto ciò che mi ero lasciata alle spalle, tutto ciò che avevo ottenuto lavorando duramente e che avevo abbandonato senza riflettere più di un'ape che si fosse trasferita da un fiore a un altro.

Sola a bordo del bastimento, sola sull'oceano immenso, lontanissima da entrambe le rive, la mia spavalderia era defluita, lasciandomi con la sensazione di essere sciocca e insensata. Che diavolo stai facendo, Frances?

Cosa diavolo stavo facendo? Mi ero lasciata alle spalle la mia accogliente casetta sulle colline di Hollywood per dormire con altre due persone in una cabina a bordo di un bastimento da trasporto cigolante e gocciolante. Avevo interrotto una carriera spettacolare per andare in un campo di battaglia, dove molto probabilmente sarei stata indesiderata, e per vivere nel fango senza mai potermi cambiare gli indumenti, rischiando di essere uccisa o ferita da colpi di arma da fuoco, bombe o granate. Durante la navigazione avevamo già avuto tre falsi allarmi di attacco sottomarino. Con il cuore in gola e le mani tremanti avevo stentato ad allacciarmi il giubbotto di salvataggio, cercando di ricordare a quale lancia ero stata assegnata. Poi mi ero aperta un varco fra la folla in preda al panico soltanto per sentire il fischio penetrante del cessato allarme ed essere invasa dal desiderio di crollare per il sollievo e di bere qualcosa di forte in un vivace ristorante rallegrato dalla musica di un'orchestra. Sul bastimento, invece, si poteva bere unicamente qualche bicchierino di whisky elemosinato ai medici militari.

Anziché rimuginare e spaventarmi e porre in discussione ogni decisione presa in vita mia, avrei dovuto osservare i miei compagni di viaggio, ritrarli, redigere appunti. Invece ero soltanto vagamente consapevole di tutti quei giovani che celavano il terrore dietro un'apparente spavalderia. Vedevo il panico nei loro occhi. Sapevo quanto tempo trascorrevano a scrivere lettere a casa perché li vedevo sempre curvi sui tavoli con la penna in mano. Io e tutti quei giovani ci stavamo precipitando verso qualcosa che nessuno di noi aveva mai vissuto, e mai avrebbe potuto immaginare. E quell'ignoto incombeva su di noi come un'immensa bocca sbadigliante pronta a divorarci alla fine del viaggio.

Ignoto. Questa era l'unica costante della mia vita, ora, e per questo dovevo biasimare unicamente me stessa. Non era forse così? Oh, perché rendevo sempre la mia vita più difficile di quanto doveva essere?

E Fred... Ecco un altro esempio... Perché mai avevo dovuto innamorarmi proprio di un ministro del culto timorato di Dio? Fred era tutto ciò da cui avrei dovuto fuggire: era pio, era ostinato, apparteneva a una famiglia predisposta a detestare una donna che lavorava, figurarsi una donna che lavorava in quella Gomorra che era Hollywood, era vedovo, forse ossessionato dal riemergere più o meno frequente dello spettro della moglie morta; e per giunta considerava peccato il sesso prematrimoniale.

Il rapporto con Fred presentava soltanto ostacoli. Se avessi avuto un minimo di buon senso sarei scomparsa in Francia e non l'avrei mai più rivisto. D'altronde, il pensiero di non rivederlo mai più mi serrava il cuore in una morsa d'angoscia. E se fosse stato ucciso? Il pensiero era sufficiente a procurarmi un dolore straziante. Come era potuto accadere? Come mai un uomo che conoscevo così poco era diventato tanto importante per me che non riuscivo a immaginare di vivere senza di lui? Questo pianeta bello e terribile avrebbe cessato di ruotare sul proprio asse se Fred Thomson non l'avesse più abitato.

«Ehi, signorina!»

Alzai lo sguardo. Al parapetto accanto a me era appoggiato un soldato che sembrava un ragazzino, con il viso verdognolo per il mar di mare. «È preoccupata per i sottomarini crucchi?»

Mi fu impossibile trattenere un sorriso. Fu divertente rendermi conto che pensare a Fred aveva allontanato dalla mia mente persino il terrore costante dei sottomarini nemici. «Sì. Tutti abbiamo paura. È normale».

«Bene». Il giovane sospirò. «Sembra che non ci sia sollievo, vero? Sottomarini nell'oceano... Bombe o anche peggio... Ha sentito parlare dei gas che usano adesso sul continente? Se non ci ammazza una cosa, ci ammazza l'altra. Fa venir voglia di aggrapparsi a qualcosa di bello, vero?»

Allora compresi qual era l'unica cosa a cui volevo aggrapparmi più di ogni altra, l'unica persona. Ciò che non sapevo, invece, cioè il nocciolo della questione, l'essenziale, era se lo meritassi. In precedenza non vi avevo riflettuto da questo punto di vista, e la consapevolezza sconvolgente di questa enorme verità mi colpì come un pugno al plesso solare, con tanta violenza che fui costretta ad aggrapparmi ancora più saldamente al parapetto freddo e bagnato. Nel distogliere il viso dal ragazzo uno spruzzo dell'oceano mi frustò. «Sì, è vero» sussurrai. Quando mi volsi di nuovo verso di lui, il soldato era scomparso, tanto che mi chiesi se lo avessi solo immaginato.

All'attracco del trasporto truppe in Francia, non a Bordeaux, come previsto, bensì a Brest, avevo ormai deciso di rinunciare a Fred.

Era chiaro e semplice: non lo meritavo. Con i miei due matrimoni avevo rovinato la mia vita sentimentale e ora dovevo pagarne il prezzo. Mi ero meritata il successo nella vita professionale, ma non la felicità in amore. Questa era la conclusione a cui ero giunta nel corso delle mie interminabili passeggiate sul ponte gelido e scivoloso del bastimento che mi aveva trasportata verso l'ignoto, e una volta presa questa decisione ero finalmente pronta ad andare in guerra, ad accettare il mio destino con la coscienza pulita, purgata del mio passato. Avrei potuto morire. Avrei potuto vedere, anzi, quasi certamente avrei visto, cose il cui ricordo mi avrebbe ossessionata per il resto della vita. Rabbrividii nel rammentare le ridicole foto per le quali avevo posato in uniforme a Hollywood e sperai di ottenere perdono da qualcuno, anche se non da Dio, perché non credevo in Dio. Naturalmente questa era un'altra ragione per cui non ero degna di Fred e nobilmente avrei dovuto lasciargli la sua libertà. Appena giunta a Parigi, dove mi sarei unita al mio reparto, gli avrei scritto e l'avrei fatta finita.

Brest era grigia, le nubi minacciose, i moli affollati di bastimenti dipinti a colori opachi, mimetici, presumevo, per sfuggire agli U-boot che li braccavano. Il nostro era l'unico a vomitare truppe in uniforme, tutti i soldati divisi tra la meraviglia di essere in Europa e il terrore di ciò che li attendeva, insieme al sollievo di avere attraversato illesi l'oceano mortale. Lo sbarco fu come l'immane sospiro di sollievo del bastimento.

Nel reggere la mia sacca rammentai i bagagli miei e di Mary durante il mio ultimo viaggio a New York con lei: cappelliere, borse, bauli su bauli, tutti trasportati da facchini servizievoli. Ora tutto ciò che mi occorreva per i prossimi mesi, o forse più, era stipato in un'unica sacca da viaggio militare in tela verde oliva, e non si scorgeva alcun facchino. Lì, anzi, *Over There*, laggiù, noi donne, poche, avremmo dovuto cavarcela da sole.

Già a New York, all'imbarco, nel dichiarare le mie generalità e la mia appartenenza al Committee on Public Information, avevo dovuto affrontare ostilità. «CPI? Per fare film? Si tenga in disparte, ragazza, e lasci che siano i veri soldati a imbarcarsi per primi» aveva risposto il sergente, indicando uno sgabello. «Può sedersi lì e lavorare a maglia».

Non ero lì per lavorare a maglia, quindi ero rimasta testardamente immobile, con la sacca da viaggio appesa alla spalla dolorante, finché il sergente aveva individuato il mio nome nella sua lista e mi aveva assegnato una cuccetta, aggiungendo scontrosamente: «Giù con le altre dame, vicino alle cucine, dov'è il vostro posto».

«Non le abbiamo chiesto di aggregarsi, signora» mi era stato ringhiato spesso quando avevo domandato le informazioni più semplici: dove fosse la mensa, a quale ora si cenasse, a quale lancia di salvataggio fossi assegnata. Quante volte, durante la navigazione, un soldato mi aveva chiesto di cucinare una torta o di rammendargli l'uniforme, oppure mi aveva consegnato una scopa aspettandosi che pulissi la sua sporcizia? Non avevo mai discusso né fatto scenate. Avevo restituito la scopa e me n'ero andata per la mia strada. Erano giovani lontano da casa per la prima volta e stavano andando in guerra. Dovevo essere comprensiva, sorridere e procedere a testa bassa.

Ora mi caricai in spalla la mia sacca pesante e afferrai la mia borsa piena di libri. Santo cielo, perché ne avevo portati tanti? Poi iniziai ad avanzare lentamente sul ponte in fila con tutti gli altri verso la grande passerella, che sembrava lontanissima. Sentendomi continuamente spingere e dire: «Si tolga di mezzo, signora», tenni la bocca chiusa. Ero circondata da uomini in uniforme che naturalmente mi ricordavano Fred, alto e sicuro, possessivo, diverso da chiunque altro avessi mai incontrato. Dov'era in quel momento? Da qualche parte lì in Francia, molto probabilmente su un campo di battaglia. Non avevo potuto ricavare alcuna informazione precisa dalle sue lettere abbondantemente censurate. All'improvviso fui pervasa dal desiderio di lui, non un desiderio lussurioso, bensì semplicemente quello di toccarlo per accertarmi che fosse ancora vivo, ancora *mio*, eppure fu tanto intenso che inciampai e urtai il soldato che mi precedeva.

«Ehi, signora, guardi a dove mette i piedi» brontolò lui. «Donne! Non so cosa stia facendo qui, in guerra, ma dovrebbe tornare a casa per lavorare a maglia o preparare marmellate o qualcosa del genere».

Raddrizzando la sacca, gli scoccai un'occhiataccia e per la prima volta da quando ero imbarcata persi la pazienza. «Quando sono a casa non lavoro certo a maglia, giovanotto!»

«Ah, davvero? E cosa fa? Invita amiche al tè? Mi sembra proprio il tipo».

«Invece, guarda caso, scrivo film».

«Ah, sì? E mi dica, conosce Mary Pickford, o magari Chaplin?»

«Mary Pickford è la mia migliore amica». Trionfante, sorrisi della sua espressione, dapprima incredula, poi meravigliata.

Infine sul suo viso giovane e ordinario si diffuse qualcosa di simile all'adorazione.

«Cosa?»

«Non mi dire!»

«Ehi, Joe, vieni a sentire!»

All'improvviso fui circondata da un gruppo di soldati trasformati in ragazzini bramosi, con occhi scintillanti e sorrisi deliziati.

«Davvero è amica di Mary Pickford, signora?»

«Com'è Mary?»

«È davvero così carina?»

«I suoi capelli sono davvero d'oro?»

«Scrive film? Sul serio?»

«Ne dica uno».

«*Rebecca of Sunnybrook Farm*» riuscii finalmente a rispondere.

«Oh!» esclamarono tanti di quei giovani virili, che non riuscii a trattenere una risata.

«Be', l'ho visto insieme a mia moglie, sa» confessò un soldato in tono burbero, e tutti gli altri annuirono. «Lei adora Mary Pickford. Le piacerebbe moltissimo incontrarla».

«Be', forse un giorno potrà conoscerla» risposi. «Una volta tornato, mi cerchi a Hollywood. Sono Frances Marion, tenente Frances Marion».

«Sì signora tenente, signora!» In un attimo, fui galantemente liberata dal peso della mia sacca da viaggio e scortata da alcuni ufficiali fino alla testa della fila, dove il mio passaporto fu timbrato e le mie credenziali militari furono esaminate.

«Arrivederci, ragazzi!» salutai gesticolando i miei nuovi ammiratori, orgogliosa di me stessa e dei film, forse anche un po' gongolante. Quante altre volte avrei dovuto servirmi di Hollywood per facilitarmi le cose? Non avevo previsto che potesse essermi tanto utile, però ero felice di averlo scoperto.

Poi ebbi una stretta al cuore. Dove sarebbero stati, l'indomani, quei dolci ragazzi affascinati dalle stelle del cinema?

Nell'udire un'esplosione in lontananza mi abbassai prima di rendermi conto che non poteva essere una bomba o un proiettile di artiglieria. Santo cielo! Ero a Brest, almeno a cento miglia dai campi di battaglia, anche se, naturalmente, un aereo tedesco avrebbe potuto bombardare ovunque. In ogni caso avevo bisogno di trovare un mezzo di trasporto per Parigi, dove dovevo incontrare i miei superiori del CPI. Così cominciai a frugare nella borsa in cerca della mia lettera d'istruzioni, e subito dopo mi sentii chiamare per nome.

«Frances! Frances! Sapevo di trovarti qui!»

Confusa, alzai lo sguardo, guardai attorno, guardai ovunque…

Fred.

Era lì. Mi sollevò di peso e mi baciò con un trasporto che non avevo mai conosciuto prima. Non era più un serio ministro del culto. Era un soldato alto e selvaggio, e io lo baciavo, ridendo e piangendo.

«Fred! Oh, Fred… Come hai fatto…? Perché hai…? Com'è possibile?»

«Ho avuto una premonizione». Fred mi posò di nuovo al suolo e mi prese per mano con quella dolcezza possessiva che mi colmava il cuore di entusiasmo. «Ho avuto una sensazione… Il 143° è stanziato qui a Brest e abbiamo saputo che oggi avrebbe attraccato un trasporto truppe. Non succede molto spesso. Così ho pensato: Scommetto che Frances è su quella nave. E tu ne sei sbarcata. Quindi avevo ragione!»

«Sì, avevi ragione!» Assalita dalla vertigine, rabbrividendo per il freddo o per qualcos'altro, stringendo in mano la lettera umida e accartocciata, barcollai. «Fred, ho paura… C'è un posto dove possiamo sederci?»

Con tale sicurezza da suscitare in me il desiderio di stare con lui per sempre, con lui, che sapeva fare tutto ciò che era importante e conosceva se stesso e conosceva *me*, Fred afferrò la mia sacca con una mano e me con l'altra, poi imboccò uno stretto sentiero per condurmi a una panchina riparata sulla quale crollammo. Allora emisi un sospiro tremante, contenta di non essere svenuta come una ridicola ragazzetta.

«Fred, non so cosa dire... Durante la traversata mi ero quasi convinta che non fossimo giusti l'uno per l'altra e che avrei dovuto scriverti per confessarti di non essere degna di te e di non poter mai meritare... questo... Te!»

«Avrei strappato quella lettera, Frances Marion, e ti avrei cercata fino ai confini del mondo per dirti che bella, piccola sciocca sei».

«Mi hai trovata, qui, in questo caos! Non riesco a immaginare come tu abbia fatto... Se avessi scritto una scena come questa per un film, nessuno vi avrebbe creduto. Lo sai, vero? Ma tutti l'avrebbero adorata comunque. Il pubblico ama le storie d'amore, soprattutto le più improbabili. Forse dovrò ispirarmi a questo nostro incontro... Immagino già una sceneggiatura per Mary che interpreta un'infermiera della Croce Rossa innamorata di un soldato, ma giura di rinunciare a lui a causa del suo passato, e poi lui la incontra, proprio così, e...»

«Frances! Oh, Frances!» rise Fred, così di gusto che parecchi soldati si volsero a guardare. «Ecco perché ti amo! Non ti fermi mai! La tua mente immagina e crea senza posa. Tuttavia, cara, devo chiarire una cosa. Ti prego di non ispirarti mai, per il tuo lavoro, alla nostra vita insieme. Il nostro amore appartiene soltanto a noi, è sacro. Capisco che dovrò sempre condividerti con Hollywood e con Mary. Ma quello che c'è tra noi, ogni giorno, ogni minuto, è soltanto nostro. Lo prometti?»

«Sì, caro». Arrossii. Non avevo mai parlato in modo così verecondo prima di allora e certamente non lo avevo mai chiamato "caro". Tuttavia capivo. Un uomo così sicuro di sé come Fred poteva permettersi di scendere a compromessi, laddove altri, più o meno insicuri, avrebbero potuto essere inflessibili. Comunque un uomo come Fred era anche naturalmente riservato, specie nelle questioni di cuore. Ebbene, io avrei rispettato il suo desiderio di riservatezza, avrei onorato la dignità del nostro amore, lo avrei consacrato con il mio silenzio, lo avrei sempre tenuto separato dal mio lavoro, e per me sarebbe stato sempre più importante del lavoro. Lo giurai. Certo, non avrei mai rinunciato alla mia carriera, neppure per Fred, e mi fu facile esserne sicura perché sapevo che lui non mi avrebbe mai chiesto di rinunciarvi. Nondimeno compresi per la prima volta ciò che non ero stata disposta a riconoscere nelle mie precedenti esperienze: per non fallire, il matrimonio doveva avere la precedenza su ogni altra cosa.

«E adesso cosa facciamo?» Ero felice. Ero contenta di sedere accanto al mio – il *mio* – tenente nella grigia pioggerellina di una giornata francese, sotto le grondaie gocciolanti di una baracca in lamiera.

«Ora ciascuno di noi farà la propria parte».

Così ritornai alla realtà, e il pensiero di dover di nuovo dire addio a Fred dopo quella inaspettata, sacra riunione quasi mi uccise. Però sentii il dovere di non mostrarlo. «Quando partirai?»

«Per il fronte? Chissà? Potrò ottenere una licenza per stare con te a Parigi un giorno o due, poi però dovrò presentarmi a rapporto. E tu?»

«Chissà?»

Ridemmo, e fu perfetto.

«Avrei dovuto innamorarmi di una suffragetta, una suffragetta militante».

«Ammiri segretamente le suffragette, sospetto».

Fred sghignazzò. «Non dirlo a mia madre, ma, che il cielo mi aiuti, è proprio così! Soprattutto se hanno gli occhi azzurri e il nasino all'insù e un cervello molto alacre».

«Perché, Fred?» A un tratto mi resi conto di quanto sarebbe stato breve il tempo che avremmo potuto trascorrere insieme e dell'enormità di ciò che ci attendeva. «Perché io?» Avevo fame di risposte a domande che fino a quel momento non mi ero concessa di porre. «Sulla carta, non potremmo essere più diversi. Io sono del tutto sbagliata per te e tu sei del tutto sbagliato per me. Allora perché? Perché io?»

«Per via delle tue scarpe».

«Cosa?» Fui di nuovo assalita dalla vertigine e mi sentii assolutamente confusa. «Le mie *scarpe*?»

«Le tue scarpe» continuò Fred, con un sorriso così sicuro che sarebbe parso arrogante in chiunque altro, ma non in lui. «Quando ci siamo conosciuti in ospedale avevi una scarpa slacciata. Capivo che ti infastidiva perché continuavi a cercare di nasconderla con l'altra, e ti chinavi quasi come per allacciarla, ma ogni volta ti bloccavi. Capivo che smaniavi di allacciarla, eppure non l'hai fatto. Ho pensato che ti trattenessi perché sentivi che non sarebbe stato un comportamento degno di una vera signora, e per questo ti ho amata: per il tuo autocontrollo, per la tua femminilità, perché non hai ceduto a quell'impulso anche se ti infastidiva enormemente avere la scarpa slacciata».

«Non avevo idea che tu l'avessi notato! Sarei morta se avessi pensato che tu... Volevo essere perfetta in tua presenza perché tu eri così perfetto! Persino in un letto d'ospedale sembravi un dio greco, assolutamente impassibile pur essendo in camice, mentre io ero tutta in ghingheri».

«Ora tocca a me. Perché io?»

«Perché...» All'improvviso mi sentii intimidita e distolsi lo sguardo.

Intorno a noi regnava il caos. I soldati andavano e venivano a passi pesanti, urlavano, trascinavano sacche e bauli, mentre gli autocarri suonavano il clacson, i fischietti stridevano, e qualcuno eseguiva con l'armonica la dannata *Over There*. Non mi piaceva ricordare a Fred il mio passato: anche se lo conosceva e non gli importava, ciò non bastava. Comunque meritava una risposta. «Perché tu sei diverso da qualunque altro uomo che io abbia mai incontrato, e perché per la prima volta non mi sento come se dovessi rinunciare a una parte qualsiasi di me stessa per amarti, o per essere amata da te».

«È un bel discorso, Miss Marion» commentò Fred serio, anche se i suoi occhi scintillavano. «Ti dispiace se lo uso in un film?»

«Oh!» Chinai la testa. «Ti prometto, Fred, che non lo farò mai. Non userò mai niente di ciò che dirai, né niente di ciò che accadrà fra noi. Lo prometto».

«Sai che ti amo per come sei, vero? Sei una donna in carriera e hai una tua personalità, distinta dalla mia. Invece la mia prima moglie, Laura, era... Be'...» Fred deglutì e io mi feci forza, perché non mi aveva detto quasi nulla della sua defunta moglie e non ero sicura di volere che me ne parlasse, pur essendo quasi straziata dalla curiosità, come pure, vergognosamente, dalla gelosia.

«Laura era adorabile, fragile, devota, la persona più bella, dentro e fuori, che abbia mai conosciuto. Però la sua vita dipendeva interamente da me, dall'essere la moglie di un predicatore, e questo era alquanto soffocante. Non sono il tipo di persona a cui piace fondere lavoro e famiglia. Mi piace che la casa sia un rifugio, un'evasione. Invece con Laura ero sempre e soltanto il ministro del culto, e molto di rado ero semplicemente... Fred, me stesso. Comunque non fraintendermi: l'amavo, e la piango ancora. Devi saperlo».

«Sì». Gli presi una mano. «Se così non fosse, dubiterei di te. Invece non è così. Non nutro alcun dubbio».

«Bene». Fred mi attirò in piedi, concludendo quella conversazione.

Consultai l'orologio: erano quasi le tre del pomeriggio e dovevo arrivare a Parigi prima di sera. Ero spossata perché non ero mai riuscita a dormire bene durante la traversata, nell'aria stagnante della piccola cabina, con le mie compagne che russavano, lo stomaco perennemente in subbuglio nel correre verso l'ignoto e la paura costante che il bastimento fosse colato a picco da un siluro, così che tutti dormivamo sempre vestiti per essere pronti all'eventuale necessità di imbarcarci sulle lance di salvataggio nel cuore della notte.

Tuttavia vedere Fred aveva placato quel subbuglio, anche se soltanto temporaneamente. E desideravo lavarmi immersa in una vera vasca da bagno, anziché in un lavamano, e dormire in un vero letto anziché in una cuccetta. Così mi alzai e tenendo per mano il mio amato mi incamminai fra i rottami di umanità che l'oceano aveva gettato sulle coste francesi: tutti soldati americani pronti per andare in guerra.

Io ero una di loro, l'unica donna a nuotare controcorrente in un fiume di uomini.

In seguito, le uniche cose di cui permisi a me stessa di scrivere o di parlare seriamente furono le scarpe.

Era strano, lo sapevo. Ero andata in guerra per molte ragioni, una delle quali, a essere sincera, era accumulare esperienze di cui scrivere, perché questo facevano gli scrittori: vivere, per poi scrivere di ciò che si era vissuto.

Eppure durante un'intera vita dedicata a scrivere, film, libri sul cinema, romanzi, saggi, articoli, non scrissi mai davvero della guerra e del periodo trascorso in Francia, o almeno non in modo significativo.

Oh, certo, raccontai della sorpresa di vedere soldati americani guardare famelicamente i film proiettati su enormi lenzuola bianche nelle caserme e di essere stata testimone della popolarità del cinema, capace di distrarre gli spettatori e di lenire le ferite della mente, del cuore e del corpo. Con mia sorpresa, i prediletti in assoluto dei soldati erano Doug e Charlie Chaplin, non Mary Pickford. D'altronde erano maschi, combattenti.

Risi e mi beffai del mio misero francese e dei miei tentativi assurdi di parlarlo. Al nostro arrivo a Parigi fui felice di scoprire la grande popolarità di Fred fra i soldati. A Hollywood la celebrità ero io, e pur senza essere paragonabile a Mary ero conosciuta, e soprattutto molti desideravano conoscermi. A Parigi, invece, orde di uomini chiedevano a gran voce uno sguardo o una stretta di mano di Fred Thomson, il grande atleta.

Scrissi a Mary degli ostacoli incontrati di volta in volta a causa degli uomini, ufficiali e soldati. Guerrieri persuasi che avere una donna fra loro fosse un'aberrazione di natura contestavano apertamente la mia missione, la mia intelligenza, persino la mia femminilità, e presumevano che io fossi lì per un unico scopo. «Ehi, ragazza, presentati in camera mia alle dieci in punto» abbaiò un medico in un corridoio di un ospedale militare dopo avermi degnata a stento di un'occhiata. «Ti darò quello per cui sei qui». Alcuni s'infuriavano oscuramente e diventavano persino fisicamente minacciosi. Una volta, quando ribattei, caustica, che i miei ordini non includevano lui, un attendente mi sbatté contro una parete, e grazie a Dio alcuni ufficiali svoltarono l'angolo prima che potesse fare di più.

Non ero l'unica donna a essere trattata in questo modo, e non cesserò mai di lodare le donne che conobbi in Francia, soprattutto le infermiere. Desideravo tanto raccontare le loro storie, anche se non ero in grado di parlare delle mie esperienze. Era un privilegio testimoniare e condividere i loro sacrifici, la peculiare devozione che splendeva negli occhi dei feriti quando le guardavano, non semplicemente come donne capaci di alleviare le loro sofferenze, bensì come sante: come se ogni donna fosse, in un certo senso, Vergine, Madre, Fidanzata, Amante, Eva.

A Parigi, dopo uno struggente addio a Fred, aggrappata a lui fino all'ultimo istante, e con la sensazione, mentre lui si allontanava, che la forza di gravità scomparisse, mi asciugai gli occhi, m'incipriai il naso e mi misi all'opera. Mi furono consegnate una borraccia e una cintura tattica e mi furono assegnati un operatore, Harry Thorpe, e un regista, Wesley Ruggles, con cui mi recai a filmare quelle donne straordinarie, che non erano soltanto infermiere, ma gestivano le mense, proiettavano film d'intrattenimento, andavano in bicicletta a portare telegrammi in prima linea. Così, viaggiando in continuazione avanti e indietro fra Parigi e il fronte, senza mai giungere alle trincee perché i nostri ordini ci proibivano di andare oltre gli ospedali da campo, io e la mia squadra filmammo quelle donne che lenivano, ridevano, scrivevano lettere, stendevano lenzuola sui cadaveri, organizzavano sepolture, imballavano in piccole scatole gli effetti personali da restituire ai familiari in patria, sempre con tanta tenerezza, nonostante fossero impegnate e non dormissero né mangiassero da trentasei ore, sempre accludendo una lettera scritta a mano e inventando rapporti intimi con i soldati defunti, affinché i loro cari, genitori e coniugi afflitti, non temessero che fossero morti in solitudine.

Dunque filmai gli orrori della guerra e tentai di farlo restando impassibile, sforzandomi di non lasciarmi coinvolgere personalmente, e fu come se la cinepresa mi proteggesse dal coinvolgimento emotivo, o almeno, questo è ciò che dissi a me stessa. Quando qualcosa mi colpì particolarmente, come il soldato ferito che pianse per ore prima di morire perché non aveva nessuno a casa che lo ricordasse, riuscii in qualche modo a soffocare i singhiozzi e a rifugiarmi nel lavoro, fingendo di girare una scena con attori come se l'avessi scritta e quindi avessi potuto concluderla urlando: «Stop!» Mi aiutò moltissimo fingere di essere su un set anziché su un vero campo di battaglia.

Ma di notte, quando ero sola nella mia piccola camera d'albergo, oppure nella tenda che mi era stata assegnata se rimanevo al fronte, piangevo in silenzio per non disturbare nessuno.

Ero sempre in cerca d'immagini e cercavo di osservare ciò che mi circondava come avrebbe fatto uno spettatore al cinema, dove gli unici suoni sarebbero stati quelli della musica eseguita al pianoforte. Le immagini erano tutto: la sporcizia, le cicatrici, gli occhi bendati a causa dei gas; uomini e donne che lottando e soffrendo si mescolavano finché le differenze di genere perdevano ogni importanza, almeno dove si combatteva. Tutti erano semplicemente persone intrappolate nell'inferno. Eppure, se si sentivano abbastanza bene riuscivano a sorridere ogni volta che si accorgevano di essere inquadrati dalla cinepresa. Anche se non riuscivo a capire in che modo, la macchina da presa trasformava le persone, nonostante le loro sofferenze, in aspiranti stelle del cinema. I soldati in particolare eseguivano buffonate imitando il Vagabondo di Chaplin, con un indice sotto il naso al posto dei baffi e il fucile al posto del bastone. L'universalità di ciò che creavamo a Hollywood e la sua capacità di varcare l'oceano per giungere ai campi di battaglia in Francia non cessavano di sbalordirmi.

Ciò che io e la mia squadra non potevamo imprimere sulla pellicola, benché non fosse meno essenziale e orribile, era il suono: i singhiozzi, le suppliche, i lamenti di disperazione, i torvi silenzi di rassegnazione. Anche di notte, lontano dagli ospedali, sentivo echeggiare nelle orecchie il tintinnio incessante degli strumenti chirurgici insanguinati, il perpetuo scricchiolio della ghiaia sotto gli stivali pesanti, la musica di fisarmonica a ogni angolo, in ogni caffè e in ogni spaccio di Parigi, le risate stridule e disperate che si sentivano là, ma non al fronte, l'ininterrotto mormorio di voci che conversavano, ordinavano, chiedevano, imploravano. Mai, neppure una singola volta, udii cinguettare un uccello, tranne a Parigi.

Non dimenticherò mai gli odori, ma come descriverli? Come descrivere ciò che faceva lacrimare gli occhi o rivoltare lo stomaco, oppure costringeva a tapparsi il naso? Come descrivere gli odori del fango e del luridume, quello della muffa, muschiato o acre, quello degli antisettici, che sturava le narici, e quello della cancrena? Non tentai neppure, perché non volevo ricordare.

Era impossibile usare la parola "traspirazione", troppo leziosa, per descrivere il sudore, il tanfo, di coloro che erano ormai divenuti indifferenti al lerciume, i soldati e talvolta persino io, quando non avevo la possibilità di lavarmi. Il lezzo peggiore era quello del piede da trincea. Una volta, nell'assistere a un intervento di chirurgia ricostruttiva, che includeva la rimozione quasi completa del cuoio capelluto del paziente, vidi il cervello e scoprii che non era rosa, come avevo sempre immaginato, bensì grigio. Ma fu nulla rispetto ai numerosissimi casi di piede da trincea in cui la carne si staccava dalle ossa con un umido risucchio e un odore di decomposizione così ributtante che nessun profumo avrebbe mai potuto cancellarne il ricordo. Sui campi di battaglia avevano un odore singolarmente dolciastro i cadaveri appena coperti di fango, con croci di legno inchiodate frettolosamente e conficcate nella terra come spilloni in cappellini sudici. Un attendente giovane e sollecito mi spiegò che era il puzzo sprigionato dal cadavere una volta conclusa la prima fase del processo di decomposizione e io lo ringraziai, benché non fossi affatto sicura di averlo voluto sapere.

Alle amiche rimaste in patria, Mary, Charlotte, Adela e Bess, Hedda Hopper e Marie Dressler, nonché a Elsie, che non incontrai neppure una volta anche se mi trovavo lì per causa sua, e a una nuova conoscenza, la scrittrice Mary Roberts Rinehart, anch'essa corrispondente di guerra in Francia, scrissi lettere allegre e autoironiche, come se stessi vivendo la più bella avventura della mia vita.

Quando decisi di raccontare loro la mia prova più ardua, la mia più grande avventura, quella che fece notizia perché fui la prima donna alleata ad attraversare le linee nemiche, concessi finalmente a me stessa il permesso di parlare delle scarpe.

Subito prima, in una lettera, Mary mi scrisse: «Psst… corre voce negli studi che non si dovranno più girare film "ammazza il crucco"». Mi ero già accorta della differenza che si percepiva nell'aria. All'improvviso si sorrideva di più e ci si permetteva di scherzare, quindi la guerra stava finendo. Allora ebbi ordine di recarmi al fronte per unirmi ai Signal Corps e alla Croce Rossa, che si accingevano a entrare in Germania per curare i feriti americani abbandonati negli ospedali per prigionieri dall'esercito tedesco in ritirata.

Quel pomeriggio ero in ritardo. Mi precipitai all'appuntamento con il mio caravan, a Parigi, soltanto per scoprire che era già partito con Wes, Harry e le nostre cineprese. Gli altri veicoli erano pieni di medici, infermieri e attrezzature sanitarie.

«Cosa faccio adesso?» chiesi a un giovane caporale che consultava un blocco per appunti e indicava alle vetture le loro destinazioni.

«Qual è la sua missione?»

«Filmare i Signal Corps e la Croce Rossa per conto del CPI».

«Filmare?» Il caporale scosse la testa. «Non abbiamo spazio. Le consiglio di tornare indietro. Rimanga a Parigi e si goda una bella cena calda e un bagno con tanta schiuma».

«Non farò niente del genere!» Ebbi uno spasmo alla nuca e scoccai un'occhiataccia al ragazzo. Oh, quanto era esasperante ricevere costantemente ordini da ragazzi che avevano dieci anni meno di me! «Mi è stato assegnato un incarico e lo porterò a termine. Non sono mai "tornata indietro" in vita mia, caporale, e non ho nessuna intenzione di cominciare adesso».

Lui sospirò, si strofinò gli occhi e scrollò le spalle. «Come vuole... Si trovi un posto su questo camion e si prepari a ballare».

«Benissimo». Afferrai la mia sacca riempita con un cambio di biancheria intima, uno spazzolino da denti, una spazzola, alcune forcine e poco altro, quindi occupai l'unico posto vuoto che trovai, accanto all'autista dell'autoarticolato, che mi lanciò una sola occhiata e commentò: «Dannazione... Porca puttana...»

«Salve anche a lei, sergente».

Con un sospiro esplosivo, lui inserì la marcia e partimmo sussultando. Non sapevo dove stavo andando e non lo chiesi. Sapevo soltanto che mi sarei avvicinata alla Germania come mai prima, e rabbrividii. Non avevo mai visto un crucco e la prospettiva era tanto eccitante quanto terrificante.

Stringevo in mano una lettera di Fred appena ricevuta, motivo del mio ritardo.

> Tesoro, finalmente stiamo per andare al fronte. Evviva! Cerca di non preoccuparti, anche se so che è una richiesta inutile. Starò benissimo, ho davvero la sensazione che sarò risparmiato, insieme ai miei uomini, per uno scopo migliore che ancora non comprendo. So soltanto che mi sento pateticamente orgoglioso di essere finalmente inviato a compiere il mio dovere, quando tanti altri hanno già compiuto il loro, e che tornerò da te ancora più pateticamente fiero di essere tuo per il resto della mia vita.

Dunque stava per partire, finalmente! Per tutto il tempo, durante i miei andirivieni dalla base di Parigi, non mi ero mai sentita veramente in pericolo, tranne quando un'incursione aerea aveva ridotto in macerie alcuni edifici a circa un chilometro di distanza dal mio albergo, e avevo silenziosamente gioito perché Fred e il 143° reggimento erano rimasti acquartierati a Brest. Lui invece non aveva gioito affatto e io avevo risposto con adeguata comprensione alle sue lettere sempre più irritate, senza mai rivelare quanto fossi grata di saperlo al sicuro, perché non era questo che si poteva dire a un soldato in procinto di affrontare la battaglia.

Adesso stava per andare al fronte e sicuramente, quale che fosse la sua destinazione, si sarebbe addentrato in Germania molto più di me. Il taciturno sergente alla guida dell'autoarticolato aveva lasciato trapelare soltanto che eravamo diretti in Lussemburgo perché brecce enormi si erano aperte nel fronte occidentale che si stava rapidamente sgretolando. Finalmente la belva dormiente che era sempre rimasta rintanata ai margini della mia coscienza si destò. Io e Fred stavamo correndo incontro al pericolo, e lui avrebbe affrontato, nella realtà, il più grave. Non era un film.

Mentre l'autoarticolato viaggiava sobbalzando, rinunciai a tentare di estorcere informazioni al sergente tutt'altro che loquace e decisi invece di provare a riposarmi un po'. Con la sacca come cuscino mi appisolai per un poco, ma poi fu impossibile dormire quando i solchi nella strada fangosa divennero tanto numerosi e profondi che mi trovai costantemente sballottata nell'abitacolo.

«Verdun» annunciò il sergente. «Guardi».

«Cosa diavolo sono?» chiesi, vedendo file di falò ai lati della strada. «Credevo che la battaglia fosse conclusa da tempo».

«Tengono lontani i fottuti ratti, signora. Questo, e tutti gli altri fottutissimi campi di battaglia, brulicano di ratti. I dannati ratti adorano i morti».

Una sensazione di nausea mi rammentò che non mangiavo dal giorno precedente, e per il momento era una buona cosa.

L'autoarticolato ondeggiava, gli assi stridevano, e decine di altri autoveicoli e macchinari gementi e sobbalzanti ci precedevano e ci seguivano. Invece ai lati della strada, oltre i falò, si stendevano soltanto un vacuo deserto e un silenzio straziante, veicoli abbandonati, le rovine di una cattedrale bombardata che si stagliavano sullo sfondo roseo del cielo crepuscolare, fondamenta di case interamente distrutte, innumerevoli ammassi di macerie irte di travi di legno e metallo simili a zanne scintillanti. Da una corda per il bucato pendeva ancora una gonna lurida, miracolosamente indenne. La vegetazione incolta marciva negli orti. Gli alberi privi di foglie protendevano i rami contorti come dita supplicanti verso il cielo. Una solitaria altalena dondolava in un parco senza piante.

Eravamo quasi arrivati alle trincee quando vidi una singola scarpa rossa da bambino spuntare da un mucchio di mattoni e di detriti. Era incredibilmente piccola, così piccola che era impossibile immaginare il piedino che un tempo l'aveva calzata, ciondolando innocentemente dal seggiolone, mentre era fin troppo reale immaginare il destino del bambino che con quella scarpa doveva aver corso, saltato, danzato, calciato, ed era sin troppo facile indugiare a chiedersi cosa ne fosse stato dell'altra scarpa, riflettere sulla forza di ciò che aveva colpito le macerie separandola dalla sua compagna. Era troppo facile e troppo devastante. Cominciai a tremare, a respirare affannosamente e rumorosamente per impedire alle lacrime di scorrermi sulle guance, cercando di soffocare un singhiozzo.

Quella era guerra. Non era una bella immagine messa in scena da D.W. Griffith. Ricordando di essere rimasta sbalordita dal realismo delle scene di battaglia in *Nascita di una nazione*, mi resi conto di quanto ero stata ingenua. Le rappresentazioni cinematografiche non erano realistiche, erano quadretti artisticamente e accuratamente composti, illuminati, incorniciati. Persino Griffith non avrebbe avuto il coraggio di filmare la scarpa vuota di un bambino.

Ecco *quello* che avrei dovuto filmare, non soltanto le donne dietro le linee, anche se ovviamente erano importanti, come lo erano le loro storie. Forse erano ancora più importanti le donne coinvolte nella battaglia senza il loro consenso, donne che lottando per vivere le loro vite, per nutrire le loro famiglie, per accudire i loro figli, avevano visto la guerra giungere, non invitata, alle soglie delle loro case. Chi le stava filmando?

Ma dove avrei potuto trovarle, ormai? Non sapevo neppure dove cercare. Non avevo la forza di frugare a mani nude fra le macerie, e ormai eravamo quasi fuori città, fra le trincee abbandonate, il disgustoso fetore dolciastro era ovunque, e io sedevo con la schiena rigidamente eretta accanto al mio sergente, che una volta superati i falò sembrava non essersi mai guardato intorno, neppure una volta, concentrato unicamente sulla strada che aveva dinanzi.

Proseguimmo sotto una pioggia repentina, finché senza preavviso il camion subì una scossa tremenda e la mia testa sbatté contro la portiera.

«Fottuto camion bastardo figlio di puttana!»

In un certo senso fui grata al sergente di non badare minimamente a moderare il linguaggio. Sembrava del tutto incurante dell'eventualità che mi sentissi offesa dal suo turpiloquio, quindi per una volta non mi sentii discriminata. Con una sfilza d'imprecazioni assai creativa convinse il camion gemebondo a spostarsi a lato della strada in modo che i pochi veicoli che ci seguivano potessero superarci. Così restammo soli sulla strada, circondati da trincee spettrali, all'imbrunire, sotto la pioggia.

Seguendo l'esempio del mio scurrile sergente, smontai dall'autoarticolato e subito sprofondai nel fango sino alle ginocchia. Rabbrividii quando la gonna e le calze mi s'incollarono alla pelle come una sorta d'impacco freddo e viscido. Non mi restò altro da fare che girare sguazzando intorno al camion fino al bordo della strada, dove il sergente era carponi nella melma a scrutare sotto il camion.

«Il fottuto assale figlio di puttana si è rotto, che sia dannato all'inferno».

«Cosa significa?»

«Significa che non potremo più avanzare di un solo stramaledetto centimetro finché arriverà qualche altro figlio di puttana e potremo farci dare un passaggio».

«Quando sarà?» Guardai su e giù la strada stretta, fangosa e piena di buche senza scorgere nel crepuscolo la minima traccia di altri veicoli.

«Che il diavolo mi porti! Non ne ho la minima dannata idea, signora».

«Bene». Mi rassettai i capelli arruffati e presi una decisione. «Proseguo a piedi. Non voglio aspettare, perché potrei perdere la mia squadra».

«Per l'inferno! Lei non va da nessuna parte!»

«Quanto dista il Lussemburgo?» Nel dir questo m'incamminai faticosamente nel fango oltre l'autoarticolato.

«Un sacco di fottuti chilometri. Almeno due ore di camion, o forse tre».

«Be', comunque posso camminare più veloce di questo veicolo, al momento». Recuperai la mia borsa. «E sono certa che prima o poi incontrerò qualcuno».

«Già...» Il sergente mi si accostò con espressione lasciva. Non mi ero mai sentita così piccola e indifesa. Aveva membra grosse come tronchi d'albero e la barba ispida. Non aveva un atteggiamento minaccioso, però era grosso e vigoroso, molto più grosso di me. «Incontrerà sicuramente qualcuno, tesoro. Forse un bastardo meno gentiluomo del sottoscritto figlio di puttana».

«I tedeschi si sono ritirati, no?» Cercai di ragionare sia con lui sia con me stessa. Non avevo idea di quale fosse la motivazione del mio insano impulso di marciare a tutti i costi verso la mia destinazione. Sapevo soltanto di avere un dovere da compiere e intendevo compierlo, perché dovevo e perché, a differenza del bimbo della scarpa abbandonata, potevo. Possedevo cuore, gambe e polmoni robusti. Ero viva. Intendevo proseguire perché restare lì in quel campo di morte era sfidare la morte. Lo sentivo.

«Ha qualcosa da mangiare?» Sollevai il bavero del cappotto nel tentativo di impedire che la pioggia gelata mi colasse sul collo. «Una barretta dolce, una mela, qualcosa?» All'improvviso il mio stomaco si faceva sentire.

«Ecco...» L'uomo infilò una mano in tasca e mi porse un rotolo di carne essiccata.

Non chiesi che tipo di carne fosse. Uno dei cuochi più intraprendenti dell'ultimo ospedale da campo che avevo visitato spacciava carne essiccata di ratto.

«Lei è proprio pazza, sa? Cristo santo, cosa fa negli Stati Uniti?»

«Io... Oh, non importa». Per la prima volta era proprio così: non aveva alcuna importanza. Non mi sentivo fiera di quello che facevo e semplicemente non importava. Quali che fossero, le attività di ciascuno di noi in patria non avevano alcuna rilevanza. In quel momento pensare a Hollywood mi faceva sentire come se avessi la testa imbottita di lucciole. Hollywood era fantastica e lontana, fragile come il telone strappato del camion. In quel momento, in quella infernale notte dantesca, l'unica cosa importante, e reale, era la strada.

«Vada pure, allora, ma le conviene restare sempre sulla fottuta strada, e se mai passerà qualche bastardo, gli dirò di tenerla d'occhio, altrimenti gli strapperò le palle. Sì, lei è proprio pazza» mormorò il sergente, però mi porse la sua mano infangata e io la strinsi risolutamente.

Morsi la carne essiccata, talmente dura che i denti quasi mi si staccarono dalla mascella, e cominciai a masticare lentamente il boccone affinché durasse, assaporando i succhi che mi scorrevano nello stomaco vuoto e sperando di non vomitare perché avevo bisogno di carburante. Poi iniziai a camminare rimanendo sui tratti erbosi al bordo della strada, dove era più agevole procedere.

Man mano che mi allontanavo dal camion, il silenzio mi pareva sempre più minaccioso e sentivo la mancanza delle pittoresche imprecazioni del sergente. Ancora una volta mi meravigliai per l'assenza dei canti degli uccelli e subito rimbrottai me stessa perché era notte, e nessun uccello cantava di notte.

La pioggia continuò a cadere fitta e io mi ci abbandonai, cessando di combatterla. Lasciai che mi lavasse, inzuppando ogni fibra dei miei indumenti, il berretto, i capelli, e rendendo il mio viaggio molto più difficile. Comunque non tardai a dimenticarmene e ad accettare semplicemente il freddo e l'umidità che mi s'infiltravano nelle ossa e mi facevano battere i denti come parte di una nuova realtà, proprio come accettavo le trincee, le macerie, le croci che di quando in quando emergevano dall'oscurità, la terra devastata che pareva essere stata arata per una semina futura che mai sarebbe giunta.

Continuai a camminare con le calze di lana fradice, gli stivali pieni d'acqua, la schiena che pulsava al ritmo della mia andatura, i brividi incessanti, eterni. La carne essiccata era finita da tempo. Mi chiedevo quanto mancasse all'alba e se per allora sarei arrivata in Lussemburgo.

Un rumore di passi alle mie spalle mi spaventò, ma non urlai. Mi girai molto lentamente e scoprii un cane ansimante che mi si affiancava. Mi straziò il cuore vederlo rognoso, affamato, e non avere nulla da dargli. A un tratto scoppiai a piangere come non avevo pianto neppure per la scarpa del bambino e maledissi me stessa per avere mangiato tutta la carne essiccata. Poi, senza rendermene conto, raccolsi un sasso e glielo tirai. «Via! Via! Non ho niente!» La povera creatura emise un latrato penoso e fuggì nell'oscurità fetida.

Compresi di non poterne scrivere e mi chiesi ancora una volta perché fossi lì, se non volevo documentare nulla di ciò che accadeva realmente intorno a me, la realtà dura, scabra e disperata, il vuoto echeggiante, la morte.

Sempre camminando su quella infinita strada fangosa pensai a Mickey, a Mary, a Charlotte e a tutti coloro che erano a casa, a Hollywood. Oh, se soltanto avessi potuto essere di nuovo là con loro non me ne sarei andata mai più, mai più!

E così, per isolarmi dalla realtà in cui stavo arrancando, con l'odore dolciastro della morte che sembrava essere ovunque e mi permeava la pelle bagnata di pioggia, iniziai a concepire soggetti per commedie. Avrei potuto scriverne una per Mary, con una scimmia, ambientata nel mondo del circo. Mickey avrebbe potuto ricavarne qualcosa. Era bravo con quelle atmosfere, sfondi movimentati, bambini con zucchero filato, elefanti, pagliacci su biciclette minuscole… Mary avrebbe potuto essere una funambola bella e minuta, magari una dodicenne rapita dal malvagio proprietario di un circo, allevata nell'atmosfera povera ma solidale degli artisti circensi che l'amavano e cercavano di proteggerla dal perfido proprietario, così che lei imparava ad amarli. Poi, un giorno, i suoi veri genitori, ancora addolorati per la loro bimba smarrita, vedevano la sua fotografia sul manifesto del circo, e…

Il lamento di un clacson mi fece sobbalzare e il mio respiro esplose in rantoli affannosi. Mi girai, quasi crollando al suolo, accecata dai fari di un'auto che si fermò di colpo a breve distanza mentre agitavo violentemente le braccia. Chiusi gli occhi e mi preparai all'impatto…

Non fui travolta. Nel riaprire gli occhi vidi che la vettura si era fermata a breve distanza ed emisi un sospiro di sollievo. Al parabrezza era applicata la stella di un generale dell'esercito degli Stati Uniti.

«Cosa diavolo fa una donna americana su questa strada?» latrò una voce irritata dalla Cadillac militare verde oliva.

Allora frugai frettolosamente nella borsa per recuperare i documenti e il lasciapassare. Non riuscii a scorgere il passeggero nell'auto, mentre l'autista, un tenente, s'incamminava verso di me, sconvolto e furibondo. «Ecco» risposi, più forte e risoluta di quanto mi sentissi. «Sono il tenente Frances Marion, del CPI». Consegnai i miei documenti al tenente, che a sua volta li passò al generale, invisibile sul sedile posteriore della macchina.

«Tenente Marion, dove diavolo pensa di andare?» abbaiò di nuovo la voce irritata.

«Lussemburgo, signore». Salutai e sorrisi.

«Dannate donne pazze, che ficcano il naso nelle guerre degli uomini. Bene, dannazione! Monti, tenente».

Le mie mani volarono a rassettarmi i capelli in un gesto tanto futile e femminile, così assolutamente incongruo, che ebbi la sensazione di avere interamente disonorato tutto il genere a cui appartenevo. Inoltre, non era possibile rassettare alcunché. Mi sentivo come una gatta annegata e di sicuro ne avevo l'aspetto. Rinunciando, aprii la portiera della vettura e scivolai all'interno.

Non chiesi il nome al generale, il quale non si presentò. Mi rannicchiai all'estremità opposta del sedile, il più possibile lontano da lui, chiusi gli occhi e mi addormentai immediatamente.

Mi svegliai più tardi, senza sapere quanto tempo fosse

trascorso. Era ancora buio, ma l'auto era ferma e il generale se n'era andato, mentre il tenente era rimasto al posto di guida. «Che ore sono?»

«Le ventitré. Siamo in Lussemburgo».

«In Lussemburgo!» Smontai dalla vettura, stranamente corroborata, quasi euforica. Con lo stomaco che brontolava, decisi di andare in cerca di una mensa o di uno spaccio. Così mi feci largo in un intrico di uniformi, senza badare a chi protestava: «Ehi, ragazza, guarda dove vai!», finché trovai una bancarella dove una donna vendeva miseri panini, sul cui contenuto non desideravo informarmi. Ne comprai due e li divorai, seguiti da una tazza di caffè. Poi andai a cercare la mia squadra.

Nel passare da un gruppo all'altro in cerca di visi conosciuti, sentii due soldati parlare del primo contingente di forze alleate che si accingeva ad attraversare il Reno, un'avanguardia che precedeva di un paio di giorni il resto delle truppe. Un'avanguardia! Senza indugiare a riflettere, corsi di nuovo alla Cadillac proprio mentre il *mio* generale (risi di me stessa per tale assurdo pensiero!) usciva da un albergo con la bandiera americana sulla facciata che fungeva da quartier generale. «Signore!» salutai.

Il generale William Mitchell, come rivelavano i suoi distintivi, rispose al saluto con un sospiro burbero.

«Ho sentito dire che un'avanguardia si prepara ad attraversare il Reno. È così?»

«Ebbene?»

«Vorrei avere il permesso di accompagnarla».

Il generale Mitchell sospirò di nuovo. «Tenente Marion, non approvo la presenza di donne in guerra. Ma visto che lei è arrivata fin qui autonomamente, non sarò io a impedirle di proseguire. Permesso accordato. Il mio aiutante, il maggiore Brereton, sta per partire. Può andare con lui». Indicò alle proprie spalle, a breve distanza, un militare di alta statura, il quale si rabbuiò, ovviamente desideroso di protestare e altrettanto ovviamente riluttante a contraddire il superiore.

«Grazie, signore!» Senza nascondere il mio sorriso, salutai di nuovo. Poi recuperai la mia sacca dal sedile posteriore della Cadillac e rincorsi il maggiore Brereton, il quale, diretto alla propria vettura, non intendeva certo rallentare per alcuna mera femmina. Senza chiedere il permesso, scivolai sul sedile del passeggero accanto a lui.

«Non so perché voi donne siate qui» borbottò il maggiore, anziché salutare. «Si guardi, in quell'uniforme! Cosa cerca di dimostrare?»

«Non cerco di dimostrare nulla». Per la prima volta da quando ero arrivata in Europa, più di un mese prima, mi permisi di sfogare la rabbia repressa accumulata sopportando insulti per settimane. «Sono qui perché ho voluto fare qualcosa per il mio paese, proprio come lei».

«Se posso avere l'audacia di chiederlo, tenente Marion, che cosa sta facendo esattamente?»

Mi accorsi che la vettura percorreva un'altra strada fangosa verso nordest, e mi resi conto che mi accingevo a entrare in territorio tedesco per la prima volta. Era emozionante! Sorprendentemente, non avevo paura. Dopotutto, non ero forse sopravvissuta alla mia valle della morte, attraversando la strada da incubo di Verdun? «Sto filmando donne. Racconto storie di donne perché sono tanto importanti quanto quelle dei soldati: infermiere, medici, assistenti, telegrafiste, senza le quali gli Alleati non avrebbero avuto alcuna possibilità».

«Filmando?» Il maggiore mi guardò.

Allora mi resi conto di avere le mani vuote. Dov'era la mia attrezzatura? Non ne avevo idea. Appena avevo saputo della possibilità di attraversare il Reno avevo completamente dimenticato i poveri Harry e Wes. Avevo pensato esclusivamente a cogliere l'occasione. Comunque non me ne pentivo. Non mi ero mai sentita così forte e intrepida. Poche ore prima mi ero sentita tanto terrorizzata e sconfitta da credere che se mai fossi ritornata a casa non me ne sarei andata mai più. Adesso invece ero lì, a correre incontro all'esercito tedesco a bordo di una vettura militare! Nessun uomo era riuscito a impedirmelo, quindi mi sentivo libera come la statua della Libertà, come se rappresentassi gli Alleati brandendo la fiaccola della libertà, per le *donne*.

«In Lussemburgo non sono riuscita a ritrovare la mia squadra» mentii.

«Allora perché ha deciso di proseguire?»

«Be', perché la squadra potrebbe essere già partita». In verità sapevo che non era così siccome avevamo ordine di accompagnare infermiere e medici, non di precedere tutte le forze alleate per essere tra i primi a entrare in Renania.

«Non vi capisco voi donne» mormorò il maggiore Brereton con una smorfia. In ogni modo accettò la sigaretta sciupata che trassi dalla mia sacca e che gli offrii. «Lei non dovrebbe essere qui. Chi mai vorrebbe andare in guerra se fosse sano di mente e se non vi fosse costretto? Se non vedrò mai un'altra battaglia in vita mia sarò un uomo felice».

«Lei è maggiore, quindi non è militare di leva e non è stato obbligato. Perché è nell'esercito?»

«Mio padre ha combattuto a San Juan Hill con Teddy Roosevelt. Mio nonno ha combattuto a Gettysburg. È una tradizione».

«Quindi non ha avuto scelta?»

Il maggiore Brereton grugnì. «A essere sinceri, no».

«Alcuni scelgono di servire il paese sotto le armi, altri vogliono essere utili, incluse le donne. Non ci piace l'idea di starcene sedute a casa mentre i nostri uomini affrontano tutte le difficoltà della vita».

«Ma noi uomini, come ci chiamate, vogliamo occuparci di queste cose, vogliamo aver cura di voi».

«Non tutte le donne vogliono essere accudite. Capisce?»

«No, non capisco». Il maggiore scosse la testa per sottolineare la propria perplessità. «Semplicemente non capisco».

Mi morsi un labbro. Non intendevo discutere con lui,

che dopotutto mi stava facendo un favore. Non potevo trascorrere il resto del viaggio, né tantomeno il resto della vita, a cercare di discutere con uomini come lui. No, l'unica cosa che potevo fare era continuare la mia carriera, vivere la mia vita e lasciare che il mio lavoro parlasse per me, nonché lodare il cielo perché avrei sposato un uomo il quale non si aspettava che io rimanessi a casa a lavorare a maglia.

Ero davvero esausta, e di quando in quando ero ancora scossa da tremiti involontari per il freddo patito in precedenza. Così chiusi gli occhi e mi addormentai. Tuttavia non dormii molto a lungo.

A un tratto il maggiore Brereton mi pungolò una spalla e annunciò seccamente: «Germania».

Aprii gli occhi. Stavamo attraversando un piccolo villaggio rimasto miracolosamente indenne, a differenza di Verdun, che era stata interamente distrutta. Eppure vi regnava un silenzio ugualmente minaccioso. Assiepati lungo la strada illuminata da fiaccole ardenti, gli abitanti fissavano con puro odio la nostra vettura, su cui sventolava una bandierina americana. Un bambino dall'aspetto affamato raccolse un sasso e lo scagliò contro di noi. In breve fummo bersagliati da una tempesta di sassi e di zolle, persino un mattone.

Mentre mi scostavo dal finestrino, il maggiore Brereton imprecò e imboccò la prima strada secondaria che incontrammo. Così proseguimmo il viaggio evitando le strade principali, anche se ciò ci costrinse a procedere lentissimamente nel buio fitto. Io feci del mio meglio come navigatrice consultando una mappa piena di strani nomi tedeschi.

Era quasi l'alba e il cielo si tingeva di rosa oltre gli alberi alti, allorché, finalmente, il maggiore Brereton sorrise. «Dovremmo essere a Coblenza adesso, e quello laggiù dovrebbe essere il Reno».

Mi alzai a sedere e mi rassettai i capelli, tuttora umidi e raccolti all'indietro. Ancora una volta mi stupii di quel gesto femminile. Perché mai mi preoccupavo del mio aspetto, proprio lì, in un momento come quello? Eppure fu istintivo, e decisi di non reprimermi. In fin dei conti ero una donna, ed essere una donna, persino una donna forte, persino una suffragetta, ammesso che lo fossi davvero, significava non scusarsi mai della propria femminilità.

Da lontano giungeva fioca una musica come di fiera o di luna park. Era possibile? Divenne sempre più limpida e più forte finché, nell'attraversare uno stretto ponte di pietra, salutando a gesti la piccola e orgogliosa banda militare sulla riva opposta, riconobbi *The Star-Spangled Banner* e ne fui commossa come non mi era mai accaduto in passato. Mi si gonfiò il petto e le lacrime m'inondarono le guance. Mentre il maggiore Brereton mi fissava a bocca aperta, piansi senza ritegno. Non era affatto segno di debolezza commuoversi alle lacrime, specialmente dopo la notte che avevo trascorso.

«È soddisfatta?» chiese il maggiore Brereton, sarcastico, nel fermare la vettura davanti a un piccolo fabbricato, evidentemente appena confiscato ai tedeschi, a giudicare dai cittadini che ci fissavano con odio, raggruppati sul marciapiede, con i cappotti gettati sui pigiami e sulle camicie da notte. Fortunatamente erano sorvegliati da soldati in armi, quindi non ebbe luogo alcuna sassaiola.

«Cosa intende dire?» Nel tergermi le lacrime, smontai con cautela dall'auto. Avevo tutte le articolazioni irrigidite dal freddo e la testa che pulsava violentemente.

«Adesso è qui, tenente. Congratulazioni. È la prima donna americana ad avere attraversato il Reno».

«Sì» sorrisi. «Sono soddisfatta. Grazie, maggiore».

«Così adesso può andarsene. Torni a Parigi. Provvederò a procurarle un volo. Qui non è sicuro. Corre voce di tumulti in tutta la Germania e per qualche giorno qui saremo in pochi. L'unico sostegno americano che abbiamo è quello della polizia militare. Non è sicuro, e non lo dico soltanto perché lei è una donna». Il maggiore roteò gli occhi. «Nessuno di noi è al sicuro».

«Nulla in guerra è sicuro. Io resto. Le infermiere e i medici saranno qui fra un paio di giorni, vero?»

Il maggiore Brereton annuì.

«Allora raggiungerò la mia squadra e inizieremo le riprese. Questi sono i miei ordini e intendo eseguirli. Ora senza dubbio lei ha molto da fare, maggiore. Non mi occorre una baby-sitter. Posso cavarmela da sola».

Con un perfetto saluto militare, poiché, dopotutto, quell'uomo era mio superiore, recuperai la sacca dalla vettura, poi andai a cercare un alloggio, una branda su cui stendermi e un boccone da mangiare, nonché, se avessi avuto fortuna, dato che ero tutta imbrattata di sporcizia, un bagno caldo. Quanto ai miei capelli… Oh, i miei capelli! Intravidi il mio riflesso nella vetrina di una bottega.

I miei capelli erano un disastro assoluto.

11.
Mary
Inverno 1919

Molti anni più tardi Mary trascorse innumerevoli ore a guardare tutte le fotografie di quell'epoca lontana, meravigliandosi di quanto era stata giovane, snella, con il volto privo di rughe e la chioma lussureggiante. Quando si è vecchi, guardare come si era da giovani è come vedere una promessa impossibile da mantenere, pensò. Eppure si guarda, ci si meraviglia, si ricorda…

Inoltre in quelle foto vide qualcosa che la indusse a osservarle di continuo: lei e Charlie e Douglas; lei e Charlie e Douglas e Griffith; lei e Goldwyn e Griffith; lei e gli… *uomini.*

In tutte le fotografie, lei era l'unica ragazza. Talvolta era presente anche Fran, che però non aveva mai desiderato davvero quel genere di pubblicità. Aveva sempre dovuto ricorrere alle lusinghe per persuaderla a lasciarsi fotografare, e l'amica l'aveva accontentata con riluttanza; poi appariva sempre così bella che lei non aveva mai potuto fare a meno di stuzzicarla.

«Perché ho insistito per averti accanto a me, Fran, cara? Sei così bella che nessuno mi guarda!» E nel dirlo sapeva che non era vero. In ogni fotografia, era sempre stata lei, Mary, ad attirare il primo sguardo, soprattutto in quelle in cui era sola con i suoi nuovi soci, tutti maschi…

Posarono per moltissime fotografie i soci di quella compagnia di produzione e distribuzione cinematografica appena fondata, terrorizzati e al tempo stesso arroganti, e concessero moltissime interviste, tutti e quattro.

«I pazzi si sono impadroniti del manicomio» dichiarò qualche burlone, anche se nessuno rivendicò mai la responsabilità di quel commento. Mary sapeva che poteva essere stato pronunciato da uno qualsiasi dei produttori e dei distributori che avevano accolto la nuova compagnia con allegria forzata e soprattutto con disprezzo. Nessuno nell'industria cinematografica poteva immaginare che gli attori, gli *artisti*, fossero in grado di amministrare la loro attività e di produrre e distribuire i loro film. Nessuno poteva concepire che gli attori potessero intascare direttamente tutti i profitti delle loro opere, o persino che intendessero farlo. Era ancora più inconcepibile che una tale casa di produzione fondata da attori appartenesse anche a un'attrice, una *donna*: era inaudito! Invece era proprio così: una donna, per la prima volta. Ora Mary Pickford, attrice, produttrice, filantropa, era anche dirigente di uno studio cinematografico.

Tutto ebbe inizio nel novembre 1918, quando fu firmato l'armistizio e Mary era all'apice della fama. Lei da sola aveva venduto tante obbligazioni di guerra, persino più di Douglas e di Charlie, tanto che non erano rari titoli come: «La piccola Mary vince la guerra», e persino il presidente Wilson si congratulò pubblicamente con lei per avere contribuito più di chiunque altro allo sforzo bellico. Dopo una sfilata per la vittoria a San Francisco, Mary ripose orgogliosamente in valigia la propria uniforme confezionata su misura e come tutti gli altri tornò agli studi di Hollywood per ricominciare a girare film.

Tuttavia, a guerra finita, il cinema era cambiato. Hollywood stessa era diversa. Non era più una nuova industria americana che lottava per affermarsi. Era diventata all'improvviso una grande industria internazionale. Le industrie cinematografiche europee avrebbero impiegato anni a riprendersi, e dato che durante la guerra i paesi alleati avevano imparato a conoscere Mary e Charlie e Douglas e gli altri, milioni di persone desideravano vedere i loro film.

Dunque occorreva organizzare una distribuzione internazionale e dividersi il mercato estero.

Alla Famous Players-Lasky, Papà Zukor insisteva per stipulare un nuovo contratto con Mary, che invece tergiversò. Chaplin aveva appena ottenuto un contratto di oltre un milione di dollari dalla rivale First National. Quando quest'ultima le offrì molto di più, inclusi i profitti, nonché il completo controllo artistico, Mary chiamò Papà.

«Lasciala andare» esortò un socio, uno degli uomini. «Lascia che quella puttana sia umiliata come merita, che distrugga la First National e che torni da noi strisciando carponi».

Appena lo seppe, Mary s'infuriò. Qualcuno aveva forse commentato in modo analogo quando lo stesso accordo era stato proposto a Chaplin? Qualcuno lo aveva forse definito bastardo per aver cercato di ottenere il controllo dei propri film?

Comunque Papà non poté o non volle più accogliere le sue richieste e così alla fine si separarono. Durante l'ultima telefonata piansero entrambi e a nessuno dei due rimase altro da dire se non addio.

Poi Mary si asciugò le lacrime, si rassettò i boccoli e indossò un vestito nuovo per recarsi alla First National, dove firmò il contratto sorridendo alle cineprese, unica ragazza nella stanza.

In seguito accadde ciò che Mary avrebbe dovuto prevedere. Insufficientemente finanziata al pari di molti nuovi studi, la First National rischiò il fallimento. Nel gennaio del 1919, durante una conferenza di settore all'Alexandria Hotel di Hollywood, iniziarono a circolare voci sull'imminente fusione della Famous Players-Lasky con la First National. I capi dello studio erano stanchi degli attori che pretendevano di comandare. Se tutti gli studi si fossero uniti e gli attori non avessero più potuto rivolgersi altrove per avere contratti migliori, allora i produttori avrebbero riacquistato il controllo assoluto, com'era stato un tempo, prima che il pubblico conoscesse i nomi degli attori, quando non era mai esistita alcuna Mary Pickford, né alcun Douglas Fairbanks né alcun Charlie Chaplin.

Suonarono i campanelli d'allarme, in particolare per Douglas, Charlie e Mary, il Triumvirato. Soprattutto Mary fu assalita dal panico e chiese febbrilmente a Douglas che cosa ne sarebbe stato di loro in tal caso. Avrebbero perduto ogni potere contrattuale e tutti sarebbero diventati bestiame nella stessa stalla.

Mary non riuscì mai a rammentare chi avesse avuto l'idea di creare uno studio indipendente. Comunque seppe in qualche modo delle loro discussioni B.P. Schulberg, un giovanotto dalla chioma ribelle e gli occhi sporgenti, il quale si rese conto che qualunque fusione avrebbe significato per lui perdere il lavoro di direttore pubblicitario della Famous Players-Lasky. Illustrò ai tre attori alcune proiezioni finanziarie e l'idea mise radici. Perché non associare le cinque più grandi stelle del cinema, Mary Pickford, Douglas Fairbanks, Charlie Chaplin, William S. Hart e il grande D.W. Griffith, affinché fondassero una loro compagnia cinematografica? Gli altri studi sarebbero stati subito costretti a smerciare prodotti minori, e quale sala cinematografica negli Stati Uniti o nel resto del mondo avrebbe mai rifiutato di prenotare uno dei loro film, soprattutto se a condizioni speciali?

L'ultimo giorno del convegno di Alexandria, mentre i capi degli studi si incontravano a porte chiuse e si moltiplicavano le voci di una fusione, il Triumvirato pranzò con Griffith e Hart, in pubblico, ma con discrezione, nel ristorante dell'albergo, e tutti i produttori, inclusi Lasky e Zukor, andarono a dare un'occhiata, per poi fuggire in preda al panico.

Alcuni giorni più tardi l'annuncio scatenò un pandemonio e quando il polverone si fu dissipato, Mary Pickford, Charlie Chaplin, Douglas Fairbanks e D.W. Griffith – perché Hart, spaventato, aveva deciso di rimanere alla Famous

Players-Lasky – erano ormai soci della loro compagnia cinematografica, chiamata United Artists. Ciascun socio avrebbe prodotto, diretto e/o interpretato cinque film all'anno e la compagnia avrebbe distribuito autonomamente i propri film, senza alcuna collaborazione con la Paramount o con altri distributori. Ognuno avrebbe esercitato il completo controllo artistico e non avrebbe più dovuto ascoltare dirigenti (*gli uomini!*) che pensavano unicamente ai profitti, né avrebbe più dovuto sopportare registi come DeMille. Non sarebbe più stato necessario dividere i profitti con persone che non avevano idea di ciò a cui ci si doveva sottoporre per creare un film: il sudore, la fatica fisica, denudare la propria anima davanti all'occhio implacabile della cinepresa, rincasare indossando il costume del personaggio interpretato, andare a dormire senza uscire dal personaggio, bere il caffè come lo avrebbe bevuto il personaggio, imparare a memoria le battute e le pose per le riprese giornaliere, non mangiare mai perché la macchina da presa ingrassava, non tagliare mai i capelli perché il pubblico sarebbe insorto, non frequentare mai l'uomo amato, perché i fan non l'avrebbero perdonato.

In quei giorni inebrianti, esaltata dalla libertà che li attendeva, Mary si trovò spessissimo in compagnia di Douglas Fairbanks a firmare contratti, a recitare scenette comiche, a posare per le fotografie con il Grande Quartetto: tutti e quattro in piedi sotto un portico in atteggiamento professionale e disinvolto; Mary e Douglas dietro un tavolo a guardare Charlie firmare il suo contratto; Douglas con Mary e Chaplin appollaiati sulle spalle come artisti circensi e le braccia protese come a gridare: «Voilà!» E sempre, in ogni foto, Mary era costretta a stare accanto a Douglas e a percepire il calore della sua pelle irradiato attraverso i vestiti e i suoi muscoli contratti, mentre lui si sforzava di apparire disinvolto, cordiale, e nulla di più.

Una volta scomparse le cineprese Mary e Douglas erano del tutto diversi. Si camuffavano e si incontravano di nascosto, anche se Douglas era divorziato, e molto spesso gli incontri iniziati in preda a una vertiginosa passione si concludevano con lacrime di rabbia.

«Stai con me, Mary! Sii mia! Sono stanco di nascondermi. Ho rinunciato a mia moglie e a mio figlio per te. Perché tu non puoi divorziare per me?»

«Perché, Douglas? Perché... Come reagirebbero i miei fan? Come reagirebbe il pubblico?»

«Ai miei fan non è importato nulla, Mary».

«Sì, ma... Per me è più rischioso che per te, Douglas, perché per loro sono una donna, anzi, no, una ragazzina, una fanciulla innocente. Non è la stessa cosa».

«Non puoi saperlo».

«No, non posso» ammise pacatamente Mary, quasi in un sussurro. «Però ho paura di scoprirlo». Non avrebbe dimenticato la piccola altezzosa Miss Josephine, che non l'aveva mai invitata alla sua festa di compleanno. Amava fare film e amava recitare. Altrimenti non avrebbe saputo cosa fare di se stessa. In particolare non avrebbe saputo come manifestare le emozioni che ribollivano sotto la superficie, inesprimibili nella vita quotidiana. Talvolta immaginava di avere bracciate di emozioni, come bracciate di tanti diversi fiori colorati, e di offrirle alla macchina da presa giorno dopo giorno dopo giorno. Come avrebbe potuto manifestarle altrimenti?

Chi sarebbe stata altrimenti? Gladys Smith di Toronto, Canada, con una famiglia da mantenere e nessuna idea di come riuscirci. Non si faceva illusioni in proposito. Douglas Fairbanks si sarebbe disamorato di Gladys Smith più rapidamente di quanto lei avrebbe potuto pronunciare *Rebecca of Sunnybrook Farm*.

Perché Douglas aveva scelto proprio quel momento? Perché aveva deciso di creare una simile difficoltà proprio allora, quando la United Artists li univa e quando entrambi avevano tanto da guadagnare, nonché tanto da perdere? Fin dal suo divorzio, tre mesi prima, aveva insistito perché anche lei divorziasse, però mai in modo tanto perentorio siccome, Mary ripeteva ogni giorno a se stessa, aveva compreso ciò che Owen non aveva mai potuto capire, cioè la sua situazione, l'unicità della sua immagine agli occhi dei suoi fan e del mondo in generale. Lei era la Fidanzata d'America, la Piccola Mary, la Nostra Mary.

Invece per Douglas, come per tutti gli uomini, era diverso. Aveva potuto divorziare dalla moglie perché sullo schermo era un affascinante uomo di mondo e il divorzio lo aveva reso, in un certo senso, soltanto più affascinante. Invece Mary era stata collocata su un altare dai propri fan, la maggior parte dei quali probabilmente la credeva ancora vergine nonostante fosse sposata. Se non erano vamp sullo schermo, le donne non potevano vivere la passione fuori dal matrimonio. Le donne che indulgevano troppo ai piaceri della carne erano definite con parole ignobili e disgustose. Nel peggiore dei casi l'uomo che si comportava analogamente era definito playboy o canaglia.

Mary non sapeva cosa fare e non aveva nessuno con cui confidarsi. Non poteva parlarne con mamma, perché sapeva già cosa le avrebbe detto e non era quello che voleva sentire. Non poteva neppure chiedere consiglio a Lottie o a Jack. Un giorno però ricevette un telegramma di Fran, che stava tornando a casa, a Hollywood. Provò un tale sollievo che quasi gridò. Fran avrebbe saputo cosa fare! Fran avrebbe capito. Anche lei aveva divorziato.

«Lascia che parli con Fran» disse a Douglas dopo un altro incontro clandestino. Che espressione terribile! Che modo ripugnante di descrivere la sacra unione fra lei e Douglas! Eppure non riusciva a definirla in altro modo, quantunque si sforzasse. Come al solito avevano sfogato subito la passione, irrefrenabile dopo un lungo pomeriggio di incontri alla United Artists, durante i quali avevano potuto soltanto guardare, sorridere e reprimere il desiderio. Appena placata la passione avevano affrontato di nuovo il medesimo argomento: Douglas aveva manifestato il desiderio di rimanere per la notte, Mary gli aveva ricordato che avrebbe dovuto andarsene, lui l'aveva esortata nuovamente a divorziare, e così la discussione era cominciata daccapo.

Gli occhi di Douglas si indurirono e la sua bocca s'increspò in una smorfia ostinata. «Non capisco cosa Fran possa dirti che io non ti abbia già detto» ribatté, petulante.

«Fran mi è stata accanto per quasi tutto il mio cammino. È responsabile di gran parte della mia carriera. Mi capisce».

«Mary, tu non capisci *me*. Non voglio condividerti con nessuno, né con tua madre, né con tua sorella, né con Frances Marion, e tantomeno con un altro uomo. Mai con un altro uomo! Mary, promettimi che ci sposeremo e che mai guarderai un altro uomo come guardi me. Promettimelo, tesoro, altrimenti...»

«Altrimenti... cosa?» Mary sentì il cuore battere sempre più forte e protese una mano verso di lui.

Allora Douglas le scostò il braccio e si rivestì. Alla fine tirò con tanta violenza le stringhe delle scarpe da farle temere che si spezzassero. «Altrimenti me ne vado. Non posso andare avanti così, Mary. So di averlo già detto, ma questa volta lo farò davvero. Sono innamorato e voglio che tutto il mondo lo sappia. Se non divorzierai da quell'idiota di Moore e non mi sposerai, non mi vedrai mai più. Non in questo modo».

Mary rabbrividì nel sentire tanto diversa la voce di Douglas, non più così profonda e colma di delizie ancora da scoprire com'era sempre stata, bensì morta, piatta. Non c'era più niente da dire. «Lasciami parlare con Fran» implorò.

«Non ho altro da aggiungere. Sai dove trovarmi». Douglas uscì furtivamente dalla porta, lasciandola sola nella stanza d'albergo.

Tutti i suoi indumenti erano sparsi sul pavimento: le calze di seta, le mutande, la camiciola di pizzo. Mancava una scarpa, che doveva essere sotto il letto. Cosa sarebbe successo se qualcuno l'avesse vista così? Non era tagliata per essere l'amante incontrata in convegni clandestini in camere d'albergo. Non era tagliata per quel tipo di dramma. Tutto ciò che faceva sullo schermo era semplice, sincero, senza sguardi e gesti allusivi da vamp. Mary Pickford, Gladys Smith, non era una vamp.

Ma *chi* era? Una fanciulla sullo schermo, una donna appassionata e tormentata nella vita reale.

Cominciò a rivestirsi, cercando di concentrarsi su un unico pensiero, soltanto uno, fra tutte le angosce che le si affollavano alla mente, causandole un atroce mal di testa: Douglas l'avrebbe davvero lasciata? In tal caso, quali sarebbero state le conseguenze per la United Artists? Owen avrebbe collaborato?

In quel momento era stanca di essere l'unica donna. Aveva bisogno di Fran. Fran avrebbe saputo cosa fare. Fran, colei che aveva creato la Piccola Mary e che aveva scritto i suoi migliori film. Fran le avrebbe scritto una via d'uscita.

Fran le avrebbe propiziato il lieto fine che così disperatamente desiderava.

«Fran, cara! Sembri… Sembri…» Mary si sentì ridicolmente timida dopo aver bussato alla porta di Fran all'Hollywood Hotel, e non si gettò fra le sue braccia quando l'amica aprì. Qualcosa la trattenne.

Fran era cambiata! Sembrava diversa, più vecchia, sì, ma non sciupata. I suoi capelli neri erano ancora splendenti, era magra come sempre ma non troppo magra, e sembrava persino che fosse più alta di un paio di centimetri, anche se sicuramente ciò non era possibile. Inoltre aveva una sorta di tristezza, insieme alla contentezza. Era sempre stata allegra, aveva sempre vissuto pienamente il momento, desiderosa di partecipare a qualunque progetto proposto da Mary, e non aveva mai lasciato trapelare quel rimpianto o quella tristezza che ora, invece, erano percepibili. I suoi occhi contenevano ricordi dolorosi. Al tempo stesso appariva contenta come mai prima. Sembrava del tutto a suo agio con se stessa, priva di incertezza o di timidezza. Aveva un incarnato sorprendentemente roseo che Mary non ricordava di averle mai visto. In verità, era molto più bella di quanto la rammentasse. Com'era possibile? Era cambiata così tanto? O forse, semplicemente, Mary non lo aveva mai notato prima?

«Come ti sembro?» Fran girò su se stessa, sfoggiando un nuovo abito alla moda.

Accanto a lei, Mary si sentiva sempre un po' sciatta, e bassa. Comunque commentò: «Ullallà!» E così ruppe il ghiaccio, sciogliendo una sorta di barriera che in qualche modo si era innalzata fra loro. «Oh, Fran, mi sei mancata!»

«Squeebee, cara, anche tu mi sei mancata!»

In un attimo calciarono via le scarpe, allentarono i corsetti e ordinarono dei panini. Mentre il sole tramontava fuori dalla finestra (il breve tramonto ammaliante di Los Angeles, con il sole che si librava a lungo sull'oceano prima di esserne inghiottito all'improvviso) sedettero l'una accanto all'altra su un divano, l'unico mobile nella stanza non ingombro di cappelli e di guanti, di vestiti e di gonne.

«Stavo disfacendo i bagagli» spiegò Fran con un gemito, e girò la testa a osservare la stanza. «Ho troppi vestiti».

«Frances Marion, questa è la prima volta che ti sento dire una cosa simile!»

«È vero. Perché ne compro così tanti? Non è ridicolo? In Europa ho indossato sempre e soltanto la stessa uniforme, proprio come tutti gli altri. Non ho mai nemmeno pensato ai vestiti fino alla fine della guerra. E non appena ho messo piede sul suolo americano ho dovuto andare a fare compere. È una malattia!» Di nuovo gemette.

«Cosa pensa Fred dei tuoi bei vestiti? Come organizzatrice di matrimoni, sono personalmente interessata a voi due!»

«Non gli dispiace» ammise Fran, arrossendo. «Pensa che sono sempre elegante e alla moda».

«Infatti lo sei, lo sei sempre stata». Mary lisciò la gonna di seta del proprio nuovo vestito purpureo, in attesa che

Fran lo notasse. Anche se non poteva neppure iniziare a competere con lei, ormai si vestiva molto più elegantemente di prima, come si addiceva alla dirigente di uno studio cinematografico.

«È adorabile» commentò Fran, spalancando gli occhi. «Niente più fusciacche e pizzi?»

«Credo proprio di no» sorrise Mary. Sentiva di essere finalmente cresciuta ora che Papà non le imponeva più come comportarsi e come vestire. Tuttavia non avrebbe mai ecceduto.

«Ho visto i titoli dei giornali durante il viaggio. Santo cielo, Mary! Cos'avete fatto! Cos'avete realizzato! United Artists: un nome perfetto per uno studio!»

«Ci è sembrato sensato, anche dal punto di vista commerciale».

«Sono fiera di te. Hai investito in te stessa, perché vali. Per qualche ragione non è facile per le donne, mentre per gli uomini... Sa il cielo che per loro non esiste alcun problema!»

Mary sorrise, crogiolandosi nello sguardo ammirato di Fran. Naturalmente, mamma la elogiava senza limiti, come pure la maggior parte della stampa. Tuttavia l'approvazione di Fran significava molto di più. Dopotutto era stata lei a condividere la peggiore umiliazione della sua carriera! «Oh, Fran! Non è entusiasmante? E verrai a lavorare con me, ovviamente. Scriverai per me alla United Artists. Ho bisogno di te per il mio primo film. Non posso immaginare di girarlo senza di te!» Mary avrebbe dovuto interpretare un ultimo film per la First National, poi sarebbe stata libera di dedicarsi interamente ai progetti per la United Artists. Era elettrizzante e al tempo stesso spaventoso. Il suo primo film avrebbe dovuto essere un successo enorme e lei non riusciva a pensare a nessuno che potesse scriverlo, se non Fran. Per quanto desiderasse ardentemente ampliare un po' il proprio repertorio come artista, passare a ruoli più adulti ora che si sentiva più donna, sapeva che sarebbe stato saggio lanciare la United Artists con qualcosa di sicuro, ossia un altro film in cui avrebbe interpretato una bambina, perché era ciò che il pubblico sembrava desiderare. Dunque progettava di adattare *Pollyanna*, sicura che Fran lo avrebbe scritto magnificamente.

Invece Frances esitò e all'improvviso divenne molto interessata a un filo che pendeva da una manica della sua camicetta. «Be', presumo che il mio contratto con la Famous Players sia ancora valido...»

«Oh, quello potrai scioglierlo senza problemi! Io e Papà siamo rimasti in ottimi rapporti. So che ti lascerà libera, se glielo chiederò».

«Non mi sembrerebbe giusto, Mary». Fran evitò lo sguardo dell'amica. «A dire il vero, sono già stata contattata per scrivere *Anna dai capelli rossi* per Mary Miles Minter. Si tratta soltanto di un altro film, poi sarò libera».

«Mary Miles Minter?» Mary aggrottò la fronte pensando a quella smorfiosa attricetta dal viso di luna e dai boccoli dorati, *identica* a lei! Era uno stratagemma così ovvio! Papà tentava di creare una sua imitazione, come se lei potesse essere sostituita da qualsiasi ragazza con i boccoli! Per giunta quella Minter era una pessima attrice e... Fran aveva parlato spesso con lei di adattare per il cinema *Anna dai capelli rossi*! Quando le aveva letto i libri, all'epoca in cui avevano abitato nei bungalow gemelli, Mary li aveva amati: sarebbero stati perfetti per lei. Comunque inghiottì la propria rabbia. Non era colpa di Fran. Dopotutto era una sceneggiatrice, era il suo lavoro. Invece era tutta opera del "caro" Papà. «In ogni modo potrò iniziare il mio film soltanto fra sei mesi, Fran, quindi, naturalmente, va tutto bene».

«Ah, bene... Hearst mi ha inviato un telegramma. Vorrebbe che scrivessi per Marion».

«Marion Davies? La sua *amante*!» Mary non riuscì a dissimulare un tono moralistico, se ne rese conto e trasalì, perché, ovviamente, lei stessa era un'amante, un'adultera. Annuì per ammetterlo quando Fran la guardò. «Lo so, lo so... Però per me è diverso! Douglas ha divorziato, e adesso... Io lo amo, Fran. Lo amo e lui vuole che divorzi da Owen. E lo voglio anch'io! A volte, però, non sono sicura di *meritare* lui e la mia carriera. Non voglio perdere né l'uno né l'altra, eppure non sono sicura di meritare entrambe le cose. Non sono nemmeno sicura che mi siano permesse».

«Non è strano? Io mi chiedo la stessa cosa a proposito di Fred... Lo merito? Voglio dire, sono stata divorziata due volte... Invece tu, Mary, cosa puoi mai aver fatto per pensare di non meritare Doug o il tuo successo?»

«No, non si tratta di questo... È semplicemente che... Ho paura, Fran. Ho paura di essere sola, e anche di deludere i miei fan».

«Capisco... Devi decidere quale sia la cosa più importante».

«Sì».

Sprofondarono nel silenzio.

Fran sembrava pensierosa.

A un tratto Mary si accorse di muovere incontrollabilmente le mani. Con lo spillone aveva perforato in continuazione il proprio cappellino sino a forare la paglia. Di scatto lo lanciò attraverso la stanza, sorprendendo entrambe. «Oh, Fran, non voglio decidere! Ecco di cosa si tratta... Non posso decidere! Voglio credere di meritare Douglas, davvero. Ma a quale prezzo? È quello che ho bisogno di sapere e che ti chiedo di dirmi, cara Fran. I miei fan me lo permetteranno? Andranno ancora a vedere i miei film? Potrò ancora impersonare fanciulle, cioè quello che loro vogliono, anche se per quanto mi riguarda non sono sicura di volerlo di nuovo? Ma se divorziassi e mi risposassi, potrei continuare a fare film? Non posso, non voglio rinunciare alla mia carriera, Fran. Non posso! Cosa succederebbe a mamma, a Jack, a Lottie...?» Incapace di rimanere seduta, Mary balzò a recuperare il cappellino.

«Douglas è comprensivo? Oppure è...»

«Come Owen?» Mary si girò di scatto a incrociare lo sguardo di Fran senza batter ciglio. «Mi picchia? No, non mi ha mai picchiata. Prova risentimento nei miei confronti? No. Vuole troppo da me? Forse. Però, a differenza di Owen, non mi chiederebbe mai di rinunciare alla mia carriera, e al tempo stesso, in un certo senso, mi sta chiedendo di farlo, anche se so che non la vede così».

«Ti sta chiedendo di rischiare, di correre un rischio più grosso di quello che ha corso lui».

«Sì! E lui è sempre stato così fortunato… In realtà non gli è mai successo nulla di male. Non ha vissuto un'infanzia come la mia. Non ha mai dovuto lavorare tanto duramente per arrivare dove si trova… Non ha mai dovuto rinunciare a nulla».

«Tranne alla moglie e al figlio» commentò dolcemente Fran.

Allora Mary si sentì ardere di vergogna. Sì, certo. Perché lo dimenticava sempre? Perché sembrava che lo stesso Douglas non sentisse la loro mancanza. Non restava desto la notte a soffrire per loro, anzi, dormiva il sonno del giusto. Com'era possibile agli uomini agire così, abbandonando famiglia e figli senza pensarci due volte? Forse esistevano anche donne capaci di comportarsi allo stesso modo, anche se non pensava di conoscerne… All'improvviso rammentò. Sì, sì, ne conosceva.

«Mary, non posso dirti cosa fare». Fran scosse la testa. «Finora hai sempre preso autonomamente ogni decisione per la tua carriera, e sono sempre state decisioni giuste. Posso dirti soltanto ciò che penso, dopo aver constatato per anni quanto ti amano i tuoi fan. Penso che ti amino così tanto da volere unicamente la tua felicità. Se sapessero quanto Doug ti rende felice, cioè se tu lo dicessi loro, ebbene, ti amerebbero ancora di più».

«Ma non possiamo saperlo con certezza, vero? Invece Douglas… Vuole che dica subito sì, che divorzi da Owen e che lo sposi, altrimenti… Altrimenti mi lascerà! E io non posso sopportarlo, Fran!» Mary si coprì il viso con le mani per paura che Fran vedesse l'angoscia e il tormento nei suoi occhi. Lei stessa li vedeva ogni giorno nello specchio, vedeva le occhiaie profonde e scure, le guance incavate... Stava dimagrendo. Come avrebbe potuto recitare in preda a un tale tormento? Come avrebbe potuto interpretare una fanciulla innocente quando il suo corpo si struggeva di desiderio insaziato?

Frances si alzò e con grande gentilezza la cinse con un braccio, quasi fosse così allarmata da quella nuova Mary consumata d'amore, come Mary era allarmata dalla nuova Fran stremata dalla guerra. La ricondusse al divano e dichiarò: «Carissima, penso... Penso che dovresti dire a Doug che divorzierai da Owen. Penso che i tuoi fan vogliano soltanto la tua felicità».

«Mamma non è d'accordo. Continua a ricordarmi che sono la Fidanzata d'America, ma io... Oh, Fran... Io non voglio essere la fidanzata di nessuno, se non la *sua*!» Nel dirlo, Mary si rese conto che era vero, almeno in quel momento.

Con sguardo pensieroso, Fran si morse un labbro, poi decise e sospirò lievemente. «Allora fallo. Sii l'innamorata di Douglas».

«Owen ha detto che mi concederebbe il divorzio... se lo pagassi. Ha chiesto centomila dollari, Fran». Assalita dalla consueta collera che le irrigidiva la schiena, Mary si chiese se fosse rimasta sposata tanto a lungo unicamente per ira. Se non avesse odiato Owen, lo avrebbe forse torturato per tanti anni con le proprie assenze, con le piccole assillanti indennità? Oh, certo, avrebbe potuto dispensargli più soldi in qualsiasi momento, eppure non lo aveva fatto, anzi, glieli aveva elargiti in modo tale da costringerlo sempre a tornare per elemosinarne altri. Soprattutto, se non lo avesse odiato, non lo avrebbe torturato con il proprio successo, che lui non poteva far altro che osservare, da vicino, personalmente, ogni singolo giorno della loro miserabile vita matrimoniale. Ora Owen voleva denaro in cambio del divorzio e lei non ne era affatto sorpresa, perché sapeva che lui era del tutto privo di rispetto per se stesso. In verità, avrebbe dovuto essere lui a risarcirla per ogni occhio nero, per ogni braccio pesto, per ognuno dei colpi che per così tanto tempo aveva cercato di infliggere alla stima che lei aveva di se stessa. «Non ha neppure esitato a stabilire il prezzo» scattò Mary. «Lo aveva già deciso, come se avesse aspettato solo che glielo chiedessi. Centomila dollari! Mi ha attribuito un prezzo, esattamente come fanno tutti gli altri: Lottie, Jack, quegli uomini allo studio, e persino mamma. Sai, Fran, a volte penso che anche mamma lo faccia».

«No, non tutti gli altri» rammentò Frances.

«No». Mary scosse la testa, con i boccoli parzialmente sciolti a sfiorarle le spalle. «Douglas non vuole i miei soldi. Vuole soltanto me».

«Allora vai da lui, Mary. Ho sempre creduto che ci fosse concesso un unico grande amore nelle nostre vite. Ho trovato il mio grazie a te. Ora è il tuo turno. Non possiamo conoscere il futuro. Però possiamo conoscere ciò che abbiamo nel cuore».

Mary emise una sorda risata. «Chi avrebbe mai potuto immaginare che saremmo arrivate dove siamo oggi? Due ragazze che si spazzolavano i capelli a vicenda. Ricordi quei giorni nei bungalow? Certe volte, Fran, desidero nostalgicamente quei giorni, quando le cose non erano ancora così complicate e avevamo soltanto un sogno, cioè fare un film bello come quello di Griffith. Ricordi la prima volta che abbiamo visto *Nascita di una nazione*?»

«Ci ho pensato spesso, in Francia. Quanto è stato facile e divertente vedere un film su una guerra, e quanto è stato terribile vedere personalmente una guerra. Tuttavia ricordo anche quei giorni… io, te e Charlotte… prima che fossimo costrette ad avere a che fare con gli *uomini*! Loro complicano tutto, vero?»

«A volte penso che sarebbe più semplice se amassimo le donne. Come Alla Nazimova, sai?»

Frances scoppiò in una risata irrefrenabile.

Mary si limitò a scrollare le spalle, sapendo perché Fran era così divertita. Immaginava la Piccola Mary dall'aureola dorata, la Piccola Mary, la Ragazza con i Riccioli, lesbica, come Alla Nazimova!

«Oh, Mary!» riuscì a dire Fran, scossa dalle risate.

Finalmente Mary colse l'umorismo e sorrise. «Be', sicuramente risolverebbe alcuni problemi! Non dovremmo mai pensare al matrimonio, né a quali conseguenze potrebbe avere sulle nostre carriere!»

«E neanche ai figli». Frances si terse le lacrime dalle guance. «Penso ai figli adesso. E tu? Non ci avevo mai pensato prima, ma ora che ho incontrato Fred, non posso immaginare che la nostra vita sia completa senza figli. Eppure so quanto tempo esigeranno e voglio continuare a lavorare, e anche Fred vuole che io lavori. Credo sia per questo che Dio ha inventato le bambinaie».

«Sì… Be', i miei film sono i miei figli». Mary balzò in piedi e recuperò il cappellino danneggiato, poi tornò a sedersi sul divano. «E non credo neppure per un minuto che tu possa essere felice giocando a biglie nella nursery. Ti conosco, Frances Marion! Vivi e respiri film proprio come me, ed è per questo che ti amo». Baciò Fran sulla guancia.

«Mary, certo che scriverò *Pollyanna* per te. Però continuerò a scrivere anche per altri. La guerra mi ha fatto capire che vi sono altri temi da esplorare, adesso, e mi piacerebbe ampliare un po' le mie prospettive. Non ti dispiace, vero?»

Be', sì, Mary era dispiaciuta. Quando aveva immaginato la United Artists, il suo studio cinematografico, per il quale lei e Douglas stavano progettando di costruire un lotto congiunto, aveva incluso Fran, come sempre. Aveva persino scelto la carta da parati e il tappeto per l'ufficio di Fran, proprio accanto al suo. Ma Fran era diversa, adesso. Era stata in guerra, vera guerra, e aveva visto cose inimmaginabili per Mary, il cui coinvolgimento si era limitato a sventolare bandiere e a recitare. Un nuovo abisso di esperienze e di idee diverse si era spalancato a separarle e lei poteva soltanto sperare che trovassero insieme un modo per varcarlo; anzi, era sicura che ci sarebbero riuscite. «No, Fran, non mi dispiace. Anch'io ho molti progetti adesso. Farò meno film, ora che dirigo uno studio, ma saranno più lunghi, tutti di dieci rulli o più. Naturalmente non posso aspettarmi che tu riduca il tuo lavoro in attesa di scrivere per me. Però promettimi una cosa, Fran... Vuoi?»

Tormentando di nuovo il filo pendente della manica, Frances esitò, infine annuì. «Certo, Mary. Qualunque cosa».

«Promettimi che mi permetterai di essere la damigella d'onore al tuo matrimonio. Non ti perdonerò mai se non lo farai! Dopotutto, sono io che vi ho presentati!»

«Oh, Squeebee, non avrei mai pensato di chiederlo a nessun'altra!» «Allora è deciso. Ora ti aiuto a disfare i bagagli, Fran. Questo posto sembra una topaia!»

Fran rise, e insieme appesero tutti gli indumenti, commentando entusiasticamente i nuovi abiti di Fran, négligé, cappellini e scarpe in abbondanza.

Nell'appendere l'uniforme militare di Fran, bruno grigiastra, per nulla simile alla sgargiante divisa blu che aveva fatto confezionare per se stessa, Mary non poté fare a meno di notare che aveva macchie indelebili e si rese conto di non aver chiesto a Fran una cosa molto importante. Il senso di colpa la pungolò con ferri roventi. Come poteva averlo dimenticato? Ossessionata dal proprio dramma, aveva trascurato l'amica. «Parlami della guerra, Fran. Raccontami qualcosa di quello che hai visto».

A lungo Fran rimase in silenzio. Appariva stanca, eppure i suoi occhi erano sorprendentemente limpidi. «Bene, Mary, c'era questa scarpa...»

Così continuarono a disfare i bagagli, Mary ascoltando con estrema attenzione e Fran parlando dolcemente, dipingendo il quadro con le parole.

12.
Frances
Estate 1920

Avrei dovuto capirlo nel momento in cui Doug, senza neppure guardare, porse l'ombrello gocciolante a Fred, oppure nel momento in cui Mary, inconsciamente (o almeno così speravo), mi tirò una gomitata affinché camminassi qualche passo dietro di lei nell'entrare in albergo.

Avrei dovuto capirlo nel momento in cui io e Fred, aspettando pazientemente nel nostro scompartimento ferroviario a Southampton che il panfilo dei Fairbanks attraccasse, udimmo il clamore, vedemmo gli aerei, sentimmo il calpestio di migliaia di persone tutt'intorno a noi mentre il panfilo entrava in porto.

Santo cielo! Avrei dovuto capirlo nel momento in cui lessi i titoli:

DOUGLAS FAIRBANKS E MARY PICKFORD SI SPOSANO!!
IL MATRIMONIO DEL SECOLO!!
CUORI E CARRIERE UNITI!!
MARY E DOUG: AMORE ETERNO!!
LA POVERA PICCOLA RAGAZZA RICCA NON È PIÙ POVERA: «IL VERO AMORE MI HA RESA PIÙ RICCA CHE MAI» DICHIARA MARY.
LUNGA VITA ALLA REGINA E AL RE DI HOLLYWOOD!!
«SONO L'UOMO PIÙ FORTUNATO DEL MONDO» PROCLAMA DOUG.
IL MONDO È IN ESTASI PER LA PIÙ ROMANTICA STORIA D'AMORE DI TUTTI I TEMPI.

«Ricordi i titoli dei giornali quando ci siamo sposati noi?» domandai mestamente a Fred.

«Scenarista sposa atleta» rispose lui, e rise perché davvero non gliene importava nulla, e io desideravo che non importasse nulla neanche a me.

«Dubito che questa possa essere la tranquilla luna di miele che abbiamo progettato» commentai, e Fred non poté fare altro che scuotere la testa e coprirsi le orecchie per attutire le grida di esultanza della folla che scuotevano i finestrini del nostro scompartimento.

Una luna di miele congiunta, aveva suggerito Mary, dopo aver sorpreso me e il mondo intero sposando in segreto Doug. A dire il vero ne avevo sofferto un po', però avevo accettato subito la proposta della luna di miele e in qualche modo avevo convinto Fred. Così eravamo lì ad attendere Doug e Mary.

Eravamo arrivati per primi perché ci eravamo imbarcati per l'Inghilterra un mese prima, nel maggio del 1920. Com'era possibile che fosse già il 1920? Un nuovo decennio, una nuova vita. Gli orrori della guerra erano già lontani ricordi, o così dicevo a tutti coloro che lo chiedevano. Anche Fred era tornato sano e salvo, e la nostra riunione a Parigi nel dicembre del 1918, un mese dopo l'Armistizio, era avvenuta proprio come in qualsiasi film hollywoodiano…

In attesa nell'atrio del Ritz, ero così nervosa da trattenere il fiato ogni volta che la porta girevole ruotava. La mia uniforme era piegata in valigia e per l'occasione avevo acquistato un abito parigino. Scegliere era stato angosciante: una foggia il più possibile affascinante oppure cupa e sobria, alla quacchera, per rispetto nei confronti di Fred e del suo passato, delle macerie della guerra tutt'intorno e della memoria di tutti coloro che avevamo perduto? A Parigi, in dicembre, ogni donna vestiva di nero, con fitta veletta o fascia nera al braccio. Era una città di vedove e madri in lutto, e non riuscivo a smettere di guardarne i volti, belli nel dolore, con bocche risolute e occhi limpidi, ma con rughe di tristezza, guance pallide, pochi gioielli, spesso ricavati da proiettili o munizioni, e naturalmente una preponderanza di spille o medaglioni con una ciocca di capelli della persona amata. S'intravedeva ancora la moda edoardiana, però una giovane donna di nome Coco Chanel aveva aperto un negozio al numero 31 di rue Cambon, in cui vendeva semplici abiti da giorno in jersey e abiti da sera luccicanti di perline, tutti di taglio semplice e diritto, aderenti ma non tanto da alterare le forme naturali. Si mormorava già che i corsetti fossero in procinto di diventare obsoleti, la qual cosa non avrebbe potuto essermi più gradita. Durante la guerra non avevo indossato il corsetto se non di rado, perciò avevo gioito della libertà di movimento, della possibilità di rilassarmi seduta, di curvarmi con facilità, di camminare veloce senza paura di svenire. Alla fine scelsi un abito blu, non così semplice come uno Chanel, però moderno e abbastanza dignitoso, con ampi risvolti in velluto nero, guarnizioni, e un piccolo, elegante tricorno, anch'esso in velluto nero. I cappellini erano ormai più piccoli, era passata la moda di quelli tondi a falda larga di prima della guerra.

«Frances! Ehi, Fran!»

Alzai lo sguardo, con il cuore che batteva forte, scoprendo che non era stato Fred a chiamarmi. Con grande stupore riconobbi George Hill, che si affrettò ad attraversare l'atrio affollato e mi si avvicinò con il cappello in mano.

«George!» Fu così bello vedere un volto di Hollywood, soprattutto perché era il volto di qualcuno che conoscevo da sempre, sin dai giorni dello studio Bosworth, quando ero stata la ragazza "tuttofare" di Lois Weber. Allora George era diventato operatore e talvolta si era cimentato nella sceneggiatura. Aveva alcuni anni meno di me e mi aveva seguita ovunque come un cucciolo, tanto che mi ero abituata al suo modo di fissarmi con occhi adoranti. Non lo avevo mai incoraggiato, anche se non mi era affatto dispiaciuto essere guardata in quel modo. A quale donna sarebbe dispiaciuto?

«Che piacere vederti!» George mi strinse la mano con troppo entusiasmo, rischiando di spezzarmi il gomito. «Non posso credere alla mia fortuna! Come stai, Frances? Avevo sentito dire che eri qui, come il resto di noialtri sfortunati babbei. Com'è andata la tua guerra?»

Questa era la domanda che ci ponevamo gli uni con gli altri a Parigi, quasi che si fosse trattato di una cena o di una festa tradizionale, anziché della conflagrazione che aveva distrutto un'intera generazione: «Com'è andata la tua guerra?»

«Benissimo, benissimo. Ero con il CPI. Abbiamo filmato donne, infermiere… Be', lo sai. E tu come stai? Te la sei cavata bene, vedo».

«Sì, molti di noi sono stati fortunati. Io ero in Italia, dove non è andata poi così male. Adesso però è finita, ed eccoti qui! Cenerai con me, vero, Fran?» chiese George, con gli occhi castani spalancati e pieni di speranza.

Allora rammentai cosa mi aveva detto Mary una volta: «George è per te come Mickey per me. Ti adora, Frances, eppure non lo direbbe mai. Si strugge d'amore». Era proprio così, però George era un ragazzo. Anche adesso, in uniforme militare, persino con il grado di capitano, tale da aggiungere qualche anno anche al più imberbe ragazzo di campagna, lo vedevo ancora così, soltanto un ragazzo. Invece Fred era…

«Frances!»

«Fred!» Fui cinta da braccia possenti e sollevata di peso a roteare. Con la coda dell'occhio vidi George. Anche se mi apparve come annebbiato, scorsi il vacillare del suo sorriso e non me ne curai perché non volevo assolutamente pensare a lui. Quando infine Fred mi posò, George era svanito. «Fred, Fred! Sei qui!» aggiunsi, sentendomi sciocca. Le parole, di solito mie fide alleate, mi tradirono. Sembrava impossibile pronunciare frasi compiute. L'unica cosa che mi fu possibile fare, con le ginocchia improvvisamente tremanti, fu sedermi su una sedia e restare a fissarlo, per sempre.

«Ce l'abbiamo fatta, Frances, tutti e due». La luce negli occhi di Fred si attenuò un poco. Allora compresi che aveva visto cose di cui non voleva parlare. Era così per entrambi.

Mi affrettai a suggerire tutto ciò che avremmo potuto fare insieme a Parigi, approfittando delle licenze concesse a entrambi: vedere il Louvre, Versailles, la tomba di Napoleone... E così facemmo. Le poche settimane trascorse insieme a Parigi furono un caleidoscopio di ricordi di cui avrei fatto tesoro per sempre, e già allora ne ero consapevole: Fred in posa con una mano infilata nella giacca, *à la Napoléon*, davanti ai marmi della grande tomba; Fred che assaggiava lumache per la prima volta, impacciato, con una piccola forchetta nella sua grossa zampa e un'espressione di sincera perplessità che mi fece ridere tanto da temere di soffocare; Fred che si lasciava indurre da un cameriere insistente a ordinare vino a cena perché "astemio" non era una parola comprensibile per il francese.

Ogni sera nell'augurare la buonanotte ero consapevole di una strana sensazione nell'aria, un'ansiosa vibrazione che soltanto le mie orecchie potevano percepire, simile a una nota di violino acuta e prolungata, che sebbene piacevole induceva a trattenere il fiato in attesa della successiva, che non arrivava.

Entrambi alloggiavamo al Ritz, però a piani diversi, e indugiavamo negli androni bui a baciarci, oppure, aggrappati l'uno all'altra, approfondivamo la nostra reciproca conoscenza attraverso il tatto: lui mi accarezzava i contorni del viso e io il bavero, lui strofinava il naso sulla mia guancia e io gli posavo la mano aperta sull'addome duro come ferro, sempre con la mediazione degli indumenti, che per la prima volta non sembravano più una barriera, bensì un cancello in procinto di spalancarsi.

Io desideravo ardentemente lui e lui desiderava ardentemente me. Non avrebbe potuto essere altrimenti. Eravamo forti, giovani, in condizioni fisiche perfette, e soprattutto i nostri cuori si attraevano reciprocamente, come se l'uno fosse magnete dell'altro. Così si produceva quella nota insistente che vibrava fra noi due.

Parlammo di tutto, tranne di una cosa: la guerra. Come me, anche Fred era riluttante a parlare delle sue esperienze e di ciò che aveva visto. Tuttavia capimmo che superare quella prova ci aveva rafforzati, anche se per quanto mi riguardava ne dubitai quando fummo costretti a separarci perché lui sarebbe rimasto a organizzare i giochi interalleati, una competizione sportiva amatoriale a cui avrebbe partecipato. Allora non mi sentii affatto forte, anzi, mi sentii debole come un fiore appassito, sopraffatta alla prospettiva dei mesi che avremmo dovuto sopportare prima di poterci incontrare di nuovo, e cercai di aggrapparmi al pensiero che al suo ritorno a casa ci saremmo sposati.

Alla passerella d'imbarco mi aggrappai a lui come per assorbirlo e portare con me attraverso l'oceano un poco della sua presenza fisica. Alla fine lui fu costretto a strapparsi da me e ad allontanarmi con una leggera spinta perché non perdessi la nave. Quando sbarcai a New York mi trovai circondata da fotografi e giornalisti mobilitati dal capo del reparto pubblicità della Famous Players-Lasky e subito ricaddi nelle vecchie abitudini hollywoodiane, sorridendo, posando, scherzando con i reporter.

Puf! Parigi e Fred scomparvero insieme, molto più lontano dell'oceano che ci separava.

In valigia portavo sedici rulli di film da montare. Mi buttai subito nel lavoro e fui fiera quando *American Women at War* fu proiettato a episodi in alcune sale selezionate. Ormai, però, nessuno voleva più vedere cose sulla guerra. Il film fu ignorato e io fui costretta a chiedermi perché mai mi fossi offerta volontaria. Cosa avevo davvero creato? Chi avevo davvero aiutato? Avevo raccontato storie di donne di cui a nessuno importava. Anni dopo, quando i film sulla guerra come *La grande parata* e *Gloria* divennero popolari, il pubblico voleva storie di soldati, non di donne.

Mi trattenni a New York, meravigliandomi dei cambiamenti della città. Ora che era entrato in vigore il proibizionismo e tutti erano tornati dalla guerra, le gonne si accorciavano e la morale precipitava. Tutti conoscevano "un tipo" capace di procurare gin o vino o qualunque altra bevanda alcolica desiderata. Tutti conoscevano "un posto", cioè uno *speakeasy*, in cui con una parola d'ordine o con una stretta di mano segreta e una strizzata d'occhio si otteneva l'apertura di una porta magica per poi entrare in una tana di coniglio, proprio come Alice, con la differenza che quel Paese delle Meraviglie era pieno di una nuova frenetica musica chiamata "jazz", di fumo di sigaretta, di ragazze con abiti sciolti e caviglie scoperte che cadevano in grembo a uomini in smoking dai cravattini sempre un po' sghembi e dagli occhi sempre un po' iniettati di sangue. Tutti bevevano troppo perché non si poteva sapere che cosa sarebbe accaduto l'indomani. Una retata, e tutto il liquore poteva essere confiscato dai federali. *Tutto* avrebbe potuto scomparire, l'indomani. Quello che la guerra aveva insegnato non era forse questo? Dunque bevi, Alice! Bevi tutto, diventa minuscola o gigantesca o qualunque altra cosa tu possa immaginare!

Io non bevevo, non come i miei amici. Mi piaceva andare di quando in quando in uno *speakeasy* con Dorothy Parker, la mia vecchia amica dell'Algonquin, o con Anita Loos, che era a New York con il fidanzato, John Emerson, e non scriveva più per Douglas Fairbanks. Però mi sentivo un'impostora, una visitatrice da un altro pianeta chiamato Fred Thomson. Sa il cielo che non ero affatto puritana, eppure osservavo con lo spassionato distacco dell'archeologa o della scrittrice l'abbandono, la sciatta ubriachezza, le relazioni iniziate, consumate e concluse in una sola notte, e archiviavo le immagini perché capivo che i film avrebbero dovuto riflettere quella nuova moralità. Oh, quando ricordavo alcuni di quei primi film con lo studio Bosworth, come quello sulle donne delle caverne, rabbrividivo all'idea di quei giovani brillanti che scoppiavano a ridere per i titoli, le storie e i costumi arcaici. Avevo capito che il cinema doveva tenersi al passo con i tempi. Così osservai, guardai, presi appunti, e neppure una volta m'infilai una fiaschetta nella giarrettiera.

«Quando torni a casa? Ho bisogno di te!» Mary telegrafò una, due, tre volte, poi chiamò, e in seguito inviò mazzi di fiori con il medesimo messaggio.

Perché stavo evitando la migliore amica che avevo al mondo? Non ne avevo idea. Sapevo soltanto che temevo di tornare al vecchio status quo. Era probabilmente una cosa che avevo imparato dalla guerra. Ero forte, ero capace, non avevo più bisogno che Mary mi aprisse la strada.

Eppure lei mi mancava, e la sua angoscia era evidente. Ancora una volta provai l'entusiasmo di essere stata scelta. Mary aveva bisogno di me e io non avrei mai potuto rifiutare di aiutarla. Così, dopo tre settimane a New York, montai sul treno e partii per l'Ovest, verso Mary, e il suo dilemma con Doug.

In seguito, però, non appena Fred tornò a casa, nel novembre del 1919, presi il primo treno per tornare a est e ci sposammo. Fu una cerimonia tranquilla a cui assistettero Charlotte e Mary, che mi avevano seguita. Finalmente, quella notte, rimuovemmo le barriere che ci separavano, e non sentii mai più quella strana, singola nota acuta e prolungata.

Non vi fu tempo per la luna di miele perché io dovetti rimettermi subito al lavoro. Scrissi *Humoresque* per Hearst, poi tornai di corsa a Hollywood per *Pollyanna* con Mickey e Mary. Ma non era più come un tempo. Ci divertimmo sul set, ovviamente, però mi fu impossibile evitare di sentirmi intrappolata nel passato girando un film dello stesso tipo di quelli che avevamo girato prima della guerra, un tipo che ormai appariva alquanto stantio. Nessuno di noi rimaneva più nello studio a fine giornata. Mary tornava a casa per affrontare il suo dilemma, Mickey usciva per sbronze ancora più epiche, e io andavo a casa, da Fred, che era irrequieto e mordeva il freno nel tentativo di capire cosa fare adesso che non poteva più essere ministro del culto perché aveva sposato una divorziata.

Quando Hearst mi chiamò per chiedermi di dirigere il mio primo film, *Just Around the Corner*, che avrebbe richiesto soltanto una settimana di riprese a Manhattan, accettai, a una condizione.

«Non so, Fran» rispose Fred alla mia richiesta di recitare una piccola parte. Era prudente, come lo ero stata io con lui negli ultimi mesi. Anche se ero molto impegnata ed ero io a guadagnare tutti i soldi, cercavo di sminuirmi con frasi come "Che sciocchezza!" oppure "Che cosa ridicola sto facendo!". Inorridivo nel denigrare il mio talento e l'industria per la quale lavoravo all'unico scopo di preservare l'autostima di Fred, ma sinceramente non sapevo cos'altro fare. Nonostante il suo aperto sostegno alla mia carriera, sapevo che si sentiva ferito nell'orgoglio a non essere lui stesso a sostentare la famiglia, perché ogni sera al mio rientro mi chiedeva molto esplicitamente come fosse andata la giornata. Rincasavo ben prima di quanto avessi mai fatto, e non solo perché Mary e Mickey facevano altrettanto, ma perché temevo la reazione di Fred se non fossi ritornata per cena. Non potevo lasciarlo solo a fare… cosa, esattamente? Sapevo che non si sarebbe mai comportato come la maggior parte degli altri uomini. Tuttavia non volevo dargli l'impressione di considerare il mio lavoro più importante di lui. Volevo che non avesse mai alcun motivo per rimpiangere di aver abbandonato il ministero del culto per me. Anche se lui diceva di rispettare la mia carriera, non riuscivo a dimenticare che la sua prima moglie gli aveva sempre fatto trovare la cena pronta al suo rientro a casa.

«Per favore, Fred, aiutami con questo film. Penso che tu sia un attore naturale. Quale predicatore non lo è? E sono davvero in difficoltà. L'attore che avevamo assunto ha accettato un altro lavoro. Aiutami, ti prego».

Ovviamente Fred Thomson non avrebbe mai potuto rifiutare la supplica di una signora, e così si presentò sul set, sopportò virilmente la sofferenza del trucco, se la cavò benissimo e interpretò la sua scena nel modo in cui io gli chiesi, molto rispettosamente, di recitarla. In sala di montaggio, quando lo vidi su pellicola per la prima volta, fui felicissima. Era un talento naturale! Una stella! Comunque sapevo di dover essere cauta. Non potevo insistere troppo. Fred avrebbe dovuto giungere autonomamente a quella decisione, e sarebbe occorso tempo. Pensavo che la vacanza in Europa con Doug e Mary avrebbe potuto essere d'aiuto. Fred sarebbe stato l'estraneo, l'unico a non lavorare nel cinema.

Così attendemmo nel nostro scompartimento ferroviario l'arrivo di Hollywood, incarnata nel suo re e nella sua regina appena incoronati, ed essa sopraggiunse con la forza devastante di un uragano.

Ridendo e gridando Mary e Doug irruppero nello scompartimento in cui li aspettavamo, lei con le braccia cariche di fiori, lui scrollando energicamente il cappello, tutto gocciolante di pioggia e di petali di rosa.

«Fran! Quando siamo sbarcati ci hanno bombardati di petali! Li hanno scaricati da un aereo, Fran!»

«Pensavo che avrebbero fatto a pezzi la signora, ma... Ragazzi, che accoglienza!»

Mary si gettò tra le mie braccia, e anche se i fiori mi graffiarono la guancia la strinsi forte, mentre Doug, ancora ridendo, si avvicinava a Fred e gli stringeva cordialmente la mano.

Nonostante fossi intrappolata nell'abbraccio lievemente isterico di Mary, li osservai con la coda dell'occhio. Fred, così alto, incombeva sul tarchiato Doug, il quale se ne rese conto con una fugace espressione di disappunto prima di stringergli la mano scuotendola vigorosamente e poi fingendo di fare a braccio di ferro con lui. Tuttavia Fred semplicemente sfilò dalla sua presa la propria zampa gigantesca e gli appioppò una fraterna pacca sulla schiena, anche se forse Doug non la interpretò in tal modo.

Uh oh, pensai, subito prima che Doug porgesse il proprio gocciolante ombrello a Fred.

«Fran, hai mai visto una cosa del genere?» Mary si lasciò cadere su una sedia e si ispezionò i vestiti, individuando strappi a una manica e al collo. «Non avrei mai immaginato un'accoglienza come questa, quasi fossimo una coppia reale!»

«Lo siamo!» esclamò Doug, balzando accanto a Mary. «Non hai letto i giornali?»

«Fran, non avrei potuto sbagliarmi di più!» Mary si tolse il cappellino mentre il treno partiva ondeggiando per uscire dalla stazione. Saremmo arrivati a Londra in meno di un'ora. «Avevo tanta paura delle possibili conseguenze per la mia carriera, ma... Sai cos'ha detto qualcuno? "Il mondo ama gli amanti", e questo è vero. I nostri fan, i nostri cari, carissimi fan, non potrebbero essere più felici per noi! Avresti dovuto vedere la folla a New York! Siamo andati alle *Ziegfield Follies* e lo spettacolo è stato interrotto appena ci hanno riconosciuti. Il pubblico ha applaudito ininterrottamente per almeno dieci minuti, poi Douglas ha dovuto pronunciare un discorso prima che lo spettacolo potesse ricominciare!»

«Sono così felice» assicurai. «Sono estremamente sollevata per entrambi». Mi annidai con Fred su un divano, aspettandomi che Mary chiedesse notizie sul nostro viaggio.

Invece lei, mentre si muoveva in continuazione per ravviarsi i capelli, rassettarsi i vestiti o sedere in grembo a Doug, riferì dei sorprendenti titoli di giornale e delle lettere di congratulazioni ricevute persino dalla Casa Bianca, da Buckingham Palace e dall'imperatore del Giappone! Blaterò a lungo, più agitata di quanto l'avessi mai vista, e Douglas mimò con determinazione ogni episodio, così che quando il treno scivolò all'interno di Waterloo Station, ero ormai esausta semplicemente per averlo guardato.

Spettatore perfetto, Fred non disse una sola parola, limitandosi a ridere e ad annuire sempre al momento giusto, però sapevo che Doug appariva ridicolo anche a lui, come a me. In verità mi era sempre sembrato un po' ridicolo, un uomo che compensava la straordinaria mancanza di intelletto con un eccesso di fisicità, acrobazie come giochi di prestigio per dissimulare i difetti. Inoltre, con mio sgomento, Mary era cambiata. Anche in così poco tempo trascorso insieme mi fu impossibile non notare che si era trasformata in qualcuno, o qualcosa, che stentavo a riconoscere. Era sempre stata estremamente equilibrata, ardentemente ansiosa di essere degna del rispetto e dell'adorazione dei suoi fan, consapevole di dovere moltissimo agli altri e di essere in una posizione di privilegio sempre precaria. Era una delle cose che amavo maggiormente in lei. Invece la nuova Mary Pickford, ossia Mrs Douglas Fairbanks, sembrava considerare tutto quell'amore e tutta quell'adorazione come scontati, anzi, persino *dovuti*.

Mi morsi la lingua per non cedere al desiderio di ridimensionarla un poco. Sentivo di essere l'unica persona, oltre a Charlotte, che forse poteva avere la possibilità di salvarla dalla sua nuova personalità. Tuttavia quello non era il momento adatto, perché avevo l'impressione che il mondo intero ci attendesse alla stazione.

Appena smontati dal nostro scompartimento fummo inghiottiti dalla folla più enorme che avessi mai visto. Volti, innumerevoli volti, volti spettralmente bianchi ai flash delle macchine fotografiche che continuavano a scoppiare con spaventosi *pop* punteggiando le urla frenetiche che mi martellavano i timpani. Urlai senza sapere cosa dicevo perché non riuscivo a sentire la mia stessa voce. Spinta da ogni direzione, cercai Fred, più alto di chiunque altro, riuscii ad aggrapparmi a lui e gli urlai di afferrare anche Mary. Così, tra la folla che minacciava di schiacciarci, Fred ci guidò entrambe verso una vettura da turismo in attesa. Il terrore mi raggelò alla vista della cappotta abbassata.

«Mary!»

«Doug!»

«La Nostra Mary!»

Farfugliando, Doug afferrò il dietro del mio cappotto e si sforzò di arrivare a Mary. Rimasi sbalordita nel vedere la rabbia e la gelosia nei suoi occhi scuri quando finalmente recuperò la moglie appena in tempo per spingerla in auto. Qualcuno mi calpestò un piede, una donna alle mie spalle mi afferrò per la gonna e intanto qualcun altro cercò di spingermi da parte per arrivare a Mary, però mi liberai della presa e mi gettai in vettura, dove mi lasciai cadere accanto a Fred, fissato torvamente da Doug.

Intanto Mary lanciava baci a tutti. Aveva in grembo un enorme mazzo di rose quasi prive di petali, con i nastri a brandelli. Appena la vettura partì, proprio mentre Mary lanciava un altro bacio, qualcuno la tirò per un braccio, strappandola dal sedile, e tutti noi gridammo di terrore.

Subito Fred l'afferrò per la vita e la trattenne in auto. Miracolosamente lasciata dalla folla, Mary si accasciò sul sedile con espressione stordita. Incapace di muovermi, non riuscivo a rendermi conto di quello che era appena successo. Tuttavia colsi l'espressione di Doug e di nuovo rimasi sconvolta dalla rabbia e dalla *gelosia* con cui fissava Fred.

«Per favore, Thomson, lascia mia moglie» disse Douglas. Poi tentò di scacciare la rabbia con un sogghigno. «Hai la tua, vecchio mio».

«Scusa». Fred scrollò le spalle. «Stavo soltanto cercando di essere d'aiuto».

«Be', non farlo». Gli occhi di Doug erano mortalmente seri, nonostante il tentativo di sdrammatizzare con il suo affascinante sorriso da stella del cinema da un milione di dollari. «Posso cavarmela da solo».

«Certo» annuì Fred.

Sprofondammo nel silenzio, e andò benissimo, dato che le urla della folla rendevano impossibile qualsiasi conversazione mentre la vettura si allontanava lentamente dalla stazione. Santo cielo! Vidi persone penzolare dalle finestre, arrampicarsi sui lampioni come scimmie, appollaiarsi sui tetti, correre accanto all'auto ansimando e urlando per lanciare all'interno fiori, soprattutto, ma anche orsetti di peluche e scatole di caramelle, tanto che temetti che ci seppellissero vivi.

Fortunatamente sostammo in un vicolo sul retro del Ritz e i poliziotti riuscirono in qualche modo a impedire alla folla isterica di seguirci. Smontammo fissandoci a vicenda, ansimanti e increduli. Io e Fred eravamo atterriti, terrorizzati, mentre Mary e Doug sorridevano come se avessero vinto un premio.

«Andiamo, Tupper?» chiese Doug, porgendo il braccio alla moglie.

«Con piacere, Hipper» rispose Mary, inchinandosi regalmente. Insieme salirono i gradini per entrare in albergo, seguiti da me e da Fred, doverosamente indietro di qualche passo. Allora rammentai che un tempo Mary si era scusata con me ogni volta che aveva dovuto fermarsi a firmare autografi, un tempo in cui aveva saputo essere un'amica, oltre che una stella del cinema.

«Gentiluomo e gentildonna di corte seguono il re e la regina» sbottai.

Fred annuì, a mascelle serrate. Non lo avevo mai visto arrabbiato, perciò mi domandai se fosse quello il modo in cui manifestava la collera. «Non so cosa ne pensi tu, Fran, ma questa situazione non tarderà a diventare insopportabile, temo».

Osservai Mary che mi precedeva, a braccetto di re Douglas. Senza dubbio la ragazza che conoscevo e amavo, cineasta maniacalmente dedita al lavoro, figlia rispettosa, amica leale seduta accanto a me sotto il portico per tante serate afose a ridere e a scambiare confidenze, ambizioni, paure, sogni, era ancora presente sotto il diadema invisibile che pure potevo vedere con chiarezza posato regalmente su quei boccoli d'oro. «Forse non sarà sempre così» sussurrai.

Potevo soltanto sperarlo, perché ci attendevano alcune settimane in compagnia e già pensavo che forse quella si sarebbe rivelata la più grande sciocchezza che avessi mai accettato di compiere in vita mia, ancora più grande che andare in guerra. Infatti non mi sentivo così sicura di uscirne indenne com'era accaduto per il conflitto.

La mattina successiva fui destata di soprassalto da una serie di colpi alla porta della nostra suite.

«Cosa diamine...?» Scrollai Fred, che continuò a russare. Allora mi infilai una vestaglia e corsi alla porta.

Nella stanza irruppe Mary, vestita soltanto di una camicia da notte molto sensuale, come non potei non notare, diversa dalle pudiche camicie da notte vittoriane che le avevo visto indossare in passato: era di raso, con spalline sottili e scollatura profonda. Anche se si copriva il viso con le mani mi accorsi che era arrossita.

In pigiama, furente, Doug stava arrivando a passi decisi.

«Oh, Fran! Fran! Non ho mai... Ho aperto le tende per respirare l'aria del mattino, per vedere come fosse il panorama, e... Oh, Fran!» Mary abbassò le mani a rivelare il viso ancora scarlatto, anche se nei suoi occhi danzava un lampo di gioia. «E loro erano lì! Tutti loro, tutte quelle care persone! E mi fissavano, appesi agli alberi, oppure da giù, dal marciapiede. E tutti mi hanno vista! Così!» Accennò alla camicia da notte.

Ancora assonnato, Fred uscì dalla camera da letto annodandosi la cintura della vestaglia, vide Mary in déshabillé, vide Doug furibondo, girò sui tacchi e rientrò in camera, chiudendosi rumorosamente la porta alle spalle.

«Hanno visto mia moglie!» sbottò Doug, aggirandosi per il soggiorno, dondolando le braccia con le mani strette a pugno. «L'hanno vista così!»

«Oh, Douglas!» ridacchiò Mary, rosea e cinguettante, tanto che mi fu impossibile non avere l'impressione di assistere a un'opera teatrale, scritta e recitata interamente a mio beneficio.

«Dobbiamo andarcene di qui! Dobbiamo trasferirci in un posto tranquillo!» tuonò Doug.

E così facemmo. Nessuno chiese a me o a Fred se volessimo andarcene. Doug e Mary si aspettavano semplicemente che la loro intenzione fosse anche la nostra. Con riluttanza dicemmo addio al lusso del Ritz per soggiornare in una proprietà isolata, su invito di Lord e Lady Tal dei Tali.

E la mattina successiva accadde la stessa cosa.

Alla Torre di Londra, alla quale ci fu concessa una visita esclusiva fuori orario, salimmo e scendemmo, osservando Doug appendersi all'esterno di una finestrella in pietra e salire a balzi una scala stretta e ripida come se stesse girando uno dei suoi film, mentre Mary si fingeva terrorizzata e applaudiva. Mi resi conto che Doug recitava sempre, come se fosse sempre dinanzi alla macchina da presa, anche quando non era così.

Fu una bella giornata. Avrei voluto soffermarmi a osservare ogni cosa, per esempio i gioielli della corona e la stanzetta in cui erano stati rinchiusi i principini condannati, ma Doug andò sempre di corsa come per guidare un assalto, sostando unicamente per fare il buffone dinanzi alle impassibili guardie della regina con i loro colbacchi neri in pelliccia d'orso, o per gridare alla guida impaurita che gli sarebbe piaciuto prendere a prestito qualche armatura per il suo prossimo film.

«Guarda qui, Mary» esortò allorché giungemmo nel silenzio spettrale della Tower Green. «È qui che Enrico VIII decapitò tutte le sue sei mogli!»

«In realtà» intervenni dopo un momento «ne decapitò soltanto due, Anna Bolena e Catherine Howard. Le altre quattro morirono per cause naturali».

Allora Doug mi scoccò un'occhiata di rimprovero come non ne avevo mai più ricevute dopo la scuola elementare. Serrò le labbra, mentre i suoi occhi diventavano opachi e gelidi, sbuffò d'infantile irritazione, si voltò e se ne andò.

«Grazie, Fran, cara» replicò Mary, nel seguire con lo sguardo Doug che si allontanava tempestosamente. «Sei molto istruttiva! Però... Be', forse in futuro converrà non contraddire Douglas. Sai come sono gli uomini... Amano essere loro a spiegare le cose a noi donne!»

«Ma... Mary, ti conosco da anni e non hai mai permesso a nessun uomo di comportarsi così con te».

«Non è così, Fran... È semplicemente... È semplicemente un po' diverso... Ti prego, cerca di capire». Mary inarcò le sopracciglia in una implorazione tanto commovente da non lasciarmi altra scelta se non ingoiare la rabbia, sorridere debolmente e annuire.

Mentre Mary si affrettava a raggiungere Doug, io rimasi immobile a respirare profondamente. Che uomo meschino! La sua autostima era debole come la sua presa su Mary era forte! Era così ignorante... Più volte in passato ero rimasta costernata dalla sua ignoranza, e riflettendo mi resi conto di non averlo mai visto leggere alcunché di diverso da un periodico cinematografico. Comunque la gelosia era ben diversa dall'ignoranza, e con un piccolo fremito di vittoria mi resi conto che lui era davvero geloso di me: quell'idiota era geloso di me e della mia amicizia con Mary.

Poi un cupo stato d'animo gravò sulle mie spalle come un vecchio scialle ammuffito e pesante. Per restare intima amica di Mary avrei dovuto sopportare le gelosie di Doug, adulare la sua vanità, ingoiare i suoi insulti e ignorare i suoi sbalzi d'umore.

Erano tutte cose che non volevo fare. Stare con Fred mi aveva insegnato che non ero tenuta a farlo, che al mondo esistevano uomini che non si sentivano minacciati dalle donne, anzi, compresi che non me lo aveva semplicemente insegnato: grazie a lui non potevo più tollerare un simile comportamento da un uomo, mai più.

«Andiamo, Signorina Sotutto».

Alzai lo sguardo e vidi Fred sorridermi con sguardo sarcastico.

«Andiamo a rabbonire il re. Forse lo lascerò vincere a braccio di ferro. Questo dovrebbe renderlo felice».

«Sei il miglior marito del mondo». Lo presi a braccetto e ci avviammo a seguire Doug e Mary. «Ti adoro».

«Il sentimento è reciproco». Fred si chinò per baciarmi sulla guancia.

Tuttavia fui costretta a soffocare una risata perché Doug, nel notare la nostra intimità, afferrò improvvisamente Mary per la vita e la attirò in un abbraccio appassionato che indusse la guida e persino le guardie a rischiare di perdere i sensi per l'ammirazione.

«Santo cielo, Douglas! Cosa ti ha preso?» ansimò Mary, sorridendo e arrossendo.

Io e Fred ci scambiammo un'occhiata, però tenemmo la bocca chiusa.

La mattina del Chelsea Garden Party, una gloriosa giornata di sole, ci abbigliammo tutti e quattro con la massima eleganza. Mary indossava un grazioso abito da tè in organza azzurro con un fluttuante cappellino a falda larga. Io avevo un vestito di lino ricamato altrettanto grazioso con un fiocco di raso intonato. Avevamo entrambe lunghi guanti bianchi e ridacchiammo nell'osservarci allo specchio del mio spogliatoio.

«Chi l'avrebbe mai pensato, Fran? Io, la piccola Gladys

Smith di Toronto, tutta addobbata, azzimata, decorosa e ricercata come la regina in persona!»

«Nemmeno io avrei potuto immaginarlo. Quanta strada abbiamo fatto!» Per un attimo, mentre Mary mi sorrideva, riuscii quasi a fingere che fra noi tutto fosse davvero com'era stato un tempo.

Poi un colpo di tosse m'indusse a lasciar cadere la mano di Mary come se fosse stata una pietra rovente. Nel girarmi vidi Doug e Fred, splendidi in marsina e cilindro, anche se mi fu impossibile non notare che Fred era il più bello, con le falde a coda di rondine che esaltavano la sua corporatura alta e snella, mentre Doug, a dire il vero, appariva alquanto tracagnotto.

«Be', non siamo fortunate?» chiesi a Mary. «Ci scortano i due uomini più belli di tutta l'Inghilterra!»

Allora Fred batté i tacchi e si inchinò in maniera esagerata, mentre Doug mi concedeva il suo primo sorriso di approvazione e mi ringraziava sinceramente, come a prendermi in parola.

Fuori, montammo su due vetture aperte. «Pensa che sia sicuro?» chiesi a uno degli agenti che ci accompagnavano.

«Non si preoccupi» intervenne con disinvoltura la scorta di Mary e Doug, l'attore George Grossmith Jr, «è un ricevimento civile e noi siamo un popolo civile. Dopo di lei, Mr Pickford».

Io, Mary e Fred restammo senza fiato. Doug s'immobilizzò, poi sorrise con coraggio, e mentre Grossmith, accortosi del proprio errore, iniziava a balbettare scuse, replicò: «Va tutto bene, vecchio mio. Sono lusingato di essere conosciuto come colui che ha scortato Mary Pickford in Inghilterra». E in quel momento provai finalmente una parvenza di ammirazione e di affetto per Doug. Se non altro non era come Owen Moore, che tante volte, chiamato in modo analogo, aveva ribattuto con i pugni o con le minacce.

Mi accomodai con Fred a bordo della nostra vettura incustodita.

«Presumibilmente le nostre vite non valgono tanto» sussurrò Fred, mentre gli prendevo una mano e ridacchiavo.

Quando le due vetture iniziarono a percorrere strade sorprendentemente silenziose, mi rilassai. «Mr Grossmith aveva ragione» osservai con sollievo. Poi il piccolo corteo svoltò, avvicinandosi al luogo del ricevimento, e io rimasi come paralizzata, mentre Fred lanciò un urlo nel vedere una folla immane che iniziò a gridare a gran voce appena vide Doug e Mary. Fu molto peggio che a Waterloo Station, perché la massa tentò di afferrare Mary e di strapparla dall'automobile. Allora urlai e sentii Grossmith balbettare, totalmente inorridito: «Vi ordino di lasciare la signora!»

Per fortuna Doug afferrò la moglie per la vita e la trattenne con tutte le sue forze. In un lampo, Fred smontò per aiutarlo a uscire barcollando dalla vettura senza lasciare Mary, il cui volto bianco come un lenzuolo, gli occhi enormi, la bocca deformata nel gridare e nell'ansare manifestavano puro terrore.

«Mary!» Sfrecciai dietro a Fred e guardai di nuovo con ammirazione Doug, il quale, forte nonostante la bassa statura, riusciva a rimanere in piedi con Mary appollaiata sulle spalle. I quattro poliziotti si limitavano a fissare la folla a bocca aperta, perciò corsi ad afferrare la gonna di Mary, mentre Fred, rivivendo i giorni del football, si lanciava alla carica, facendo del suo meglio per aprirci un varco.

Non avevo mai sentito strilli così acuti e così isterici. La gente, accecata dall'adorazione, aveva gli occhi pieni di lacrime. A un tratto incontrai lo sguardo di Mary, terrorizzata, e compresi che stava ricordando il momento in cui, dopo esserci intrufolate al cinema per assistere alla proiezione di *The Poor Little Rich Girl*, avevamo capito per la prima volta l'effetto che lei esercitava sulla folla. Quello che in passato era stato spaventoso, adesso appariva come guadare una piscina per bambini in confronto al tuffo disperato in un oceano di… be', "fan" non era la parola esatta. Era impossibile definire quella gente isterica che piangeva e rideva, e tanto disperatamente aveva *bisogno* di Mary e Doug, di proiettare ogni speranza e ogni sogno su quei due attori che avevano sorriso sugli schermi cinematografici anche nei giorni più bui della guerra, che, dopotutto, era appena finita.

Mi domandai se quei sopravvissuti alla guerra avessero bisogno di sole dopo tanta oscurità. Insieme, Mary e Doug avevano energia e luce a sufficienza per alimentare qualsiasi numero di stelle. Perfino io potevo vedere che quantunque individualmente fossero impressionanti, insieme brillavano, scintillavano e sembravano espandersi, due piccole persone che sotto i riflettori affondavano radici e ingigantivano, fieri, e sembravano nutrire persino coloro che erano più affamati di affetto, di divertimento, di intrattenimento, di qualcosa di buono in vite troppo recentemente distrutte dalla sofferenza e dalla perdita.

Ma come sopravvivere tanto vicino a quel sole infuocato? Quello era il mio dilemma personale mentre mi aggrappavo all'orlo della gonna ormai strappata di Mary. Solo poco prima avevamo ammirato allo specchio la nostra raffinata eleganza. Con lei sulle spalle, Doug s'imbatté in un chiosco per la vendita di marmellate. Si udirono uno schianto e d'improvviso le mie mani e la mia faccia divennero appiccicose. Alla fine Fred trovò un chiosco vuoto dove Doug, ansimante, poté tranquillamente posare al suolo la piccola moglie terrorizzata. Altri poliziotti arrivarono a circondare il chiosco, e nonostante le grida frenetiche nessuno sfondò il cordone di sicurezza. Finalmente riuscimmo a prendere fiato. Doug si terse la fronte inondata di sudore. Aveva le code della marsina quasi del tutto a brandelli e aveva perduto il cilindro, come Fred. Rannicchiato in un angolo, totalmente disorientato, George Grossmith Jr ripeteva: «Dichiaro di non aver mai visto nulla del genere in vita mia!»

Mary era appiccicosa e sudicia, la capigliatura trasformata in un alone dorato e crespo, il vestito lacero e imbrattato di marmellata. Senza rendermene conto avevo perduto i guanti e le mie nuove scarpe di raso erano ricoperte di succo di fragola, completamente rovinate.

«Qualcuno ha pane tostato? Credo di aver trovato la marmellata» scherzò Doug nell'esaminare tristemente la propria giacca. Allora fui costretta a ridere, imitata da Mary e da Fred. In un attimo tutti e quattro scoppiammo in una crisi isterica, osservati da Grossmith, il quale, allarmato, si portò il monocolo all'occhio.

«E adesso?» chiesi quando finalmente smettemmo di ridere, ancora intrappolati nel chiosco, la nostra incantevole giornata completamente rovinata. Nell'udire la mia voce rauca mi accorsi di avere la bocca arida. Avrei dato qualsiasi cosa per un bicchiere di limonata fresca.

Fred si afflosciò su una sedia pieghevole e stese in avanti le lunghe gambe.

Mary e Doug si scambiarono un'occhiata.

«Penso che dovremmo trasferirci altrove per qualche tempo» suggerì Mary, esitante, guardando Doug per avere conferma di ogni parola. «Forse in Germania, o nei Paesi Bassi? Quale paese potrebbe essere più tranquillo?»

«Come preferisci, Tupper» replicò Doug dopo un momento, mentre lui e Mary si fissavano quasi cercando di leggersi nel pensiero a vicenda. «Sei tu che hai rischiato di essere fatta a pezzi. Farò qualsiasi cosa tu dica».

Nonostante queste sue parole ebbi l'impressione di scorgere nei suoi occhi un guizzo di disappunto.

L'Olanda era adorabile, ma la Germania era ancora più bella, e alla fine fui contenta. Quella fu davvero la luna di miele che avevo immaginato, con escursioni tranquille e merende al sole, soltanto noi quattro, senza folla. In Germania la proiezione di film degli Alleati era stata proibita durante la guerra, quindi ben poche persone sapevano chi fossero Mary e Doug. Senza alcun vero pubblico tranne noi stessi, Doug era diverso, più tranquillo, più lunatico, ma almeno senza lampi di rabbia o d'impazienza. Lui e Fred trascorsero molto tempo insieme a discutere di arte ginnica, confrontando alcune acrobazie di Doug con alcune imprese atletiche di Fred. Così scoprirono di condividere la passione per il vecchio West e l'ammirazione per i pochi autentici cowboy che ancora si aggiravano intorno a Los Angeles. Spesso il pomeriggio andavamo tutti a cavalcare e Fred e Doug si cimentarono in gare di salto a cavallo.

Mi morsi la lingua sin quasi a staccarmela ogniqualvolta Doug decise di fare la guida turistica nonostante la scarsa esattezza delle informazioni in suo possesso. Anche quando sostammo a Coblenza, che naturalmente ricordavo dalla mia precedente (fantastica) visita alla fine del conflitto, non condivisi le mie conoscenze e non parlai della mia esperienza di guerra. Io e Fred avevamo deciso privatamente di non farlo ora che eravamo in Germania, perché persino questo avrebbe potuto alimentare la gelosia di Doug e ferire il suo orgoglio. Nessuno di noi due voleva rompere la nostra fragile quiete. Più e più volte feci del mio meglio per assicurare a Doug e a Mary che le loro tournée per favorire l'acquisto di obbligazioni di guerra erano state importanti, anzi, probabilmente molto più importanti di qualunque cosa avessimo fatto io e Fred, anche se, a dire il vero, non ne ero affatto convinta.

Quando fummo alloggiati in una piccola locanda a Coblenza, Mary ricevette un messaggio con cui il comandante delle forze americane d'occupazione ci invitava a un ballo in nostro onore, e naturalmente accettò. Poi decidemmo di trascorrere la mattinata rilassandoci con una merenda all'aperto.

Distesa su una coperta a fissare il Reno, che in qualche modo mi appariva meno ampio di quanto lo ricordavo da quella notte terribile, vissi quelli che furono per me i momenti più felici degli ultimi tempi. Quando guardai Mary, vidi di nuovo la mia amica, non la regina sul trono del mondo. Lei era rilassata, il viso giovane senza trucco, senza rughe, aperto e fresco, l'incarnato radioso. Riconobbi che essere accanto a Doug trasformava Mary in una donna desiderabile, decisamente in contrasto con l'immagine che di solito proiettava.

Appoggiata alle ginocchia di Fred, chiusi gli occhi, assolutamente pacifica nella quiete bucolica, beata nella consapevolezza che avremmo vissuto molti altri giorni come quello. Anni prima, io e Mary avevamo parlato di viaggiare attraverso l'Europa insieme, e finalmente il nostro sogno si era avverato. Giornate trascorse a vagabondare consultando le guide turistiche e facendo merende all'aperto con ceste piene di cibi strani: quel giorno il cuoco dell'albergo ci aveva preparato dei panini con salsiccia di fegato di manzo, anche se preferivo quella di fegato di vitello, dal sapore simile. Comunque l'avevo assaggiata e il mio sospiro era stato così forte che era stato come se avessi sospirato per tutti noi. Non riuscivo a immaginare in che modo quella giornata potesse essere più perfetta.

All'improvviso Mary emise un lieve suono di disgusto e balzò in piedi, rovesciando una bottiglia di limonata. «Non la sopporto! Tu ci riesci, Douglas?»

«Cosa non sopporti?» Disteso sulla schiena con il viso abbronzato rivolto verso il sole, Doug aprì un occhio.

«Questa! Questa… tranquillità! Qui nessuno ci riconosce! E non so voi, ma io ho lavorato troppo sodo per oziare nell'anonimato!»

«Sono d'accordo!» In un lampo, Doug balzò in piedi accanto alla moglie. «Hai ragione, Tupper! Nemmeno io posso sopportare tutta questa quiete. Qui nessuno mi guarda due volte. Andiamo da qualche altra parte, dove ci conoscono!»

«Dite davvero?» Mi scostai da Fred, che inarcò un sopracciglio, ma per il resto rimase impassibile. «Mary, sei seria?»

«Seria come un prete. Andiamo al ballo, stasera. Poi,

Douglas, perché non partiamo per l'Italia? Laggiù hanno proiettato i nostri film durante la guerra».

«Organizzerò tutto». Doug parve in procinto di correre subito a provvedere, poi sembrò ricordare che io e Fred eravamo ancora sdraiati sulla coperta, a fissarlo a bocca aperta.

Dopo aver scambiato un'occhiata con Fred, mi schiarii la gola, attirando l'attenzione di Mary. «In tal caso non credo che ci uniremo a voi» esordii, non sapendo come avrebbe reagito lei, nonché incerta su come volevo che reagisse. Se lei fosse rimasta indifferente alla nostra partenza ne sarei stata devastata, ma se si fosse preoccupata mi sarei sentita in colpa.

«Va benissimo, Fran» rispose Mary senza esitazione. «Capisco. Comunque voi siete stati qui più a lungo di noi, eravate qui già da tempo quando vi abbiamo raggiunti, e naturalmente non siete così abituati a tutta questa attenzione come lo siamo noi».

Mentre tutto il peso delle parole di Mary mi cadeva addosso, il sole parve affievolirsi nel cielo.

«No, naturalmente non lo siamo affatto» concordò Fred con il suo consueto sarcasmo. Mentre Doug e Mary cominciavano a chiacchierare dei loro progetti, soltanto io, nel sentire i suoi muscoli indurirsi come rocce contro la mia schiena, compresi che era arrabbiato.

«Be', ci mancherete, ragazzi» cinguettò Doug, incredibilmente, estaticamente felice, nell'appioppare a Fred una pacca sulla spalla. «Ma ci rivedremo a Hollywood! Voglio che m'insegni come hai vinto la gara di salto in alto».

«E naturalmente, Fran, ci rimetteremo al lavoro molto presto». Mary mi sorrise. «Adoro quell'idea di cui mi hai parlato, a proposito della ragazza italiana. Sarà il nostro primo film quando torneremo».

Ovviamente ero felice che Mary apprezzasse l'idea che le avevo proposto. Era stato audace da parte mia, e il film le avrebbe offerto un'ottima occasione per cimentarsi in qualcosa di diverso. Forse avrebbero potuto assegnare un ruolo a Fred. Mary mi aveva suggerito di dirigerlo, oltre che di scriverlo, e io ero rimasta sbalordita da tale opportunità. Dirigere un film di due rulli per Hearst era una cosa, dirigere Mary Pickford era tutt'altro. «Non riesco a immaginare nulla che possa piacermi più di essere diretta da una donna, specialmente da colei che è anche la mia migliore amica» aveva dichiarato Mary, e io ne ero stata elettrizzata.

Tuttavia in quel momento non mi fu possibile evitare di sentirmi ferita. Anche se eravamo stati io e Fred a suggerire di separarci, Mary e Doug avrebbero dovuto protestare almeno un poco. Un tempo Mary, la Mary che pensavo di conoscere e che amavo, avrebbe protestato.

Aprii il mio libro e mi concentrai ferocemente a sfogliarne le pagine perché non volevo guardare in viso Mary, non volevo ricordare che Squeebee mi aveva già dimenticata. Tuttavia le parole mi apparvero sfocate.

Quel pomeriggio io e Fred decidemmo di restare in albergo mentre Mary e Doug andavano a far compere. Trascorremmo beatamente il tempo a letto e io mi emozionai per le forme ormai familiari del corpo di Fred, ancora inebriante, duro e nerboruto, con le lunghe ossa e l'addome piatto e solido come un'asse per lavare. A sua volta, lui fu felice di accarezzare il mio corpo morbido e flessibile più e più volte, quasi a cercare di memorizzarlo. E la notte, anche se ciascuno di noi dormì sul proprio cuscino, Fred in qualche modo finì, come sempre, per condividere il mio, quasi che non potesse sopportare di starmi lontano neppure in sogno.

«Stasera non cercare di eclissare Doug» avvisai quando iniziammo con riluttanza a vestirci per il ballo. «So che non vuoi farlo, eppure sei così... così...»

«Alto?» Fred scoppiò a ridere prima di lavarsi il viso nel catino. Si asciugò vigorosamente con un asciugamano e i capelli gli caddero sugli occhi, conferendogli quell'aspetto da adolescente che mi faceva palpitare il cuore.

«Be', sì... Sai cosa intendo...» Cominciai a spazzolarmi i capelli, sapendo perfettamente che Fred amava guardarmi mentre lo facevo. Era capace di restare seduto per ore sul bordo del letto a osservarmi mentre mi spazzolavo la lunga chioma nera, e naturalmente lo fissavo con sguardo seducente riflesso dallo specchio.

Gemette quando impugnai la spazzola, eppure distolse lo guardo, con la sua disciplina di atleta e di religioso. Poi si girò e si recò risolutamente all'armadio per cercare lo smoking e i pantaloni. «Be', sono contento che se ne vadano» dichiarò, riconoscendo finalmente la presenza della nebbia nera che era sospesa nell'aria sin dal mattino. «Sono contento che non dobbiamo più continuare. Non so come tu abbia fatto per tutti questi anni».

«Cosa intendi?» Smisi di spazzolarmi e mi girai a guardarlo.

«Intendo assecondare la loro egolatria, restare sempre in secondo piano e mai sotto i riflettori. So che Mary è la tua migliore amica, ma non è un rapporto così alla pari come dovrebbe essere... Tu sei più intelligente, sei incredibilmente dotata, sei rispettata per le tue capacità. Eppure, a dire il vero, non sono sicuro che Mary lo capisca...»

«Ti sbagli» ribattei troppo prontamente, prima che i miei stessi sospetti a lungo repressi potessero affiorare in superficie, liberati dalle sue parole. «Mary mi rispetta più di ogni altra sceneggiatrice o sceneggiatore. Sono sua pari. Vuole che io diriga il suo prossimo film, Fred. Non è mai stata diretta da una donna».

«Hai letto questo?» Fred prelevò da una valigia un quotidiano britannico. «L'ho comprato a Londra prima di partire. Leggi qui...» Me lo porse, indicando l'articolo in prima pagina, con titolo a caratteri cubitali: «Doug e Mary estasiati dall'accoglienza ricevuta!»

Lessi l'articolo, redatto nella solita prosa enfatica circa

una settimana dopo il nostro arrivo a Londra, e trovai una frase che mi parve stampata in inchiostro più nero e più denso: «"Sì" ha dichiarato Miss Pickford, "'viaggeremo con la mia sceneggiatrice, dunque abbiamo portato con noi un pezzetto di Hollywood"». Allora interruppi la lettura perché non avevo più alcuna intenzione di concluderla e restituii il quotidiano a Fred, commentando: «Non ti ha nemmeno menzionato».

«Non ha menzionato *te*, Frances! Non per nome, comunque. Ha detto "la mia sceneggiatrice" come se tu fossi una sua proprietà, come se fosse stata lei sola a crearti».

«Come sai, è davvero così, in un certo senso». Mi girai di nuovo verso lo specchio e ripresi a spazzolarmi risolutamente, come per districare anche i miei sentimenti insieme ai capelli. Mi chiesi se mi sarebbe mai stato possibile far capire a Fred com'erano stati quei primi anni. Quando ci eravamo conosciuti io ero già la sceneggiatrice di maggior successo di Hollywood. Non sapeva quanto ero stata insicura di me stessa all'epoca in cui avevo incontrato Mary per la prima volta, e quanto avevo avuto bisogno di essere consigliata e incoraggiata. «Senza Mary non avrei alcuna carriera. Mi ha offerto la mia prima occasione. È stata lei a permettermi di entrare nel mondo del cinema. Mi ha aiutata a trovare la mia strada».

«Non lo credo, Frances. Sei così intelligente e sei dotata di così tanto talento che l'avresti trovata comunque, da sola».

«Può darsi. Però sono stata facilitata da donne come Mary e Lois Weber e Adela ed Elsie. A Mary devo tutto, Fred. E so di significare per lei più di quanto appaia da questo articolo. So di essere per lei molto più che la sua sceneggiatrice. Devi considerare che si è sposata da poco e che ora dirige un proprio studio cinematografico. Non è ancora abituata a una tale… una tale fama, se di questo si tratta. Santo cielo, nessuno lo è! Nessuno ha mai vissuto niente di simile prima d'ora, neppure Teddy Roosevelt».

Continuai a spazzolarmi vigorosamente per un poco, prima di lasciar cadere la spazzola e chinarmi in modo che i miei folti capelli neri mi nascondessero alla vista ogni cosa, incluso Fred, con il suo sguardo dubbioso. Poi gettai la testa all'indietro e mi scrutai allo specchio. I miei capelli erano un nembo nero e selvaggio, i miei occhi azzurri erano grandi e scintillanti, il mio aspetto era esotico e affascinante come quello di Theda Bara o di Nita Naldi. Per la prima volta mi chiesi perché in passato avessi avuto tanta paura di apparire dinanzi alla macchina da presa. Se lo avessi fatto avrei potuto diventare come Mary e beneficiare della stessa condizione di divinità di cui godeva lei. Tuttavia sarei stata anche sua rivale e sapevo come si isolava dalle altre attrici, incluse le sorelle Gish, che erano le sue più vecchie amiche. D'altronde, avevo forse permesso al mio desiderio di avere la sua amicizia e la sua approvazione di costringermi a restare dietro la cinepresa, dove lei voleva vedermi per sentirsi più a suo agio con me?

I capelli mi caddero silenziosamente sulle spalle. Scossi la testa.

No, la carriera che avevo era quella che volevo. Una scrittrice poteva continuare a lavorare finché era in grado di tenere in mano la penna e finché la sua mente continuava a funzionare. Un'attrice, invece, persino un'attrice come Mary, aveva una vita lavorativa effimera. A Hollywood avevo visto attrici brillare come comete per brevissimo tempo prima di precipitare sulla terra con un tonfo: Gypsy Abbott, Maude Fealy, e colei che forse era la più tragica, Florence Lawrence, la prima Ragazza della Biograph, di cui Mary aveva usurpato il titolo. Nessuno sapeva dove fosse ora Florence. Più o meno ogni anno correva voce che fosse morta, ma in realtà non importava a nessuno, anche se un tempo la più famosa attrice cinematografica del mondo era stata lei, non Mary Pickford.

Mi spalmai la crema sulle guance e un poco di rossetto sulle labbra, ma non molto, perché Fred non amava troppo trucco. Comunque non avevo intenzione di rinunciare ai cosmetici. Mi piaceva colorire le guance e applicare rossetto, cipria e mascara: era praticamente un requisito professionale a Hollywood.

«Il rapporto che abbiamo io e Mary è incredibile, Fred. Non sai cos'abbiamo dovuto passare negli studi cinematografici: il sarcasmo, le umiliazioni da parte di uomini che pregavano affinché fallissimo, e specialmente affinché fallisse Mary. Io sono stato fortunata. Sono soprattutto le donne a scrivere per il cinema, quindi hanno bisogno di noi. Ma un'*attrice* che osa tentare di dire agli uomini cosa devono fare? Questo è del tutto diverso, ed è quello che Mary ha dovuto sopportare. Sai, abbiamo sempre giurato che non avremmo mai permesso agli uomini di mettersi fra noi o di separarci. Ci hanno provato, una volta, e non ci sono riusciti».

«E adesso?»

«Suppongo che sia inevitabilmente diverso adesso che siamo entrambe sposate. Vorrei soltanto… Vorrei che non avesse sposato Doug. È orribile da parte mia?» Feci una smorfia guardando Fred, che stava lottando con la cravatta.

«No. Comunque Doug mi piace, sai? Davvero. Oh, certo, la sua autostima è fragile, però ho conosciuto un sacco di uomini come lui, dotati di un carisma immenso, e tutti devono compensare qualcosa. Invece un uomo come Doug… Be', ora ha tutto: fama, ricchezza, Mary… In ogni caso mi piace quello che fa con i suoi film. Mi piacciono perché sono sani, con molta azione e grandi spazi. Stavo pensando… Be', stavo pensando che forse potrei fare anch'io qualcosa del genere…» Fred sedette di nuovo ai piedi del letto e mi guardò con incertezza.

Mi resi conto che cercava la mia approvazione, e mi fu impossibile impedire che una sensazione di sorpresa e di trionfo si manifestasse con un sorrisino. Annuii, fingendo di considerare seriamente il suo suggerimento, anche se fin dai primi tempi della nostra relazione mi ero tormentata alla ricerca di un modo per farlo entrare nel mondo del cinema. Era molto bello e aveva una predisposizione naturale per la macchina da presa. Ormai avevo imparato a riconoscere la struttura ossea che meglio risaltava in fotografia, e lui era perfetto. Si era lamentato del poco che aveva fatto per me nel film di Hearst, ma come se lagnarsene fosse stato un dovere di uomo da parte di un ex ministro del culto e di un atleta di livello mondiale.

Inoltre l'emergere di un'emozione del tutto inattesa mi costrinse a riconoscere che la prospettiva di essere, io e lui, una coppia hollywoodiana come Doug e Mary mi appariva intensamente attraente, soprattutto in quel momento. «Morivo dalla voglia di trovare un modo per riportarti davanti alla cinepresa. Nel film che sto progettando, quello a cui Mary ha accennato, c'è un ruolo, un ottimo ruolo, anche se non è quello di protagonista».

«Hai tramato alle mie spalle!» sogghignò Fred.

Allora immaginai quel bel viso radioso proiettato sullo schermo, illuminato in modo giusto, e battei le mani. «Anche tu!»

«Sì, è vero. Penso di poter fare qualcosa, forse qualcosa che sia ambientato nel vecchio West, tipo William S. Hart, ma più per ragazzi. Sarebbe un modo per promuovere i buoni valori all'antica. Non posso più predicare, grazie alla mia cara mogliettina due volte divorziata, però ora capisco che mi sarebbe possibile raggiungere moltissimi giovani in questo modo: il vostro modo».

«Il modo di Hollywood».

«Non mi piace come suona, però… Sì, è così».

«Non vedo l'ora di suggerirlo a Mary! Ma penso che aspetterò fin quando tutti saremo di nuovo a casa. Sono sicura che ne sarà entusiasta». E pensai: Lo spero!

«Lo sarà anche Doug?»

Mi volsi di nuovo allo specchio per finire d'incipriarmi il naso. No, Douglas Fairbanks non ne sarebbe stato affatto entusiasta. Però conoscevo abbastanza bene Mary, per la quale la vita privata e la carriera erano del tutto distinte l'una dall'altra. A questo proposito mai avrebbe ceduto e mai sarebbe cambiata per compiacere il suo uomo, o qualsiasi altro uomo. «Andiamo al ballo, tesoro». Mi alzai e mi esibii in una piroetta.

Fred mi baciò la mano. «Una regina» sorrise, provocante.

«C'è spazio per più di una sovrana». Presi a braccetto il mio bel marito e così ci avviammo insieme al ballo, di cui scoprii con sorpresa di essere la bella. Infatti l'ospite di quel ballo militare era nientemeno che il mio vecchio amico, il maggiore Brereton!

Mary mi presentò: «E, naturalmente, la mia sceneggiatrice...»

Allora il maggiore Brereton mi guardò e interruppe: «Tenente Marion!»

«Maggiore... Cioè, generale!» Salutai militarmente, notando la stella luccicante sulla sua uniforme. Poi entrambi scoppiammo a ridere e ci scambiammo una stretta di mano. Il generale parve sinceramente felice di vedermi.

«Cosa... Fran, chi è?» Mary spalancò gli occhi per lo stupore, mentre il sorriso di Doug si contraeva, pur senza perdere il magnetismo professionale.

«Qualcuno che una volta mi ha detto che nella guerra non c'è posto per le donne» risposi, sorridendo al generale.

«Una dichiarazione che confermo». Il generale Brereton si inchinò. «Tuttavia il tenente Marion si è dimostrata soldato coraggioso, come ho potuto constatare, e anche se non posso affermare che mi sia piaciuto scortarla oltre il Reno, debbo riconoscere che non è stato neppure un compito arduo. La sua presenza non ha richiesto alcuna misura speciale. Ha rifiutato ogni offerta di aiuto, se ben ricordo. E tutti, qui, abbiamo visto il suo film. È stato molto illuminante» aggiunse, annuendo brevemente.

Anche se compresi che non avrei avuto altri elogi da

parte sua per il mio lavoro, fui soddisfatta di averne ricevuto almeno uno. All'improvviso divenni acutamente consapevole di indossare un abito da ballo luccicante e scollato, anziché un'uniforme imbrattata di fango. Comunque non fu effetto della mia immaginazione il rispetto che vidi negli occhi del generale Brereton e in quelli di Fred, nonché, con sorpresa, in quelli di Mary, la quale non mi aveva mai vista davvero fuori dalla sua ombra, non aveva mai avuto occasione di vedermi agire in completa indipendenza. Mi commosse constatare che poteva ancora essere sinceramente felice per me.

«Siamo tanto orgogliosi di Fran!» esclamò Mary, e così, dopo la delusione del mattino, la serata fu semplicemente perfetta.

«Miss Pickford, posso aprire il ballo con lei?» Il generale rammentò i propri doveri e le norme di cortesia. Mary era l'ospite d'onore e il protocollo prevedeva che fossero loro due a eseguire il primo ballo.

Con un sorriso di gioia sulle labbra, Mary si alzò. Subito Doug balzò in piedi e l'afferrò per un braccio. Trattenni il respiro, pronta a soccorrere la mia amica. Tuttavia Doug non esagerò, non la tirò indietro né la strinse troppo forte. Con un altro sorrisino contratto mormorò, però in modo tale da essere udito da ognuno di noi al tavolo: «Ricordi la tua promessa, Tupper, cara? Hai promesso di non ballare mai con nessun altro uomo, soltanto con me».

Mi servì tutto il mio autocontrollo per non ricordare a Doug che era semplicemente una questione di protocollo, niente di più. Era l'usanza. Sicuramente non poteva aspettarsi che Mary, che come personaggio pubblico avrebbe dovuto partecipare a numerosi altri eventi ufficiali, non ballasse mai con nessuno se non con lui.

Per un istante Mary non riuscì a celare la mortificazione. Poi guardò Doug e i suoi occhi si addolcirono di comprensione nel rispondergli teneramente, quasi come una madre a un figlio petulante: «Certo, Douglas, certo che ricordo.

Chissà cosa stavo pensando. Mi dispiace, generale, ma come può constatare, ho fatto una promessa a mio marito». Ciò detto, sedette di nuovo.

Anche se soltanto per un momento, il generale Brereton apparve in imbarazzo, quindi, con un cortese cenno della testa a Mary, si volse verso di me e s'inchinò. Felice, gli andai incontro. Mentre la musica iniziava e il generale mi attirava nel vortice di un sobrio e rigido valzer, sorrisi a mio marito, bello e fiero. Sorrisi anche a Mary, e annuii, comprensiva, quando lei rispose con una piccola smorfia e una breve scrollata di spalle.

In ogni modo la sua delusione non m'impedì di gioire della luce dei riflettori che cadeva su di me con abbagliante, inatteso e assai gradito splendore.

13.
Mary
Autunno 1920

Dopo la loro trionfante luna di miele, Mary e Doug tornarono a casa, a Pickfair, la residenza di caccia di Douglas a Beverly Hills, trasformata in un finto castello Tudor degno dei nuovi regnanti: quattro piani, venticinque stanze, stalle, campi da tennis. Tornarono a casa, ai loro nuovi studi cinematografici, costruiti durante il loro viaggio. Tornarono a casa per regnare su Hollywood, mano nella mano.

Ogni mattina Mary si svegliava in un letto enorme, così grande che un tempo avrebbe potuto accogliere lei, mamma, Lottie e Jack, nonché tutti i loro costumi e accessori di scena; grande come la stanza più grande in cui tutta la famiglia si era stipata all'epoca del loro periodo da girovaghi; grande come il futuro.

E Douglas era lì, proprio accanto a lei, sempre abbigliato con un pigiama di raffinatissimo lino. Si alzavano, e Douglas eseguiva i suoi esercizi di ginnastica, poi usciva a correre per un po' intorno alla casa. Ciascuno si vestiva nel proprio spogliatoio. Gli armadi di Mary contenevano capi di alta moda, tutti un po' più sofisticati di quelli che Papà Zukor aveva sempre scelto per lei: completi sobri ma lussuosi, delicati abiti da tè, vestiti da sera ornati di perline o di chiffon. Adesso era Mrs Douglas Fairbanks e si vestiva di conseguenza.

Per recarsi allo studio sceglieva sempre un completo. Era abbastanza imbarazzante partecipare a riunioni di lavoro in costume da ragazzina fra una ripresa e l'altra. Se non altro quando arrivava si mostrava per quello che era: la responsabile di uno dei più importanti studi hollywoodiani.

Nei suoi armadi Douglas aveva una cinquantina di paia

di scarpe confezionate a mano, camicie in lino e seta, completi e smoking tagliati su misura, nonché salopette e camicie e pantaloni di flanella per le sue diverse attività atletiche: golf, tennis, polo, canottaggio, equitazione. Di solito indossava un completo quando si univa alla moglie nella rilassante sala da colazione con le pareti color guscio d'uovo. Di regola erano soltanto loro due anche se avevano ospiti, perché mentre gli altri potevano dormire fino a mezzogiorno, loro dovevano essere allo studio alle sette.

Dopo una colazione frugale, perché Douglas tendeva ad appesantirsi nonostante il vigoroso regime di esercizi ginnici e Mary, ovviamente, doveva apparire sullo schermo snella come una ragazzina, salivano a bordo della vettura che li attendeva, una limousine Hudson del 1920 guidata da un autista in livrea. Mary sedeva dritta e inalava l'aria profumata, osservando i giardini e le stalle del proprio regno e uno dei tanti doni di Douglas, cioè la prima piscina privata di Los Angeles, dotata persino di una canoa, in cui posavano spesso con gli ospiti per i fotografi.

A volte, nel percorrere la tortuosa strada collinare, notavano una nuova casa in costruzione, perché sempre più persone di cinema si trasferivano sulle colline di Hollywood, nidi d'aquila su cui appollaiarsi per sorvegliare il loro regno. Ma nessuno saliva più in alto di Pickfair: nessuno avrebbe osato.

Se avevano un po' di tempo in più, Mary si serviva del portavoce per chiedere all'autista, celato da un divisorio, di sostare presso l'accogliente casetta di Charlotte ai piedi della collina. Naturalmente, Mary aveva dato per scontato che mamma sarebbe vissuta con loro a Pickfair, ma Douglas si era opposto con veemenza e aveva costruito una casa per lei alla base della collina.

In occasione di quelle visite Mary bussava alla porta e mamma le apriva sempre di persona. Mary non aveva idea di cosa facessero le sue due domestiche tutto il giorno. Infatti Charlotte insisteva per occuparsi di tutto da sola. Poi Mary baciava mamma sulla guancia e salutava la nipote, la piccola Gwynnie, se la trovava già sveglia. Santo cielo! La bambina era identica alla madre, poverina! Se Douglas era disponibile, Mary invitava mamma a cena, altrimenti le prometteva un pranzo nel fine settimana.

In verità, non era mancanza di disponibilità da parte di Douglas, il quale, anzi, adorava mamma. Semplicemente, a volte non c'era spazio, e non sempre mamma si sentiva a proprio agio con alcuni dei loro ospiti più raffinati, come Mary era stata costretta a riconoscere quando Douglas lo aveva fatto notare.

Dopo quel rituale mattutino Mary rimontava in vettura, dove Douglas nel frattempo aveva iniziato a leggere una recentissima rivista di cinema, quindi proseguivano per lo studio, superando l'Hollywood Hotel e schiere ordinate di casette e di aranceti, percorrevano il Sunset, con l'ampio sentiero per le passeggiate a cavallo al centro del viale, e costeggiavano gli studi cinematografici, alcuni dei quali erano destinati all'oblio in breve tempo perché adesso la concorrenza era enorme, mentre altri erano ormai affermati, come la Famous Players-Lasky e il manicomio di Mack Sennett. Infine varcavano il cancello del *loro* stabilimento cinematografico, il Pickford Fairbanks Studio, come annunciava l'insegna. Prima di assumere la dignità che il suo ruolo esigeva, Mary non passava mai sotto quegli archi senza almeno un sorrisino di soddisfazione. Anche Douglas sorrideva, e si guardavano con gli occhi spalancati, tenendosi per mano con supremo appagamento.

E così si addentravano nel loro regno.

Era l'ex studio cinematografico Hampton, diciotto acri all'angolo tra Santa Monica e Formosa. Al momento della sua fondazione, la United Artists possedeva soltanto gli uffici commerciali a New York, dove avevano sede tutte le compagnie di produzione. Charlie aveva costruito il suo teatro di posa soltanto un anno o due prima, quando aveva firmato un contratto con la First National (un'altra compagnia priva di studio), mentre Griffith aveva ancora il suo a Long Island. Per avere il loro, Douglas e Mary avevano acquistato lo studio Hampton e lo avevano ristrutturato.

Talvolta, anzi, molte volte, Mary giaceva sveglia di notte a controllare mentalmente i libri contabili. Ogni socio doveva finanziare i propri film e avere i propri teatri di posa. La United Artists era proprietà dei soci. Non aveva azionisti né investitori e non riceveva finanziamenti dalle banche proprio per non dover rendere conto ad alcun finanziatore e non dover essere costretta a rimontare i film quando non piacevano ai finanziatori o a realizzarli a modo loro anziché a modo proprio. Tale organizzazione comportava una rischiosa scarsità di capitali e la mancanza di una catena di sale cinematografiche per la distribuzione, di cui disponeva invece ogni altra compagnia. Hiram Abrams, dell'ufficio di New York, aveva deciso di affittare sale e di persuadere i proprietari a pagare in anticipo in cambio dei nuovi film di Mary Pickford o di Douglas Fairbanks, i quali, ovviamente, erano una garanzia sufficiente. Tuttavia la United Artists, a differenza di compagnie come la Famous Players, non disponeva ancora di un ampio catalogo di film da proporre. Produrre film autonomamente comportava processi più lenti, tanto che Mary e Douglas non avrebbero potuto realizzare ogni anno più di due o tre film ciascuno, mentre Chaplin e Griffith erano ancora più lenti. Comunque valeva la pena angosciarsi per ogni centesimo, per ogni costume e per ogni accessorio di scena, perché così erano liberi e non erano costretti a sottostare ad alcuna imposizione. Erano Doug-e-Mary.

Giunti in studio, Mary e Doug si lanciavano baci sino all'ultimo momento prima di recarsi ciascuno al proprio bungalow, che fungeva da spogliatoio e da ufficio. Dopo trucco, costume, programmazione delle riprese giornaliere, firma di assegni e moduli, ognuno filmava per tutta la mattina sotto i riflettori. Trascorrevano insieme la pausa per il pranzo in uno dei loro bungalow, di solito in costume e con un fotografo presente a catturare immagini pittoresche della Piccola Mary in grembiulino con Douglas vestito da pirata. A volte Charlie si univa a loro in costume da Vagabondo, anche se non stava girando. Era tutto per la pubblicità, tutto per lo studio. Nel pomeriggio riprendevano a filmare, spesso fino a tarda sera.

Alcune sere Mary, troppo stanca per cambiarsi, rincasava e cenava in costume, spogliandosi soltanto per andare a dormire. Anche se il costume era incrostato di sudore, non cessava mai di meravigliarsene perché era confezionato appositamente per lei, unicamente per lei. Gli anni in cui era stata costretta a indossare costumi macchiati e strappati, incrostati dal sudore di tutte le altre attrici che li avevano portati in precedenza erano finiti, e da molto tempo. Anche quando se ne stava accasciata sulla sedia in sala da pranzo a cenare stancamente vestita da pezzente, era ancora in grado di rammentare quanta strada aveva fatto, e mormorava rapidamente una preghiera di ringraziamento.

Eppure le sere in cui era spossata, a volte così tanto da non poter fare altro prima di cena che passarsi una ruvida salvietta sul viso per rimuovere almeno lo strato superiore del pesante trucco che le otturava i pori, erano quelle che preferiva, le sere in cui lei e Douglas cenavano insieme, soli, seduti fianco a fianco all'enorme tavolo da pranzo, a parlare delle loro giornate e a discutere del casting, della pubblicità, degli allestimenti (anche se Douglas si affidava al proprio regista molto più di Mary). Di solito lei cercava di convincerlo a pensare al marketing, perché lui era incline a rimandare. Invece il marketing doveva essere tempestivo per risultare efficace. «Manifesti pubblicitari» raccomandava sempre Mary. «I manifesti pubblicitari vendono film e bisogna assicurarsene gli spazi con settimane di anticipo!»

Tuttavia troppe sere non erano così. Troppe erano le serate preferite di Douglas, quelle in cui la casa era piena di ospiti e il tavolo da pranzo era al completo. Ormai tutti coloro che visitavano Hollywood volevano ammirare innanzitutto Pickfair, il Buckingham Palace della California, diceva qualcuno, probabilmente Charlie, e Mary pensava che fosse semplicemente appropriato. Così, al pari di re Giorgio e della regina Maria, sopportava l'incomodo e la rinuncia all'intimità perché era suo dovere.

«Come sta il duca, Doug?» chiese una volta Charlie a pranzo, allo studio.

«Quale duca?» Douglas lo guardò, sorpreso.

«Oh, qualsiasi vecchio duca» rispose Charlie, disinvolto, e Douglas e Mary scoppiarono a ridere perché aveva ragione: una settimana senza duca, qualsiasi vecchio duca, in visita a Pickfair, era davvero rara.

Douglas adorava la presenza di monarchi, aristocratici e anche politici: più erano, meglio era. Charlie era sempre presente per far ridere Doug e incoraggiarlo. Mary una volta gli chiese se avesse mai cenato a casa sua e lui rispose: «Ma il tuo cuoco è molto più bravo del mio, Mary!»

Be', lo era davvero, perché Mary se n'era assicurata. Era suo obbligo rendere Pickfair il simbolo più favoloso di Hollywood, il più raffinato, sofisticato ed elegante. Rabbrividiva ancora per la propria mancanza di istruzione e ricordava con orrore l'infanzia di miseria e di duro lavoro. Ora che era regina doveva rappresentare Hollywood al cospetto del resto del mondo e conferirvi legittimità e raffinatezza, perché le doveva *tutto*.

Così si era assicurata di avere a Pickfair non soltanto il cuoco migliore di Hollywood, bensì anche il meglio di ogni altra cosa: lenzuola, tappeti, tende, porcellane, argenteria, vasellame d'oro. Fortunatamente Douglas era astemio, quindi non doveva preoccuparsi dell'imbarazzo di servire buon vino durante il proibizionismo e fingere che fosse rimasto da prima. Nell'intimità del suo spogliatoio lei stessa beveva sempre un sorso di gin prima di cena, talvolta anche dopo. Un goccio di quando in quando non aveva mai fatto male a nessuno. Naturalmente doveva nasconderlo a Jack e a Lottie, che già bevevano per conto loro e avevano decisamente un problema, poveri cari. Lottie aveva avuto due mariti e aveva lasciato la figlioletta a Charlotte affinché l'allevasse con l'aiuto della sorella. Jack aveva sposato la piccola Olive Thomas, morta drammaticamente di overdose a Parigi, quindi non era soltanto la morsa dell'alcol a tormentarlo. Entrambi erano perseguitati dalla maledizione di famiglia. Probabilmente lo era anche mamma, tuttavia ciò non aveva importanza, perché lei meritava ogni conforto possibile. Inoltre beveva tranquillamente a casa propria e a differenza dei suoi figli non faceva scenate né si faceva arrestare.

Ovviamente, Mary non aveva alcuna preoccupazione simile, anzi, stava benissimo. Sì, beveva un goccio prima di cena. E allora? Chi non l'avrebbe fatto, se avesse dovuto affrontare responsabilità come le sue? Chi non si sarebbe sentito un poco intimidito al pensiero che il duca di York si sarebbe trattenuto per la notte e in seguito avrebbe riferito alla regina d'Inghilterra dell'accoglienza ricevuta a Pickfair? Toronto non era mai lontana quando Mary, elegantemente vestita e adorna di diamanti, si accingeva a scendere la scalinata per salutare ospiti famosi. Come poteva lei, la piccola Gladys Smith, conversare con persone come George Bernard Shaw? Soltanto un bicchierino di gin, piccino piccino, le calmava i nervi e le scioglieva la lingua. Non era necessario che Douglas lo sapesse, perciò era molto discreta e subito dopo faceva sempre i gargarismi con il Listerine.

Miracolosamente, quel goccetto le permetteva di superare la serata, finché, alle dieci precise, qualunque cosa si stesse facendo, come giocare a sciarada in biblioteca o guardare un nuovo film di cui uno degli ospiti era protagonista, Mary suonava perché i maggiordomi servissero tazze di Ovaltine, segnalando così che era ora di andare a dormire.

Comunque tutti, eccetto i reali in visita, avrebbero dovuto svegliarsi presto l'indomani per andare al lavoro.

E il lavoro era ciò che Mary desiderava: semplice lavoro. Oh, i giorni in cui lei e Frances e Mickey, sul set, avevano dovuto preoccuparsi unicamente della loro arte, di ciò che la macchina da presa catturava, e non del denaro necessario per produrre i film. Mary aveva nostalgia di quei giorni, e forse per questo aveva accettato di interpretare la protagonista nel debutto di Frances come regista per la United Artists, *The Love Light*.

«Mary, lascia che ti racconti una storia» esordì Frances, un pomeriggio in cui i loro mariti erano altrove, impegnati in attività virili. Dopo essere stati in Italia, lei e Fred si erano riuniti a Mary e Douglas in Inghilterra, a Southampton. «Ho visto una bella ragazza in un paesino italiano. Devi sapere che alcuni soldati tedeschi sono stati accolti in Italia dopo l'affondamento delle loro navi. Quella ragazza era un'eroina. Era guardiana del faro con il padre e quando una nave tedesca è naufragata si è innamorata di un soldato. Alcuni mesi dopo, però, ha scoperto che era una spia e che si serviva del proiettore del faro per trasmettere segnali alle navi tedesche. Allora, nonostante il suo amore, lo ha denunciato e lui è stato giustiziato. Gli abitanti del paese mi hanno raccontato questa storia e mi hanno indicato la bella ragazza italiana con gli occhi castani, che portava in braccio un bimbo biondo dagli occhi azzurri. Ho subito pensato che se ne potesse trarre un film, un film meraviglioso. Non sei d'accordo?»

«Sarà il mio prossimo film!» Mary si stava ancora librando dalle vette vertiginose del proprio matrimonio e della propria fama, senza uguali e senza precedenti. Dopo la sua luna di miele europea con Doug, la stampa versava oceani di inchiostro cercando di capire ciò che era accaduto nella normalmente calma e stoica Inghilterra. Perché migliaia di persone rispettabili erano come impazzite per Doug e per Mary, semplici stelle del cinema, e avevano pianto, si erano strappate i vestiti e avevano manifestato un tale disperato bisogno di vederli, di essere in loro presenza, di avvicinarli?

Così ora le stelle del cinema non erano più semplicemente stelle del cinema, e Mary non era più semplicemente Mary. Era intoccabile. Inoltre era disposta a interpretare personaggi adulti. Ormai aveva quasi ventinove anni e aveva impersonato fanciulle e ragazzine molto più a lungo di quanto avrebbe dovuto. Era sposata, e tutti lo sapevano. Dunque perché non interpretare una donna, una donna passionale? E chi meglio di Frances, che aveva creato il suo personaggio di ragazzina, avrebbe potuto guidarla verso l'età adulta sullo schermo, non soltanto scrivendo, ma anche dirigendo un film?

Sarebbe stato come ai vecchi tempi! Di notte avrebbero potuto lavorare insieme alla sceneggiatura. Mary avrebbe persuaso Fran a recarsi a Pickfair, anche se, a dire il vero, non sembrava che ammirasse la villa quanto avrebbe dovuto. Oh, certo, la cara Fran era sempre invitata insieme a Fred a ogni singola cena per onorare ogni singolo ospite, e accettava sempre (anche se talvolta Fred non l'accompagnava perché era impegnato in attività atletiche). Eppure quando era seduta a tavola arricciava il naso e teneva la bocca chiusa. Forse non le piaceva incontrare tanti ospiti importanti? E quando Douglas si esibiva in uno dei suoi scherzi che piacevano tanto a tutti, come far esplodere petardi sotto il tavolo oppure sostituire una posata con un coltello di gomma per impedire a una povera duchessa di tagliare la carne, Fran lo fissava come se non lo trovasse affatto divertente. Mary rideva sempre insieme a tutti gli altri e commentava esasperata: «Oh, Douglas!» Invece Fran rimaneva sempre educatamente silenziosa, con gli occhi bassi, concentrata sul piatto.

Comunque Mary l'avrebbe indubbiamente convinta promettendo cioccolata calda e lunghe notti davanti al fuoco. Di sicuro avrebbero potuto lavorare insieme come sempre, completando l'una la frase dell'altra. Di sicuro fra una ripresa e l'altra avrebbero potuto ridere e inventare scenette come avevano sempre fatto ai tempi di *The Poor Little Rich Girl*, e avrebbero potuto pranzare e ridere insieme nel bungalow di Mary, proprio come un tempo.

Infatti Mary, con suo stesso stupore, ne aveva bisogno; aveva bisogno di fuggire dalla responsabilità di essere la regina, di ospitare dignitari e opprimenti folle di invitati, di escogitare modi per divertire Douglas, e di sopportare

Charlie, che seguiva Douglas ovunque come un cucciolo e s'intrometteva in tutto ciò che accadeva in casa sua (quando non era impegnato a sedurre attrici adolescenti... Oh, quell'uomo!). Mary aveva bisogno di tornare nell'unico posto che era sempre sembrato sicuro e giusto; aveva semplicemente bisogno di essere di nuovo un'attrice, fissata unicamente dall'occhio della macchina da presa.

E con Fran avrebbe potuto farlo. Sarebbe stato esattamente come ai vecchi tempi! Esattamente come... prima.

Mary non vedeva l'ora di iniziare il film.

«Ne sei sicura, carissima Fran? Non possiamo girare in questo teatro di posa?»

«Oh, Squeebee! Non pensi che debba somigliare un poco all'Italia? Ho trovato un posto meraviglioso sulla costa, nei pressi di Carmel. È roccioso, molto simile alla costa italiana, e la cittadina potrebbe sicuramente sembrare un paese italiano. E considera quanto risparmierai sui costi di costruzione! Avremo bisogno soltanto di alcune riprese in interni da girare qui in studio».

«Sì, certo» annuì Mary, pensando che Frances aveva ragione: l'autenticità era essenziale. Dopo *Madame Butterfly*, Mary non aveva più tentato di interpretare personaggi non americani. Avrebbe avuto bisogno di tutto l'aiuto possibile perché aveva rifiutato la richiesta di Fran di tingere i boccoli o d'indossare una parrucca. Sarebbe stata un'italiana bionda. La cara Fran non capiva del tutto quanto fosse importante quel film, il suo secondo per la United Artists. Dopo avere offerto ai fan *Pollyanna*, anche se era estasiata di sciogliere i muscoli e di interpretare una passionale ragazza italiana, doveva anche conservare la propria immagine, essere *se stessa*.

Non poteva rischiare di alienarsi i fan, non al botteghino, non quando la United Artists aveva bisogno di ogni centesimo che poteva incassare.

Tuttavia la cara Fran non capiva quanto sarebbe costato

girare in esterni, organizzare il trasporto di tutto il cast, della troupe e degli attrezzisti, che comunque avrebbero dovuto costruire qualcosa nel villaggio esistente, perché si aveva sempre bisogno di qualcosa: un pozzo dei desideri, una chiesa, un granaio, fiori finti, qualunque cosa. Dunque sarebbe stato necessario trasportare molti materiali, immagazzinare i costumi, trovare alloggi per tutta la compagnia, remunerare gli abitanti per poter usare le loro case, pagare la ristorazione (e si poteva scommettere che qualunque cuoco locale avrebbe triplicato i prezzi usuali per la gente del cinema)… Insomma, girare in esterni sarebbe stato molto costoso. Eppure sembrava che Fran non se ne rendesse conto davvero. D'altronde, perché avrebbe dovuto? Non era lei a dirigere lo studio.

«Userai una miniatura per la scena del naufragio?» chiese Mary, consultando la sceneggiatura.

«Penso di no, Mary, cara. Vogliamo che tutto sia assolutamente reale. Sai che il film sarà giudicato con estremo rigore. Le registe non sono forse rare di questi tempi? Oh, come mi manca Lois!»

Mary annuì. In verità, la carriera di Lois Weber era finita. I suoi film impegnati non godevano più del favore del pubblico. Dopo la guerra, la gente voleva spettacoli d'evasione, storie d'amore drammatiche, non opere didattiche. «Bene, manderemo qualcuno a cercare una nave che si possa acquistare». Mary redasse un appunto nel proprio registro e vide Fran sorridere felice. «Ora, a proposito del cast…»

«Ho un'idea».

Mary ebbe un tuffo al cuore, ma non fu sorpresa. Aveva notato il modo in cui Fran guardava il suo nuovo marito, non soltanto con amore e con desiderio, bensì anche con ambizione, calcolo. «Vuoi Fred».

«Sì! Voglio che interpreti il soldato tedesco. Non è una gran parte, Mary, però deve essere fisicamente imponente e bello. So che Fred non ha esperienza, comunque potrà recitare con te, e sai quanto sei brillante, Squeebee, quanto sei espressiva e generosa! Lui potrà imparare dalla migliore! Da te!»

Mary abbassò lo sguardo, celando un sorriso compiaciuto. Fran la conosceva troppo bene, era consapevole della sua vanità. D'altronde, se era intenzionata a trasformare il marito in un attore, non avrebbe potuto lanciarlo in modo migliore che assegnandogli la parte dell'amato in un film di Mary Pickford. «Penso che sia un'ottima idea, Fran. E sai che non lo direi se non lo pensassi davvero. Sai che sono io a metterci i soldi!»

«Sì, l'hai detto» mormorò Fran, e questa volta fu lei ad abbassare lo sguardo.

«Allora è deciso» dichiarò Mary, e proseguì la discussione affrontando il successivo argomento in programma. In realtà non era affatto deciso, perché doveva dirlo a Douglas, e immaginava con estrema precisione in che modo lui avrebbe reagito alla notizia.

«Non intendo perderti di vista mentre fai l'amore con quell'uomo!» Cupo in viso, Douglas si rabbuiò ancora di più, digrignando i denti. «Ho visto come lo guardavi in Europa!»

«Oh, Douglas, non essere assurdo! Sai che in Europa guardavo soltanto te, e che guardo soltanto te ogni giorno della mia vita!»

Qualunque cosa avesse detto, Mary non avrebbe potuto placarlo. Aveva già tentato, ma Douglas era terribilmente protettivo, tanto che lei stava già imparando di non poter neppure guardare un altro uomo senza doverne affrontare le conseguenze una volta rimasta sola con lui. Grazie al cielo non era violento come Owen! Tuttavia immaginava flirt inesistenti. Era come se la considerasse un certo tipo di donna, una donna di cui non ci si poteva fidare perché la loro relazione era iniziata al di fuori del matrimonio. Al tempo stesso sembrava che la collocasse su un piedistallo. Talvolta la guardava come se non potesse credere alla sua fortuna, come se lei fosse una creatura che non poteva esistere nel mondo ordinario. Se avesse potuto, l'avrebbe rinchiusa in una piccola cella piena degli oggetti più belli del mondo, di cui lui stesso avesse posseduto l'unica chiave.

Lei invece si fidava di lui. Lo aveva visto sul set: non era bravo a girare scene d'amore, era goffo e sempre con il panico nello sguardo. Non lo aveva mai visto flirtare, se non con lei. Non era un uomo come Charlie, come John Barrymore, come Wallace Beery e come tanti altri a Hollywood, i quali consideravano tutte le giovani stelline desiderose di far carriera come se appartenessero al loro bordello personale e promettevano loro parti nei film purché accettassero di... No, Douglas non era affatto così. Mary doveva ammettere che era piuttosto snob, talvolta altezzoso. Comunque lei si fidava di lui. Perché lui non poteva fidarsi di lei?

«Quel Thomson è un bell'uomo, lo so. Di sicuro la tua amica ha scelto bene».

Mary si astenne dal rivelare che in realtà era stata lei a scegliere Fred Thomson fra parecchi giovani soldati, e ovviamente aveva scelto bene. Fran e Fred erano così innamorati che a volte era doloroso guardarli. Il loro matrimonio era semplice, non era oppresso dalle enormi aspettative del pubblico. Consapevole che avrebbe soltanto peggiorato le cose se avesse insistito a protestare, scrollò le spalle.

Allora Douglas, che aveva tempo libero perché *Il segno di Zorro* era in preproduzione, insistette per accompagnare la troupe alla location per le riprese in esterni. Quindi, ovviamente, il set non sarebbe stato come ai vecchi tempi con Frances.

Quando tutti si furono trasferiti nel paesino ed ebbero trovato alloggio (Fred e Frances, Mary e Douglas condivisero una casa), ebbe inizio la lavorazione. Per prime furono girate le scene più facili, e per un poco Fran e Mary ritrovarono in parte la magia dei vecchi tempi con Mickey. Sole sul set, perché Fred e Douglas erano andati a pescare, risero fino alle lacrime durante alcune riprese divertenti con cani e bambini, nonché girando le sciocche scenette iniziali in cui Mary doveva recitare buffonerie nelle strade "italiane" e apparire irascibile in alcuni comici litigi con i suoi "fratelli". Se si fosse immedesimata abbastanza Mary avrebbe potuto immaginare di essere ancora ai tempi di *Stella Maris* o di *M'Liss* o di *Amarilly of Clothes-Line Alley*.

Ora, però, Frances sedeva sulla sedia da regista e ordinava: «Stop» talvolta anche prima che Mary lo giudicasse opportuno.

«Fran...» Mary sospirò profondamente. Aveva dato tutto in una scena che aveva richiesto molta attività fisica. Si accorse di avere un polso graffiato e chiamò la truccatrice affinché nascondesse la lacerazione. «Non hai pensato che avrei potuto fare un po' di più con la scena della botte? Pensavo che sarebbe stato carino se mi si fosse vista scalciare».

«Non credo, Squeebee. Ricorda che qui non sei una ragazzina, bensì una giovane donna».

«Sì, ma i miei fan... Sai che adorano queste scenette. Hanno sempre funzionato bene in passato... Ricordi *The Poor Little Rich Girl*?»

Limitandosi a scuotere la testa, Fran consultò la sceneggiatura per preparare la ripresa successiva. E così, per la prima volta in tutti gli anni della loro collaborazione, Mary non ebbe altra scelta che assecondarla e andare avanti.

Eppure era molto divertente, la notte, sedere davanti al fuoco con un bicchiere di latte, in compagnia di Fran, anche con i loro mariti, a parlare delle riprese della giornata, spettegolare sugli amori delle comparse, discutere il programma del giorno successivo. Fran non tentava neppure di dire a Mary come interpretare la sua parte, o almeno non lo aveva ancora fatto, e lei gliene era grata. Non poteva discutere con nessuno della propria preparazione. Rileggeva più e più volte la sceneggiatura, sognando a occhi aperti la ragazza che doveva interpretare, la sua infanzia, la sua vita. Per questo aveva letto alcuni libri sull'Italia. Si esercitava lungamente allo specchio per perfezionare una gestualità che apparisse autentica. Quando andava a dormire, la notte, immaginava di essere la giovane donna del film, perché fingere di essere chiunque tranne se stessa la rilassava e le permetteva di dormire serena.

Quando erano ormai imminenti le scene da filmare con Fred, tuttavia, notò che Fran passava più tempo con lui per parlargli della sceneggiatura. D'altronde era necessario: era il suo lavoro di regista! Nonostante ciò si sentì alquanto trascurata, se non proprio esclusa. Naturalmente era una professionista, come ricordò a se stessa. Era lei ad avere molta esperienza, mentre Fred era un novellino.

Quando furono girate le scene d'amore, Douglas rimase sempre sul set a guardare torvamente Fran, la quale, con la sceneggiatura in mano, seguì gli attori passo passo e tenne sempre un braccio su Fred per guidarlo con dolcezza. Invece con Mary si limitò a indicare i segni: «Mary, passa lì... Cammina qui... Guarda qua...»

All'inizio delle riprese, con la cinepresa che schioccava rumorosamente e la piccola orchestra con fisarmoniche e violini che iniziava a suonare musica italiana, Fred fu molto rigido. Fu necessario ripetere più volte le scene per farlo rilassare, anche se Fran sapeva che Mary recitava sempre meglio durante le prime riprese. Era un'attrice istintiva, e dopo tre o quattro repliche, esaurite tutte le emozioni, semplicemente appassiva. Purtroppo Fred era alquanto inesperto e impiegò moltissimo tempo a smettere di guardare in macchina in preda al terrore.

Inoltre, come Mary disse molte volte alla cara Fran senza essere ascoltata, erano state girate un po' troppe scene con lei e Fred inquadrati di profilo a condividere ugualmente lo schermo. Mary era abituata ad avere almeno un primo piano in ogni scena: dopotutto era per vedere la sua faccia che la gente pagava! Invece Fran faceva in modo che anche Fred avesse qualche primo piano, più di quanti ne erano solitamente concessi ai primattori di Mary. Certo, Fred era bello, però la stella era Mary, la quale rammentò anche questo alla cara Fran, molto dolcemente e parecchie volte. E la cara Fran, che pure senza dubbio la sentì, non parve considerarla con la dovuta attenzione.

La prima volta che fu abbracciata da Fred mentre le cineprese giravano, Mary sentì Douglas ringhiare. Quando Fran lo guardò, sbalordita, lui si affrettò a sorridere e finse di fare il pagliaccio. Allora Mary rimase delusa e scoraggiata. Che sciocco era Douglas! Non era *divertente*, non era *appassionato*. Se soltanto avesse potuto vedere l'espressione terrorizzata negli occhi di Fred mentre si chinava su di lei! Le ci volle tutto il suo autocontrollo per non scoppiare a ridere. Cercò di guidarlo, pensando che la ragazza da lei interpretata avrebbe potuto prendere l'iniziativa. Poiché il povero Fred era così rigido e teso da sembrare incapace di muovere le braccia, protese una mano per attirarlo a sé e allora colse un lieve cenno di assenso di Fran, seduta dietro la cinepresa.

A causa dell'inesperienza di Fred fu necessario protrarre le riprese più a lungo del previsto, tuttavia Mary si morse la lingua perché sapeva che sarebbe stato inutile protestare, anche se era costretta a restare sveglia fino a tarda notte per far quadrare i conti trasferendo denaro da un reparto all'altro. Con il trascorrere dei giorni Douglas, che andava continuamente su e giù dietro la macchina da presa, faticò sempre più a sopportare la gelosia e la noia represse che non poteva sfogare. Non era abituato a essere semplicemente un osservatore sul set. A un certo punto Mary suggerì a Fran di usarlo come controfigura, ma Fran era assolutamente certa che il pubblico lo avrebbe riconosciuto e sarebbe stato distolto dal film. Mary fu costretta a riconoscere che probabilmente aveva ragione.

Forse la cara Fran, nonostante il ritardo, dedicò un po' troppo tempo ai primi piani di Fred, insistendo per restare lei stessa dietro la cinepresa affinché lui apparisse più naturale. Mary non lo avrebbe mai dichiarato né mai si sarebbe lamentata. Incanalò tutto nei propri primi piani, accogliendo la macchina da presa nel proprio cuore e aprendo il proprio volto come un fiore, determinata a cancellare dallo schermo il povero Fred.

In ogni modo, Fran come regista possedeva numerose qualità ammirevoli e aveva una buona comprensione dell'allestimento, anche se non era fantasiosa come Mickey. Dunque Mary era orgogliosa di essere diretta dalla sua amica, una donna, e nelle interviste raccomandava con tutto il cuore le registe. «È bello avere qualcuno che capisce i rapporti e che concede tempo per consolidarli» dichiarò. «Le donne posseggono una consapevolezza naturale delle emozioni e non permettono agli aspetti tecnici di interferire».

Tutti i giornalisti che si avventuravano sul set vi trovavano una grande famiglia felice. Le due coppie, più affiatate che mai, posavano insieme ridendo e sorridendo, cuocendo spaghetti nella loro cucina, e le riprese apparivano semplicemente un prolungamento della loro luna di miele congiunta. «È meraviglioso avere la propria migliore amica come regista» cinguettava Mary.

In privato, però, cominciò a rendersi conto che lei e Fran si parlavano raramente fuori dal set. Non capiva quando o come ciò fosse accaduto. Semplicemente era così. Ciascuna si ritirava con il marito nella propria suite dopo le riprese della giornata, e le due coppie non si incontravano più davanti al fuoco a spettegolare.

«Buonanotte, Mary».

«Buonanotte, Fran».

Poi… sbattere di porte.

Finalmente arrivò l'ultimo giorno sul set, grazie a Dio! Mary non vedeva l'ora che tutte le attrezzature fossero caricate sul treno e rispedite a Hollywood per non doverne pagare le spese un minuto di più. Era una terribile giornata, tempestosa, con grevi nubi nere e una terrificante risacca che ribolliva nella pioggia sferzante, perfetta per le ultime, difficili riprese.

Era il giorno in cui si sarebbe dovuto distruggere la nave che Fran aveva insistito per comprare, anziché servirsi di una miniatura. La tempesta la fracassò contro gli scogli, ma una controfigura di Mary si trovò in difficoltà nuotando nella risacca e fu ripetutamente sommersa. All'improvviso tutti impazzirono, qualcuno urlò, qualcun altro corse in cerca di una barca da lanciare in acqua. Ma Fred e Douglas non attesero. Si scambiarono un'occhiata, corsero giù fra gli scogli e si tuffarono nelle acque tempestose per salvarla. Fradicia nonostante il pesante impermeabile, incapace di guardare, riuscendo soltanto a pregare, Mary si girò verso l'amica per gettarsi fra le sue braccia mentre i loro mariti rischiavano la vita.

Senza neppure guardarla, in piedi, alta e salda accanto alla cinepresa, l'impermeabile inzuppato, i capelli neri sciolti e scarmigliati, i riccioli bagnati che le cadevano sulla schiena, Fran non si mosse di un millimetro. Urlò all'operatore terrorizzato di continuare a girare anche se suo marito era sballottato nella risacca come una bambola. In quel momento Mary l'ammirò più di quanto l'avesse mai ammirata. Forse neppure il grande DeMille sarebbe rimasto così calmo e padrone di se stesso in simili circostanze.

The Love Light fu proiettato per la prima volta il 9 gennaio 1921 ed ebbe un buon successo, anche se non fu il campione d'incassi di cui la United Artists aveva bisogno. A posteriori Mary si rammaricò di essersi lasciata convincere da Fran a essere una madre sullo schermo e nel film successivo tornò a interpretare una ragazzina: *la* ragazzina, quella che il pubblico le chiedeva di continuare a essere, la ragazzina che Fran aveva creato per lei con le sue sceneggiature. Tuttavia non fu Fran a scrivere *Through the Back Door*.

Soltanto dieci anni più tardi Frances e Mary avrebbero collaborato di nuovo a un film: dieci lunghi anni, in cui sarebbero accadute tante cose che non poterono, o non vollero, condividere.

14.
Frances
1924-1926

Be', eravamo diventati hollywoodiani.

Era quello che dicevamo a tutti i nostri amici, allegramente e anche con un certo imbarazzo. Ogni volta che eravamo tornati da Pickfair alla tranquillità del nostro accogliente appartamentino avevamo riso, nel calciar via le scarpe, della soffocante ostentazione che avevamo dovuto sopportare. Poi però avevamo fatto come Mary e Doug: avevamo costruito un palazzo tutto nostro.

Il nostro però era diverso, o almeno così dicevamo a noi stessi, perché era un ranch in cui si viveva e si lavorava, con stalle e alloggi per i cowboy. Sì, la casa aveva un enorme organo a canne spedito dall'Italia. Sì, avevamo giardini e camere per gli ospiti e una sala di proiezione e una piscina. Sì, eravamo in cima alla nostra collina, come Doug e Mary. Per la precisione, era la cima di Smokey Mountain, a Beverly Hills. Sì, i nostri vicini erano stelle del cinema con le loro piscine e le loro stalle. Tuttavia la nostra casa non era un opprimente mausoleo.

Quando avevamo iniziato a cercare un terreno su cui costruire eravamo rimasti sbalorditi. «No, Fred, mi dispiace» aveva risposto uno dei suoi vecchi amici del college quando avevamo chiesto informazioni a proposito dell'acquisto dei terreni su una delle sue colline. «Mi ha molto addolorato apprendere che hai rinunciato al ministero del culto per diventare attore, perché mi sono imposto la regola di non vendere mai agli ebrei né agli attori».

In un attimo, ero tornata alla mia condizione di quasi dieci anni prima, dopo il mio arrivo a Los Angeles. Certe cose non cambiavano mai! Al tempo stesso, tutto era cambiato molto da allora. Ebrei e attori avevano regalato una nuova industria a Los Angeles, rendendola un punto sfavillante sulla mappa del mondo.

«Senza ebrei e senza attori saresti seduto su terreni che non potresti mai vendere» aveva ribattuto Fred, proprio mentre stavo per replicare allo stesso modo. «Vai all'inferno, Larry. E ti definisci cristiano?»

Non avevo mai sentito Fred imprecare, nemmeno una volta. Eppure mi ero sentita traboccare d'orgoglio quando mi aveva presa a braccetto per condurmi fuori dall'ufficio immobiliare. «Penso di esercitare una pessima influenza su di te» avevo sussurrato, con un sorriso raggiante.

«E per questo ti ringrazio» aveva replicato Fred, con il volto contratto per la collera.

Quasi dieci anni! Erano trascorsi dieci anni dal mio arrivo a Los Angeles: alcune cose non erano cambiate, molte altre sì. Ero la sceneggiatrice più richiesta dell'industria cinematografica, non ero più conosciuta unicamente come "sceneggiatrice di Mary Pickford". Avevo rifiutato molte offerte di contratti a lungo termine da parte degli studi cinematografici per poter avere la possibilità di scegliere i progetti che mi interessavano. Avevo scritto film per Hearst, non esclusivamente per Marion Davies, bensì anche grandi successi come *Humoresque*. Attualmente stavo scrivendo per Joe Schenck i film di cui era protagonista la sua affascinante moglie dai capelli corvini, Norma Talmadge. Erano melodrammi sofisticati, ben diversi dallo slapstick dei miei primi film con Mary, quali *Amarilly of Clothes-Line Alley* e *Johanna Enlists*. Non immaginavo più soltanto le storie di una ragazzina dai capelli d'oro, perché l'industria in costante espansione aveva dato le ali alla mia immaginazione. Così le cose erano cambiate moltissimo dai primi tempi della scrittura improvvisata, quando scribacchiavo mentre le macchine da presa filmavano e talvolta scrivevo due film in un pomeriggio, girati prima di sera!

Ora mi procuravano un ufficio ovunque mi capitasse di lavorare: un ufficio e una segretaria. Comunque preferivo restare a casa, a letto, appoggiata a un mucchio di cuscini, e scrivere a mano su un vassoietto in legno, oppure dettare a una segretaria che dattilografava ogni cosa. Quando la mia presenza era necessaria allo studio per il casting o per riscrivere alcune scene, ci andavo con la mia auto guidata dal mio autista. Ormai i film erano produzioni lussuose, girate su grandi palcoscenici con sofisticate lampade ad arco, alcuni operatori, intere orchestre per la musica d'atmosfera, eserciti di truccatori e di assistenti costumisti da cui, fra una ripresa e l'altra, le stelle erano spazzolate, rassettate e incipriate senza tregua. E non si girava più in tutta fretta per iniziare, finire, sviluppare e spedire al più recente nickelodeon. Anzi, ci si concedeva numerose riprese.

Ora i cinematografi erano autentici palazzi persino nelle città più piccole. Sid Grauman ne aveva recentemente aperto un altro dall'architettura sfrenatamente orientaleggiante, il Chinese Theatre, che rivaleggiava con il suo grande Egyptian Theatre. Ora i grandi film erano proiettati in première in questi cinema. Un film di Doug, *Robin Hood*, era stato il primo all'Egyptian. Per la prima volta le folle erano state invitate ad ammirare le stelle del cinema percorrere un tappeto rosso, mentre enormi proiettori illuminavano il cielo per chilometri, gareggiando con gli accecanti flash dei fotografi. Io e Fred avevamo partecipato per sostenere Mary e Doug, che erano ancora in assoluto le stelle più grandi.

Molti studi cinematografici andavano e venivano come il vento, fallivano per mancanza di sostegno finanziario o di distribuzione, mentre altri consolidavano la propria posizione. Ma aveva appena aperto un nuovo studio che si diceva fosse qualcosa di diverso, e così un giorno mi trovai a fare un colloquio con un certo Louis B. Mayer.

«Dunque questa è la sceneggiatrice più pagata di Hollywood?» Un uomo basso e grasso, con il naso aquilino, radi capelli neri e occhiali rotondi, seduto a una scrivania enorme collocata su una predella, si alzò per salutarmi. Con un brusco cenno della testa congedò tutti i presenti, tranne uno. «Tu resta, Irving».

Un giovane magrissimo e gracile, con enormi occhi intelligenti e un timido sorriso, mi salutò chinando la testa e mi porse la mano. «Irving Thalberg, Miss Marion».

«È un piacere conoscervi entrambi» sorrisi. Mi rassettai ostentatamente la pelliccia, poi sedetti. Indossavo sempre pellicce in occasione degli incontri professionali, per ricordare agli uomini che non erano regali, ma le avevo guadagnate con il mio lavoro.

Louis Mayer si appollaiò di nuovo sul suo trono e mi sorrise benevolmente. «La sceneggiatrice più pagata, e la migliore» riprese, mentre Mr Thalberg prendeva appunti. «So di essere nuovo qui, ma un giorno questo studio sarà il più grande di tutti e voglio che lei si unisca a noi».

«Mr Mayer, sono soddisfattissima di essere indipendente. Non mi piace legarmi a un unico studio. Però sarei felice di scrivere un film per lei, cioè *se* lei accettasse di versarmi il compenso che chiedo».

«Un solo film? Be', è un inizio» rispose Mayer, con un sorrisetto astuto. «Sono deciso a girare soltanto film che possano essere visti dalle mie figlie, Edith e Irene. Hollywood deve cambiare dopo tutti questi scandali. Io sono totalmente a favore di Will Hays. E lei?»

Pur sapendo come avrei dovuto rispondere, esitai.

Conoscevo intimamente gli scandali che avevano afflitto l'industria cinematografica. Nel 1921, Fatty Arbuckle (Roscoe, per quelli di noi che gli erano amici) era stato accusato di omicidio colposo per la morte di una ragazza di nome Virginia Rappe, avvenuta durante un tragico party a San Francisco il giorno della Festa del lavoro. Tutti i quotidiani avevano sostenuto che uno stupro, perpetrato da Fatty stesso oppure con una bottiglia di soda, a seconda dei diversi resoconti giornalistici, le aveva provocato rottura della vescica e peritonite. La verità era stata accertata nel corso del processo. Probabilmente l'alcol aveva aggravato le precarie condizioni di salute della ragazza, che soffriva di una malattia venerea, oppure, secondo alcuni, di cistite. Non era stata trovata alcuna prova di stupro. Tuttavia lo scandalo aveva stroncato la carriera del povero Roscoe. Un anno più tardi, quando il regista William Desmond Taylor era stato trovato assassinato e la stampa scandalistica aveva suggerito che fosse stato ucciso da Mary Miles Minter o da Mabel Normand, la mia amata Hollywood era improvvisamente diventata una moderna Sodoma e Gomorra. Alcuni anni prima, simili scandali non avrebbero avuto risonanza nazionale. Adesso invece l'avevano perché Wall Street aveva iniziato a investire nell'industria cinematografica appena aveva annusato l'odore di soldi che proveniva da tutto il continente. Così aveva inviato un certo Will Hays per vigilare sul declino etico di Hollywood, per garantire che i film fossero realizzati senza offendere la morale collettiva e per ripristinare la reputazione di quell'industria miliardaria, perché la popolazione di investitori continuasse a pagare i biglietti cinematografici.

Con la creazione della Motion Pictures Producers and Distributors of America, di cui Hays era il primo presidente, l'industria era cambiata. Il mutamento aveva avuto inizio nel 1922, con un banchetto all'Ambassador Hotel, presentato da Mary Pickford e Douglas Fairbanks alla presenza di millecinquecento grossi calibri del cinema come Gloria Swanson, Cecil B. DeMille, Harold Lloyd, Charlie Chaplin… e Fred e Frances Thomson. In quell'occasione colui che a me sembrava un piccolo vampiro dalle zanne aguzze ferocemente assetato di sangue era stato incoronato da tutta Hollywood come suo redentore.

Dopo il banchetto tutto era cambiato. Adesso ogni studio aveva un censore interno e per avere il via libera io dovevo sottoporre i miei trattamenti alla MPPDA. Avevo ordine di scrivere scenari sdolcinati, ma spesso non erano questi a essere filmati, perché sul set aggiungevamo le scene sofisticate e sexy tanto amate dagli spettatori. D'altronde con il nuovo sistema non si poteva evitare l'aumento di banalità, per cui avevo smesso di leggere le recensioni dei miei lavori. Cercare di accontentare tutti significava che nessuno era completamente soddisfatto, e noi sceneggiatori eravamo i più criticati.

«Dunque vuole produrre unicamente film morigerati?» domandai, notando che Irving Thalberg si accingeva a intervenire, scambiava una rapida occhiata con il suo capo, e decideva di restare in silenzio.

«Ho un debole per l'umanità» rispose Mayer con un sorriso affascinante e astuto, e mi fu impossibile trattenermi dal ridere. Concordammo una cifra appropriata e ci stringemmo la mano.

«Adoro fare sorprese, quindi aggiungerò un bonus al suo stipendio: un assegno le sarà consegnato a casa questo pomeriggio».

«Davvero?» Mi alzai, poi permisi a Mayer di accompagnarmi alla porta. Ero più alta di lui, ma rifiutai di curvare la schiena per dare conforto alla sua vanità.

«La rispetto, Frances Marion» dichiarò Mayer, prima di tastarmi il sedere.

Indignata, mi lasciai sfuggire un guaito soffocato e mi affrettai a tagliare la corda. Più tardi, quello stesso giorno, mi fu impossibile trattenere una risata nello scoprire in cosa consisteva il mio "bonus", vale a dire una fotografia di Mayer, con una dedica firmata con uno svolazzo.

> A una giovane abile scrittrice
> dal suo amico,
> Louis B. Mayer

Rammentando il modo in cui mi aveva palpata con dita avide, gettai la foto nel posto che più le si addiceva, cioè nella spazzatura.

Louis B. Mayer non era l'unico uomo ad avermi tastato il sedere, anche se come sceneggiatrice mi era concessa un po' più di dignità che alle semplici attrici. In ogni modo, io e le mie amiche sopportavamo palpate, sogghigni e insulti. Era il prezzo da pagare, un nuovo prezzo che non era stato imposto allo stesso modo anni prima, quando tutti erano nuovi arrivati e non esisteva alcuna gerarchia. La gerarchia attuale era completamente patriarcale. Gli investitori erano ora produttori che potevano assumere e licenziare a loro piacimento. Da un giorno all'altro era nato il divano dei provini. Molte volte mi era capitato che una giovane attrice vergognosa e afflitta piangesse sulla mia spalla perché pur avendo fatto il proprio "dovere" non era ancora stata scelta come coprotagonista nel ruolo dell'innamorata nel nuovo film di Ramón Novarro, o di Rodolfo Valentino, o di Wallace Reid.

Anche se non dovevo subire il divano dei provini, non ero del tutto immune dal patriarcato. Quando *The Love Light* era stato proiettato, alcune recensioni avevano dichiarato che Mary aveva interpretato una parte inadatta a lei per fare un favore alla sua «sceneggiatrice diventata regista». Ma quando una recensione aveva protestato che nella scena del naufragio era stata utilizzata «evidentemente una miniatura», dichiarando che «soltanto una regista avrebbe usato qualcosa di così falso», mi ero infuriata. Mi ero affrettata a scrivere una lettera per spiegare in quale modo avevo filmato una vera nave in una vera tempesta con grave pericolo per la mia troupe, per non parlare di mio marito. Naturalmente, non era stata pubblicata alcuna rettifica.

Da allora non ero più sicura di voler dirigere altri film. Nessuna recensione a una mia sceneggiatura era mai stata tanto sfacciatamente sessista. Ora le donne erano emarginate e costrette a svolgere unicamente determinati ruoli. Le registe come Lois erano meno numerose. A quanto pareva, eravamo molto più accettabili come sceneggiatrici e come montatrici, ruoli che implicavano maggiore necessità di collaborare e minor potere decisionale. Tuttavia Joe Schenck mi tormentava affinché dirigessi un film con Norma, quindi accettai, per poi rammaricarmene immediatamente.

Infatti Schenck prese l'abitudine di condurre in visita sul set gruppi di affaristi, investitori, proprietari di sale cinematografiche, come se io fossi un'attrazione da circo. «Guardate! Ecco la nostra regista. Vi sorprende che sia così attraente, vero, ragazzi?»

«Pensavo che fosse più alta» mi confessò un uomo.

«Pensavo che portasse i calzoni» commentò un altro, allungando una mano per toccarmi le gambe fasciate dalle calze di seta. Allontanata la mano con uno schiaffo, colsi l'espressione di Joe Schenck e mi costrinsi a sorridere pudicamente, persino con civetteria. «Preferisco raso e diamanti» tubai, rammentando il saldo del mio conto in banca e il mio vero valore. «Dopotutto, posso permettermeli».

Joe e gli uomini risero.

«Che spirito» commentò uno di loro, sorpreso, mentre tutti posavano per una fotografia, stringendomisi attorno in modo tale che non mi fu possibile scrollarmi di dosso il "gentiluomo" che casualmente mi aveva posato una mano sul seno.

«Cosa ne pensa suo marito, tesoro? Gli dispiace che sia sua moglie a portare i pantaloni in famiglia?»

«Le assicuro che a casa è mio marito a indossare i pantaloni» rimbeccai, con lo stesso sorriso contratto.

«Aspettate che la donnina a casa la veda» aggiunse un altro. «Spero che non si metta in testa certe idee! Mi dispiacerebbe perdere la miglior piccola cuoca di tutto il Kansas!»

«Soltanto a Hollywood, fratello. A casa nessuna donna si comporta così, credi a me. Sanno qual è il loro posto» replicò l'uomo che pochi istanti prima mi aveva palpeggiato il seno come se dopotutto fosse semplicemente ciò che meritava.

Pensando al mio stipendio riuscii a salutare con la

mano quando Schenck condusse via dal set il suo branco di tori, poi scivolai via dalla mia sedia da regista, mi precipitai a un distributore d'acqua fredda, bevvi un lungo sorso e respirai profondamente per qualche momento prima di girarmi e gridare alla troupe di tornare al lavoro. Ordinai, anziché chiedere con un sorriso contrito come facevo abitualmente. Di solito, infatti, facevo sempre qualcosa, come scrollare le spalle o sorridere o schiarirmi la gola, prima di chiedere (non ordinare) agli attori e alla troupe di sistemarsi sui segni, di allestire una ripresa e di cominciare a girare. Da quando avevo iniziato a comportarmi così, comunque?

Ricordavo che anche Lois si comportava in quel modo, con la sua dolce femminilità, gli sguardi e i gesti supplichevoli, senza mai *ordinare*, sempre suggerendo o chiedendo, come a presiedere un tè. Era così che le donne di potere si comportavano sempre? Non ne avevo idea, perché non erano molte le donne a cui poter chiedere.

Mentre la mia squadra mi fissava a bocca aperta, mi scusai per avere urlato. Poi mi disprezzai per essermi scusata.

Quella sera, nel tornare a casa in auto, ripensai con rabbia alla giornata appena trascorsa, snocciolando tutte le cose che avrei voluto dire a quei maschi disgustosi. Poi udii una sirena, girai la testa a guardare indietro e rammentai il pittoresco sergente con cui avevo attraversato Verdun. «Fottuto bastardo figlio di puttana!»

Un poliziotto in motocicletta mi stava segnalando di fermarmi.

Ubbidii continuando a imprecare, poi abbassai il finestrino.

«Ha idea della velocità a cui stava guidando?»

«No, agente, temo di no». Decisi di non protestare né di fingermi innocente. Sapevo di avere violato i limiti di velocità. Ora volevo soltanto andare a casa.

«Certo che no» scimmiottò il poliziotto. «Sono stufo marcio delle stupide donne che non sanno guidare. Adesso che avete diritto di voto, voi donne siete tutte convinte di saper guidare».

Aggrappata al volante, respirai profondamente per calmarmi. «Sappia che la mia stupidità mi permette di guadagnare più di cinquantamila dollari l'anno». Sfilai una mazzetta di banconote dal portafoglio per pagare la multa e praticamente la lanciai addosso all'agente. Poi ripartii ruggendo per correre all'abbraccio comprensivo di Fred, e alla nostra villa sulla collina.

La battezzammo Enchanted Hill, collina incantata, e molti anni più tardi nei miei sogni, più simili a nebulosi ricordi frammentari che ad autentiche fantasticherie, quella fu la casa a cui avrei sempre desiderato tornare.

Creata da Wallace Neff, lo stesso che aveva progettato Pickfair, era una villa bianca a due piani con venti stanze, ampi archi, tetto di tegole rosse in stile spagnolo; un lungo viale fiancheggiato di alberi da frutto e rose rampicanti che terminava all'enorme fontana piastrellata nel cortile; mura coperte di buganvillea; palme e vasi di gelsomino; uno stemma ideato scherzosamente da me e da Fred, composto di una cinepresa, una testa di cavallo, un ferro di cavallo, un foglio di carta e una penna d'oca; un ampio salotto, travi enormi, portefinestre alte sino al soffitto, piscina, giardini; un organo eolico che io, attingendo dalle lezioni di pianoforte della mia infanzia, tentavo di suonare con più entusiasmo che abilità; la camera da letto padronale; il bagno con la doccia a tre metri d'altezza progettata per il mio ben piantato marito; oggetti d'antiquariato, arazzi, alloggi per la servitù e caminetti ovunque, perché ero fermamente convinta che in una casa non ci fossero mai troppi caminetti.

In fondo alla collina era situata una stalla per Silver King, un cavallo grande e bello che Fred aveva addestrato per i film. Era deciso a essere un modello per i ragazzi, e aveva deciso che i film di cowboy erano la strada da percorrere, specialmente perché erano privi di scene d'amore, tranne un abbraccio frettoloso all'eroina nel finale, prima di partire verso il tramonto. E dopo il successo di *The Covered Wagon* nel 1923, gli studi investivano volentieri nei western. Quando la nostra casa fu finita, nel 1924, il mio Fred era la più grande stella dei film di cowboy dopo Tom Mix. Coprotagonista dei suoi serial era Silver King, che aveva la sua stalla personale riscaldata, separata dalle altre, ed era accudito ventiquattr'ore al giorno da stallieri incaricati di soddisfare ogni sua esigenza.

«Quel cavallo mangia meglio di me» commentavo per stuzzicare Fred, però non me ne preoccupavo, perché nulla mi preoccupava, allora.

A quel tempo guadagnavamo tutti e due tanto denaro che faticavamo a spenderlo, e dire che ci provavamo! *Tutti* a Hollywood, tutti i nostri vecchi amici che un tempo avevano dovuto fare collette per condividere un piatto di spaghetti e una pinta di birra, stavano costruendo ville grandiose con stalle e piscine, quasi tutti proprio a Beverly Hills, come noi. Harold e Mildred Lloyd erano nostri vicini, come pure John Gilbert e un giovane arrivato di recente a Hollywood, il cui nome era Rodolfo Valentino.

Tutti erano diventati hollywoodiani! Ora sapevamo tutti che l'industria da noi inventata non sarebbe svanita, quindi stavamo gettando radici profonde e stavamo spendendo quantità di denaro che un tempo non avremmo potuto nemmeno immaginare. Anche se alcuni di noi non erano abbastanza istruiti per poter gestire tanti soldi, era proprio per questo che esistevano amministratori e consulenti aziendali. I figli degli autisti assumevano autisti, le figlie delle cameriere avevano venti domestiche, e le vacanze in Europa erano di rigore.

E le feste! Tutti organizzavano feste! Così facevano anche i Thomson. Invitavamo a Enchanted Hill tutti i nostri amici, vecchi e nuovi, che erano liberi di rilassarsi a piacimento perché le nostre serate non erano soffocanti come quelle a Pickfair. Nessuno doveva indossare diademi, e gli smoking erano proibiti. A volte ci stipavamo nelle auto per andare ad assistere agli incontri di pugilato, l'ultima moda di Hollywood. Gene Tunney, un amico di Fred, che lo aveva conosciuto organizzando i giochi interalleati, era il campione del mondo.

Altre volte noi ragazze cacciavamo allegramente i ragazzi affinché andassero per conto loro agli incontri e ci lasciassero a quelle che la stampa non tardò a battezzare "feste delle pettegole". Ogni invitata portava il proprio pigiama. Ci struccavamo, ci scioglievamo i capelli e scendevamo nel seminterrato, in sala di proiezione, non per guardare i film più recenti, com'era ormai consuetudine a Hollywood, bensì i nostri vecchi film. Ormai era sorprendentemente difficile recuperare i vecchi film degli anni Dieci! Non avevamo mai neppure immaginato che le nostre opere potessero avere qualche valore e meritassero di essere preservate, perciò i vecchi film di uno o due rulli erano ammassati in casse nascoste in magazzini dimenticati, neppure protetti dalla luce.

Era divertente guardare noi stesse ai tempi della nostra immatura gioventù! Non sopportavo di vedermi nei vecchi film di Lois Weber più di quanto lo avessi sopportato allora, ma adesso almeno conoscevo me stessa e conoscevo la mia posizione nell'industria cinematografica. Bessie Love e Alma Rubens e Pola Negri, che ora erano grandi stelle, ridacchiavano e schiamazzavano nel vedersi come comparse o come comprimarie di stelle che non erano più tali. Fischiavano e urlavano nel vedere come si erano pavoneggiate sotto l'occhio della macchina da presa per cercare di conquistarne il favore. E le mie care amiche Anita Loos e Adela Rogers St John ululavano e sghignazzavano d'imbarazzo e di vergogna nel guardare i film tratti dalle loro prime sceneggiature, chiedendosi cosa mai avessero bevuto!

Io stessa talvolta trasalivo, soprattutto guardando i film della World, però per lo più ero felice di essere in compagnia di quelle donne, attrici, scrittrici, registe, e di poter riaccendere le luci, di potermi sistemare comodamente e di poter parlare di lavoro, scambiando liberamente aiuto, sostegno, consigli.

«Avete saputo della povera Gloria Swanson?» chiese una notte, una volta riaccese le luci, Theda Bara, pantera sullo schermo, ma alquanto tozza nella vita reale.

«Che cosa?» chiese la sorella di Theda, altrettanto tozza e sempre al suo fianco, anche sul set.

«Nella causa di divorzio il marito l'ha accusata di adulterio con tredici altri uomini, incluso Valentino! Povera Gloria! Lui è così spregevole. Adesso però lo studio insiste per inserire nel suo contratto una di quelle clausole di moralità, anche se tutti sanno che non è stata lei ad avere relazioni adulterine, almeno non con Valentino!»

«Anche il mio ultimo contratto ha una clausola di moralità» intervenne la bella Pauline Starke.

«Tutte ne abbiamo una» mormorò un'altra. «E per questo dobbiamo ringraziare Will Hays. Il mio contratto potrebbe essere cancellato se fossi responsabile di "condotta adulterina o di relazioni immorali", o persino se ne fossi semplicemente accusata, come Gloria. Pensate che qualche dirigente dello studio abbia una clausola di moralità? No. Eppure *loro* sono i peggiori, sono loro che hanno il divano dei provini in ufficio».

«Sapete bene che C.B. DeMille non ha alcuna clausola di moralità» dichiarai, versando un ennesimo giro di cocktail. Nessuno dei magnati l'aveva, e la loro ipocrisia mi rendeva furiosa.

«No, però ha un harem» mormorò Norma Talmadge, di solito silenziosa durante quelle feste. Era raro che intervenisse per dire la sua. «Tutti sanno che per anni ha avuto una relazione con la sua segretaria, la sua sceneggiatrice, qualunque donna respirasse!»

«Tranne Gloria. Non è ironico?» sospirò Bess Meredyth. Adoravo Bess. Era lei che ai tempi in cui avevamo lavorato entrambe allo studio Bosworth mi aveva generosamente insegnato tutto ciò che sapeva sulla sceneggiatura. «Tutti presumono che DeMille e Gloria siano amanti perché lei ha recitato in molti suoi film. Invece non lo sono affatto, anche se non è perché C.B. non ci abbia provato. Povera Gloria... Ha una dannata sfortuna con gli uomini...»

«Ricordate cosa le è successo con Wally Beery?» interloquì Anita Loos, che come al solito indossava una accollata camicia da notte da ragazzina.

Allora io e Bess ci scambiammo un'occhiata, perché John Emerson, il marito di Anita, non era certo un galantuomo. In sua assenza se la spassava con altre donne e cercava di prendersi il merito di tutto ciò che lei aveva scritto; la sola eccezione era *I signori preferiscono le bionde*, che detestava e sminuiva ogni volta che ne aveva occasione. Perché le donne intelligenti e di successo avevano un gusto così pessimo in fatto di uomini? Sembrava che cercassero di sabotarsi, quasi sentissero di non meritare il successo personale e professionale, e io sapevo che se non avessi avuto fortuna con Fred sarei diventata come loro.

«Wally l'ha costretta ad abortire perché non voleva che si rovinasse la carriera» continuò allegramente Anita. «Pensava di farsi mantenere da lei. Me l'ha detto Gloria, che ne è rimasta devastata».

«Pensate che i medici siano sul libro paga dello studio? Pensate che informino i capi, con tutte queste clausole di moralità che ci impongono?» Norma Talmadge appariva terrorizzata, al pari di molte altre.

Naturalmente sapevo che l'aborto era lo sporco piccolo segreto di Hollywood. Le attrici fascinose non dovevano essere madri. Il pubblico avrebbe smesso di andare a vedere i loro film se avesse pensato che le vamp, tanto desiderabili sullo schermo, cambiavano pannolini quando erano a casa. E poche attrici potevano permettersi una pausa per la maternità, con i treni che ogni giorno scaricavano centinaia di aspiranti stelline. Francis X. Bushman poteva tornare a casa da sua moglie e dai suoi sei figli senza che la sua immagine cinematografica ne soffrisse. Pola Negri invece no. Dunque noi donne, come al solito, pagavamo per la nostra passione un prezzo che agli uomini non era imposto.

«I peccati commessi in coppia si pagano singolarmente» canticchiava uno dei più affidabili "dottori per donne" di Hollywood nel somministrare champagne alle sue pazienti, come se ciò potesse rendere meno straziante la loro ordalia.

Pochissime donne che si trovavano nei guai sceglievano di andare via per qualche tempo e di tornare a Hollywood più snelle che mai, per poi sorprendere tutti adottando un bambino. «Semplicemente perché mi sono innamorata di lui quando ero in visita all'orfanotrofio per pubblicità!» aveva dichiarato recentemente Barbara La Marr, e *Photoplay* aveva pubblicato la fotografia di rito con lei e il bambino. «Non le somiglia affatto, ma l'amore di una madre non conosce limiti» aveva scritto Louella Parsons nella sua rubrica di pettegolezzi, perché anche lei era sul libro paga dello studio.

Comunque sapevo che soltanto le stelle più grandi avrebbero potuto cavarsela così, confidando che lo studio pagasse per nascondere i loro peccati, ammesso che passione, amore, e una dannata sfortuna fossero davvero peccati. E io, guarda caso, non pensavo affatto che lo fossero. Quanto a tutte le altre, i loro contratti sarebbero stati annullati proprio a causa delle nuove, ipocrite clausole di moralità.

Ero più che mai grata di non essere un'attrice. Io e Fred desideravamo avere un figlio, e se lo avessimo fatto, ciò non avrebbe interferito in alcun modo con il mio lavoro. Nessuno, neppure Louis B. Mayer, badava davvero all'aspetto di una sceneggiatrice, e io se necessario avrei potuto scrivere anche in un letto d'ospedale. A parte sentirmi straordinariamente grata di non essermi mai trovata nei loro panni, non ero affatto sicura, dato che desideravo un figlio, di quali fossero i miei sentimenti verso quelle attrici che volenti o nolenti avevano scelto di interrompere una gravidanza. Capivo la natura divoratrice dell'industria cinematografica, che le masticava e poi le sputava fuori perché ne arrivavano sempre di nuove. Capivo anche che gli uomini non avrebbero mai dovuto affrontare quel dilemma, e non era giusto. Gli uomini potevano avere relazioni senza preoccuparsi delle conseguenze... Be', tranne gli omosessuali. Si sapeva che Billy Haines, così affascinante sullo schermo e nella vita, era omosessuale, come pure Ramón Novarro, e tutti e due erano terrorizzati dalla nuova clausola di moralità.

Avevo quasi quarant'anni e con tutta probabilità avevo perso la mia occasione di essere madre. Da questo punto di vista non ero forse esattamente come tutte le altre? Tutte noi, donne intelligenti e belle, avevamo privilegiato la carriera. Tutte avevamo sacrificato qualcosa: matrimonio, figli, cose che gli uomini non avevano mai dovuto sacrificare.

«Come sta Mary? Perché non partecipa mai a queste feste?» chiese Adela, quando entrambe ci alzammo per servirci altri cocktail prima di accomodarci di nuovo per ulteriori pettegolezzi. Adela aveva smesso di far scoppiare i palloncini di gomma da masticare. Adesso vestiva in modo terribilmente sofisticato e si era tagliata i capelli. Come al solito mi sentivo una zoticona accanto a lei, anche se una rapida occhiata allo specchio mi assicurò che i miei capelli erano perfettamente raccolti. Quella sera indossavamo entrambe costosi pigiami di seta, anche se Adela portava sul suo un magnifico kimono che subito avevo desiderato.

«La invito sempre, ovviamente, e sempre mi risponde che lei e Doug sono già impegnati».

«L'ha intrappolata in quella proprietà». Adela scosse la testa. «Mi dispiace per lei. Penso che sia terribilmente sola, dopotutto».

«Non lo so» risposi lentamente. Quantunque fossi fedele a Mary, ero consapevole dei suoi difetti. «Non sono del tutto sicura di chi abbia intrappolato chi. Doug ama la compagnia, gli piace uscire e divertirsi. Una volta sono stata con loro in spiaggia. Certo, non semplicemente in spiaggia. Con Doug e Mary non può mai essere così semplice. Hanno fatto allestire padiglioni enormi e hanno fatto servire un banchetto con le porcellane di Pickfair. Ricordi i giorni in cui andavamo a Santa Monica o a Laguna con un panno e un cestino da merenda, e tornavamo a casa coperte di sabbia, pensando di essere le persone più fortunate del mondo a vivere dove vivevamo e a fare il lavoro che facevamo?»

«Lo eravamo e lo siamo ancora».

«Be', comunque siamo stati in spiaggia. Al ritorno Doug ha visto il manifesto di una maratona di ballo su un molo e ha espresso il desiderio di andarci. Allora Mary ha detto... Stento ancora a crederlo... Ha detto, nel modo che ha sempre con lui: "Oh, Douglas! Sai che non possiamo mostrarci in luoghi del genere!"».

«Oh, Fran!»

«Lo so. Perciò mi chiedo... anche quando... quando eravamo...» Mi sforzai di manifestare ciò che stavo davvero pensando: Quando io e Mary eravamo amiche.

Infatti non sapevo se lo fossimo ancora, e per un momento le mie mani tremarono. Allora Adela si affrettò a togliermi di mano lo shaker, con un sorriso di comprensione.

«Quando eravamo più *vicine*» decisi finalmente di dire. «Anche allora Mary non amava molto uscire. La invitavo a unirsi alla nostra banda che frequentava lo Ship Café, ricordi? E lei rifiutava sempre. Se ne stava sempre in disparte».

«E adesso è una regina, o almeno così pensa lei. Tutti si prostrano in adorazione all'altare di Doug e Mary. Non fraintendermi. Adoro Mary e Doug, mi piacciono da sempre. Però stanno diventando come statue di cera, in attesa che il mondo salga al castello ad ammirarli. Ne escono soltanto per andare al lavoro o per recarsi in Europa a vedere quanto sono idolatrati da chi non parla inglese. Tutti dobbiamo rendere loro omaggio. Se qualche volta Mary venisse qui per unirsi a noi ragazze e scompigliarsi un po' i suoi famosi boccoli... Be', le gioverebbe».

«Chissà... Forse se fossi tu a chiederlo...» Sorrisi mestamente, con il cuore che soffriva. «Sa il cielo che io ho tentato».

Mentre Adela metteva in fresco un po' di bevande, cercai di rammentare la mia ultima conversazione con Mary, quando avevamo parlato davvero come un tempo.

Sembrava che dopo *The Love Light* ci fossimo allontanate. Ovviamente ci vedevamo alle cerimonie e alle première, e Mary mi salutava sempre affettuosamente con baci e abbracci, felice in modo commovente di vedermi, come lo ero io di vederla. Mi mancava lei. Mi mancava la nostra intesa, che ci aveva permesso di completarci i pensieri a vicenda e di condividere gli stessi sogni. Mi mancava la sua sobria dedizione alla sua arte. Avevo lavorato con molte attrici e con molti attori, eppure nessuna e nessuno avevano mai manifestato alcunché di simile alla determinazione di Mary sul set.

Naturalmente quando ero convocata a Pickfair per una di quelle serate sfavillanti e interminabili, ubbidivo sempre, anche quando Fred trovava una scusa per restare a casa. Ogni volta, però, mi sembrava che Mary fosse racchiusa nel cristallo. Era più bella che mai adesso che aveva superato la trentina. Aveva ancora un incarnato di porcellana che splendeva di una meravigliosa luce interiore, e il suo senso dello stile era molto più sofisticato di un tempo. I suoi film avevano ancora successo, seppure non quanto in passato. Alcuni, come *Little Lord Fauntleroy*, erano vere opere d'arte. Era ovvio che Mary stava cercando di essere conosciuta come qualcosa di più della ragazzina con i boccoli che avevamo creato insieme, e io potevo soltanto applaudire la sua crescita artistica e la sua disponibilità a rischiare. Perciò soffocavo un sospiro quando lei ritornava al suo consueto personaggio, come aveva fatto con *Little Annie Rooney*, per pagare i conti o per consolidare la sua celebrità.

In verità, Mary era intrappolata come una mosca nell'ambra, incapace di allontanarsi troppo da ciò che il suo pubblico amava. Eppure affrontava la crudele ineluttabilità del tempo, che l'avrebbe invecchiata tanto da impedirle di continuare a recitare quei ruoli, per trasformarla in… cosa? Il pubblico voleva che rimanesse ragazzina sullo schermo e regina nella vita.

Ma cosa voleva *lei*? Lo ignoravo, e ciò mi faceva soffrire, molto.

Non si poteva negare che non eravamo più così vicine come un tempo. Per la prima volta nella vita, non avevo assolutamente idea di cosa facesse Mary ogni giorno, di chi incontrasse, di quali fossero le sue abitudini.

Mi chiedevo se tutto ciò fosse dovuto a *The Love Light*, il nostro primo film insieme in cui lei aveva interpretato davvero una donna, una madre, senza avere il successo sperato. Certo, sapevo che Mary non era stata felice sul set. L'avevo vista roteare gli occhi ogni volta che avevo dedicato troppo tempo a Fred, però… Santo cielo! Mi ero assicurata che Mary ne fosse la protagonista assoluta, eroica, impavida, buona. Un tempo lavorare con la mia migliore amica era stata la definizione stessa di felicità. Ora non più.

Forse era perché adesso eravamo sposate ed era inevitabile che i nostri mariti occupassero la maggior parte delle nostre vite fuori dal lavoro. Forse Mary sospettava che in realtà Doug non mi piacesse. Sapevo che lei non aveva molta considerazione di Fred, anche se rivendicava costantemente di essere stata lei stessa a presentarci.

Forse era semplicemente l'ineluttabilità del tempo, crescere e allontanarsi, sviluppare altri interessi, imparare a confidare in noi stesse anziché l'una nell'altra. Quale che fosse la ragione, nell'osservare il seminterrato pieno di donne che senza esitare potevo chiamare amiche, sapevo che mancava una persona, una persona molto importante, e per un momento la vista mi si annebbiò di lacrime impreviste.

«Ho un nuovo disco» esclamò Bessie Love. «Fran, dov'è il grammofono?»

Strizzando le palpebre per scacciare le lacrime, risi e mi precipitai a sistemare il disco sul nuovissimo giocattolo di Fred, un enorme RCA Victor. Posai il disco sul piatto, girai vigorosamente la manovella, e si udì una selvaggia musica jazz.

«Forza! Tutte qui! Lasciate che vi insegni questo nuovo ballo che farò nel mio prossimo film. Si chiama charleston!» Bessie scrollò i corti capelli lisci e cominciò a ballare una strana danza che imponeva di piegare le ginocchia e di scalciare, ondeggiando le braccia e ruotando sul pavimento. Strillammo tutte e presto la provammo, agitando le braccia e battendo le ginocchia. Mi sembrò così goffo e disordinato che non riuscii a imparare. Sempre meglio il buon vecchio turkey trot!

Mi fermai a riprendere fiato. Ero tutta sudata e scarmigliata, ma santo cielo, ci stavamo divertendo tutte quante! Eppure mi fu impossibile non pensare che Mary non si sarebbe mai sentita a suo agio lì con noi, neppure se avesse accettato il mio invito. Se avesse avuto un posto nella mia vita, lo avrebbe avuto nei momenti tranquilli, inattesi, nascosti alla vista delle maschiette brille e del jazz urlato dal grammofono. Era una nuova era, un'era di ginocchia arrossate e vestiti corti e calze arrotolate e fiaschette infilate nel reggicalze.

Con i suoi boccoli vittoriani, Mary sarebbe stata fuori posto come una bambola di porcellana in uno *speakeasy*. E anch'io avrei dovuto essere fuori posto, con i miei lunghi capelli altrettanto vittoriani che rifiutavo di tagliare perché altrimenti Fred mi avrebbe uccisa. Nello spostarmi in disparte per restare a guardare le giovani, energiche attrici scalciare nel ballo, mi domandai se io o Mary saremmo sopravvissute a quella nuova, giovane età. In verità quelle di noi che erano in giro dall'inizio o dalla metà degli anni Dieci erano già conosciute come imperturbabili dinosauri del cinema. Come diavolo avremmo potuto stare al passo con ballerine quali Bessie e Colleen Moore, ragazze cresciute guardando film e adorando stelle come Mary Pickford? Un'intera generazione stava ora invadendo Hollywood. Era una generazione senza memoria dell'epoca precedente a Charlie Chaplin che arricciava il naso sullo schermo, una generazione che non aveva idea della strada che avevamo aperto, di quanto era stata lunga e di quanto era stato arduo pavimentarla.

Nell'avvicinarmi al grammofono mi sentii scricchiolare un ginocchio e non riuscii a trattenermi dal ridere. Staccai la puntina dal disco, la riportai all'inizio e girai di nuovo la manovella, in modo che le ragazze potessero continuare a ballare. Ero decisamente troppo vecchia per quello!

Pochi giorni più tardi, tuttavia, scoprii con grande meraviglia e gioia di non essere poi così vecchia come avevo pensato. E quando lo scoprii, chi fu la prima persona a cui sentii la necessità di dirlo (dopo Fred, naturalmente)?

Mary.

Era sempre Mary.

15.
Mary
Primavera 1926

Nell'accompagnare Fran alla porta, Mary l'abbracciò e la strinse forte, sentendosi nobile, generosa, espansiva. Si sentiva anche come se si fosse appena esibita nella migliore interpretazione della propria vita, senza che l'amica sospettasse alcunché. «Abbi cura di te, Fran, cara! Avvertimi se ti occorre qualcosa, qualsiasi cosa! Abbiamo ancora molti vestitini e altre cose di quando Gwynnie era piccola. Adesso ha quasi dieci anni, quindi non ci servono più».

«Grazie, Squeebee! Ho la sensazione che questo sarà il bambino più viziato di tutta Hollywood!» Ridendo, Fran si accarezzò il ventre ancora piatto. «Louis B. Mayer e Sam Goldwyn hanno inviato telegrammi perché vorrebbero essere i padrini, anche se non sono affatto sicura di come possano averlo scoperto».

«Louella. Louella Parsons. Lei sa tutto. Sai come sono queste cosiddette giornaliste, Fran. Sono pettegole lautamente remunerate. Louella ha sul suo libro paga tutti i medici di Hollywood».

«Presumo che sia proprio così. Ho voluto dirlo personalmente almeno a te, Mary. E anche a Fred! Almeno *lui* l'ha saputo da me!» Ridendo, più bella di quanto fosse mai stata, più morbida e più radiosa, Fran si allontanò sul vialetto con la sua tipica andatura militare. Non camminava mai, marciava, con i tacchi che schioccavano nel silenzio.

Mary chiuse la porta, dapprima sollevata per essere riuscita a interpretare la scena senza crollare e senza deludere Fran. Poi si scoprì a cercare di ricordare la prima volta che aveva visto la cara Fran. Quando era stato? Nel 1914? Nel

1915? Tanti anni prima! Aveva aperto la porta della sala di montaggio e aveva visto Frances Marion, evidentemente nervosa ma elegante, equilibrata e sofisticata. Allora si era sentita come una piccola monella sudicia, con i capelli raccolti in un asciugamano e le mani graffiate e sporche per aver lavorato al tavolo di montaggio. Erano state presentate da Owen. L'aveva dimenticato! Be', se non altro quella era l'unica cosa buona che aveva avuto da lui.

Con lo stomaco in subbuglio, sentì sapore di bile e corse di sopra, ignorando lo sguardo sorpreso del portiere. Corse per l'ampio corridoio, oltre le fotografie a colori incorniciate che raffiguravano lei e Douglas nei loro ruoli più famosi, spalancò la porta della camera da letto e appena in tempo scivolò in ginocchio davanti al gabinetto. Sollevando i capelli, vomitò nella tazza, poi sedette sul pavimento, con la fronte sudata e la stanza che ruotava. Rimase seduta così per alcuni minuti. Nausea per simpatia, pensò, con un sorriso. Simpatia per quello che Fran stava vivendo. Simpatia per quello che lei non avrebbe mai potuto vivere.

Con le membra tremanti, si alzò e andò al lavandino per sciacquarsi il viso con l'acqua fredda, poi si guardò allo specchio. Anche se nel bagno aveva installato fioche e soffuse luci rosate, le luci più indulgenti, aveva ancora un aspetto terribile, con la pelle macchiata e gli occhi un po' gonfi. Lanciò un'occhiata all'armadietto dei medicinali e guardò l'orologio. Erano soltanto le due del pomeriggio. Aveva uno dei suoi rari giorni liberi, ma Douglas era ancora allo studio e vi si sarebbe trattenuto per alcune ore.

Rapidamente andò a chiudere la porta della camera da letto, tornò in bagno e aprì l'armadietto dei medicinali. Ne trasse un flacone ambrato da disinfettante, rientrò lentamente in camera e si adagiò sui cuscini. Erano molti! Secondo Douglas erano troppi, eppure non bastavano mai per lei, che per tanti anni aveva dormito sui giornali arrotolati. Si sfilò le scarpe, si slacciò le giarrettiere e si arrotolò le calze. Aveva una figura che le avrebbe permesso di vestire come le maschiette più audaci senza ricorrere al bustino in gomma che si usava di solito, ma Douglas la preferiva ancora in abiti più femminili, con il corpetto. «Mi piace che mia moglie sembri una donna» dichiarava. In verità, prediligeva la moda antiquata, e infatti da anni girava esclusivamente film in costume. Forse gli piaceva anche esibire le sue gambe muscolose in calzamaglia.

Adagiarsi sulla montagna di cuscini fu paradisiaco! Ogni cuscino era morbido come una nuvola! Svitato il tappo del flacone, bevve una bella sorsata. Il familiare profumo di ginepro le solleticò il naso e il gin le scese in gola caldo e freddo. Attese qualche minuto, bevve un altro lungo sorso, poi finalmente si rilassò. Si sentì riscaldata e un po' intontita, abbastanza per attenuare i ricordi e le paure più acuti e taglienti.

Non indulgeva molto spesso in pomeriggi come quelli, quindi tanto valeva goderseli, abbandonarsi a tutto ciò che di solito cercava di tenere a bada con il lavoro, sia come attrice, davanti alla cinepresa, sia come dirigente della United Artists, nelle apparizioni pubbliche che ci si aspettavano da lei e da Douglas, nonché nel ricevere le interminabili sfilate di dignitari che trovavano sempre il modo di arrivare alla tavola da pranzo di Pickfair, gemente sotto il peso delle vivande. Stava cominciando a pensare di non essere mai fuori servizio, per quanto fosse stanca. Essere in servizio significava essere Mary Pickford. Fuori servizio, poteva tornare a essere una Smith, come mamma, Lottie e Jack: una Smith a cui piaceva il gin.

E allora? Aveva guadagnato il diritto ad avere di quando in quando un poco di tregua. Meritava di crogiolarsi un po' nella quiete, di chiudere le tende, di isolarsi dagli sguardi degli estranei, indiscreti, adoranti, malevoli, capricciosi, e di offuscare gli occhi altrettanto critici del proprio riflesso.

Allungò le gambe e agitò le dita dei piedi. Le venne in mente Owen. Quando lo aveva incontrato l'ultima volta? Prima di divorziare. Sapeva che lavorava ancora, ma quando aveva rivisto il suo volto sullo schermo le era stato impossibile non restare senza fiato. Le sue fattezze si erano abbruttite e indurite. Era un quarantenne e dimostrava dieci anni di più.

Era stato lui a farle bere il primo sorso di gin per aiutarla a rilassarsi, la prima notte che avevano trascorso insieme (non la loro prima notte di nozze!). Nonostante la tensione e la paura, lei aveva avuto la sensazione di non poter vivere un altro minuto senza scoprire cosa fosse quel grande mistero. Aveva bevuto, e il gin aveva svolto la propria funzione. La voce di Owen si era trasformata alle sue orecchie nella più rilassante ninnananna irlandese, canticchiando dapprima canzoni d'amore e di passione, poi canzoni per propiziarle il sonno quando il suo cuore aveva cominciato a palpitare di paura, di vergogna e di senso di colpa per avere ferito mamma, per avere peccato, per essere una cattiva ragazza, come si credeva che fossero quasi tutte le attrici. Così aveva tentato per tutta la vita di essere migliore, di dimostrare che un'attrice poteva essere buona e pura, abbastanza pura persino per Miss Josephine.

Quanto aveva pregato per l'arrivo del ciclo, dopo quella notte! E il ciclo era arrivato, grazie a Dio. In seguito si era tenuta alla larga da Owen finché le era stato possibile, poi lo aveva sposato. Che cumulo di falsità...

Il matrimonio con Douglas era stato così diverso! Era stato in un certo senso una consacrazione. Accanto a lui, nel suo salotto, dinanzi al giudice di pace così abbagliato dalla celebrità da dimenticare metà della cerimonia, aveva avuto la sensazione che sarebbe stato necessario un rito da celebrare con acquasanta, perché la loro unione era sacra e giusta, non soltanto per loro stessi, ma anche per le loro carriere e per l'intera industria cinematografica. Il loro matrimonio era ciò a cui aveva condotto il decennio precedente, dal momento in cui il primo film aveva tremolato sul lenzuolo sporco di un nickelodeon, poi per tutti gli anni Dieci – durante i quali una nuova forma d'arte era stata creata, Griffith aveva realizzato la sua epopea, *The Poor Little Rich Girl* aveva avuto un prodigioso successo, lei stessa aveva visto per la prima volta la peculiare espressione di incredulità e di adorazione negli occhi del pubblico – sino alla fondazione della United Artists. L'unione fra Douglas Fairbanks e Mary Pickford era il compimento naturale di questo processo, la chiave di volta, il momento dell'incoronazione.

Dunque non vi era vergogna alcuna nel loro matrimonio, bensì soltanto felicità e gentilezza. «In questa casa non sono mai risuonate parole rabbiose» aveva dichiarato di recente alla rivista *Photoplay*, in una delle tante interviste che era così cortese da rilasciare, per il bene del cinema, nonché della sua carriera.

La sua carriera era forse in declino?

No, naturalmente no. Doveva soltanto consolidarla un poco. Il pubblico, da lei stessa interpellato, anche con la richiesta d'inviare idee da sviluppare, aveva dichiarato di volere ancora che lei fosse la Piccola Mary. D'altronde la gente affollava anche le sale in cui si proiettavano i film con Rodolfo Valentino e Gloria Swanson, nonché con la piccola Colleen Moore e con l'impertinente Clara Bow, le nuove e sempre più famose "maschiette".

Douglas poteva ancora girare film in costume senza danni al botteghino. Invece Mary subiva un duro colpo ogni volta che ne girava uno nascondendo i boccoli. *Rosita* non era andato bene, e neppure *Dorothy Vernon of Haddon Hall*. *Little Annie Rooney* e l'imminente *Sparrows* erano stati graditi ritorni al personaggio della ragazzina esuberante, la piccola eroina battagliera creata da Fran tanto tempo prima. Tuttavia la stampa aveva reagito in modo inaudito. Troppi recensori avevano espresso dubbi sulla sua età e avevano avanzato riserve sul senso di continuare a interpretare ragazzine o adolescenti.

Stava considerando seriamente la sceneggiatura di un nuovo film in cui avrebbe dovuto interpretare una giovane donna contemporanea, non una maschietta, bensì una semplice commessa che viveva una tenera storia d'amore con un giovane. Tuttavia il suo primattore sarebbe stato un certo Buddy Rogers, che aveva dodici anni meno di lei. Imbarazzante! Passare finalmente a un ruolo contemporaneo soltanto per scoprire di essere già troppo vecchia! Eppure sentiva che doveva interpretarlo, entrare in sintonia con la nuova epoca e parlare a una nuova generazione di fan. O almeno doveva tentare.

Una nuova generazione! Oh, Signore, quanto stava invecchiando! Aveva compiuto trentaquattro anni proprio nell'aprile del 1926. Fran era ancora più vecchia, però sarebbe diventata madre, ciò che in qualche modo la faceva sembrare giovane, oltre che vecchia. Era ancora abbastanza giovane per partorire, e un bambino la collocava automaticamente in una categoria diversa: la maternità.

Era una condizione che andava benissimo per una sceneggiatrice, ma non per un'attrice, in particolare un'attrice la cui immagine era quella di una ragazzina. Mary faceva tutto il possibile per respingere il tempo. Aveva cura di se stessa e della propria figura. La notte si spalmava sul viso tante creme e lozioni che talvolta Douglas protestava di non poterle neppure augurare la buonanotte con un bacio. A letto indossava un sottogola e dormiva sempre sulla schiena per evitare le rughe.

Nel frattempo Douglas continuava a comportarsi come sempre e sembrava non invecchiare mai. La pelle abbronzata gli dava un aspetto sano e giovanile. Invece Mary temeva i raggi del sole, tanto benefici per la pelle maschile quanto nocivi per quella femminile. Quindi indossava sempre cappelli a falda larga, e ogni volta che si avventurava sotto lo spietato sole della California si proteggeva con un parasole.

Bevuto un altro lungo sorso, Mary si tastò il mento con preoccupazione. Ebbe l'impressione che fosse più compatto che mai, ma per quanto tempo ancora sarebbe rimasto tale? Attraverso le finestre e i tendaggi che la proteggevano dal mondo esterno percepiva il rumore della falciatrice del giardiniere sul prato e quello di un motore nella rimessa, dove probabilmente un autista stava armeggiando con un'automobile. Anche se non ne era del tutto sicura, immaginava che gli autisti occupassero così il loro tempo quando non guidavano. Con certezza sapeva soltanto che dovevano essere remunerati, come pure la sua cameriera francese, i cuochi, le cameriere, il portiere, i giardinieri e il valletto di Doug: un autentico esercito!

Una volta era entrata nel "capanno degli attrezzi", più grande di qualsiasi casa in cui avesse mai vissuto prima di Pickfair, ed era rimasta sbalordita nel vedere file e file di scintillanti cesoie, tosatrici, rastrelli, zappe, falciatrici, sacchi e sacchi di sementi e di fertilizzanti, tubi flessibili, carriole di tutte le dimensioni. Era come un arsenale con le armi necessarie per tenere a bada la natura selvaggia della California tutt'intorno a Pickfair.

Occorreva denaro per ogni cosa, il denaro che lei e Douglas dovevano guadagnare, il denaro che la United Artists stava perdendo, perché Charlie aveva ostinatamente rallentato la sua produzione dopo aver deciso di fare tutto da solo: scrivere, produrre, dirigere, comporre la musica, disegnare i costumi. Impiegava anni a realizzare ciascuno dei suoi film, tutti immediatamente acclamati come geniali, ma senza un riscontro adeguato al botteghino. Il suo primo film per la United Artists, *La donna di Parigi*, era stato un disastro! *La febbre dell'oro* era andato meglio, però aveva impiegato tre anni a realizzarlo.

Griffith aveva lasciato la United Artists e non faceva più nulla, a quanto ne sapeva Mary. Era stato necessario estrometterlo dopo troppi fallimenti, nel 1924. Da allora non aveva più diretto film, anche se correva sempre voce che fosse in preproduzione. Era un peccato, ovviamente, che lei fosse stata costretta a silurarlo... Era stato lui a crearla! Era stato lui a mostrarle cosa avrebbe potuto fare davanti alla cinepresa. Ricordava con affetto i primi giorni con lui alla Biograph, soprattutto dopo il terzo o il quarto bicchiere di gin. Erano stati giorni di puro terrore per la stranezza di quella novità, i film, il rumore della macchina da presa che faceva scorrere la pellicola nel filmare, l'inferno delle luci o l'imprevedibilità del sole, la sensazione di frequentare un ambiente malfamato e di avere deluso qualcuno, una musa o una patrona delle arti, accettando di comparire davanti alla cinepresa. Poi la meraviglia della prima volta che si era vista sullo schermo. Era rimasta assolutamente mortificata, anche se aveva compreso di assistere a qualcosa di storico. Prima dell'esistenza del cinema, nessun attore aveva mai potuto vedersi recitare come lo vedeva il pubblico. Poi Griffith le aveva staccato le mani dagli occhi e l'aveva costretta a guardare ancora, a guardare davvero, a scoprire com'era amata dalla cinepresa, come sembrava diversa da tutti, splendente di una luce speciale anche se tutti erano stati illuminati allo stesso modo. Doveva ringraziare D.W. Griffith per averla rivelata a se stessa, per averle rivelato l'immagine che nel corso degli anni era diventata più vera di quella della persona che non aveva mai visto l'occhio amorevole di una macchina da presa.

Tuttavia un'azienda era un'azienda, e nonostante i ricordi (riemersi con una bottiglia di gin e alcune lacrime: shh, non dirlo a Douglas!) aveva dovuto separarsi da Griffith. Ora la United Artists aveva nella propria scuderia Gloria Swanson, Sam Goldwyn e Rodolfo Valentino. Comunque i più rappresentativi erano ancora Douglas, Mary e Charlie, coloro che alla fine pagavano i conti.

Eppure, quante volte desiderava potersene andare, rintanarsi così nella sua stanza, o portare mamma da qualche parte, forse tornare a Toronto… Mamma… Oh, mamma! Doveva guarire, doveva… E se non fosse accaduto, sarebbe stata colpa di Mary.

«Mamma, ho bisogno di aiuto» aveva detto Mary, un giorno, nel 1925. E mamma non l'aveva forse soccorsa come faceva sempre? In realtà Mary non aveva bisogno di aiuto. L'aveva chiamata soltanto per procurarle qualcosa da fare, perché trascorreva troppo tempo nella sua casetta con le sue bottiglie. Era come se si fosse smarrita da quando lei e Mary avevano raggiunto un successo che travalicava i loro sogni più sfrenati. A volte sembrava così triste, così persa, ora che non avevano più treni da prendere né teatri in cui recitare né contratti da negoziare. Quindi beveva più del solito, tanto che Mary, preoccupata per la piccola Gwynnie (qualcuno doveva pur preoccuparsene, dato che Lottie non ricordava neppure di avere una figlia!), la ospitava sempre più spesso a Pickfair, dove aveva una bambinaia e una stanza tutta sua in un'ala separata. Così mamma era sola, e Mary le aveva chiesto di aiutarla con i costumi per *Annie Rooney*...

«Non riesco a far capire a questo costumista ciò di cui ho bisogno, mamma» aveva mentito Mary. «Interpreto una ragazza di New York e ho bisogno di costumi adorabili, e al tempo stesso miseri».

Charlotte si era illuminata, aveva abbandonato la bottiglia per un paio di settimane, aveva disegnato bozzetti e cercato tessuti, prima di ricordare di avere ancora in soffitta alcune pezze dei vecchi tempi. «È proprio quello che occorre, mia cara! La stoffa probabilmente è ormai sbiadita, dunque è perfetta per il tuo nuovo film».

Mentre mamma frugava in un baule, il coperchio era caduto, schiacciandole il petto ampio. Nel visitarla, il medico aveva trovato un nodulo. Ed era stata tutta colpa di Mary! Se non le avesse chiesto aiuto, mamma non sarebbe stata schiacciata dal baule e il nodulo non si sarebbe mai formato.

Mamma aveva rifiutato l'intervento chirurgico perché era diventata una cristiana scientista e credeva con fervore nel potere della preghiera e della mente sul corpo. Era stato impossibile persuaderla del contrario, e ora si stava consumando a poco a poco. Non aveva più il morbido petto evocatore di caldi ricordi in cui Mary aveva trovato conforto più e più volte. Ora era una deforme bomba a orologeria che ticchettava lentamente ma costantemente, finché un giorno sarebbe esplosa. Allora Mary sarebbe rimasta priva dell'unica cosa vera nella sua vita: l'amore di una madre.

Non voleva neppure pensarci. No, non voleva. Voleva pensare ad altre cose, a cose più felici. Aveva un abito nuovo da indossare alla première di Douglas, i cui film stavano andando bene. Lui non condivideva le preoccupazioni di Mary, non poneva domande e non covava risentimenti. Se ne stava saldamente piantato con le gambe divaricate, con le mani sui fianchi, e rideva, sfidando il mondo a cambiare, ad andargli incontro. E il mondo, abbagliato come un tempo lo era stata Mary dal fulgore del suo bianco sorriso scintillante, dalla spensieratezza dei suoi increspati occhi castani, non osava. Così Douglas continuava a fare i suoi film, il pubblico continuava ad accorrere, e nessuno gli scriveva per chiedergli quanti anni avesse, quando sarebbe cresciuto, se non pensasse di essere troppo vecchio per interpretare le parti che aveva sempre interpretato, né quando avrebbe avuto un bambino, o se avesse avuto un bambino, o perché non potesse avere un bambino.

Fran poteva avere un bambino e lo avrebbe avuto. Così Mary bevve un altro sorso di gin.

Avrebbe dovuto essere felice per la cara Fran, e invece non lo era, e questa era un'altra cosa per cui sentirsi in colpa. Avrebbe dovuto sentirsi entusiasta nell'apprendere che Fran e suo marito (una stella dei film di cowboy di grande successo) stavano per avere un figlio insieme a cementare la loro unione. In passato Fran non aveva mai parlato di avere figli, se non nel modo più vago. Quindi Mary ne era rimasta sorpresa e poteva essere perdonata per non avere reagito nel modo in cui probabilmente Fran aveva sperato.

«Mary, tesoro, ho qualcosa da dirti!» Fran aveva telefonato quello stesso giorno, poi era corsa a Pickfair e nell'atrio si era aggrappata a Mary, la quale aveva riso e l'aveva calmata prima di condurla nel salotto affinché la servitù non potesse sentire quello che aveva da dire. Ovviamente era qualcosa d'importante e i domestici chiacchieravano e spettegolavano. Era un problema che avevano tutte le sue amiche stelle del cinema: i servi che spifferavano segreti alla stampa…

Con il cuore palpitante, Mary si rizzò di scatto a sedere, rovesciando un po' di gin. Scivolò giù dal letto, inciampò nelle scarpe, e ridacchiando chiuse a chiave la porta della camera dopo avere origliato per assicurarsi che nessuno fosse nelle vicinanze. Poi tornò al proprio nido di cuscini di lino ricamati dalle suore in Belgio. Com'erano belli! Perfetti! Soltanto per lei!

«Sto per avere un bambino!» annunciò Fran appena si furono sedute sul divano Luigi XIV e la cameriera fu uscita per andare a preparare il tè. Poi si addossò allo schienale e fissò ansiosamente l'amica.

Allora Mary non seppe cosa dire né dove guardare. Le bastò un'occhiata al volto gioioso di Fran perché gli occhi le si colmassero di lacrime, quindi non avrebbe potuto rischiare. «Io… Io… sono così felice per te» si sentì dire, e senza dubbio fu abbastanza, perché Fran emise un sospiro enorme e cominciò a farfugliare che era stata una sorpresa, che avevano tentato ma il dottore non era stato ottimista, e sì, era anche un po' imbarazzata perché avrebbe avuto trentanove anni alla nascita del bambino. Era così vecchia! Conosceva donne che alla sua età erano già nonne!

Mentre Fran continuava a parlare, Mary si sentì sollevata. A quanto pareva non doveva fare altro che dire di quando in quando sì o no o mmh.

A un tratto, prima di salutarla, Fran parve riprendersi. Smise di balbettare e posò le mani sulle spalle di Mary, fissandola con quegli occhi che avevano sempre cercato in lei approvazione e rassicurazione, quegli occhi che erano stati così pieni di commovente speranza quando li aveva visti per la prima volta, tanti anni prima. «Mary, cara, spero che tu sia contenta… Rammenti le nostre conversazioni ai bungalow, quando ci siamo chieste se avremmo mai amato un uomo come amavamo il nostro lavoro e se avremmo mai potuto accogliere figli nelle nostre vite?»

Con gli occhi appannati, Mary annuì. Quegli anni sembravano tanto lontani… Avrebbe dovuto essere grata di avere fatto tanta strada. Avrebbe dovuto sentirsi persino trionfante… Eppure in quel momento si sentiva morta dentro, refrattaria ai sentimenti. Era così abituata a donarli alla macchina da presa da non avere ormai più nulla per la vita reale?

«E ora eccoci qui! Entrambe abbiamo trovato il vero amore. E ora… Un figlio! Penso di potercela fare, Mary… Penso di poter essere una buona madre e una donna in carriera. Ma se non ne sarò capace… Be', nella mia carriera ho già fatto molto più di quanto avrei mai potuto sognare, e forse è arrivato per me il momento di essere madre. Forse questa è la cosa più importante, dopotutto».

«No, Fran!» Mary abbracciò ferocemente l'amica. Non poteva lasciarle credere una cosa del genere. Altrimenti, cosa avrebbe rivelato di se stessa? «No, non voglio sentirtelo dire! Sono tanto felice per te, ma tu sei ancora… Ho bisogno di te, Fran! Ho ancora bisogno di te, il cinema ha bisogno di te. Sei la migliore, non dimenticarlo!»

Fran ansimò, poi si scostò. Nei suoi occhi apparve lo sbalordimento e le sue guance già rosse avvamparono. «Mary! Grazie! Io… Ti ringrazio di pensarlo! Anche dopo… Sapere che lo pensi significa tanto per me».

«Ora vai a casa e sdraiati con i piedi in alto. Hai ancora il tuo piccolo scrittoio portatile?»

Fran annuì.

«Allora prendilo e inizia a scrivere qualcosa, dimostra al mondo che la mente di una madre non serve soltanto a inventare ninnenanne. Non è forse così, Fran?»

«Mary, sei la mia più cara amica, e ti devo tutto».

«No, Fran, io ti devo tutto».

Si abbracciarono e Fran uscì.

Nel chiudere la porta, Mary non sapeva quando l'avrebbe rivista, cioè quando sarebbe stata in grado di vederla di nuovo. Infatti non sarebbe stata capace di esserle amica come avrebbe dovuto, nel modo in cui Fran si aspettava che lo fosse, ovvero un'amica che l'accompagnasse alle visite mediche e a comprare i corredini, che la sostenesse mentre si commiserava per gli inevitabili cambiamenti del suo corpo. Non avrebbe potuto spiegarne le ragioni a Fran, perché lei non avrebbe mai capito. Come avrebbe mai potuto capire, se Mary stessa non capiva? Sapeva soltanto di doversi proteggere. Doveva preservarsi per la macchina da presa perché non sapeva per quanto tempo ancora l'avrebbe fissata con adorazione. E per potervi riuscire avrebbe dovuto troncare ogni legame con il mondo reale e con il suo disordine, il suo ritmo frenetico, il jazz a tutto volume, le maschiette che ballavano, le madri con i bambini viziati, le madri con le mammelle grevi di latte e le ceste di pannolini sporchi e puzzolenti e le teste piene di filastrocche, madri più innamorate dei loro figli viziati di quanto lo fossero di lei, perché i figli erano sempre più importanti, vero?

Mary era sola, adesso. Fran se n'era andata, ma le notizie che aveva portato rimanevano e sarebbero rimaste, quel bambino ancora soltanto sognato sarebbe diventato reale, come la piccola Gwynnie, e lei avrebbe perso Fran per sempre, restando ancora più sola.

Tuttavia le restava la bottiglia. Il gin non era ancora esaurito e comunque avrebbe potuto procurarsene altro senza difficoltà. Il gin le fece dimenticare la rapidità con cui il tempo passava, la fugacità della giovinezza, della bellezza e dell'innocenza, della fama e della fortuna. Il gin le fece sognare sogni selvaggi, fantastiche visioni di draghi e di uomini sulla luna e persone stupide che ballavano. Erano sogni che non avevano nulla a che fare con la vita reale. Così, anche se talvolta erano terrificanti, li preferiva ai sogni che non erano inzuppati di gin.

Il gin le permetteva di dimenticare che Douglas avrebbe potuto rincasare seguito da una folla di persone per divertirsi, perché sembrava averne bisogno sempre di più. Un tempo la sua sola compagnia gli era bastata, mentre ora non gli bastava più, e se non fosse tornato circondato di gente, sarebbe probabilmente tornato tardi. Certe notti, di recente, era rimasto allo studio fin quasi a mezzanotte, e lei non gli aveva chiesto perché, proprio come lui non le chiedeva mai cosa custodisse nell'armadietto dei medicinali.

Posò il flacone e si annidò ancora di più fra i cuscini, sotto le coperte. Poteva dormire, adesso, così l'indomani avrebbe avuto un aspetto migliore. Anche a occhi chiusi sentiva roteare la stanza e aveva la bocca già asciutta come cotone. Comunque preferiva dormire anziché rimanere sveglia a pensare a tutte le cose a cui non voleva pensare, a vedere immagini di persone che avrebbe soltanto deluso, o che aveva già deluso, immagini di bambini gorgoglianti, bambini che non avrebbe mai potuto avere, bambini che non meritava.

E se si fosse addormentata non avrebbe dovuto sapere a che ora Douglas sarebbe rincasato...

16.
Frances
Dicembre 1928

L'ospedale era così freddo...

Era quello che pensavo in continuazione mentre attendevo fuori dalla sua stanza, seduta rigida su una piccola sedia di metallo, simile a quella su cui mi ero seduta quando lo avevo incontrato per la prima volta, e quasi ne risi, con il desiderio di correre dentro e così condividere quel pensiero con lui come condividevo ogni cosa.

Tuttavia i medici non me lo permettevano, e l'ospedale era freddo, e io tremavo così violentemente che mi dolevano i denti e anche le articolazioni. Non avevo mai più avuto tanto freddo da quando avevo percorso quella strada oltre Verdun, durante la guerra. Era stata la guerra a unire me e Fred.

Le infermiere e i medici entravano e uscivano dalla sua stanza, chiudendo sempre la porta con decisione, come per soffocare i suoi lamenti, ma invano.

Pensavo che se soltanto avessimo potuto abbracciarci, io avrei smesso di tremare e lui sarebbe migliorato. Pensavo che se non avessi potuto abbracciare lui, allora avrei voluto abbracciare i nostri figli, il piccolo Fred e Dickie. Nel guardare attorno, accingendomi a chiamarli, rammentai che era la vigilia di Natale e che loro erano a casa, a dormire. Oh, Dio, era la vigilia e loro aspettavano la visita di Babbo Natale, i regali da aprire... Come avrei potuto farlo? Chi lo avrebbe fatto per me?

«Mary» sussurrai, e non era la prima volta che pronunciavo il suo nome, lo sapevo, anche se non ricordavo quante volte lo avevo già pronunciato, né quando. Non riuscivo a ricordare neppure che ora fosse né da quanto tempo fossi seduta lì.

Riuscivo a ricordare soltanto che Fred era malato, disperatamente malato, e io tremavo fuori dalla porta della sua camera, in ospedale, e tutto era cominciato con un insignificante, sciocco zoppicamento durante la nostra consueta passeggiata serale nei giardini di Enchanted Hill per ispezionare la nostra terra, ricordare tutte le cose buone che ci erano state concesse e progettare le attività dell'indomani prima di rincasare per augurare la buonanotte ai nostri figli, già infilati a letto dalla bambinaia...

«Cosa succede?» domandai, mentre lui trasaliva e scaricava il peso dalla gamba destra. «Una delle tue vecchie ferite?» Infatti mio marito ne aveva subite molte, per esempio quando era stato investito da un carro, quando era saltato da un fabbricato in sella a Silver King, quando si era rotolato nell'artemisia lottando contro i cattivi. Era una professione rischiosa quella di stella dei film di cowboy.

«Oh, nulla». Fred avanzò di un altro passo senza riuscire a nascondere uno spasmo di dolore. «Penso di essermi stirato un muscolo inguinale ieri».

«Fred Thomson, esiste forse nel tuo corpo un muscolo che non hai stirato o sforzato?»

«Ci sto lavorando» sorrise Fred. Mi attirò a sé, al fianco che non gli doleva, e mi abbracciò mentre ci giravamo a guardare un'ultima volta il paesaggio... Avrei sempre ricordato quel momento come un ultimo sguardo al crepuscolo viola, agli ultimi raggi rosati del sole filtrati da un velo di nubi grigie, alle poche stelle che cominciavano a scintillare nel cielo. Respirando profumo di gelsomino sentii un cavallo nitrire nelle stalle. Dopo un'ultima occhiata per ricordare a me stessa quanto ero fortunata, anzi, quanto *eravamo* fortunati, rientrammo. Poche ore più tardi ebbe inizio l'incubo.

L'incubo fu preceduto dal paradiso.

Incinta di Fred Jr, stipulai un nuovo contratto con la MGM, permettendo finalmente a Mayer e a Thalberg di persuadermi a lavorare per un unico studio: una gradita garanzia di stabilità proprio quando sentivo il bisogno di un nido confortevole e sicuro per il presente e per il futuro. Inoltre realizzai alcuni buoni film: *La lettera rossa*, con Lillian Gish; *Anna Karenina*, con la strana nuova stella svedese, Greta Garbo; e il preferito fra tutti i miei film, *Il vento*, ancora con Lillian.

In questo film io e Irving avevamo messo il cuore, rivedendo la sceneggiatura più e più volte. Era una storia truce e fu necessario girarla in esterni. Dapprima Mayer si oppose. Allora però nutriva timore reverenziale nei confronti del giovane, gracile Irving e del suo genio, ed era felice di usurparne il merito quando i suoi film erano immediatamente riconosciuti come capolavori. Quindi accettò a malincuore di filmare nel deserto. Fu un'ordalia, tuttavia ne valse la pena. Lillian non si lagnò mai, neppure quando si ustionò una mano afferrando la maniglia di un'auto rimasta esposta al sole del deserto per tutto il pomeriggio. Era l'attrice più scrupolosa e disciplinata con cui avessi mai lavorato, a parte Mary, e interpretò magnificamente la giovane sposa condotta alla follia (e all'omicidio) dall'incessante vento della prateria.

Il finale sarebbe dovuto essere tragico. La sposa impazzita avrebbe dovuto camminare nel vento fino alla morte. Aveva ucciso un uomo. Era il finale che la censura avrebbe richiesto e che il pubblico meritava. Nel lavorare alla sceneggiatura io e Irving ne convenimmo.

Eppure ebbi una premonizione. «No, Irving, non un lieto fine. Questo no» dichiarai nel consegnare il trattamento, e lui fu d'accordo.

Ma quando il film fu presentato in anteprima, il pubblico non ne fu soddisfatto e Mayer ci costrinse a cambiare il finale senza tollerare alcuna discussione. Così mi trovai a dover subire uno dei suoi gelidi sguardi, che stavano diventando sempre più famosi. Il suo piccolo studio si era sviluppato a passi da gigante fino a diventare il più grande in assoluto, e anche se il mio compenso era superiore a quello della maggior parte delle star, ero pur sempre soltanto una scrittrice, cioè svolgevo una professione che sembrava essere stata ridimensionata parecchio negli ultimi anni. A differenza di quanto era accaduto un tempo, non mi era più concesso di scegliere comprimari, né di collaborare alla regia suggerendo allestimenti o luci, né di plasmare i copioni durante le riprese. L'ultima parola l'aveva Mayer, e con lui, in misura minore, la MPPDA. Lui era Dio.

La MGM non badava a spese per le sue produzioni e garantiva ai miei film enorme distribuzione e pubblicità. Gli attori erano i migliori, come lo erano i costumi e le scenografie. Però era tutto organizzato come in una fabbrica, in modo molto diverso dai tempi in cui io, Mickey e Mary avevamo catturato la magia mediante risate e improvvisazioni. Finché avessi avuto l'ascolto di Irving (e lo avevo e mi era caro), il peggio mi sarebbe stato risparmiato e mi sarebbe stato concesso di essere autonoma... fino a un certo punto.

D'altronde, non me ne importava granché. Mi ero permessa di oziare dopo la nascita di Fred Jr e l'adozione di Richard, soltanto un anno più tardi. Non trascorrevo tutto il mio tempo con loro. A questo proposito Mary aveva sempre avuto ragione. Anche se amavo i miei figli, ero più che felice di lasciare che fosse la bambinaia a fare il lavoro sporco. Comunque non seguivo più i progetti con la passione di un tempo. Fred aveva un grande successo e godeva di una fama che travalicava di gran lunga ogni mia speranza, quindi mi ritirai nell'ombra affinché lui potesse splendere ancora più luminoso.

«Stai sublimando la tua carriera nella sua» osservò un giorno Adela.

Fui costretta ad ammettere che era proprio così, anche se non ne ero molto fiera. «Tocca a lui avere un posto al sole». Scrollai le spalle, come se davvero non me ne importasse nulla. «Io ho già avuto le mie occasioni».

«Il mondo sarebbe più luminoso con due soli splendenti, sai?» osservò saggiamente Adela.

Anche se risi e riconobbi che era vero, continuai a lavorare a basso regime e la mia carriera proseguì a rilento.

Perché? Avevo lavorato molto sia per arrivare dove mi trovavo sia per uscire dall'ombra di Mary, e ci ero finalmente riuscita. Allora perché volevo restare all'ombra di Fred? Ero incapace di stare sotto i riflettori? Avevo rifiutato tutte le regie che mi erano state proposte. Ero in grado di favorire le carriere di altre donne: avevo esortato la MGM a sfruttare il potenziale esotico e cupo di Greta Garbo, avevo sostenuto Lillian e avevo procurato lavoro ad Anita e Adela. Perché evitavo di promuovere me stessa? O forse consideravo la carriera di Fred come uno dei miei progetti, una mia creazione, e facendo un passo indietro lasciavo a tale creazione lo spazio necessario per crescere e per prosperare?

«Penso di avere imparato a essere soddisfatta di quello che ho, invece di chiedermi dove potrei essere, e questo è merito di Fred, che mi ha resa felice» risposi ad Adela.

«Be', mia nonna diceva che non è possibile condurre tre muli allo stesso tempo. Carriera, marito e figli. Uno dei tre finirà per essere trascurato, e immagino che tu abbia già fatto la tua scelta».

«E sono stata fortunata a poter scegliere». Nel momento in cui lo dissi, compresi che era vero. Ero semplicemente stupita della mia fortuna, che mi aveva consentito di avere carriera *e anche* famiglia, quindi non volevo sfidarla in alcun modo.

«Sono felice, Adela. Sono felice. Sono completamente realizzata per la prima volta nella mia vita, senza compromessi e senza rimpianti».

«Tu e Fred siete fortunati» concordò Adela, poi afferrò la borsetta, ne trasse un foglio di carta e prese appunti. Pur essendo ancora una sceneggiatrice, era ora conosciuta come la "madre confessora" di Hollywood e scriveva articoli sulle vite delle stelle per *Photoplay* e per altri periodici. Sapevo che se le avessi chiesto di non scrivere del mio matrimonio felice non ne avrebbe scritto, perché la nostra amicizia aveva sempre la precedenza.

D'altronde non mi dispiaceva che si pubblicasse la verità sul mio matrimonio, perché ne ero orgogliosa. Non era sempre facile. Io e Fred eravamo entrambi ostinati, capaci di discutere con veemenza di qualsiasi argomento, però avevamo sempre concluso ogni discussione con una rispettosa stretta di mano e con un bacio. Ciascuno di noi aveva legioni di amici, eppure preferivamo la reciproca compagnia. Dedicavamo tempo alle serate con i nostri figli e alle cene presso uno dei numerosi caminetti di Enchanted Hill, nonché alle mattinate a cavallo insieme, prima di recarci separatamente al lavoro, io alla MGM e Fred alla FBO, lo studio recentemente acquistato dal banchiere di Boston Joseph P. Kennedy. I film della FBO di Fred avevano enorme successo nelle regioni rurali, e di recente la compagnia lo aveva prestato alla Paramount per cercare di aumentare il suo successo nelle grandi città.

Anche se Mary e Douglas erano ancora il re e la regina di Hollywood, io e Fred avevamo il matrimonio che la maggior parte degli spettatori desiderava e forse invidiava. Frattanto, Mary si isolava sempre di più a Pickfair, mentre Douglas usciva e partecipava alla vita della città circondato da una congrega di celebrità e di aristocratici che includeva, naturalmente, Charlie Chaplin. Aveva costruito Pickfair per Mary, ma era come se all'interno dei suoi confini lui si logorasse.

In quel periodo non sempre Mary ricambiava le mie visite, anzi, non le ricambiava più da quando erano arrivati i bambini. Oh, aveva inviato bei regali per ciascuno dei nostri ragazzi, ma per qualche ragione non aveva mai trovato il tempo di venire a vederli. Mary era alla deriva. Era proprio così, andava alla deriva come una fragile ninfea, si allontanava sempre più, e io non avevo idea del motivo né di come indurla a tornare. Ora Adela, Hedda Hopper e Marie Dressler erano le mie amiche più intime, quelle che erano state presenti all'arrivo dei bambini, quelle a cui non dispiaceva giocare con loro, quelle che avevano assistito a ogni battesimo.

Così Adela, Hedda e Marie erano le uniche a essermi accanto in ospedale, giorno dopo giorno, alternandosi per non lasciarmi mai sola. Portavano caffè, andavano a casa a controllare i ragazzi, tornavano da me, e informavano la stampa perché i fan ansiosi inviavano tantissimi telegrammi e fiori.

Tuttavia Fred soffriva troppo per accorgersene...

La prima notte, quando Fred si destò con un dolore terribile e quaranta di febbre, i medici diagnosticarono una colica renale. Pochi giorni dopo, quando operarono, non trovarono calcoli. Nel frattempo Fred perse molto sangue e non migliorò dopo una trasfusione. La febbre salì di nuovo, infaustamente, e le sue mascelle si contrassero.

«Tetano» dichiararono infine i medici con evidente sollievo, tanto che per un momento mi tranquillizzai, prima di rendermi conto che erano sollevati soltanto per essersi imbattuti nella diagnosi corretta. Poi le loro sinistre parole mi trafissero il cuore di terrore. Pochissime persone erano guarite dal tetano in stadio avanzato.

«Ha forse subito un incidente o un infortunio di qualche genere ultimamente?»

«Oh!» Un ricordo mi colpì come una percossa al ventre. «Sì, un paio di settimane fa ha calpestato un chiodo nella stalla. Però è stato subito bene e nei giorni successivi ha continuato a stare bene! È da poco che si sente male».

I medici si scambiarono un'occhiata e annuirono.

«Ma c'è speranza?» Non potei fare a meno di chiederlo, pur sapendo che era sbagliato e inutile. Mi avrebbero detto ciò che volevo sentire perché erano medici, *uomini*, e io ero per loro semplicemente la moglie, la moglie isterica. Invece non ero affatto isterica. Vedere il mio Fred, il mio robusto marito, dimenarsi convulsamente nel letto, con gli occhi appannati dal dolore quando erano aperti, le mascelle tanto contratte che a stento poteva gemere, la bocca una fessura deforme...

A un tratto, con il terrore negli occhi, tentò di parlare, e mi sembrò che cercasse di dire: «Bambini».

«Vuoi vedere i ragazzi?» La paura mi riempì lo stomaco vuoto. Assalita dalla nausea, mi aggrappai forte alla sponda del suo letto finché l'onda passò. Pensava di essere in punto di morte? E io volevo che i nostri figli lo vedessero in quelle condizioni, che quello fosse il loro ultimo ricordo di lui, un incubo atrofizzato, un mostro dalle mascelle serrate come nel peggior film dell'orrore, anziché il padre che rideva, li lanciava senza sforzo nell'aria e li prendeva al volo facilmente, o li solleticava sino a farli strillare come maialini, o li inseguiva tutt'intorno alla fontana piastrellata, schizzandoli d'acqua?

Quando una lacrima scivolò dall'occhio destro di Fred, trattenni il fiato e il mio stesso pianto, stringendogli la mano inerte. «Va bene, caro».

I nostri figli arrivarono da casa ancora assonnati. Era tardi, ma i medici avevano rinunciato alla finzione del normale orario di visita. Era una veglia funebre, quindi non esistevano regole.

«Che cosa dite a papà?» domandai, incapace di controllare la voce. Questa volta non potevo scrivere alcun lieto fine. E dov'era Dio? Dov'era L.B. Mayer quando avevo bisogno di lui? Perché non irrompeva nella stanza a dirmi che quel finale era sbagliato, che il pubblico non lo avrebbe apprezzato, che Fred avrebbe dovuto vivere, e quindi tutto ciò che dovevo fare era sedermi e tagliare alcune scene e scriverne di nuove?

«Buon Natale!» Fred Jr, che aveva due anni, salutò con la mano, confondendo innocentemente le sue vacanze. Normalmente Fred sarebbe scoppiato a ridere. Invece non poteva fare altro che guardare, e tutto l'amore del mondo era in quello sguardo, tutto l'amore che non avrebbe mai potuto donare, una quantità infinita.

Il piccolo Dickie aveva soltanto un anno, quindi sapeva solo salutare a sua volta con la mano, imitando il fratello maggiore. Allora Fred emise un gemito e con cautela tentò di girare la testa. Stavo singhiozzando anch'io? Tutti, le infermiere, i medici, Hedda e la grande Marie, con il suo bel viso brutto adorato dai ragazzi, tutti piangevano, e il mio volto era bagnato, il mio cuore era straziato, quindi senza dubbio anch'io piangevo.

«Vai a casa, Fran» sussurrò qualcuno. «Vai a riposare un poco».

«Mary» ripetei. O forse no? Nessuno parve udire.

Hedda condusse via i ragazzi, e i medici chiesero a tutti di uscire dalla stanza per poter somministrare un sedativo a Fred. Sedetti di nuovo su quella sedia di metallo, rabbrividendo. Una sedia vuota, proprio accanto a me, attendeva Mary.

Invece, con mia sorpresa, perché tutto era sorprendente, ormai, e mai più nulla di familiare sarebbe accaduto nella mia vita, un cowboy sedette su quella sedia.

«Mrs Thomson?» Teneva il cappello malconcio fra le mani abbronzate, coriacee.

Alzai lo sguardo. Lungo le pareti del corridoio, in fondo al quale un'infermiera farfugliava e gesticolava, si allineavano i cowboy, con gli speroni agli stivali infangati e i cappelli impolverati fra le mani.

«Tutti noi abbiamo voluto essere qui» spiegò il cowboy accanto a me. «Mr Thomson è uno dei buoni. Ci tratta sempre bene nei suoi film. Ci rispetta, non cerca di dirci cosa fare, anzi, ci permette di mostrargli come si fa. Siamo molto dispiaciuti, signora».

«Oh!» Non mi fu possibile fare altro che fissarlo a lungo, sbalordita, e quasi risi. Era ufficiale. Il confine tra cinema e vita era completamente dissolto, come dimostrava quel corridoio affollato di veri cowboy giunti in ospedale a vegliare una stella del cinema che interpretava film di cowboy, e a parlare con sua moglie, una sceneggiatrice. «Grazie» risposi, e mi si allargò il cuore, mentre una gratitudine dolceamara colmava il vuoto incombente. Se soltanto Fred avesse potuto sapere quante vite aveva toccato! Invece giaceva inerte nella sua stanza, sopraffatto dalla febbre che lo soffocava.

Senza dubbio scavai un solco fra quella fredda sedia di metallo e il letto di Fred, ansiosa di stargli accanto, incapace di confortarlo e di suscitare una qualunque risposta, precipitandomi fuori per non piangere di fronte a lui, seduta di nuovo sulla sedia incapace di piangere, e di nuovo accanto a lui, tutto che cominciava daccapo, avanti e indietro, come la corsa in cerchio di un criceto sconvolto. Era divertente, avrebbe potuto essere divertente. Al cinema sarebbe stato divertente.

A un tratto alzai lo sguardo dalla mia piccola sedia e scoprii di essere sola. I cowboy se n'erano andati, come pure Hedda e Marie e Adela, le quali avevano detto che sarebbero andate a casa a controllare i ragazzi. Tutte le sedie intorno a me erano vuote.

Poi vidi una piccola figura in fondo al corridoio, una figura con i capelli d'oro. «Mary!» Mi alzai, in trance, e iniziai a percorrere il corridoio. Era arrivata! Mary era arrivata. Sapeva che avevo bisogno di lei, aveva lasciato il suo castello ed era arrivata malgrado tutto, nonostante tutte le cose di cui senza dubbio ora aveva paura, anche se non sapevo quali fossero. Sapevo unicamente che Mary era arrivata, infine, e tutto ciò che provavo era un sollievo da cui mi sembrava di essere sollevata in aria nel camminare verso di lei. Mary non poteva cambiare le cose, neppure i suoi poteri lo potevano. Eppure era arrivata, dopotutto. Era l'unica cosa che avrebbe potuto aiutarmi in quel momento, e io ero semplicemente contenta. Protesi le mani, sentendo già il suo caldo abbraccio. «Mary!»

Invece l'eterea figura mi passò accanto e allora vidi che non era affatto Mary, ma un'infermiera con un velo che aveva catturato la luce suscitando l'illusione dell'oro. Con le mani ancora protese, fissando attonita l'infermiera che scompariva in lontananza, sentii pronunciare il mio nome.

«Mrs Thomson! Mrs Thomson!»

Mi girai di scatto e vidi un'altra infermiera, quella che assisteva Fred, chiamarmi con un cenno. «Mrs Thomson! Presto! Presto!»

Ancora scossa dal miraggio che avevo pensato essere Mary, tornai barcollando al capezzale di mio marito. Crollai su di lui, strinsi fra le braccia le sue larghe spalle, cullai quella testa amata, i capelli incollati dal sudore alla fronte, e gli occhi... gli occhi chiusi da mano altrui, una mano più grande, più autorevole della mia.

«Mi dispiace tanto» sussurrò l'infermiera, e qualcosa mi straziò dallo stomaco alla gola, alla bocca, il mio dolore, il mio singhiozzo, unico suono echeggiante fra le bianche pareti asettiche della stanza, il mio cordoglio, la realizzazione di tutti gli anni di solitudine che mi restavano senza di lui, e le mie lacrime, uniche cose viventi rimaste, bagnavano il colletto del pigiama di Fred, quello che mi aveva chiesto di portare, l'ultima cosa che mi aveva chiesto di fare.

«Che tu sia benedetta, figlia mia» disse qualcuno.

Alzando gli occhi vidi un prete e quasi scoppiai a ridere, poi ricordai che Fred era stato ministro del culto e aveva smesso di esserlo a causa mia. Se ciò non fosse accaduto... Lui sarebbe stato ancora con me, adesso?

«Mrs Thomson...» Qualcuno mi allontanò dal suo capezzale gentilmente, come se rischiassi di frantumarmi. Un medico si avvicinò con una fiala e una siringa, mi prese un braccio, con delicatezza, e sentii una puntura, una sensazione di calore diffondersi dal foro, invadermi, riempire il vuoto che avrei avuto necessità di riempire per il resto della mia vita.

«Mary è qui?» domandai, gli occhi di colpo appannati, la voce sorprendentemente rauca.

Nessuno rispose.

Poi mi addormentai.

Il funerale fu ancora più imponente di quello di Valentino, come tanti furono ansiosi di assicurarmi, quasi che avesse importanza.

D'altronde ne aveva. Era importante che Fred fosse ricordato come una stella del cinema, una delle più grandi, perché io l'avevo costretto a esserlo, o glielo avevo suggerito, a seconda di come sceglievo di ricordarlo. Dunque avevo necessità di sapere che aveva avuto successo, che era stato felice, che non aveva mai avuto alcun motivo di pentirsi per aver abbandonato a causa mia il ministero del culto. Così, nel vedere la folla di fan in fila piangere senza ritegno, i cowboy a disagio in giacca e cravatta, goffi in maniera commovente fra i magnati del cinema, inclusi Irving e Mayer e Cecil B. DeMille, Marion Davies, Harold e Mildred Lloyd, Sam e Frances Goldwyn, e naturalmente Hedda e Marie e Adela e Bessie e Anita e Lillian, tutte le mie amiche…

«Siamo diventati hollywoodiani, Fred» sussurrai, sistemandomi nel mio banco, e abbozzai un sorriso, con costernazione di Marie e di Hedda che mi affiancavano come due feroci bulldog per proteggermi dalla stampa. Avevo lasciato i miei ragazzi a casa con la bambinaia perché erano troppo piccoli per capire ciò che stava succedendo. Invidiavo la loro innocenza.

Con Tom Mix, Buster Keaton e alcuni nipoti di Fred, Douglas Fairbanks portò la bara e pianse. Per questo, allora, forse per la prima volta, mi piacque. Era uno snob, un presuntuoso, però era sceso dalla sua reggia abbastanza spesso per diventare amico di Fred, e tutti e due avevano amato cavalcare sui pascoli insieme, con tutti i cowboy che comparivano nei film di Fred. Anche se non erano stati amici intimi, si erano ammirati a vicenda. E per il funerale Douglas era sceso ancora una volta dalla sua reggia, semplicemente, senza che io glielo chiedessi, consapevole di fare la cosa giusta.

Durante la cerimonia non mi girai mai per guardarmi attorno. Non riuscii a distogliere lo sguardo da quella bara enorme, abbastanza lunga per accogliere l'alta statura di Fred. La fissai finché ne fui capace, perché temevo che quando fosse stata sepolta anche tutti i miei ricordi di lui avrebbero riposato per sempre e sarebbero svaniti, soffocati dalla terra.

Anche senza mai guardare attorno, sapevo che mancava una persona.

Mary aveva inviato un'immensa composizione floreale, la più grande fra tutte quelle che erano ammassate sull'altare. Aveva telegrafato per esprimere le sue più sentite condoglianze. Aveva annunciato che sarebbe stata presente.

Tuttavia era assente. Lo sapevo senza che fosse necessario vederlo con i miei occhi rossi e gonfi.

E sapevo che sarebbe arrivato un giorno in cui lo avrei ricordato, più e più volte, pungolando quel ricordo come se fosse stato un livido dolorante, ripetutamente, per rinnovare il dolore. Ma non ancora. In quel momento non avevo spazio per Mary. Così celai il risentimento... No, questo era un eufemismo. Non fu nulla di meno che una lacerazione, perché con la sua assenza Mary lacerò qualcosa che un tempo era stata pura, perfetta.

Ricucii la lacerazione con alcuni dei numerosi fili che ne penzolavano, intrecciati alla mia afflizione e al mio rammarico. Un giorno l'avrei scucita e mi ci sarei crogiolata, avrei salito la collina fino a Pickfair, l'avrei mostrata a Mary e avrei chiesto spiegazioni.

Ma non ancora. Quel momento era esclusivamente per

Fred, l'unica cosa pura e perfetta della mia vita. E quando tutto fu finito non desiderai altro che dormire, dormire e non svegliarmi mai più, perché sapevo che destarmi avrebbe significato perderlo di nuovo. Nondimeno mi sarei destata perché era necessario, perché non era un film, e non potevo dissolvermi in una cornice in cui fosse contenuta la didascalia: «Trascorsero gli anni».

Gli anni sarebbero trascorsi con una lentezza straziante, trecentosessantacinque giorni per volta, prima che io potessi sperimentare di nuovo qualcosa di simile alla felicità.

17.
Mary
1928-1932

Nel tastarsi la nuca, Mary sentì sulla pelle il talco con cui il barbiere l'aveva spazzolata. Non riusciva a ricordare l'ultima volta in cui aveva sentito una brezza fresca increspарsi sul suo collo nudo. L'aveva sempre avuto coperto dai capelli che le erano caduti come una tenda pesante sino alla vita.

«Spero... spero che le piaccia» balbettò il povero barbiere, un vecchio dal volto impenetrabile che all'improvviso tratteneva le lacrime, con le labbra tremanti. Poi ruotò la poltrona perché Mary potesse guardarsi allo specchio.

In quello stesso istante, con uno scoppio e un odore di zolfo, il flash di una macchina fotografica esplose in un bagliore accecante. Quando riacquistò la vista, Mary vide una donna che la fissava. Era una donna minuta, con il viso incorniciato di morbidi capelli ondulati che accentuavano gli zigomi ed enormi occhi nocciola scintillanti di lacrime. I suoi occhi non erano mai stati così grandi.

«Mary! Mary! Cosa ne pensi?» domandò uno dei dieci o dodici cronisti stipati nella piccola bottega di barbiere a Manhattan.

Ancora una volta Mary si tastò la nuca, poi si accarezzò i capelli appena tagliati e sorrise alle macchine fotografiche, nonostante il tremito interiore che la scuoteva. Che cosa ho fatto? Quanto ci vorrà perché ricrescano? Cosa dirà mamma... Subito ricordò che mamma non avrebbe potuto dire nulla, mai più. «Penso che sia un taglio molto moderno, vero?» Posò per le macchine fotografiche, inclinando la testa e increspando le labbra come una maschietta qualunque.

«Ma i tuoi boccoli! Cosa farai senza i boccoli? Cosa penseranno i tuoi fan?»

«Non penso che tutta la mia carriera sia dipesa dai miei capelli» ribatté Mary. Per rassicurarsi si guardò di nuovo allo specchio, aspettandosi di vedere una stella del cinema sorridente e radiosa, come nelle famose immagini sulle copertine di *Photoplay* e sui manifesti e sui programmi cinematografici. Invece non riuscì a vederla.

Tutta la sua carriera *era* dipesa dai capelli. Sin dal momento in cui Miss Josephine era andata dietro le quinte per vederla, e timidamente le aveva sfiorato i boccoli dicendo: «Sei così carina», i suoi capelli erano stati qualcosa di più di una semplice acconciatura, proprio come la bombetta e il bastone di Charlie erano qualcosa di più che semplici accessori di scena. I suoi boccoli erano sacri. Con il crescere della sua fama erano state composte odi in loro onore. Gli psicologi avevano scritto analisi accademiche sul loro valore simbolico.

Ne aveva avuti diciotto durante le riprese, dodici suoi, più sei falsi creati appositamente e lunghi trenta centimetri ciascuno. Un tempo erano stati copiati senza ritegno, non soltanto dai suoi fan, bensì anche da rivali come Mary Miles Minter, Madge Bellamy, Olive Thomas, e a un certo punto persino dalla cara Lillian. Poi erano stati spietatamente ridicolizzati dalla stampa: «Quando si deciderà Mary a tagliarsi i boccoli? I capelli corti furoreggiano».

Adesso che li aveva tagliati provava una lieve sensazione di nausea. Il suo riflesso nello specchio ondeggiò per un momento, velato di foschia scintillante come una strada in una giornata torrida. Ma erano presenti i cronisti, naturalmente invitati da lei, perciò, continuando a sorridere, si tolse l'ampia mantellina e si alzò. Allora tutti abbassarono lo sguardo. I boccoli giacevano sul pavimento come soldati caduti, dodici in tutto. Quando il barbiere si avvicinò con la scopa, Mary lo scacciò, quindi si inginocchiò a raccoglierli con cura e li infilò nella borsetta senza spiegarne la ragione.

Semplicemente non poteva sopportare di vederli spazzati via come i capelli di chiunque altro! E non poteva dir loro addio, non subito. Aveva detto troppi addii ultimamente.

Mandando baci ai giornalisti, corse alla propria vettura e fu riaccompagnata in albergo. Per tutto il tragitto continuò ad accarezzarsi la nuca per cercare di abituarsi a sentirla nuda e scosse ripetutamente la testa, meravigliandosi della leggerezza e di non avere il viso e gli occhi sferzati dai capelli.

Quando aprì la porta della stanza d'albergo, Douglas l'attendeva camminando su e giù come un marito davanti alla porta del reparto maternità. Si fermò, la guardò e si lasciò sfuggire un suono mai udito prima: un lamento di disperazione e di incredulità che parve scaturire dalle profondità della sua anima. Poi crollò in ginocchio e singhiozzò come un bambino.

«Douglas! Che succede? Cosa c'è che non va?»

«I tuoi... i tuoi capelli, Tupper! I tuoi capelli! Oh, i tuoi capelli!»

«Ma sapevi che li avrei tagliati!»

«Lo sapevo, ma non l'avevo creduto... finora... Oh, Tupper, cos'hai fatto? Cos'hai fatto alla mia Mary?»

«Non lo so!» Mary corse di nuovo allo specchio per rassicurarsi e constatò di essere ancora la donna che aveva visto nello specchio del barbiere, una donna sofisticata e molto bella. Tuttavia non sembrava affatto una ragazzina, non somigliava affatto alla Piccola Mary, amata in tutto il mondo, né alla figlia che mamma aveva conosciuto. Infine scoppiò a piangere, e non per i capelli, no, anzi, da un punto di vista puramente pratico era sollevata, felice di essersene liberata.

Ora le sue lacrime erano per i ricordi di mamma, che durante la sua infanzia aveva curato con tanta diligenza i suoi capelli biondo scuri e alquanto lisci, favorendone la crescita con speciali shampoo bianchi all'uovo e risciacqui di birra, avvolgendoli per la notte prima che andasse a dormire, attorcigliandoli con dita amorevoli quando finalmente erano stati abbastanza lunghi, e incoraggiandola a sciacquarli con lo champagne per schiarirli affinché fossero davvero d'oro anche nella vita reale e non soltanto quando erano artisticamente illuminati per la macchina da presa.

Pianse per tutte le notti amorevoli e accoglienti come un bozzolo caldo e come un ritorno al grembo materno, in cui mamma, chiacchierando con lei, le aveva spazzolato i capelli, li aveva attorcigliati e li aveva raccolti affinché lei potesse dormire. I suoi capelli erano la loro creazione reciproca quasi quanto la sua carriera, o forse altrettanto. La Piccola Mary non sarebbe mai stata la Piccola Mary senza i boccoli: quella era la verità, la terrificante verità. Dunque cosa sarebbe diventata adesso la Piccola Mary? Se soltanto mamma avesse potuto consigliarla...

Mamma era scomparsa, ormai. Era morta due mesi prima. Ogni giorno Mary continuava ancora a sollevare il ricevitore del telefono per chiamarla, e progettava per lei merende prelibate e altre sorprese, prima di ricordare che non c'era più.

Mamma era morta serenamente, era morta davvero. Il cancro l'aveva portata via e le preghiere non avevano potuto guarirla. Comunque Mary credeva, infine, che quella fosse stata la via giusta da percorrere. Nessun medico, nessun intervento chirurgico: semplicemente un corpo deperito giunto al termine della vita.

«Mary, non piangere» aveva sussurrato mamma alla fine, con un sorriso di beatitudine sul volto, un sorriso di pace, molto strano, perché Mary non l'aveva mai vista davvero in pace: felice, sì, e fiera, sempre, però mai completamente in pace.

«Chi mi amerà quando te ne sarai andata?» Mary aveva cercato di non piangere e di essere così forte com'era sempre stata, ma... Oh, era stato così difficile!

«Il tuo pubblico, cara. Il tuo pubblico ti amerà sempre. Ce ne siamo assicurate, vero?» Mamma aveva sorriso di nuovo, aveva chiuso gli occhi… e poco dopo aveva esalato il suo ultimo respiro.

Qualcuno aveva afferrato Mary per le spalle e l'aveva allontanata da mamma affinché i medici e le infermiere potessero fare tutto ciò che dovevano. Tuttavia Mary non aveva voluto andarsene, non lo aveva mai voluto. Così, assordata da un rumore ruggente come quello di un treno merci e d'improvviso abbagliata da una calda luce bianca, aveva resistito, dimenandosi, avventandosi, schiaffeggiando la persona che l'aveva afferrata, finché, non più ottenebrata, si era accorta di avere picchiato Douglas.

Allora si era calmata, aveva assunto il controllo e aveva fatto tutto come mamma aveva voluto. Tutti avevano detto che mamma aveva vissuto una buona vita, che Mary era stata una figlia molto devota, che si erano volute molto bene, quindi lei si sarebbe consolata e presto sarebbe tornata alla normalità. Mary aveva annuito e assentito, comprendendo però che tutti avevano torto e che non avrebbero potuto sbagliarsi di più. Lei non sarebbe mai più tornata alla normalità perché era rimasta completamente sola al mondo. Non era rimasto nessuno che la conoscesse veramente. Senza mamma, sarebbe stata ancora più oppressa da ogni fardello e sarebbe stata sempre completamente sola. Anche se non era stata una considerazione molto leale, visto che era sposata, aveva saputo con certezza che era davvero così. Nessuno l'avrebbe mai amata e capita come l'aveva amata e capita mamma.

Nessuno, nemmeno Douglas, neppure Fran.

Fran, cara! Devastata dal dolore, aveva partecipato al funerale di mamma ed era rimasta lungamente a fissare la bara con il viso inondato di lacrime. Quando Mary le si era accostata per abbracciarla aveva detto, semplicemente: «L'amavo». Anche se non si erano concesse il tempo di rammentare il passato, Mary aveva compreso che stava ricordando i giorni in cui avevano vissuto nei bungalow gemelli e mamma, come una chioccia, le aveva accudite entrambe.

Tuttavia era stata così sopraffatta dalla sofferenza che non aveva potuto parlare neppure con Fran. Inoltre Douglas l'aveva tenuta per un braccio con la sua tipica stretta ferrea perché aveva voluto essere la sua unica consolazione, e forse i suoi occhi avevano lasciato trapelare un poco di sollievo perché, scomparsa mamma, avrebbe finalmente avuto Mary tutta per sé. Però non era affatto così e mai lo sarebbe stato. Quantunque lei lo amasse, nonostante la consapevolezza che il loro amore era il più grande amore di tutti i tempi, lui non l'avrebbe mai avuta tutta per sé, perché una parte di lei era stata sepolta insieme a mamma.

Eppure in quel momento, mentre osservava Douglas che continuava a singhiozzare per i capelli tagliati, incapace di guardarla, Mary ebbe la più strana delle idee. Lei stessa aveva ucciso la sua Mary, intenzionalmente, e ciò sembrava giusto, perché era il 1928, un anno di morte in cui le carriere erano morte come le persone.

Un paio di mesi dopo essersi tagliata i capelli («I famosi boccoli dorati scompaiono!» «Mary Pickford si taglia i capelli!» «La Ragazza con i Riccioli non esiste più!»), Mary seppe della tragica morte di Fred Thomson. Povera Fran! Ancora profondamente afflitta dal proprio lutto, Mary capì come si sentiva Fran, e avrebbe voluto andare da lei, davvero. Indossò l'abito nero più bello, il cappellino nero più bello, e scese le scale fino alla porta, poi si girò e tornò di corsa nella propria stanza.

Dopotutto, Fran aveva il conforto dei figli. In momenti come quelli i figli *erano* un conforto, dolci piccini da coccolare e da vegliare, e nella cui innocenza rifugiarsi. Più ci pensava, più si rendeva conto che se si fosse recata al funerale la pubblicità sarebbe stata tale da far dimenticare il povero Fred. Perciò quel giorno rimase a casa. Con lo sguardo disgustato che le lanciava sempre più spesso, tanto da indurla a chiedersi cos'altro avesse distrutto tagliandosi i capelli, sorprendentemente Douglas la esortò ad andare al funerale perché lo doveva a Fran. Ma lei lo allontanò con un gesto, ordinò la composizione floreale più costosa in assoluto e si ritirò nella propria stanza per un "sonnellino".

Anche se lei lo chiamava così, Douglas sapeva di cosa si trattava in realtà, e al tempo stesso assecondava la finzione perché capiva. Lui stesso era terrorizzato e reagiva in modi diversi, non meno distruttivi del ricorso alla bottiglia.

In quel mortale 1928 tutti erano terrorizzati a Hollywood.

«Aspettate un momento! Aspettate un momento! Non avete ancora sentito niente!»

Al Jolson pronunciò sullo schermo queste parole, che scaturirono dalla sua bocca e si diffusero nell'aria. Allora tutti rimasero a bocca aperta, applaudirono e si alzarono in piedi. Così tutto cambiò. Quelle undici parole furono ascoltate nel mondo intero, e all'improvviso ci si aspettò che tutti i film parlassero. Fu persino coniato un nuovo nome per definirli, *talkies*, da *talking pictures*, "film sonori".

Da quando *Il cantante di jazz* era stato proiettato per la prima volta nell'ottobre del 1927, Hollywood tremava come per uno dei suoi frequenti terremoti, con la differenza che in questo caso lo sconvolgimento era stato causato dall'uomo, e più precisamente dalla Warner Bros.

«È una moda effimera, passerà».

«La gente vuole ancora l'arte dei film muti».

«Il cinema muto è una forma di espressione universale. Ogni linguaggio, invece, è particolare. Non succederà mai».

«I film sonori sono impossibili» dichiarò Griffith.

«È come applicare il rossetto alla Venere di Milo».

Mary stessa pubblicò un comunicato stampa: «Il film muto è un'arte perfetta. Non ha bisogno di abbellimenti».

Ma non fu una moda passeggera. La Warner Bros. distribuì un altro *talkie* con Al Jolson, intitolato *Il cantante pazzo*, che ebbe ancora più successo del *Cantante di jazz*. Ogni cinema si attrezzò freneticamente per il sonoro. Ogni studio assunse giovani e inesperti universitari che studiavano tecnica del suono a Stanford o all'UCLA, e anche se erano soltanto al primo anno li pose a capo del proprio nuovo reparto sonoro. La produzione si bloccò per aggiungere effetti sonori di qualsiasi genere, anche semplici rumori, a tutti i film muti che potevano essere trasformati in qualche modo in *talkies*.

E gli attori, all'improvviso, dovettero parlare.

Naturalmente, Mary era un'attrice teatrale preparata e molto esperta, come lo era Douglas. Ovviamente non avevano nulla da temere, o così si dissero, così dissero alla stampa e così dissero agli amministratori della United Artists.

In privato invece assunsero una insegnante di tecnica e di espressione vocale di New York, la quale si recò a Pickfair ogni sera per addestrarli a parlare correttamente per lo schermo. «Pronuncia, pronuncia» intonava, facendoli camminare con un libro sulla testa e con le mani sull'addome per sentire il diaframma nel recitare brani shakespeariani e poesie.

Mary e Douglas avevano già parlato al microfono molte volte ai banchetti e alle première, e rilasciando interviste a quella cosa chiamata "radio" che si stava diffondendo in tutta l'America. Avevano persino un loro ricevitore radio a Pickfair, un mostruoso armadietto nero che con tutti i suoi quadranti e i suoi cavi aveva l'aspetto spaventoso di un apparecchio medico. D'altronde non si poteva ricevere granché: alcuni eventi sportivi, alcuni notiziari e parecchia musica sinfonica.

Eppure, a quanto pareva, la dizione di Mary e di Douglas non era soddisfacente. Avrebbero dovuto allungare le vocali, parlare più lentamente, articolare le consonanti. Non era insolito, in quei giorni, che le cene si concludessero con sedute di recitazione, esercizi di respirazione e scambi di consigli. Erano ormai trascorsi i giorni sfrenati in cui dopo cena si giocava a sciarada completamente ubriachi. Ormai tutti erano sobri come giudici perché l'indomani o il giorno successivo avrebbero dovuto affrontare una prova di dizione in studio.

«Ha la voce! John Barrymore ha la voce!»

Quando un giovane con la cuffia ancora sulle orecchie sbucò da un piccolo fabbricato per gridare tale annuncio al mondo intero saltellando trionfalmente, Mary era in visita alla MGM. O si "aveva la voce" o non la si aveva, e molti contemporanei di Mary non l'avevano. Purtroppo Vilma Banky, delicata bellezza bionda che aveva avuto successo con Goldwyn recitando accanto a garbate stelle maschili come Valentino e Ronald Colman, aveva un gutturale accento ungherese e parlava a stento l'inglese, quindi aveva annunciato il proprio "pensionamento" poco dopo la prova di dizione. Ramón Novarro, che sullo schermo aveva tanto fascino adolescenziale, aveva un accento messicano che lo faceva sembrare un giardiniere qualsiasi. Così la sua carriera finì, come accadde anche ad Aileen Pringle, John Gilbert, Alma Rubens, Pola Negri. Da un giorno all'altro le case e le automobili furono vendute e gli averi personali spediti ai luoghi di provenienza dei loro proprietari, mentre un esercito di aspiranti attori speranzosi era in marcia da New York e da Broadway. I talent scout occupavano gran parte dei posti nelle platee di Broadway e si disputavano chiunque, femmina o maschio, avesse due gambe, un bel viso e una voce gradevole. Non era richiesto alcun talento nella recitazione.

Nascosti a Pickfair, intoccabili (almeno per qualche tempo), Mary e Douglas rinviarono la prova di dizione il più a lungo possibile, al pari di altre stelle come Clara Bow, Gloria Swanson e Greta Garbo. Disgustato dal sonoro, Charlie rifiutò persino di installarne le apparecchiature nel proprio studio. «Ma devi farlo» lo implorarono. «Non possiamo ignorarlo. I nostri film devono generare profitti!»

«Il Vagabondo non può parlare. L'incantesimo si romperebbe» dichiarò Charlie, con una gradevole voce baritonale dal vago accento cockney, perfetta per il cinema sonoro.

Mary e Douglas non poterono permettersi di essere altrettanto presuntuosi. Fortunatamente non avevano capi, anzi, i capi erano loro stessi, quindi non furono costretti ad affrontare il terrore della prova di dizione e il rischio di essere licenziati da un momento all'altro. Con costi enormi attrezzarono gli studi Pickford e Fairbanks per il cinema sonoro e si prepararono a girare i loro primi *talkies*. In verità, Douglas barò un poco. Il suo primo *talkie* fu *La maschera di ferro*, un film muto per il quale girò un prologo in cui recitava una poesia. Anche se aveva una bella voce, Mary sentì che non ci metteva l'anima. Douglas era tutto azione e movimento, proprio come Charlie; in un certo senso, però, la sua era un'azione di grandiose acrobazie, mentre quella di Charlie era meno vistosa e più controllata. Comunque avevano la stessa fisicità aggraziata, e ovviamente nel girare film sonori non era possibile allontanarsi dal microfono più di qualche centimetro.

Nel suo primo *talkie*, *Coquette*, Mary interpretò una maschietta del Sud, una civetta, a cui il padre uccideva l'amante. Così, senza i boccoli, interpretando una donna adulta in un film sonoro, mise a repentaglio la propria carriera con un ruolo insolito, senza mamma a guidarla e ad assicurarle che tutto sarebbe andato bene. Nessuna meraviglia se la sera prima "andò a dormire" molto presto.

Affrontava sempre con gioia il primo giorno di riprese, sempre con la stessa squadra desiderosa di collaborare, una grande famiglia felice da cui era rispettata e riverita, e da cui si sentiva protetta. Tutti volevano che avesse successo e che recitasse al suo meglio, perché da ciò dipendevano i loro stipendi.

Eppure il primo giorno sul set di *Coquette* fu terrificante! Nel momento in cui vi giunse, con le gambe che tremavano, Mary vide la trepidazione negli occhi di tutti, compresi il più umile macchinista e tutti coloro le cui mansioni non riguardavano in alcun modo il sonoro, come le costumiste, mortalmente pallide. Sembrava quasi che quello non fosse più un set cinematografico, bensì il braccio della morte.

Anche nel 1909, quando Mary aveva iniziato, tutti erano insicuri. Allora, però, nessuno aveva niente da perdere e avevano potuto rischiare senza preoccuparsi minimamente delle conseguenze. Nella peggiore delle ipotesi sarebbero tornati alle loro attività precedenti, in tournée o a Broadway o nel vaudeville, e alle loro esistenze precarie, le uniche di cui avevano avuto esperienza.

Adesso era molto diverso. Il regista, il cameraman, il direttore della fotografia, la troupe, le comparse, in particolare il nuovo tecnico del suono, e soprattutto la stessa Mary, avevano tutto da perdere.

Ogni cosa era insolita sul set di un film sonoro! Stranamente, nel girare film muti il gran rumore era confortante: la macchina da presa che ronzava e schioccava, il regista che gridava istruzioni, l'orchestra che suonava musica d'atmosfera. Recitare in un simile caos esigeva una concentrazione speciale, però era anche rassicurante. Il fracasso, il mormorio della collaborazione e il chiasso di professionisti felici che conoscevano bene il loro lavoro erano una rete di sicurezza, il metodo per fare film che tutti conoscevano, che loro stessi avevano inventato.

Adesso invece il tecnico del suono poteva cogliere ogni minimo rumore. La cinepresa, un tempo così mobile e amica, l'ombra che aveva sempre seguito fedelmente Mary nelle sue buffonerie, era chiusa in un enorme armadio insonorizzato, incapace di muoversi, proprio come gli attori, e tale costrizione rendeva statica ogni cosa. I microfoni, grandi e poco maneggevoli, avevano scarsa portata e spesso erano nascosti nei vasi di fiori o nei paralumi, vicino ai quali gli attori dovevano rimanere, impossibilitati persino a girare la testa.

Fuori dagli studi insonorizzati, com'erano chiamati gli enormi teatri di posa in cemento dove ora si filmava, non era diverso. Non si poteva più correre dentro e fuori per assistere alle riprese, ridere alle battute o piangere alle scene tragiche. Per attutire il suono, il cemento lastricava tutto, persino i bellissimi giardini fioriti, e grandi luci rosse lampeggiavano minacciosamente durante le riprese per segnalare a chiunque di non rovinare una scena aprendo una porta.

Il principale strumento di Mary come attrice, a parte il viso, era sempre stato il corpo agile e flessuoso. Ora invece doveva restare perfettamente immobile, in piedi o seduta, affinché i suoi indumenti non frusciassero, altrimenti il microfono avrebbe raccolto anche il più lieve strusciare della stoffa e lo avrebbe amplificato dieci volte, rovinando la ripresa.

D'altronde Mary aveva anche la voce. Era stata addestrata a recitare in teatro, quindi non aveva paura di parlare sul set, anche se non era del tutto sicura del risultato finale. Declamò le proprie battute a voce alta e limpida, articolando ogni consonante e allungando ogni vocale come le era stato insegnato. Una volta concluse le riprese, nessuno seppe prevedere quale accoglienza avrebbe ricevuto il film, tuttavia nessuno si affrettò a vendere la casa. Si aveva la sensazione di aver operato nel modo migliore in quelle nuove e strane circostanze.

Coquette andò bene. Le recensioni furono prevalentemente incoraggianti. I fan accorsero in massa perché si trattava del primo *talkie* di Mary e gli incassi furono buoni. «La Piccola Mary cresce!» urlarono i titoli dei quotidiani. Inoltre, alla seconda edizione dei premi Oscar, nel 1930, Mary fu premiata come migliore attrice protagonista. Alcuni obiettarono alla sua vittoria perché lei e Douglas, con L.B. Mayer, Cecil B. DeMille, Fred Niblo, Conrad Nagel e altri, avevano contribuito a fondare l'Academy of Motion Picture Arts and Sciences nel 1927. Tuttavia Mary sentì di essere stata premiata unicamente per la propria interpretazione, non per tutto il denaro donato all'Academy, e fu molto fiera di ricevere la statuetta. La standing ovation fu sincera, perché se Mary Pickford aveva potuto avere successo nei *talkies*, allora ciò sarebbe stato possibile anche a tutti gli altri.

Così Mary avrebbe dovuto sentirsi sollevata, avrebbe dovuto presumere che il pericolo fosse passato e che tutto sarebbe andato di nuovo bene, proprio come un tempo, prima che mamma morisse e prima che arrivassero i film sonori. Invece non si sentiva affatto sollevata, anzi, non poteva fare a meno di pensare che il successo di *Coquette* fosse dovuto semplicemente alla curiosità da parte degli spettatori di sentire la voce di Mary Pickford, soddisfatta la quale essi non avrebbero avuto alcun motivo per continuare a seguirla... se non fosse stata lei stessa a procurarne uno.

«Interpretiamo un film insieme, noi due, il re e regina: una grande storia d'amore simile alla nostra» suggerì a Douglas, che stava... perdendo interesse. Per lei? O per se stesso? O per Hollywood?

Infatti Douglas, a differenza di lei, non sentiva l'impulso di reinventarsi per il cinema sonoro. «Forse è arrivato il momento, Tupper» dichiarò quando gli incassi della *Maschera di ferro* si rivelarono insoddisfacenti. «Forse per noi è arrivato il momento. Abbiamo fatto una bella corsa».

Tuttavia lei non era pronta ad accettarlo. Sì, aveva sentito mormorare che dopo aver dimostrato le proprie capacità anche nel sonoro era arrivato per lei il momento di ritirarsi, di lasciare il posto a una nuova generazione di attrici, donne sofisticate come Greta Garbo, e Norma Shearer, moglie di Irving Thalberg, e Joan Crawford, moglie di Douglas Fairbanks Jr, l'adorabile ragazzino di Douglas, ormai cresciuto.

La sensazione era che nel 1930, mentre Hollywood cambiava, con prudenza, cercando di resistere sia all'avvento del sonoro sia alle conseguenze del martedì nero del 1929, anche tutto il paese stava cambiando. La disoccupazione dilagava, interi patrimoni erano andati perduti, nessuno si arricchiva più speculando sul mercato azionario. Hollywood tagliava gli stipendi per compensare tutti i cambiamenti, e il tempo delle donne bambine come Mary, come Lillian, come Janet Gaynor, simboli di un periodo più innocente, era ormai finito. Nessuno voleva più adorare una ragazzina con i boccoli, cioè quello che Mary sapeva di essere ancora agli occhi del pubblico. Anche con i capelli corti come quelli di Peter Pan, avrebbe continuato a essere vista come la ragazzina con i boccoli che era sempre stata, o almeno il fantasma di quella ragazzina, perché non avrebbe mai più potuto interpretare il personaggio che l'aveva resa famosa.

Ma quale personaggio avrebbe potuto interpretare, adesso? Questo era l'interrogativo che la teneva desta la notte.

«Dimentichiamo Hollywood e partiamo per un viaggio» implorò invece Douglas, e Mary acconsentì, purché lui accettasse di girare prima un film con lei. Per anni i loro fan avevano implorato di vederli recitare insieme, ma un simile progetto non aveva mai avuto senso. Non avevano avuto alcun motivo di dividere i profitti quando ciascuno guadagnava moltissimo individualmente. Adesso invece non era più così. Dunque, perché non girare *La bisbetica domata*, perfetto per permettere a Mary di esibire la voce da palcoscenico e a Douglas di eseguire le solite buffe acrobazie?

Sarebbe stato perfetto per una coppia che non era affatto sicura di essere ancora unita dall'amore.

«Hipper, caro, possiamo ripeterla?» chiese Mary, un giorno, sul set, quando sentì di non essere entrata in modo giusto perché il suo ingombrante abito elisabettiano era rimasto impigliato nella porta. «Penso di poterlo fare meglio. Ti dispiacerebbe?»

«In effetti, mi dispiacerebbe» ribatté Douglas, contrariandola per la prima volta in assoluto, in pubblico.

«Ma, Douglas, caro, penso...»

«Per l'amor di Dio! Non capisci? A nessuno importa più nulla, Mary. Finiamola e basta!»

Mary si trattenne dal rimbeccare per non litigare davanti alla troupe. Tremante, attese il successivo allestimento.

Per il resto della giornata Douglas non le parlò più se

non dinanzi alla cinepresa, e lei non riuscì a capire per quale motivo. Stava perdendo lui, la propria carriera, tutto... A cosa avrebbe potuto aggrapparsi? A chi avrebbe potuto chiedere aiuto ora che mamma se n'era andata?

Non avrebbe potuto chiedere aiuto a Fran perché non avrebbe capito. Infatti si stava adattando perfettamente a scrivere *talkies* per la MGM. Il suo *Anna Christie*, con Greta Garbo, era stato un successo strepitoso. «Garbo parla!» avevano gridato i titoli dei quotidiani. Sì, parlava, perché Fran le scriveva le battute, proprio come un tempo aveva scritto frasi perfette per Mary.

Nessuno avrebbe capito, eppure qualcuno avrebbe potuto aiutarla a dimenticare, a distogliere la mente dalla propria crescente irrilevanza, dalla sensazione di rappresentare, a soli trentanove anni, quella che alcuni erano pronti a definire l'età della pietra di Hollywood. Quel qualcuno era giovane, era bello, e l'adorava.

Era Buddy Rogers, suo coprotagonista in *My Best Girl*, che era stato il suo ultimo film muto e uno dei suoi migliori, nonché un grande successo. Buddy aveva dodici anni meno di lei e l'adorava. Avevano flirtato sullo schermo e fuori dal set in modo così vero che Douglas non era riuscito a guardare tutto il film. Mary aveva accettato l'adorazione di Buddy. Quale donna ormai prossima alla quarantina non sarebbe stata lusingata dalle attenzioni di un giovane così bello? Comunque aveva mantenuto con lui un rapporto esclusivamente platonico. Aveva permesso a Buddy di guardarla come se fosse stata la *Gioconda*, però non lo aveva mai tenuto per mano se non dinanzi alla macchina da presa. Non avrebbe mai fatto a Douglas quello che aveva fatto a Owen. Douglas era... be', era Douglas, Hipper, Duber, il suo consorte. Non avrebbe mai potuto tradirlo, se non fosse stato lui il primo a tradirla, e lui non lo avrebbe mai fatto, vero? Erano Doug-e-Mary, Mary-e-Doug.

Però lei non aveva più i boccoli d'oro e lui non poteva più saltare tanto in alto quanto un tempo.

La bisbetica domata non produsse profitti, e Mary, che lo aveva previsto sin dalla prima ripresa, mantenne la promessa, partendo con Douglas per un viaggio intorno al mondo. Un viaggio intorno al mondo! Un tempo sarebbe stato un paradiso condividere una cabina con Douglas per settimane, senza occhi indiscreti, senza doversi preoccupare di Beth o di Owen o di mamma, loro due soltanto, insieme, a coccolarsi, accarezzarsi e salutare il pubblico adorante in città esotiche. Doug-e-Mary era identico in tutte le lingue.

Adesso invece era un inferno. Preferire cabine separate parve prudente a causa di tutti i bagagli che avevano portato, o almeno così si assicurarono a vicenda. Douglas era incapace di rimanere inattivo. Non desiderava affatto restare seduto accanto a lei su una sedia a sdraio, a guardare le onde o a leggere o persino a tenerla per mano. Doveva fare il buffone sul ponte per impressionare tutti coloro che si trovavano a bordo: tutti, tranne sua moglie.

«Perché non riesci a stare con me?» Mary non riuscì a trattenersi. Sentì la necessità di chiederlo, proprio come qualunque moglie bisbetica. Era devastante che si fossero trasformati in una comunissima coppia, marito e moglie che brontolavano e bisticciavano e non avevano nulla di cui parlare a cena.

«Perché hai chiesto di farci telegrafare in ogni porto il rendiconto settimanale degli incassi?» ribatté Douglas invece di rispondere. «Perché ti ostini a leggere sceneggiature? Perché non smetti mai di pensare al lavoro?»

«Sono sempre stata così, e un tempo ti piaceva» sussurrò Mary.

Douglas finse di non sentire. Si raddrizzò la cravatta, mentre il suo volto s'induriva (il suo volto così abbronzato, troppo abbronzato, tanto che talvolta riceveva lettere con cui gli si chiedeva se fosse in realtà negro), poi si allontanò a passi decisi.

Più tardi Mary lo avrebbe rivisto alla tavola del capitano, dove avrebbero finto di essere la coppia felicemente sposata, incantata, favorita dagli dèi, che tutti volevano che fossero. Durante quel viaggio si esibirono nelle migliori interpretazioni delle loro carriere.

Mary sentiva la mancanza di casa, della propria cuoca, del proprio letto. Il cibo esotico non le piaceva, e si stava stancando di pane tostato e caffè. Era *stanca*. Lavorava da quando aveva cinque anni, ed essere in crociera con Douglas, nello stato d'animo in cui lui si trovava... Di cosa si trattava esattamente? Cosa lo rendeva tanto irritabile e nervoso? Perché era tanto turbato? Era solo perché lei si era tagliata i capelli? Per i film sonori? Per la mezza età? Qualunque cosa fosse, era infelice, e dato che era un uomo bambino si prodigava per rendere infelici tutti coloro che gli erano accanto, e lei, incapace di identificare ciò che lo tormentava, poteva soltanto continuare a comportarsi come aveva sempre fatto, perché un tempo ciò era stato sufficiente.

Partecipare a quella crociera fu come lavorare. A un tratto stare con Douglas, l'essere miracoloso che l'aveva salvata da Owen e che l'aveva posta in cima al mondo come la ciliegina sulla torta, fu quasi come lavorare.

L'unico aspetto positivo del viaggio fu la folla, sempre la stessa ovunque. In India e a Budapest, dove si proiettavano ancora i film muti americani, Douglas e Mary erano tuttora il re e la regina, adorati come sempre dal pubblico delirante che urlava i loro nomi e si commuoveva ogni volta che Mary si degnava di stringere una mano o di toccare una spalla. Al ritorno a casa, invece, Mary percepì subito un cambiamento nell'aria stessa. Quando la nave attraccò, i fotografi e i cronisti in attesa erano meno numerosi. Nell'atrio di Pickfair le composizioni floreali di benvenuto non erano tante da dover essere spedite agli ospedali locali, come un tempo era sempre stato necessario. Trascorse una settimana prima che *Photoplay* le chiedesse un'intervista sul viaggio.

Senza dubbio anche Douglas lo intuì, perché rifece le valigie quasi subito e ripartì senza chiederle se volesse accompagnarlo. Mary aveva sue notizie tramite i telegrammi e di quando in quando, a lunghissimi intervalli, lui ricompariva a Pickfair senza preavviso. Non stava girando film e non sembrava molto interessato a condividere il fardello di dirigere la United Artists. Pareva incapace di sopportare di starle vicino persino nella loro amata casa, e usciva all'alba (le colazioni intime insieme erano ormai soltanto un ricordo) per andare a giocare interminabili partite a golf o per andare in giro a fare il buffone con Charlie, poi ripartiva senza annunciarle i propri progetti.

Ignorando i titoli maligni («È finita fra Mary e Doug?» «Pickfair non è più un nido d'amore?»), Mary si gettò di nuovo nel lavoro come aveva sempre fatto. Non sapeva cos'altro fare, se non lavoro e Douglas. *Kiki*, un film in cui interpretò una passeggiatrice francese, fu un fallimento. Lei stessa non si recò alla première, allestita al Chinese Theater da Sid Grauman per pura fedeltà e gentilezza, giacché un film di Mary Pickford non era più un evento.

E perché mai aveva interpretato una passeggiatrice francese, un personaggio così estraneo alla sua esperienza? Un tempo era consapevole delle proprie peculiari qualità di attrice. Adesso invece non sapeva indicare nulla che qualunque altra attrice non fosse in grado di fare. Tutte le nuove tecniche cinematografiche le erano estranee. A un tratto non sapeva più cosa fare delle proprie mani... Le mani! Era la prima cosa che qualsiasi attrice decente imparava a controllare. Lei, che era stata considerata come l'attrice più spontanea del suo tempo, aveva improvvisamente le mani!

Un giorno Adela chiamò. «Mary, hai saputo di Lady Ashley? Lady Sylvia Ashley?»

«No, Adela. Chi è?» rispose Mary, sforzandosi di parlare nel tono più limpido possibile. Aveva bevuto un paio di bicchieri a colazione perché non sapeva cos'altro fare, e non aveva accanto nessuno che se ne preoccupasse.

«Douglas è stato visto molte volte con lei a Londra. Sembra che facciano notizia».

«A Douglas piace uscire, Adela. Riesco a malapena a tenerlo in casa ultimamente! Comunque non è nulla. Va tutto benissimo fra me e Douglas. Va tutto benissimo!»

Mary interruppe la comunicazione e vagò per la casa, vasta, vuota, con le pareti che riverberavano i ricordi dei tempi felici in cui tutti avevano desiderato visitarla e respirare la stessa aria respirata da lei e da Douglas. Talvolta arrivava ancora qualcuno. Dopotutto, lei era Mary Pickford, la donna che dirigeva la United Artists, la donna che aveva contribuito a fondare l'Academy of Motion Picture Arts and Sciences, la donna che aveva fondato il Motion Picture Fund affinché i lavoratori dell'industria cinematografica in disgrazia avessero un posto in cui vivere. Era ancora la regina che regnava sulla società hollywoodiana. Semplicemente, al momento non aveva un re accanto.

Non aveva alcun desiderio di regnare sola.

Era il 1932. Aveva quarant'anni. Mary Pickford, la Ragazza con i Riccioli, aveva *quarant'anni* e li dimostrava. Non aveva mai avuto un'infanzia e aveva dovuto rimanere per sempre bambina sullo schermo. Quello era il suo inferno personale, un inferno da lei stessa creato. O forse no?

Con Douglas avrebbe potuto essere sopportabile. Senza di lui...

Disperata, sentì di avere un'ultima possibilità di riconquistare Douglas. Doveva riuscire! Doveva, e non soltanto perché amava ancora Douglas, anche se continuare ad amarlo significava soprattutto sentire la mancanza di quello che era stato un tempo, nonché di quella che *lei stessa* era stata un tempo.

No, doveva riuscire perché se il loro matrimonio fosse fallito, sarebbe stato come se la stessa Hollywood, la *loro* Hollywood, la Hollywood che loro due avevano inventato e collocato sulla mappa, si fosse staccata dal continente e fosse sprofondata in mare. Così, con fervore, Mary credeva nella sacralità della loro unione e di quello che essa rappresentava. Doveva ricordare a Douglas tutto ciò che avevano creato insieme, non soltanto Pickfair e la United Artists e l'Academy, e non semplicemente i film più grandiosi, i migliori che fossero mai stati realizzati, bensì anche il più grande amore di tutti i tempi, l'amore che tutti i loro fan ammiravano, rispettavano e desideravano per loro stessi, l'amore per cui lei stessa aveva quasi sacrificato la propria carriera.

Come avrebbe potuto riconquistare Douglas?

Ci sarebbe riuscita nello stesso modo in cui l'aveva conquistato la prima volta, ossia girando un film, naturalmente. Aveva sacrificato alla macchina da presa la propria giovinezza e molto di più. Il cinema era in debito con lei. Con un film avrebbe corteggiato Douglas e lo avrebbe avuto di nuovo accanto, perché il suo posto era vicino a lei. Vedendola sullo schermo lui si sarebbe nuovamente innamorato di lei, proprio come tanto tempo prima.

L'unica persona di cui si fidava per scrivere il nuovo film per lei era una donna, perché doveva essere scritto da una donna. Soltanto una donna poteva capire. E la donna migliore che conosceva, l'unica donna a cui pensava, era Fran.

Per la prima volta, però, Mary non sapeva se Fran avrebbe risposto alla sua chiamata.

18.
Frances
1930-1932

«E il premio Oscar per la migliore sceneggiatura del 1930 va a… Frances Marion per *Carcere*!»

Rimasi paralizzata e sconvolta nell'udire il mio nome. Anche se mi dicevo che i premi non avevano alcuna importanza e che partecipare al banchetto era semplicemente un ulteriore obbligo di lavoro cui adempiere, mi resi conto di essere felice della vittoria. Ma sapevo che la felicità non sarebbe durata neppure per tutta la notte, perché in quei giorni mi si aggrappava soltanto per attimi fugaci, come lanugine.

George Hill mi baciò sulla guancia e sussurrò: «Lo meriti, Fran» e io gliene fui grata. Aveva gli occhi pieni di lacrime, anche se non avrei saputo dire se di felicità o di tristezza, o di entrambe. «Vai, Fran». Mio marito mi spinse leggermente e io mi resi conto di essere rimasta seduta troppo a lungo mentre tutti applaudivano in attesa che salissi sul palco a ricevere il premio.

Mio marito… Sì, George Hill era mio marito. Com'era possibile? Come avevo potuto risposarmi soltanto due anni dopo il crollo di tutto il mio mondo? Come avevo potuto cadere nella stessa vecchia trappola in cui ero caduta prima di trovare Fred?

Era stata la paura, il terrore di allevare i nostri due figli da sola. Oh, dillo e basta, Fran: stupidità. George mi aveva chiesto di sposarlo, con i suoi occhi di cucciolo colmi di devozione, e io avevo risposto sì, anche se non lo amavo e sapevo che non avrei mai potuto amare nessuno tranne il mio cowboy alto e vigoroso che era montato in sella al suo cavallo per cavalcare verso il tramonto, per sempre.

Il matrimonio non sarebbe potuto durare, e infatti non era durato. Benché George, che aveva diretto *Carcere*, fosse seduto accanto a me al tavolo della MGM, eravamo già separati. La nostra unione era stata vittima del suo bere e della mia carriera (George non era stato nominato per la migliore regia). Così un altro matrimonio hollywoodiano era fallito.

Finalmente George mi afferrò per un braccio e mi tirò. Lasciai cadere il tovagliolo sul tavolo mentre i miei amici, in piedi, mi acclamavano. Alta ed elegante, Hedda Hopper rideva istericamente. Mi accorsi che Marie Dressler, la cara Marie, aveva il viso bagnato di lacrime, e corsi ad abbracciarla. Poi Irving Thalberg mi spinse verso il palco e io m'incamminai, costretta a sostare a ogni tavolo per stringere la mano a tutti coloro che me la porgevano. Erano così tanti che mi sembrava di essere a un ricevimento nuziale. Accettai tutte le congratulazioni e intanto cercai di avanzare. All'improvviso mi si parò dinanzi una minuscola figura dai capelli dorati e gli occhi scintillanti, le braccia che ondeggiavano come nel tentativo di fermare un treno.

Mary.

«Fran! Fran, cara! Congratulazioni! Sono così felice di essere qui a condividere con te questa gioia!»

«Grazie, Mary». La guardai con circospezione, incerta sulla sua… stabilità. Non vedevo Doug da nessuna parte, però immaginavo che l'avesse accompagnata. Non perdeva mai tali eventi.

«Non è meraviglioso, Fran? Sono così orgogliosa di te! Io ho vinto l'anno scorso e ora hai vinto tu e…»

«Sì, Mary, è meraviglioso. Adesso, se vuoi scusarmi…» Sgusciai via dal suo fervido abbraccio non prima di aver visto le lacrime di dolore nei suoi occhi iniettati di sangue e confusi. Dissi a me stessa che non aveva importanza perché ormai non mi occupavo più di lei.

E in ogni modo nulla di tutto ciò aveva importanza. I premi… Mi guardai attorno. In piedi su una sedia, Louis B.

Mayer mi acclamava, anche se solo il giorno prima mi aveva detto che ero una sua proprietà e mi aveva cacciata dal suo ufficio. E l'indomani, nonostante il premio che stavo per ricevere, si sarebbe comportato allo stesso modo. Era tutto così stupido, così autogratificante, e al tempo stesso così insignificante, perché c'era una persona che mancava e io non avrei potuto vedere quella serata attraverso i suoi occhi.

Dal palco, Robert Montgomery, che aveva recitato nel mio film e teneva in mano la statuetta, gesticolò per esortarmi a raggiungerlo. Senza dire altro proseguii risoluta verso il palco e accettai il mio premio. «Grazie mille». Non aggiunsi una sola parola perché era tutto ciò che dovevo dire. Tornai al mio posto stringendo la statuetta d'oro e me ne andai poco dopo l'ultima premiazione. Anche se *Carcere* era stato fra i cinque candidati al miglior film, il premio fu vinto da *All'Ovest niente di nuovo*, il film di guerra che non sarei mai riuscita a scrivere. Perché?

Per quale ragione la mia vita, la vera, triste, sporca, meravigliosa, terribile, straziante vita che vivevo, non una delle fantasie che avevo scritto per Mary e che scrivevo per tutti gli altri, era proprio l'unica cosa per cui non riuscivo mai a trovare le parole giuste? Era troppo per me? Forse semplicemente sopravvivere era troppo per me, quindi non potevo dedicare ulteriori energie mentali alla mia vita? Temevo forse di esaminarla troppo intimamente?

Con tutta probabilità non lo avrei mai saputo, e a dire il vero non sprecai molto tempo a preoccuparmene. In quel periodo ero impegnata a cercare di fingere passabilmente di vivere.

Dopo aver aperto la porta d'ingresso, gettai il mio mantello su una sedia nel soggiorno che Fred non aveva mai visto. Adesso Enchanted Hill apparteneva a qualcun altro. L'avevo venduta subito dopo il suo funerale, altrimenti i ricordi mi avrebbero seppellita viva dentro le sue pareti.

Con il premio fra le mani, mi domandai la ragione per la quale non avevo voluto condividere quel momento con

Mary, e perché nel vederla ero rimasta paralizzata, come se mi fossi vergognata di lei. Non si trattava di questo, anche se di sicuro in quel periodo essere la migliore amica di Mary Pickford non era più l'ambito ruolo di un tempo. No, ero ancora arrabbiata con lei... e con me stessa, perché non le avevo mai chiesto dove fosse stata quando erano nati i miei figli e quando Fred si era ammalato ed era morto. Meritavo di saperlo, tuttavia avevo paura di chiederlo. Da quando Fred era morto, il mondo mi pareva effimero e più precario dei set cinematografici. Nonostante i suoi difetti, Mary era ancora una persona che non potevo sopportare di perdere. O meglio, dato che non volevo mentire a me stessa, non potevo sopportare di perdere il ricordo della persona che Mary era stata un tempo e di ciò che avevamo significato l'una per l'altra.

Mi raggomitolai in una poltrona e mi addormentai. Non era la prima volta, ma in precedenza era sempre arrivato Fred a portarmi di sopra, a mettermi a letto e a infilarsi sotto le coperte accanto a me. Quando i deboli raggi del primo mattino filtrarono attraverso le tende chiuse ero ancora sulla poltrona, con il collo intorpidito, la schiena dolente, e nessuno a portarmi di sopra. Mia unica compagna era la statuetta della notte precedente. Giaceva ai miei piedi, quell'uomo strano, minuscolo e calvo su un piedistallo, e mi fissava con espressione vacua.

Lo raccolsi gemendo. Indolenzita, salii faticosamente in camera da letto per cercare un posto in cui collocarla. La mensola del caminetto era troppo stretta e il mio ufficio era troppo affollato di foto dei ragazzi e di Fred. Le mie librerie erano stipate di libri e di copioni rilegati. Alla fine, rinunciai e posai la statuetta d'oro sul pavimento. Poteva essere utile come fermaporta.

Quel mattino mi recai al lavoro come al solito, lasciando i miei figli alle cure della bambinaia. A suo tempo li avrei affidati a qualche collegio. Ero il loro unico sostegno, quindi dovevo lavorare. Per essere onesta con me stessa, ero anche terrorizzata da loro. Ero una donna che diffidava degli uomini. I miei figli rappresentavano un difficile enigma che sapevo di non poter mai risolvere. Così mi rifugiavo nel lavoro, raccontando a me stessa che era per il loro bene.

Adesso tornare al lavoro significava scrivere esclusivamente per la MGM e per Louis B. Mayer, il quale, dopo avere pubblicizzato il più possibile la mia vittoria per la MGM, era ritornato ai suoi soliti espedienti, cioè trattarmi come una schiava, anche se per lui avevo scritto alcuni dei maggiori successi della mia carriera: *Anna Christie*, *Carcere*, *Castigo* e *Pranzo alle otto*. A differenza di quelli di Mary, i miei primi film sonori avevano avuto un enorme successo.

Per quale ragione? Forse perché quando mi sedevo a scrivere non pensavo subito spontaneamente a Mary? O forse perché mi entusiasmava apprendere una nuova arte, quella di scrivere per i film sonori? Sin dall'inizio avevo intuito che il linguaggio forbito delle didascalie dei film muti non poteva essere adattato al dialogo. Frasi come «L'alba rosata si frange sulle maestose colline» non potevano essere pronunciate, o almeno non con espressione seria. Il dialogo doveva imitare il modo in cui le persone parlavano nella realtà, e benché fosse un'idea abbastanza semplice, era sorprendentemente difficile da realizzare per alcuni sceneggiatori. In ogni caso il cinema era immagine, quindi esitavo a eccedere con le parole. Troppi *talkies* non erano altro che sequenze di scenette in cui le persone discutevano interminabilmente. Il silenzio aveva ancora spazio nel cinema sonoro, anzi, poteva essere persino più espressivo.

D'altronde, acquistando maggior fiducia nella mia padronanza della nuova arte, fui testimone di un cambiamento all'interno dello studio, e si trattava di un cambiamento che non ero affatto sicura di poter affrontare, e nemmeno di voler affrontare.

Con lo sviluppo della MGM, Irving aveva intrapreso una frenetica campagna di assunzioni. Quasi tutti i nuovi scrittori, soprattutto maschi, drammaturghi di Broadway e romanzieri, avevano soltanto contratti a breve termine, di pochi mesi. Erano finiti i tempi in cui un unico sceneggiatore seguiva l'intera produzione di un singolo film. Ora le sceneggiature passavano di mano in mano e si scrivevano collettivamente, tanto che era arduo stabilire a chi assegnare meriti e responsabilità. A questo proposito Irving sembrava del tutto indifferente, interessato esclusivamente al prodotto finito.

Invece a me importava. Finora i miei film, come quelli di Bess Meredyth e Anita Loos, erano sfuggiti alla scrittura collettiva. Invece i giovani sceneggiatori, frustrati da tale metodo, mi chiedevano come avrebbero potuto costruire le loro carriere in tal modo. Quando ne parlai con Irving rimasi sconcertata dal suo atteggiamento. Irving era sempre stato il difensore dei creativi e ci aveva sempre protetti dalla brutalità imprenditoriale di Mayer.

«Abbiamo già i macchinisti che si stanno sindacalizzando» rispose Irving con disgusto. «Non dirmi che voi scrittori state pensando di fare la stessa cosa. Giuro, Frances, che la nostra amicizia non significherà nulla se ti schiererai da quella parte».

«Santo cielo, Irving, chi ha mai parlato di un sindacato? Sto parlando di ciò che è giusto».

«Continua a scrivere le tue sceneggiature, Fran, e lascia che sia io a dirigere lo studio. Non farti coinvolgere da questi ingrati». Thalberg se ne andò, e io decisi di contribuire all'organizzazione di un sindacato degli scrittori. Soprattutto fui turbata dal modo in cui mi aveva cacciata, quasi che fossi semplicemente... una scrittrice qualsiasi, come tutti i giovani intercambiabili che aveva assunto, e non la sceneggiatrice più pagata in passato e tuttora, la donna che L.B. Mayer aveva implorato di avere per il suo studio alle prime armi.

In quel periodo allo studio erano rimaste pochissime donne.

«Il guaio con voi ragazze è che non prendete niente sul serio» mi rimproverò Mayer. «Vi precipitate dentro e fuori dai vostri uffici come se foste nel dormitorio di un college femminile, ridendo e cantando canzoni. Tornate a casa per preparare la cena ai vostri marmocchi anziché restare fino a tardi e partecipare alle riunioni. Non prendete sul serio il lavoro».

Stentai a credere alle mie orecchie. Il nostro lavoro non aveva alcuna importanza? Noi tutte, incluse Bess e Anita e Adela, eravamo responsabili di film di grande successo, anzi, praticamente di tutti i film di grande successo. Anche se avevamo scelto di aiutarci l'un l'altra, di sostenerci a vicenda, di gioire della nostra reciproca compagnia, per non parlare di vedere i nostri figli più di una volta alla settimana, ciò non significava che non considerassimo seriamente il nostro lavoro e l'industria della cui creazione noi stesse eravamo responsabili ancor più di L.B. Mayer.

Tuttavia non discussi con lui. Non ne avevo voglia. Mi mancavano, mi mancavano moltissimo i vecchi tempi, e Fred, e Mickey. Mi mancava... mi mancava Mary.

Un giorno, un anno e mezzo dopo aver vinto il premio Oscar, sentivo ancora la sua mancanza allorché squillò il telefono.

«Ho bisogno di te, Fran».

Senza salutare, senza chiedere come stavo, dichiarò semplicemente di avere bisogno di me. Deglutii, chiedendomi come avrebbe reagito se le avessi detto la stessa cosa, anzi, non me lo domandai affatto, perché in realtà lo sapevo.

«Fran, mi senti? Fran, sei l'unica che possa scrivere il mio prossimo film. È una storia meravigliosa. Voglio rifare quel film di Norma Talmadge, *Secrets*. Ricordi? Lo hai scritto per Norma allora, nel 1924, vero? Penso che sia perfetto per me adesso. Non sei d'accordo? È molto importante, sai? La mia carriera è... è... traballante. E poi c'è Douglas... Lo farai per me?»

Per un lungo momento fui incapace di parlare, con la

mente assalita da una folla di pensieri. Mary era troppo vecchia per la parte. Era una storia poco originale e antiquata già nel 1924, e lo sarebbe stata ancor più adesso. Il pubblico aveva smesso di apprezzare quel melenso sentimentalismo in costume, a meno che la stella fosse Greta Garbo.

«Per favore, Fran... Per la tua Squeebee...»

Senza dubbio fu il vezzeggiativo, che provocò un'alluvione di ricordi di bei tempi e di giorni più felici. Avrei potuto convincere Mayer a prestarmi a Mary, e con lei come produttrice avrei avuto di nuovo l'assoluto controllo della sceneggiatura. Probabilmente avrei potuto persino collaborare al casting, una cosa che mi mancava ora che lo studio system predominava e gli scrittori scrivevano per gli attori imposti dalla produzione.

Forse per solitudine, per frustrazione o per debolezza, o per qualche altra ragione, sentii me stessa rispondere: «Sì, Mary, lo farò».

Così mi ritrovai di nuovo sul set con Mary, e nonostante tutto ciò che sapevo e tutto ciò che sospettavo, per non parlare di tutto ciò che non potevo dirle, mi entusiasmai come la prima volta che ero entrata in uno studio cinematografico, perché se fosse esistito un modo per tornare a Mary, a me stessa, all'integra me stessa che ero stata prima della morte di Fred e prima che tutto cambiasse, inclusa Hollywood, allora lo avrei trovato lì, su un set cinematografico affollato, rumoroso, sporco, caotico, nonché meraviglioso, ispiratore, esaltante, prodigioso. In tutta la mia vita non ero mai stata così felice di vedere lampade ad arco e fragili scenografie, come il giorno in cui mi presentai a lavorare di nuovo con Mary.

Luci! Macchina! Azione!

Non avevo idea di quando quelle parole fossero diventate simbolo del fascino di un set cinematografico, perché non le avevo mai sentite in tutta la mia vita.

Dato che leggevo i periodici per appassionati come

chiunque altro, sapevo che il pubblico aveva un'immagine idealizzata di quello che era un set cinematografico: voci basse, collaborazione da parte di tutti, ogni cosa procedeva senza intoppi, esattamente nei tempi previsti, un regista al comando ordinava fiducioso: «Luci, macchina, azione!» E poi fascino e musica, persone belle e irraggiungibili che magicamente diventavano magiche.

Un set cinematografico era tutto tranne questo. Il sonoro aveva cambiato completamente le tecniche di ripresa. Mentre la cinepresa filmava, la troupe non poteva fare rumore, ovviamente, ma tra una ripresa e l'altra il set era meravigliosamente caotico come un tempo: cadevano martelli, si urtavano fondali, s'inciampava nei cavi, gli accessori di scena si schiantavano sul pavimento, le costumiste imprecavano perché un'attrice aveva strappato una gonna, gli attori imprecavano perché avevano confuso le battute, i registi imprecavano perché… i registi imprecavano sempre, e si scherzava, c'era spirito di squadra… Non esisteva ancora nessun altro luogo in cui mi sentissi più a casa che su un set cinematografico.

«Il primo giorno, Fran, cara!» Mary apparve sul set, seguita da alcune costumiste che reggevano l'orlo della sua enorme crinolina rosa, proprio come dame di compagnia. Il vestito rimpiccioliva la sua figura minuta, però era appropriato al periodo. «Faremo un bel film, gente, lo so e basta!»

Sorrisi, ricordando quante volte aveva pronunciato quella frase e quanti primi giorni avevamo condiviso. Non ero così annoiata e sofisticata come pensavano certe persone, fra cui Mayer. Ero così eccitata che quasi saltavo su e giù, mentre le mie viscere eseguivano allegre capriole. Adoravo fare film, soprattutto con Mary.

«Stendili tutti, Squeebee cara! Sei bellissima!»

Allora Mary piroettò e mi picchiettò una spalla con il parasole. Io eseguii una riverenza, poi crollammo l'una nelle braccia dell'altra, ridendo.

«Oh, Fran, so che è così, e basta… So che questo sarà il

successo di cui ho bisogno! Per merito tuo! Insieme siamo al nostro meglio, non credi anche tu?»

«Sì». Allora me ne resi conto e mi chiesi perché avessimo atteso tanto a lungo per fare un altro film. «Faremo film insieme finché saremo entrambe in sedia a rotelle!»

«E forse anche allora: *Rebecca of Sunnybrook Farm per Anziani*!»

«In posizione, Miss Pickford!» gridò l'aiuto regista.

Mary smise di ridere. I suoi occhi divennero ansiosi e per la prima volta mi accorsi che il trucco non riusciva a nascondere completamente le occhiaie. «Oh, Fran! Ho soltanto bisogno che questo sia...» S'interruppe e distolse lo sguardo, incapace di concludere la frase.

Invece io ne fui capace, come sempre. «Lo sarà. Aspetta che Douglas ti veda così! Sei squisita!» Era di una bellezza radiosa. Nonostante le ombre sotto gli occhi, il suo viso era ancora bello come un cameo, anche se il profilo si era lievemente ammorbidito. Gli occhi erano ancora ovali perfetti di sfavillante emozione. Tuttavia sapevo in cuor mio che era una bella quarantunenne, non una ragazza di diciott'anni, come il personaggio che doveva interpretare in quella scena. Il coprotagonista, il nuovo attore britannico Leslie Howard, aveva vent'anni meno di lei, e si vedeva.

In ogni caso, una volta completata la sceneggiatura il mio lavoro consisteva nell'aiutare Mary, facilitarla, inventare battute e scenette in cui potesse splendere. Dunque tenni per me ciò che pensavo, l'abbracciai di nuovo con prudenza per non sciuparle il costume e l'acconciatura... e s'incominciò a filmare.

Naturalmente era la prima volta che realizzavamo insieme un film sonoro, quindi le cose furono subito diverse. Con evidente trepidazione, Mary alzava gli occhi alle giraffe (una nuova invenzione) ogni volta che si collocava sui segni delle sue posizioni. Aveva un'ottima voce per il sonoro, un bel registro modulato. Tuttavia, a differenza della Mary di un tempo, che si era sempre comportata sul set come se fosse stato il suo regno, la nuova Mary sembrava insicura. Talvolta esitava prima di pronunciare una battuta, e la sua dizione era perfetta, troppo perfetta, in alcuni casi come se leggesse da una lavagna, enfatizzando ogni pausa. Sembrava non fidarsi del direttore della fotografia o del regista, Frank Borzage. Quando questi urlava: «Stop!», lei guardava sempre me in cerca di approvazione, anziché guardare lui.

Un giorno, Frank m'interpellò dopo l'ennesima ripresa fallita a causa del nervosismo di Mary. «Visto che sei qui, Frances, potresti dire a Sua Altezza di fare a meno del gin fino a quando avremo finito le riprese di oggi?»

Annuii, ma non sapevo cosa fare. Quello era un altro ostacolo che non avevo mai incontrato lavorando con Mary. Per la prima volta permetteva al bere di interferire con quella che sino a quel momento era sempre stata la cosa più importante della sua vita, cioè la carriera.

Al mattino era quella di sempre, vispa e arguta, e scherzava con la troupe. Ma dopo la pausa pranzo, che trascorreva sola in camerino anziché in mia compagnia, era una persona completamente diversa. Non inciampava mai e ricordava sempre le battute, però a volte biascicava un po', costringendo il tecnico del suono a gridare: «Stop!» prima della fine della scena. Inoltre era irascibile e tendeva a inveire contro tutti coloro che la circondavano. In passato non si era mai comportata così. Non avevo mai sentito Mary Pickford alzare la voce con la troupe. Adesso invece era sgarbata con la sua assistente, oppure redarguiva chi si muoveva dietro la cinepresa durante una ripresa. Il povero Leslie Howard non sapeva come comportarsi con lei. Era già così a disagio nel recitare la parte di un rude uomo dell'Ovest, che non ci si poteva certo aspettare che aiutasse la primattrice altrettanto terrorizzata e un po' alticcia, la quale, oltretutto, era Mary Pickford, la regina del cinema, la stella che era stata la sua preferita in assoluto quando era ragazzo, come mi confidò più di una volta.

Soffrivo per Mary. Sapevo che beveva perché era impaurita, consapevole che quella era la sua ultima possibilità. Capivo. Ma ciò non significava che approvassi.

«Questo film dovrà essere un successo, Fran» mi disse un giorno, durante un intervallo. Era prima di mezzogiorno, quindi non era ubriaca. Tuttavia era nervosa e si tormentava costantemente il costume, tanto che fui costretta ad afferrarle le mani, nel timore che la costumista avesse un travaso di bile. «Dovrà esserlo! Ho bisogno di un grande successo. Ne ho bisogno. Douglas… ha rinunciato, alla sua carriera e a noi. Io però non posso! E questo è un ruolo grandioso, vero, Fran? Questa donna… tutto ciò che soffre!»

«Sì, ma…»

«Ma cosa, Fran?»

«Ma è per te, Mary? È adatto a te questo ruolo?»

«Dovresti saperlo, Fran» ribatté Mary con un sorriso gelido e insolente. «L'hai scritto per me».

Sì, sì, l'avevo scritto perché lei me lo aveva chiesto. Eppure quella donna non era Mary, non era la Nostra Mary. Quella donna soffriva per tutto il film, sopportava dolore e tradimento, continuando a rimanere accanto al suo uomo, cioè proprio quello che Mary voleva dire a Douglas senza esserne capace. Non sapeva vivere lontano dalla cinepresa, quindi doveva servirsene per manifestare i propri sentimenti al marito e dirgli che lo amava comunque, nonostante le sue infedeltà, e che gli sarebbe sempre rimasta accanto.

Tuttavia il pubblico non voleva vedere Mary soffrire per un'ora e mezza. Lo sapevo perché, come gli spettatori, non sopportavo di vederla in quello stato pietoso. Mi fu impossibile assistere alle riprese delle scene in cui denudava l'anima dinanzi alla macchina da presa. Era troppo personale. Tutti sapevano cosa stava dicendo e a chi. La sua disperazione era così palpabile, così concreta, che si poteva quasi toccare con mano.

Con il procedere della lavorazione, nel corso della quale Frank Borzage si assicurò di filmare durante la mattinata tutte le scene della giovinezza della protagonista, Mary cominciò a inveire anche contro di me.

Accadde una sera, durante la visione dei giornalieri, mentre annotavo appunti sul mio taccuino. Forse sarebbe stato necessario girare di nuovo la scena della malattia del bambino di Mary, che aveva tenuto in braccio il bambolotto con troppa noncuranza, come se fosse una palla. Avrei dovuto insegnarle come si teneva davvero in braccio un bambino. Forse il trucco di Mona Maris, che interpretava l'amante di Leslie, avrebbe potuto essere ammorbidito nelle scene successive...

«Fran! Fran!»

Quando Mary si girò verso di me, l'odore di menta nel suo alito mi rivelò che aveva cercato di mascherare con i gargarismi il gin che aveva tracannato di nascosto nel recarsi in sala di proiezione. «Cosa c'è?» domandai, senza distogliere lo sguardo dallo schermo.

«Fran!» Mary mi afferrò per un braccio.

Allora la guardai, seccata.

Ancora più seccata di me, Mary mi fissò con occhi duri e malevoli. «Sono ridicola in questa scena» biascicò, lanciando un'occhiata allo schermo. Poi si girò di nuovo verso di me. «Le battute che mi hai scritto sono terribili! Questa scena è terribile, e Mona non la recita affatto bene, anche se per lei hai scritto un dialogo decente. Mi sorprende che tu ne sia stata capace».

«Mary!» La rabbia che cercai d'ingoiare mi rimase sul gozzo. Mi guardai attorno nella sala buia. Il proiettore fu spento e la luce fu accesa. Frank, Leslie, Mona e gli altri uscirono in silenzio, lasciandoci sole.

«In quella scena non faccio altro che restare seduta... passiva!»

Compresi che si riferiva alla scena in cui l'amante di suo marito le rivelava la verità e le chiedeva di lasciarlo libero di risposarsi. Era una scena quasi autobiografica e Mary si era presentata sul set malferma sulle gambe. Fortunatamente l'avevo scritta in modo che dovesse parlare pochissimo e limitarsi a reagire, cioè qualcosa che Mary Pickford sapeva ancora fare meglio di chiunque altro a Hollywood. Così era riuscita a cavarsela e con un abile montaggio la scena avrebbe potuto essere utilizzata.

«Mary, tesoro, ricordi la prossima scena? Ti ho scritto un bellissimo discorso con cui sicuramente vincerai un altro Oscar!» Era vero. Avevo ascoltato, avevo osservato, e avevo scritto un discorso che avrebbe permesso a Mary di dire tutto ciò che voleva dire come moglie offesa e di apparire come una santa, una martire. Era la scena che desiderava, che esigeva disperatamente, e così, naturalmente, l'avevo scritta per lei. Tuttavia non era la Mary che amavo. La mia Mary sarebbe stata l'audace ragazzina arrogante che avrebbe cacciato a calci quel vagabondo del marito. Così avrei voluto scrivere la scena per lei, per quella che era veramente lei.

«Ma questa scena, Fran... È terribile!»

Per mantenere la calma mi chinai a raccogliere la cartella in cui era contenuta la parte di sceneggiatura da girare il giorno successivo. Mary non mi aveva mai trattata così. La nostra amicizia e la nostra collaborazione erano sempre state caratterizzate da rispetto reciproco. Quando eravamo state in disaccordo avevamo sempre risolto i contrasti discutendone insieme, senza mai esprimerci in maniera ostile o sprezzante.

«Cosa ti è successo, Fran? Cos'è successo al tuo talento?»

Lasciai cadere la cartella e mi girai a fronteggiarla, liberando il mostro che mi opprimeva il petto. «Il mio talento è ancora intatto, grazie!»

«Che cosa vuoi dire con questo?»

«Voglio dire che forse non sei del tutto adatta a questo ruolo, Mary. Se soltanto mi avessi permesso di scriverlo come avrei voluto... E se tu lo cacciassi a calci? E se tu ti comportassi come ti sei sempre magnificamente comportata davanti alla macchina da presa, con audacia e con ardore? Lascia che ti renda trionfante, Mary, proprio come un tempo! Non così... così...»

«Vera?» interruppe Mary con una smorfia, mentre lo spesso strato di fondotinta le accentuava crudelmente le rughe ai lati della bocca e fra gli occhi. «Fran, il motivo per cui voglio interpretare questa donna è che la conosco. Io sono lei, e lei è una donna vera. Ho pensato che tu sapessi scrivere di una donna vera, però, a quanto pare, ho sbagliato. Avrei dovuto ricordare *The Love Light*».

«Non è una donna vera, è uno zerbino. E *The Love Light* aveva una bellissima sceneggiatura!»

«No, Fran». Mary chinò la testa a fissarsi le mani intrecciate in grembo in un gesto di contrizione, come se fosse in chiesa. «Sono una donna vera, terrorizzata. Lei è terrorizzata alla prospettiva di una vita senza di lui, il suo grande amore... il suo unico amore. Non capiresti...»

«Oh, Mary...» Incapace di guardarla, fui costretta a distogliere lo sguardo, ma non ebbe alcuna importanza, perché con la vista offuscata dalle lacrime non l'avrei vista comunque. Come poteva dire una cosa del genere a me, proprio a me? «Lo so, Mary» sussurrai. «So com'è perdere un marito. So com'è essere terrorizzata». Infatti ero terrorizzata ogni giorno. Avevo il terrore di invecchiare in solitudine, di quello che i miei ragazzi avrebbero potuto diventare se fossero rimasti orfani, e del letto vuoto di notte. Tuttavia non permettevo a questo terrore di isolarmi nella mia casa quando non lavoravo, né di spingermi a bere. Inoltre non confondevo mai la vita reale con il cinema. Non mi servivo mai della mia arte per influenzare gli altri o per dominarli.

Davvero?

Come se mi leggesse nella mente, Mary mi afferrò per le spalle e mi obbligò a girarmi di scatto per potermi scrutare con uno dei suoi sguardi penetranti. Non sembrava più ubriaca, soltanto amaramente divertita. «Hai mai pensato, Fran, che se tu non lo avessi trasformato in una stella del cinema forse Fred sarebbe ancora qui, ancora vivo? Io e Douglas ce lo siamo chiesti molto spesso».

Rimasi senza fiato. Non aveva il diritto, nessun diritto di dirmelo. Non lo sapeva. Non poteva saperlo... Come lo sapeva? Come sapeva che non riuscivo a dormire la notte, chiedendomi la stessa cosa? «È tardi, Mary». Spinsi indietro la sedia alla cieca e mi alzai, tergendomi furiosamente le lacrime. M'infilai i guanti con tale violenza da strappare una cucitura. «Devo tornare a casa per controllare i ragazzi prima che vadano a dormire. Domani guarderò di nuovo la scena, ma credo che sia un bel discorso, per come lo vuoi. Prova a riposare, Mary, e per favore, cerca di essere sobria domani sul set, va bene?»

Non le avevo mai parlato del bere fino a quel momento. Lei sussultò e impallidì, evitando di guardarmi, però annuì. Ci salutammo e ciascuna se ne andò per la propria strada. Neppure una volta, da quando era iniziata la lavorazione del film, l'una o l'altra di noi aveva suggerito di ordinare la cena e di mangiare insieme, per poi poter ridere e lavorare tutta la notte.

Io avevo i figli da mettere a letto. Lei aveva un palazzo vuoto a cui tornare.

Il giorno dopo Mary arrivò sobria e girò la scena alla perfezione. Frank Borzage mi lanciò un'occhiata di gratitudine. «Forse ce la farà, dopotutto» mormorò. Per la prima volta mi resi conto che anche tutti gli altri avevano dubbi sul film, e mi guardai attorno. L'intera troupe appariva diffidente. Allora capii come si sentiva la povera Mary a dover recitare per un simile pubblico. In passato tutti l'avevano sempre ammirata, colmi di meraviglia, di gioia e di pura delizia nell'essere accolti nella sua magica orbita. Ora la sua troupe, il suo pubblico, e il pubblico in generale, erano scettici e attendevano semplicemente il suo fallimento. Il mondo non sosteneva più Mary Pickford. Questo mi spezzò il cuore e mi fu impossibile immaginare cosa provasse lei.

Mentre la costumista finiva di rassettarle il costume mi avvicinai a lei. Non potevo abbracciarla, anche se lo desideravo, perciò le presi le mani e la guardai negli occhi. «Mary, io credo in te. Sarai meravigliosa, cara, lo so. Vincerai un altro Oscar. Ricorda le mie parole!»

«Grazie, Fran». Mary mi regalò un sorriso di pura gratitudine e si recò di fronte alla macchina da presa. Gli assistenti annunciarono che tutto era pronto: luci allestite, attori ai loro posti, registrazione suono avviata. Allora Borzage gridò: «Azione!»

Quando Mary Pickford guardò la cinepresa, capii che vedeva il proprio marito, il marito assente che neppure una volta le aveva fatto visita sul set, ridendo e divertendo tutti, fiero della sua piccola moglie. Douglas Fairbanks era da qualche parte in Italia, e non era solo.

Tuttavia sua moglie, la mia amica, manifestò alla cinepresa i sentimenti che provava per lui, recitando le mie parole, le parole che avevo scritto, le parole che avrebbero sciolto il cuore di chiunque, o almeno di chiunque avesse avuto un cuore. Dichiarò di amarlo ancora, di averlo sempre amato, e assicurò che nulla di quello che lui avrebbe potuto dire o fare l'avrebbe mai allontanata. Eppure quelle parole non parvero sue, non a me. Alle mie orecchie suonarono così piatte e penose che mi fu impossibile guardare la troupe.

Borzage gridò: «Stop!»

Mary emise un sospiro tremulo, mentre echeggiavano alcuni applausi sparsi, poi mi guardò per avere la mia approvazione.

Cosa avrei mai potuto fare, se non soddisfarla?

«E il premio Oscar per il miglior soggetto originale va a… Frances Marion, per *Il campione*!»

L'applauso fu sorprendente nel novembre del 1932 come lo era stato nel 1930, anche se alcune cose erano diverse. George non era il mio accompagnatore perché il nostro divorzio era ormai definitivo, e Mayer, anziché montare su una sedia per rallegrarsi, si addossò allo schienale come un monarca e proclamò: «È un'ottima notte per il mio studio!»

«No, Louis, è un'ottima notte per me». Lo degnai a malapena di uno sguardo nell'alzarmi per ricevere la mia statuetta, sorridendo e accettando le congratulazioni dei colleghi, i quali, come mi fu impossibile non notare, erano un po' meno entusiasti della mia seconda vittoria. Questa è Hollywood, pensai. Felice per il tuo successo... purché non duri troppo a lungo.

Ancora una volta, una figura minuscola mi si parò dinanzi.

«Fran!» Mary agitò un dito in segno di parziale rimprovero. «Non di nuovo!» aggiunse, con un sorriso radioso, perché naturalmente una cinepresa stava filmando, eppure aveva gli occhi spenti, con le pupille dilatate, e ondeggiava. Per impedirle di barcollare troppo le cingeva la vita Buddy Rogers, non Doug.

Soltanto a primavera sarebbe stato distribuito *Segreti*, le cui riprese erano terminate da mesi, però lei sapeva, come lo sapevo io e come lo sapevano tutti a Hollywood, dove non esistevano segreti, che alla fine non avrebbe riconquistato il marito, né avrebbe vinto un altro Oscar. Così mi preparai a sopportare qualche commento mordace. Non sapevo proprio in che modo comportarmi con lei in quel periodo. Mi sentivo come se dovessi tenermi sempre pronta a respingerla oppure a sostenerla.

Invece, con mio grande stupore, Mary barcollò di nuovo verso di me, mi afferrò un braccio e mi sussurrò all'orecchio: «Squeebee è taaaaanto felice per te, Fran, tesoro».

«Mary!» L'abbracciai e la strinsi forte. Tutti si agitavano sulle poltrone in ansiosa attesa che mi sbrigassi a ritirare il mio premio per poter poi andare a ritirare i loro, ma non me ne importava nulla. Commossa dalle sue parole, baciai Mary su una guancia prima di accingermi a montare sul palco.

Lassù, chiusi gli occhi per un momento nella luce accecante dei proiettori, sentendo echeggiare ancora alle mie orecchie l'approvazione di Mary, che mi scaldava il cuore. Sapevo che ne avrei sempre avuto bisogno. Anche se eravamo invecchiate, avrei sempre cercato le congratulazioni o la comprensione di Mary. Avevo iniziato la mia carriera grazie a lei ed ero lì a ricevere un premio per aver scritto un film interpretato da un bambino! Non avevo colto il collegamento fino a quel momento, tuttavia era proprio così: avevo scritto di bambini per la prima volta grazie a Mary e ora avevo vinto l'Oscar per il miglior soggetto originale perché avevo scritto *Il campione* per Jackie Cooper, che aveva nove anni. Contenta della simmetria, sorrisi. Poi mi girai verso il tavolo di Mary per ringraziarla della sua amicizia e dell'occasione che mi aveva offerto, consentendomi di avviare la mia carriera…

Il suo tavolo era vuoto. Se n'era andata prima che ricevessi il premio.

Osservai tutte le statuette d'oro schierate dinanzi a me, in attesa di essere ritirate dai colleghi irrequieti. Seduto a uno dei primi tavoli, Clark Gable guardò in modo significativo l'orologio. Dunque sorrisi, ringraziai l'Academy, raccolsi il mio trofeo e tornai a casa, dove trovai un ottimo posto per sistemarlo: la porta cigolante del mio bagno non aveva mai voluto restare aperta.

Così, finalmente, grazie all'Academy, grazie a L.B. Mayer, grazie a Jackie Cooper, grazie a Mary… la porta del bagno sarebbe rimasta aperta.

19.
Mary
1969

Mary scese a pranzo con il mal di testa e pensò che fosse a causa del diadema, che non indossava da moltissimo tempo. Naturalmente, aveva dovuto indossarlo. Mary Pickford doveva sempre avere l'aspetto migliore in occasione di un pranzo a Pickfair, perché non mancava mai una regina o un duca o qualche altra personalità abituata a frequentare teste coronate. Così aveva chiesto alla cameriera di portarle una tiara e si era addobbata con alcune pesantissime collane e cinque braccialetti a un braccio e sei all'altro. Nello scendere la scala con estrema attenzione, perché aveva i piedi un tantino instabili, ridacchiò allo scampanellio d'argento, oro, diamanti e perle che l'accompagnava, come se fosse un carillon ambulante! Ridacchiò di nuovo.

Arrivata in sala da pranzo sostò per riprendere fiato e raddrizzare la tiara, che le era scivolata sopra un occhio. Infine aprì la porta per salutare grandiosamente gli ospiti.

Il lungo tavolo era occupato soltanto per un quarto, ma era ovvio, perché era un pranzo. Si chiese con quali invitati fosse arrivato Douglas. Erano sempre personaggi meravigliosi! «Salve» salutò, con voce profonda e dignitosa.

Douglas si precipitò ad accompagnarla al suo posto. A tentoni Mary cercò la sedia, quindi sedette lentamente, con attenzione.

Al tavolo sedevano soltanto donne. Riconobbe Adela, ormai così rugosa da sembrare una prugna secca, povera cara, e Gloria, la cara Gloria, dall'aspetto così magro e feroce, e Anita, ingobbita dalla cifosi.

Poi riconobbe Fran. Anche Fran… Fran!

«Tu!» Mary si alzò dalla sedia, rovesciando un bicchiere pieno d'acqua. «Tu!» strillò. «Vattene! Fuori da casa mia! Hai scritto *Anna dai capelli rossi* per Mary Miles Minter! Mi hai tradita! Vattene!»

Seguì un silenzio pieno di sgomento. Adela si alzò in piedi mentre Anita fissava il proprio piatto. Scarlatta in viso, gli occhi fiammeggianti, Fran impugnava il coltello da burro come se fosse un'arma. Poi la sua faccia si addolcì e guardò Mary in modo nuovo, strano.

Nei suoi occhi Mary vide qualcosa che non aveva mai visto prima. Era pietà? Come osava?

«Mary, tesoro, non sei te stessa...»

Perché lo dicevano tutti? E cosa significava, comunque? Quando mai Mary Pickford era stata se stessa? L'ultima volta che aveva risposto quando era stata chiamata Gladys Smith, ecco quando! Era accaduto tanto tempo prima e non rimaneva più nessuno a ricordarlo. «Vattene, infame! Come osi? Sapevi che volevo recitare quella parte! Era perfetta per me! Sapevi di essere la mia scenarista! Hai cominciato soltanto grazie a me! Dove saresti adesso se io non ti avessi assunta? E poi hai imposto tuo marito nel mio film! Il mio! Sai bene che quel cowboy era penoso». Mary si girò verso Adela. «Era semplicemente penoso. È riuscito a girare il film soltanto grazie a me».

Si udì uno schianto. Ancora scarlatta in viso, con le narici dilatate, Fran aveva lasciato cadere il coltello sul piatto. «Sei ubriaca, Mary» ribatté con voce acuta e tesa per la rabbia. «Sei ubriaca fradicia! Non c'è da stupirsi se Douglas...» S'interruppe e non volle dire altro di Douglas, sebbene fosse presente, anche lui rosso in viso.

«Sei sempre stata gelosa di me e di Douglas. Com'eri immusonita durante la nostra luna di miele! Ricordi, Douglas? Oh, che trionfo fu quello!» Mary si volse al marito, che non diceva una parola. Era strano, da parte di Douglas!

«Basta così. Non preoccuparti, Mary, me ne vado». Fran

cominciò a raccogliere borsa e guanti. «Me ne vado e non tornerò mai più. Per tutta la vita sono sempre tornata di corsa da te. Non succederà mai più. Mi dispiace, Buddy». Stranamente, Fran parlava a Douglas chiamandolo Buddy! «Mi dispiace per te, ma questa è stata l'ultima goccia».

«Benissimo! Prendi i tuoi due Oscar e vattene a casa! La prima a vincerne uno sono stata io». Mary si volse affettuosamente alle altre ospiti, con un ampio gesto del braccio, accingendosi a raccontare come aveva vinto il proprio Oscar, per quale film... Avrebbe potuto andare a prenderlo e mostrarlo a tutte... All'improvviso, però, tutte le altre si alzarono e se ne andarono, seguendo Fran. Che strano! Comunque non importava. Non aveva fame, e il diadema era così pesante che stentava a tenere la testa eretta. Permise a Douglas di aiutarla a salire nella propria stanza. «Grazie, Hipper, caro» mormorò lei, e vide il bel viso di lui afflosciarsi per lo sconforto. «Grazie, Douglas».

Poi chiuse la porta della sua camera da letto e non l'aprì mai più.

Erano trascorsi due anni da allora, o almeno così diceva suo marito. Mary non aveva badato al passare del tempo. Che importanza aveva? In camera c'era tutto ciò di cui aveva bisogno: un letto grande e lussuoso, una televisione appena installata, una cameriera che la vestiva, la lavava e si assicurava che mangiasse qualcosa, anche se nessuno sapeva cucinare lo stufato di mamma, da lei ardentemente desiderato. Talvolta per puro piacere si preparava la zuppa con ketchup e acqua calda, ricordando i vecchi tempi con amore feroce, quasi protettivo. Si chiese se gli anni in cui aveva dato il meglio di se stessa fossero stati proprio quelli, quando lei era stata la piccola Gladys Smith e aveva provveduto tanto bene a tutta la famiglia. Inoltre, lì, nella sua stanza, aveva a disposizione i liquori, naturalmente, senza più alcun bisogno di nasconderlo perché a nessuno importava. Lottie e Jack e mamma se n'erano andati, ormai, e tutti i suoi fan l'avevano dimenticata, quindi non doveva più dare il buon esempio a nessuno. Così restava a letto a guardare la televisione. A volte vedeva uno dei suoi vecchi film, a tarda notte, dopo il notiziario, mentre tutti gli altri dormivano profondamente, o almeno, tutti coloro che riuscivano a dormire, tutti coloro che potevano chiudere gli occhi, abbandonare i ricordi e addormentarsi in attesa dell'indomani.

Non era così per Mary, la quale non aveva alcun luogo in cui recarsi e alcuna persona che desiderasse incontrare. Be', in verità c'era una persona che desiderava vedere. Tuttavia Fran non passava più a trovarla, e lei non riusciva a ricordare per quale ragione. Comunque Fran prima o poi sarebbe tornata di sicuro! Fran era sempre tornata.

Eppure ancora non tornava e ciò era orribile, semplicemente orribile! Com'era possibile che Fran si comportasse così con lei e che se ne fosse andata per non tornare mai più? Non ricordava tutto quello che avevano passato insieme?

Nessuno la capiva più, neppure Douglas, il quale continuava a chiederle di vestirsi e di scendere le scale, e spesso bussava alla sua porta molto educatamente per annunciarle che aveva visite. Il povero Douglas non capiva... No, no, non il povero Douglas, bensì il povero Buddy. Adesso suo marito era Buddy.

Era lui? Com'era potuto succedere?

Era tutto così confuso! Marito significava Douglas, eppure Douglas l'aveva abbandonata. Buddy lo aveva sostituito senza soluzione di continuità, e Mary non ricordava di avere avuto granché da dire in proposito, anche se forse lo aveva fatto. Era passato tanto tempo da allora, trent'anni o più.

Talvolta Mary rideva nervosamente dietro la porta chiusa quando bussava Douglas... no, Buddy! Sentiva l'impaziente strusciar di piedi di coloro che erano in corridoio (non sapeva se amici o nemici, non ne aveva idea) in attesa che lei aprisse la porta e uscisse con gli occhi spalancati, agitando le braccia, come Norma Desmond in quel film, *Viale del tramonto*, che quel regista, Mr Wilder, le aveva chiesto di interpretare. Lei aveva rifiutato, nauseata da quella sceneggiatura piena d'ignobili insinuazioni e dal patetico personaggio di Norma, così la parte era andata invece a Gloria Swanson, la cara Gloria, che era stata molto brava. Mary era abbastanza grande per ammetterlo, e lo aveva scritto alla cara Gloria nel biglietto che le aveva inviato.

Ma forse la cara Gloria era stata troppo brava, perché ormai si presumeva che tutte le stelle del cinema muto vivessero nel passato e fossero fuori di senno, proprio come pensava la gente in attesa fuori dalla sua porta. E comunque, chi erano? Chi li aveva invitati? Chiunque fossero, e chiunque li avesse invitati, Mary sapeva cosa volevano vedere. Volevano vedere la Ragazza con i Riccioli uscire barcollando dalla camera e gridare per avere un primo piano, grottesca e vecchia. Be', non aveva alcuna intenzione di dare loro quella soddisfazione. Così restava dov'era, al sicuro, a letto, sotto le coperte, e ridacchiava quando Buddy, sempre cortese e gentile, fingeva che lei gli stesse rispondendo attraverso la porta chiusa.

«Come dici, Mary? Ti dispiace di non poter ricevere ospiti oggi? Sei commossa che desiderino vederti, ma non ti senti molto bene? Speri che abbiano trascorso una bella giornata a Pickfair?»

Nel frattempo Mary ridacchiava e si abbandonava sui cuscini ad aspettare che finalmente se ne andassero. Poi forse si alzava a schiudere la porta e a sbirciare fuori, felice di vedere il corridoio deserto, divertita di essere riuscita a ingannarli.

La sera suo marito tornava a rimproverarla molto gentilmente, e lei ascoltava, annuiva e rispondeva: «Ma Douglas...» Allora il viso di lui si afflosciava per lo sconforto e lei non capiva per quale ragione, poi lui la lasciava sola, ciò che lei voleva, dopotutto.

Preferiva vivere così, nelle ombre e nei sogni, senza sapere esattamente quale anno fosse o con chi stesse parlando, perché i momenti in cui ricordava erano di gran lunga peggiori.

Erano i momenti in cui ricordava che Douglas l'aveva abbandonata, l'aveva tradita, le aveva detto di non volerla più. Erano i momenti in cui rammentava che lui si era risposato, dopo che lei aveva chiesto il divorzio. Era tornato a Los Angeles con la sua nuova moglie britannica e spesso si era recato di nascosto a Pickfair per trascorrere con lei lunghe serate silenziose accanto alla piscina, entrambi distesi sulle sedie a sdraio, a ricordare, e lei sapeva che avevano ricordato cose diverse. Lei aveva ricordato le folle acclamanti, l'orologio dell'auto che si era fermato, la possessività che un tempo era stata irritante e ora appariva l'idea stessa dell'amore e della sollecitudine. Non aveva idea di cosa avesse immaginato lui, però doveva essere stato qualcosa di dolce, qualcosa di perfetto, qualcosa di perduto.

Era così triste, ecco cos'era. Tragico. Il loro amore era stato troppo grande per una piccola vita, una vita come quella che stava vivendo adesso, la vita che diceva a se stessa di voler vivere. Per quanto amasse Douglas, e sempre lo avrebbe amato, Doug-e-Mary era diventato troppo estenuante per continuare in eterno. Conveniva che riposasse, insieme alle ultime vestigia dell'epoca del cinema muto, come i boccoli recisi che conservava ancora in una scatola per scarpe, nel ripiano più alto dell'armadio.

Dopo che Buddy Rogers le aveva chiesto più volte di sposarlo, nel 1937, allorché il divorzio era ormai definitivo, aveva finalmente acconsentito. Lo amava? No, e non aveva mai finto il contrario. Però era giovane, bello, con capelli neri, grandi occhi castani, fascino adolescenziale, impeccabilmente gentile, proprio come un fedele setter irlandese. E avere un così bel giovane innamorato di lei, alla sua età... Non le era affatto dispiaciuto, soprattutto dopo che

Douglas l'aveva pubblicamente tradita con una donna più giovane.

Douglas era morto, vero? Ricordava di avere ricevuto la telefonata a Chicago, nel 1939, quando il gruppo musicale di Buddy era in tournée e lei ancora compariva in pubblico per sostenerlo, o per la United Artists, o per l'industria cinematografica nel suo insieme, una gran dama esibita di quando in quando a ricordo dei vecchi tempi, poi riposta nella credenza fino all'occasione successiva.

Allora aveva avuto soltanto quarantasette anni.

Quella notte nella sua stanza d'albergo il telefono squillò e lei rispose prima di Buddy. Era sua nipote Gwynne, la cara Gwynne ormai cresciuta, e singhiozzava. In quell'istante Mary lo seppe.

«Lui se n'è andato, Mary». Gwynne non ebbe bisogno di precisare chi. Esisteva un unico "lui" nella vita di Mary, e non era il suo attuale marito.

Quella frase fu come una frustata in viso e Mary sussultò, percossa da tutti i sentimenti che l'accompagnavano: dolore, lutto, rabbia, tristezza. Poi arrivarono i ricordi, crudeli e beffardi, costringendola ad alzarsi per trasferirsi in un'altra stanza, in modo che Buddy non la sentisse piangere.

Una volta, quando la stava ancora corteggiando (lui aveva sempre usato questo verbo antiquato perché era un uomo all'antica), Douglas l'aveva condotta in un parco di divertimenti sulla costa, il più lontano possibile da Los Angeles e dai suoi occhi indiscreti, quasi in Messico, e l'aveva convinta a salire su una sgangherata ruota panoramica. Con il vento dall'oceano che le sferzava i capelli e l'assordava, Mary aveva chiuso gli occhi e si era aggrappata alla sbarra di sicurezza, terrorizzata dall'eventualità che quella struttura, apparentemente fragile come un elemento scenico, andasse in pezzi.

«Apri gli occhi, Mary!» aveva gridato Douglas, sovrastando il vento. «Apri gli occhi e guarda!»

Allora Mary, riaperti gli occhi, aveva scoperto di essere

a un'altezza enorme, con la gente minuscola che da terra guardava su. Era proprio così che lei aveva sempre visto la loro unione, due persone in alto, al di sopra del resto del mondo, a condividere una vista riservata unicamente a loro: una vista privilegiata, fortunata e duramente guadagnata, la miglior vista esistente.

Aveva perso l'unica persona che aveva saputo come ci si sentiva a essere in cima al mondo, l'unica persona che aveva condiviso quella visione per tanto tempo.

Il giorno successivo, quando parlò al telefono con Charlie, scoppiarono a piangere entrambi nell'udire l'uno la voce dell'altra, e questa volta lei non tentò di trattenersi. «Oh, Charlie, cosa faremo senza di lui?»

«Non ne ho idea» rispose Charlie, con voce rauca di cordoglio.

In quel momento di dolore condiviso, Mary dimenticò tutto ciò che l'aveva sempre irritata di Charlie: la possessività nei confronti di Douglas, per cui aveva sempre cercato di svignarsela con lui; il perpetuo assenteismo alle assemblee degli azionisti della United Artists; la totale indifferenza nei confronti della contabilità; l'apparente convinzione che i propri film fossero in ogni modo superiori a quelli di lei, preziosi gioielli da lucidare per anni prima di poter essere svelati a un pubblico immeritevole.

No, in quel momento Mary ricordò soltanto che Charlie era un ponte che la univa ai giorni gloriosi e inebrianti della campagna per l'acquisto delle obbligazioni di guerra, di Pickfair, di Doug-e-Mary. Entrambi avevano amato molto Douglas, perciò adesso, almeno durante la telefonata, Mary amava Charlie.

«Era sempre il primo a cui mostravo i miei film. Ricordi, Mary? Era il giudice migliore, il mio pubblico migliore. Nessuno rideva come Doug».

Allora Mary fu abbastanza generosa da replicare: «Ti amava», e Charlie dichiarò la stessa cosa.

Anche se Charlie stava ancora girando film, il Vagabondo era simbolo di un'epoca ormai scomparsa quasi come la Ragazza con i Riccioli, e Mary non poteva fare a meno di invidiare Douglas perché non aveva dovuto vivere il resto della sua vita come una reliquia del passato, a differenza di lei e Charlie.

Era un passato che con il rapido trascorrere degli anni si dissolveva sempre più nella memoria, nella storia, persino nella leggenda. Ora i film di Mary Pickford non erano più proiettati nei cinema se non nel corso di qualche retrospettiva del cinema muto. I visitatori si recavano a Pickfair esclusivamente per genuflettersi nel mausoleo della prima Hollywood, che non era affatto brava a preservare il proprio passato. Tutti i vecchi stabilimenti erano stati demoliti, non esisteva alcun museo dei costumi, e neppure i film stessi erano stati preservati correttamente. Pickfair era il più tangibile fra i simboli superstiti dell'epoca del cinema muto, perciò vi si recavano gli adoratori: giovani attori speranzosi di ottenere una sorta di benedizione dalla donna che aveva inventato l'espressione "stella del cinema"; giornalisti che speravano di ricavare una buona storia sulla falsariga di *Viale del tramonto*; documentaristi che volevano realizzare tributi a un'epoca perduta da trasmettere in televisione.

Mary incontrò alcuni di loro e andò a qualche retrospettiva, finché non riuscì più a sopportare di guardare il proprio volto, di fissare la bellezza giovanile della Piccola Mary che scuoteva il pugno alla macchina da presa nell'autentica incarnazione della tempra più audace e risoluta, riservando unicamente a essa anche le lacrime, tutte le lacrime che non permetteva a se stessa di versare nella vita reale. E quando tutto questo le divenne intollerabile, quando non riuscì più a sopportare di essere presentata ancora una volta come «la prima stella del grande schermo, la regina del cinema muto, l'amata ragazzina, la leggendaria Mary Pickford»... allora chiuse la porta della propria camera da letto per non dover vedere la delusione e l'incredulità negli occhi del pubblico allorché si rendeva conto che lei non era più quella ragazzina tanto amata.

Alla fine si meritavano l'un l'altra, lei e Pickfair. Di notte, quando Douglas (Buddy?) e tutti i domestici dormivano, lei e la casa si raccontavano i loro segreti. Soltanto allora apriva la porta e percorreva a passi strascicati i corridoi, appoggiandosi alle modanature per mantenere l'equilibrio, mentre la casa sussurrava i nomi degli ospiti del lontano passato: Albert Einstein, il duca di York, George Bernard Shaw, Mrs Calvin Coolidge... Tutti vi si erano recati per vedere lei, la più grande stella del cinema, ovvero ciò che aveva deciso di diventare quando, ragazzina, era stata responsabile di mamma e anche di Lottie e di Jack, i quali così avevano potuto avere una vera infanzia, a differenza di lei.

Erano scomparsi da lungo tempo e Mary aveva tutto il tempo del mondo.

Mentre la casa vigilava per proteggerla da occhi indiscreti e malelingue, lei giocava con la collezione di bambole come aveva fatto in *The Poor Little Rich Girl*, percorreva silenziosamente le sale lustre come in *Rags* e compiva razzie in cucina come in *Pollyanna*. La casa non la tradiva mai, neppure una volta. Le pareti e le finestre e i tendaggi e i tappeti sembravano sorridere comprensivi quando lei si rifugiava nei ricordi d'infanzia creati da Fran per farla giocare da adulta davanti alla cinepresa, gli unici ricordi d'infanzia che possedeva.

La casa era sufficiente, era sua, e lei sapeva che nessuno ne capiva davvero le ragioni. L'unica che avrebbe potuto capire era Fran.

Talvolta le capitava di vedere in televisione uno dei loro vecchi film, come la notte precedente, in cui aveva visto *Segreti*, che non le sembrava affatto un brutto film, anche se era andato male al botteghino. Leslie Howard aveva interpretato il ruolo del suo innamorato, il povero Leslie, morto durante la guerra, quando l'aereo su cui volava era stato abbattuto. Quale guerra? Non riusciva a rammentarlo. Era più giovane di lei, naturalmente, e Fran se n'era preoccupata durante il casting, ma alla fine lei aveva prevalso.

Segreti era stato un insuccesso, nonché il suo ultimo film. In seguito aveva avuto paura della macchina da presa: impossibile, eppure vero. La macchina da presa era sempre stata sua amica, sua amante, e lei, semplicemente, non aveva più alcunché da offrire. Inoltre la cinepresa l'aveva amata unicamente come ragazzina, proprio come tutti gli altri, incluso Douglas.

Douglas era morto, vero? E così pure mamma. Stavano morendo tutti. Non restava più nessuno a curarsi di lei, nemmeno il suo pubblico. Tutti erano scomparsi, ormai. Tutto era scomparso. Mai più avrebbe incontrato folle disperatamente bramose di salutarla come quelle della sua luna di miele con Douglas. Mai più avrebbe ricevuto migliaia di lettere di ammiratori ogni giorno.

Mai più si sarebbe riconosciuta allo specchio. Per ricordare chi fosse doveva scendere furtivamente la scala di notte per osservare il proprio ritratto e piangere per la propria bellezza, nonché per tutto ciò che quella ragazzina aveva conquistato e perduto. Poi altrettanto furtivamente saliva di nuovo al piano di sopra e chiudeva la porta.

Finché, un giorno, la porta si spalancò e Fran irruppe nella camera.

20.
Frances
1969

Dopo aver aperto la porta indietreggiai inorridita perché dall'oscurità non emerse una ragazzina dai riccioli dorati, bensì una donna minuta, emaciata e grinzosa su un letto enorme, con chiazze rosate di cuoio capelluto fra radi batuffoli di esili capelli grigi, quasi inghiottita dall'ammasso di cuscini che la sosteneva, avvolta in una camicia da notte a fiori bianchi e rosa da cui spuntavano il collo scheletrico e le mani simili ad artigli.

Soffocai un grido nel vedere su un tavolo quella che sembrava una testa mozzata, finché mi resi conto che era un portaparrucca con una parrucca di riccioli biondi.

Sin troppo visibile, il volto della donna sul letto era privo di sopracciglia, con slavati occhi nocciola ancora a forma di mandorla e l'ostinato mento irlandese sempre riconoscibile, seppure ammorbidito e un po' floscio. La bocca, simile a un bocciolo di rosa, si muoveva nel tentativo di pronunciare parole.

Ebbi un tuffo al cuore. «Mary...» Mi dispiacque di essermi precipitata nella stanza, di avere invaso lo spazio intimo della mia amica e di averla vista così, ridotta a una creatura spettrale che affogava nel gin e nei ricordi. Anch'io ero sempre assalita dai ricordi, però i miei sogni erano frammenti dei film che avevo scritto, delle vacanze che avevo fatto, delle discussioni che avevo avuto con i miei figli, delle persone che avevo perduto, e di Fred, sempre di Fred. La sobrietà era l'unica difesa contro la valanga di rimpianti e di lutti causata dalla vecchiaia. Dunque un'alcolizzata era priva di difese, era la persona più vulnerabile e sofferente del mondo intero, soprattutto se un tempo era stata la più bella, la più ammirata, la più… «Mary, Squeebee, cara…»

«Oh, Fran, ti avevo detto di non venire!» biascicò Mary. Con dita scheletriche ripeté il gesto di rimprovero che aveva usato molte volte nei film. «Non hai ricevuto il mio messaggio?»

«Sì, l'ho ricevuto, e sono venuta comunque».

«Bene, vattene. È troppo tardi!» Stizzita, Mary mi voltò la schiena, incrociando le braccia.

Allora fui costretta a chiedermi se stesse davvero accadendo, se davvero quella creatura tentennante si stesse comportando sotto i miei occhi come la bambina di dieci anni che aveva interpretato nei film, tanto tempo prima. «Non me ne andrò, Mary, non questa volta. L'ho già fatto, e mi dispiace».

In silenzio, Mary ricadde sui cuscini e chiuse gli occhi. Le palpebre venate di azzurro tremolarono. Incredibilmente, le sue ciglia, lunghe com'erano sempre state, sfioravano gli zigomi. A un tratto si alzò sui gomiti e con occhi improvvisamente fiammeggianti puntò una mano scheletrica contro di me in un gesto accusatore. «Tu! Hai scritto *Anna dai capelli rossi* per Mary Miles Minter!»

«Oh, Mary, smettila!» Mi odiai per essere scattata. Era così vecchia, fragile e ovviamente non era se stessa. O forse era troppo se stessa? «Questo è ridicolo, tesoro. È successo cinquant'anni fa e siamo entrambe troppo vecchie per badarci. Nel caso che tu non l'abbia notato, non abbiamo più una vita intera dinanzi a noi».

Lei si strofinò gli occhi, confusa, poi cominciò a piangere.

«Oh, Mary, mi dispiace… Non intendevo…!» Mi precipitai accanto a lei nell'intento di consolarla, poi qualcosa mi trattenne. Fu forse perché mi sconvolgeva vedere quella creatura priva di qualunque somiglianza con la donna che avevo conosciuto e amato? Fu forse perché mi sentivo in qualche modo responsabile del suo naufragio?

Ero rimasta lontana da lei tanto a lungo perché così era stato più facile. Sentir parlare del suo declino senza vederla mi aveva permesso di proteggermi. Ora però dovevo chiedermi: da cosa? Cosa aveva di così importante la mia sopravvivenza? Anch'io non ero altro che una reliquia di Hollywood. «Noi reliquie del passato dobbiamo restare unite» dichiarai, a voce troppo alta e squillante, come per parlare a una bambina irritabile e ostinata, e mi disprezzai per questo.

Mary mi guardò con sospetto, poi cercò a tentoni una bottiglia sul comodino.

«È una buona idea» sentii me stessa dire, ancora in tono da vecchia Florence Nightingale. «Ti dispiace versarne un bicchiere anche a me?» Non vidi bicchieri in giro, quindi non pensai che intendesse farlo, comunque mi aggirai per la stanza in modo da lasciarle il tempo necessario a corroborarsi.

Nonostante fosse pulita, la stanza odorava di muffa come un museo, perché in effetti era un museo. L'enorme televisore era l'unica concessione ai tempi moderni. Null'altro era cambiato da quando Mary l'aveva riarredata negli anni Trenta: le stesse fotografie in lucenti cornici art déco sulla toletta; gli stessi tavolini splendenti, un tempo moderni; la stessa carta da parati a motivi d'argento che sembrava provenire da un vecchio musical con Fred Astaire e Ginger Rogers.

Molte fotografie erano di Mary e Douglas, sempre Douglas. Non era difficile capire chi era il grande amore di Mary, e io la comprendevo, perché per tutto il mio appartamentino erano sparse molte fotografie di Fred, in uniforme all'epoca del nostro primo incontro, e in costume da cowboy, in sella a Silver King.

Presi una delle numerose altre fotografie raccolte da Mary e sorrisi, ricordando. Avevo la stessa foto a casa mia. Ritraeva noi due alla United Artists, io e Mary, insieme a Cecil B. DeMille e a Sam Goldwyn. Sulla toletta notai altre due foto di noi due, una con Charlie e Doug, l'altra con Zukor e Lasky.

«Mary...» Mostrai la foto in cui eravamo con DeMille e Goldwyn. «Ricordi quanto eravamo vicine allora? Perché non può essere di nuovo così, ora che siamo rimaste soltanto noi due e tutti gli altri sono scomparsi? Perché non possiamo tornare a essere come un tempo? Abbiamo bisogno l'una dell'altra, Mary».

«Oh, davvero?» Mary sbatté rumorosamente la bottiglia sul comodino rovesciando gin ovunque. «Ho bisogno di te? Per cosa, Fran? Non puoi scrivermi nessun film adesso».

«Non ero altro per te?»

«Nient'altro».

«Non lo credo!» Mi avvicinai a lei perché dovevo. Dovevo scuoterla per riportarla al buon senso. Non aveva detto sul serio. Non era possibile che avesse detto sul serio, altrimenti... tutto ciò che sapevo si sarebbe rivelato sbagliato, ogni cosa. «Non lo credo, Mary! Guarda questa fotografia! Guarda noi due!»

«È stato allora, Fran. Non sono più quella persona».

«Non capisci, Squeebee, cara? Puoi esserla! Ecco perché sono qui: per salvarti, per riportarti alla vita, in modo che tu possa uscire, tesoro, e vedere il sole, e abbandonare questa stanza ammuffita!»

«Oh, Fran!» Mary rise, una risata vera, genuina, gutturale. «Hai sempre avuto una grande opinione di te stessa!»

«Cosa vuoi dire?»

«Oh, non fingere... Hai sempre pensato di essere migliore di me, più intelligente. Ora pensi di potermi salvare?»

Mi appollaiai ai piedi del letto, alquanto a disagio. Davvero lo pensavo? Quantunque avessi rispettato Mary, presumevo di essermi sempre sentita piuttosto... arrogante a causa della mia istruzione. «È quello che senti davvero, Mary?»

«Eri così con tutti. Il povero Fred non ha mai avuto neanche una possibilità con te, vero? E il settimo giorno

Fran creò… una stella del cinema!» Mary applaudì e ridacchiò di nuovo.

«Non è giusto…» Non mi piaceva quella Mary tanto sorprendentemente sobria e crudele, quell'oracolo dagli occhi improvvisamente limpidi, capace di scrutare dentro la mia anima. Dov'era la patetica ubriacona che doveva essere salvata e che mi ero aspettata di vedere?

«Invece è giusto, Fran. Non so come tu possa dormire la notte. Dimmi, Fran… Riesci a dormire la notte?

«No» sussurrai, distogliendo lo sguardo. Ovviamente aveva ragione. Avevo spinto Fred a intraprendere la carriera di attore. Anche se si era divertito nel girare i film, avevo sempre saputo che non ci aveva messo il cuore e che non si era mai sentito a suo agio a Hollywood. Oh, si era fatto molti amici, molti amici sinceri, tuttavia aveva sempre trovato molto più divertente andare in campeggio con i nostri figli e con i cowboy veri con cui lavorava anziché recarsi alla première di un film. Ma io lavoravo nel cinema, e avevo voluto che anche mio marito ci lavorasse, proprio come Doug-e-Mary.

«Allora mi dispiace, Fran. Mi dispiace che tu non possa dormire. Nemmeno io ci riesco, quindi siamo pari». Mary mi pungolò con un piede.

Alzai lo sguardo e vidi che anche lei aveva le lacrime agli occhi. «Grazie, Mary». Cominciai a strisciare sul letto per avvicinarmi a lei.

Mary mi sorrise di nuovo. «Tu hai fatto la stessa cosa con me, sai?» continuò, spiegazzando le coperte con le mani nodose. Aveva le unghie perfettamente curate e smaltate di un rosa intonato alla sua camicia da notte.

«Quale cosa?»

«Sei venuta qui per salvarmi, vero, Fran? Pensi che io mi nasconda perché sono troppo spaventata. Sono troppo abituata a essere la regina, e così mi nascondo qui nel mio castello. È questo che pensi, vero? E così tu, santa Frances, arrivi qui a salvarmi, dico bene?»

Non seppi rispondere.

«Quello che non capisci, Fran, quello che non hai mai capito, è che se sono qui è tutta colpa tua. Fred è morto, Douglas è morto, ma io no. Io sono invecchiata, sono diventata troppo vecchia per il mio pubblico, per il quale avrei dovuto rimanere bambina, lo sai... Non potevo essere donna, non come te. Non potevo avere figli, né una vera famiglia. Dovevo rimanere bambina, la loro bambina. E di chi è stata la colpa?»

«Cosa vuoi dire, Mary?» Non ero più semplicemente a disagio. Ero terrorizzata, come se fossi entrata in un manicomio da cui non avrei mai potuto uscire, in cui sarei rimasta intrappolata per sempre con Mary. Sarei diventata un mostro, proprio come lei, un mostro che sputava accuse oltraggiose, tenuto in ostaggio da falsi ricordi.

«È stata colpa tua, Fran! Tua! Mi hai fatta diventare bambina, vero? Pensavi di essere stata molto intelligente! *The Poor Little Rich Girl* è stato il primo film in cui ho interpretato una bambina».

«Ed è stato un successo: il più grande successo della tua carriera fino ad allora. Ricordi, tesoro, il giorno in cui siamo andate a vederlo allo Strand?»

Mary scosse la testa con impazienza. «No... Sì, certo... Ma non è questo ciò che importa. Mi hai fatta diventare bambina... Cos'hai detto allora? Una volta hai detto di aver trovato un modo per... per...»

«Per restituirti la tua infanzia». Rimasi colpita da quel ricordo. Non ci pensavo da moltissimo tempo, tuttavia... Sì, era esattamente ciò che avevo detto. Comunque era stata una buona cosa! Avevo desiderato che la mia amica avesse ciò che le era stato così crudelmente negato. Ecco che cosa avevo voluto restituirle. Ma lei aveva davvero desiderato quell'infanzia, un'infanzia idilliaca e inventata? In verità, l'idea era stata mia, non sua. Comunque ci eravamo divertite così tanto a fare quei film! Quante volte sul set Mary mi aveva detto che stava facendo qualcosa per la prima volta, come saltare la corda, giocare al gioco dei sassolini, creare torte di fango? Le avevo offerto la possibilità di fare tutte le cose che non aveva mai fatto, e il pubblico l'aveva amato, lei stessa l'aveva amato. Si vedeva sullo schermo quanto si era divertita! Non era forse così?

«Sì, questo è ciò che hai detto, lo ricordo, e ci sei riuscita. Però mi hai intrappolata, Fran. Non capisci? Sono intrappolata qui perché non ho mai potuto crescere e mai potrò, anche se sono diventata così... così vecchia...» Sussurrò: «Così brutta...» E aggiunse: «È tutta colpa tua, Fran».

«Mary, quelli erano film, soltanto film».

«No! Non erano soltanto film, e tu lo sai meglio di chiunque altro. Hai visto come il pubblico adorava la Piccola Mary! Eri lì, eri presente! E non sono mai stati soltanto film per me: sono stati la mia vita. Così non ho nessun'altra vita, non ne ho mai avuta nessun'altra. Tu, invece... Tu hai avuto una vita! Hai avuto una vita con Fred, i tuoi ragazzi, la tua carriera. La mia carriera è naufragata, ma Frances Marion era la scrittrice che tutti volevano. Ti sei assicurata che fosse così, vero?» accusò Mary, con un sorriso sghembo e rassegnato. «Nessuno mi voleva. Ero intrappolata. Dunque non puoi salvarmi. Non è questo il tuo ruolo, perché sei stata proprio tu a intrappolarmi».

Incapace di muovermi e di parlare, avevo freddo e tremavo, proprio come sulla strada di Verdun, e mi sentivo altrettanto desolata, smarrita. Non era possibile che avesse inteso dire quello che aveva detto. Non era possibile. Non era vero! Era... «Hai frainteso tutto, Mary» balbettai debolmente. «Hai...» Per la prima volta mi resi conto che nessuno dei film da me scritti in cui Mary aveva interpretato un'adulta era stato un successo.

«Fran, tesoro, non capisci? Ho ragione».

Il tono in cui lo disse, così dolce, così triste, niente affatto accusatorio, m'indusse a scivolare giù dal letto nel disperato tentativo di allontanarmi il più possibile da lei, con tanta fretta di fuggire da quella stanza, da quella casa degli orrori, che rischiai d'inciampare in una vestaglia abbandonata sul pavimento.

Dovevo dimenticare Mary. Finalmente compresi che era troppo tardi per lei. Era troppo tardi per riportare indietro le lancette del tempo, per tornare a quello che era stato prima, senza recriminazioni e senza rimpianti. Davvero lo avevo creduto possibile? Era follia, pura e semplice, e lei vi era ormai sprofondata irrimediabilmente. Per me invece non era così. Spalancai la porta alla cieca e corsi giù per le scale, aggrappandomi spasmodicamente al corrimano. Per la prima volta scivolai sul pavimento in marmo dell'atrio di Pickfair, però in qualche modo riuscii a recuperare l'equilibrio. Dovevo assolutamente uscire da quel mausoleo della cui costruzione ero responsabile quanto la pazza al piano di sopra, a suo dire. Dovevo fuggire prima che diventasse anche la mia tomba.

La porta si chiuse sbattendo alle mie spalle senza che lo sbigottito maggiordomo avesse il tempo di lasciarmi la sua fotografia. Nonostante la smania disperata di andarmene, fui costretta ad attendere che un autista mi riportasse l'auto, condotta nel frattempo in garage. Comunque avevo bisogno di riprendere fiato. Ero sudata, spossata, e dopo l'atmosfera soffocante e nauseante della camera da letto di Mary ero scossa dai brividi. Sollevando il viso verso il sole, giurai che per il tempo che mi sarebbe rimasto da vivere avrei cercato il suo abbraccio e la sua benedizione. Lo meritavo, qualunque cosa dicesse Mary.

Provai il bisogno frenetico di una sigaretta anche se non fumavo da anni. I medici mi avevano imposto di smettere dopo una polmonite. Avevo bisogno di tenere qualcosa fra le mani, le mie mani sempre tanto irrequiete. «Mani irrequiete com'è irrequieta la tua mente» aveva sempre detto mamma.

Poi mi resi conto di avere qualcosa in mano. Con mia grande sorpresa, stringevo ancora la fotografia incorniciata.

Dannazione...

Mi girai a guardare la casa. La camera da letto di Mary non era visibile dalla posizione in cui mi trovavo, però sapevo che lei era ancora lassù, a sorridere tristemente, persa nei suoi falsi ricordi. Avrei dovuto rientrare, eppure non potevo. Era inimmaginabile guardarla di nuovo negli occhi. Notai un bidone dei rifiuti sotto una palma in vaso e mi avvicinai, barcollando, per gettarvi la fotografia. Sicuramente qualcuno l'avrebbe trovata e l'avrebbe restituita a Mary... o forse no. In realtà, non m'importava.

Tuttavia qualcosa mi impedì di lasciare cadere nel bidone la fotografia dalla pesante cornice d'argento. Attraverso il vetro vidi qualcosa che mi attirò.

Era Mary, l'espressione nei suoi occhi, così diversa da quella che avevo visto poco prima! Non vidi rassegnazione e amarezza, bensì fiducia e gioia nei suoi occhi, e nei miei. Nella fotografia eravamo entrambe realizzate e felici. Be', Fran, certo che eravate felici, pensai. Tu eri innamorata di Fred, e Mary era innamorata di Doug. Comunque era evidente che eravamo in sintonia fra noi, come se fossimo unite da un filo invisibile, anche se entrambe guardavamo la cinepresa. Entrambe sorridevamo fiduciose, gioiose.

Eravamo le uniche ragazze nella fotografia.

A un tratto mi resi conto che eravamo sempre state le uniche ragazze nella foto, o persino nella stanza: insieme, rannicchiate l'una accanto all'altra nella sala di proiezione buia e minacciosa, circondate da uomini ostili, all'anteprima di *The Poor Little Rich Girl*; io sola durante la guerra, indesiderata, maltrattata, molestata, sempre fissata con disapprovazione da uomini che mi chiedevano perché fossi lì, nel loro mondo maschile; Mary sola nella sala di consiglio della United Artists fra Chaplin, Doug e Griffith, in abito elegante, circondata da uomini in completo scuro: un fiore. Anche quando una di noi era stata sola, era sempre stato come se l'altra le fosse accanto in spirito. Anche sole non eravamo mai state isolate, perché eravamo sempre state presenti l'una per l'altra.

Nel ripensare a quegli anni, a quegli anni d'oro, avevo sempre ricordato così Mary, o almeno avevo scelto di ricordarla così. Ora sapevo che Mary aveva ricordi diversi, più oscuri. Più prossimi alla verità?

No, era soltanto una verità diversa, come una stessa scena cinematografica girata da diversi punti di vista, come in *Rashomon*, che avevo tanto ammirato. Avevamo vissuto le medesime esperienze, eppure le ricordavamo in modi diversi, senza che ciò le rendesse meno vere. Due persone diverse potevano osservare la medesima cosa, come quella fotografia, e vedervi due storie diverse. Ora conoscevo la storia di Mary.

Seppure non volentieri, potevo accettare la sua storia come la sua verità. Potevo vedere il ruolo da me svolto nella sua reclusione, proprio come potevo vedere, e come avevo sempre visto anche se avevo cercato di negarlo, il mio ruolo nella carriera di Fred e infine nella sua morte, perché se non avesse avuto successo, se non avessimo costruito Enchanted Hill, il nostro monumento a Hollywood, lui non avrebbe calpestato quel chiodo e forse sarebbe stato ancora accanto a me, e la sera avremmo potuto sedere l'uno accanto all'altra sul dondolo a tenerci per mano e a ridere delle buffonate dei nostri nipoti. Invece lui era scomparso, davvero, per sempre.

Mary invece non era scomparsa.

Continuando a osservare la fotografia vidi un'altra storia, la mia storia, tanto vera e valida quanto quella di Mary.

Era una storia che iniziava con due donne, un tempo ragazze, una con capelli d'oro, l'altra con capelli corvini, in piedi l'una accanto all'altra sotto un portico a guardare un notturno cielo stellato; ridere insieme su un set affollato di luci e di cineprese e di cavi, nel giocare al gioco dei sassolini, sporcandosi le mani e le ginocchia, canzonate bonariamente da Mickey in cima a una scala; gioire l'una del vero amore dell'altra; innamorarsi, invecchiare, amareggiarsi, sentirsi sole, e infine perdonarsi a vicenda, salvarsi l'un l'altra. Se così non fosse stato, tutto sarebbe stato vano, tutto ciò che avevamo sacrificato, tutto ciò per cui avevamo lottato: i film, gli studi cinematografici, i premi Oscar, milioni di persone rese felici da due ore in una sala buia...

Quelle due donne eravamo io e Mary, eravamo le ragazze nella foto; le ragazze i cui cuori coraggiosi e teneri battevano ancora sotto i petti rugosi coperti dalle camicie da notte e dalle camicette antiquate; le ragazze che eravamo diventate nel momento in cui ci eravamo salutate in un'altra stanza buia, tanti anni prima; le ragazze che avevamo creduto di avere perduto nella bruma del rimpianto e della recriminazione formatasi con il sopravvivere in questa industria priva di scrupoli e in questo mondo ingiusto; le ragazze che invece erano sempre state presenti, immortalate in un momento condiviso, preservate insieme in una cornice d'argento.

Amorevolmente sfiorai i volti delle ragazze nella foto, un poco sbiadita dal tempo, ma tanto perfetta da spezzare il cuore. Non potevo buttare via quella fotografia. Non potevo buttare via lei. Non potevo lasciarla sola in quella stanza. Se non voleva uscire, allora io avrei potuto restare lassù con lei, avrei potuto essere il suo conforto nell'oscurità, anzi, no, non il suo conforto, e neppure la sua salvezza, bensì la sua amica.

Trassi un respiro tremante. Salvare era facile. Accettare era molto più difficile, e terrificante.

Nondimeno aprii la porta e rientrai, tornai a colei che ero stata un tempo, prima di Louis B. Mayer e della MGM, prima delle recensioni negative e dei chiodi arrugginiti e dell'afflizione e delle telefonate mai ricambiate, e delle domande come "Frances chi?" o come "Non era forse...?"

Tornai alla me stessa più vera e migliore.

Tornai alla mia amica Mary.

Ringraziamenti

Come sempre, non sono sola nel mio viaggio. Molte persone hanno guadagnato la mia gratitudine per i loro ruoli nella pubblicazione di questo libro.

Kate Miciak, il mio instancabile editor, che mi spinge sempre a migliorare.

Laura Langlie, la mia agente, che è sempre dalla mia parte.

Gina Centrello e la mia invincibile squadra alla Penguin Random House, che non manca mai di commuovermi con il suo sostegno e con il suo entusiasmo: Kara Welsh, Kim Hovey, Gina Wachtel, Sharon Propson, Susan Corcoran, Quinne Rogers, Leigh Marchant, Allyson Pearl, Robbin Schiff, Benjamin Dreyer, Loren Noveck e Julia Maguire. E la mia squadra al Penguin Random House Speakers Bureau, che sempre mi assiste: Anastasia Whalen e Caitlin McCaskey.

Bill Contardi, che non lascia mai nulla di intentato.

I gentili bibliotecari della Margaret Herrick Library all'Academy of Motion Picture Arts and Sciences.

Gli entusiasti addetti alle vendite alla Penguin Random House, molti dei quali sono orgogliosa di considerare amici.

Tutti i librai.

E infine, Norman Miller, Mark Miller e Stephanie Miller. E soprattutto, i miei figli, Alec e Ben, e la mia roccia, mio marito, Dennis Hauser.

Nota dell'autrice

Spesso mi chiedono cosa ci sia di inventato nei miei romanzi e cosa sia accaduto nella vita reale. Il dialogo, i sentimenti, i motivi per cui le persone agiscono come sappiamo che hanno agito, sono immaginati, ovviamente sulla base di ricerche, però immaginati. Mary e Frances litigarono sul set di *Segreti*? Non lo sappiamo. Tuttavia sappiamo che in seguito non lavorarono più insieme. Davvero Mary credeva, risentita, che Frances l'avesse imprigionata nella sua immagine cinematografica di bambina? Non sappiamo neppure questo. D'altronde, ogni volta che Mary tentò di interpretare un'adulta, il suo pubblico pretese che tornasse a interpretare una bambina. Mary Pickford fu la prima attrice, ma non l'ultima, a diventare vittima della propria immagine, e questa sua immagine fu creata da Frances.

Quando si scrive un romanzo la narrazione è l'intento primario, a differenza che in una biografia. Perciò naturalmente occorre condensare alcuni periodi della vita dei personaggi ed escluderne altri. In questo caso le omissioni includono molti film realizzati da Mary e Frances con altre persone e alcuni degli studi cinematografici in cui lavorarono. I primi due matrimoni di Frances non sono descritti, come pure il quarto, con George Hill, che nella sua vita fu più importante di quanto appaia nel romanzo. George era un alcolizzato e si suicidò dopo avere divorziato. Non ho esplorato in profondità neppure le amicizie di Frances con altre donne, in particolare Marie Dressler e Hedda Hopper. Inoltre non ho fornito un completo resoconto della carriera di Frances dopo il periodo del cinema muto, quando scrisse i film per cui è più conosciuta oggi, come *Pranzo alle otto*, *Anna Christie*, *Il campione*, e non ho ricordato la sua partecipazione alla creazione della Screen Writers Guild. Frances smise di scrivere per il cinema nel 1946. In seguito scrisse romanzi e opere teatrali che non ho ricordato.

Ho soltanto accennato al matrimonio di Mary con Buddy Rogers e ho dovuto tralasciare, seppure a malincuore, un aspetto importante della vita di Mary, cioè la sua adozione, negli anni Quaranta, di due bambini, un tema da cui si potrebbe ricavare un romanzo autonomo! Circolano molte voci sul motivo per cui Mary non ebbe mai figli biologici. Comunque la decisione sua e di Buddy di adottare due figli ebbe conseguenze terribili. In breve, Mary non era tagliata per crescere figli. Li coccolò durante l'infanzia, poi, quando crebbero, non riuscì a sviluppare rapporti con loro. I suoi due figli non fecero mai del tutto parte della sua vita. In giovane età furono inviati in collegio e appena possibile si resero indipendenti.

Mary non si ritirò da Hollywood nel modo brusco qui descritto. Non recitò più dopo *Segreti*, però progettò altri film che non furono mai realizzati, inclusa una versione di *Alice nel Paese delle Meraviglie* con attori e cartoni animati per Walt Disney, di cui avrebbe dovuto essere la protagonista. Produsse film attraverso la United Artists, e sperò di avere Shirley Temple come protagonista di un film biografico sulla propria vita. Rimase attiva nel consiglio di amministrazione della United Artists – scontrandosi costantemente con Charlie Chaplin, l'unico altro socio fondatore rimasto – fino al 1956, allorché finalmente vendette le proprie azioni.

Nei suoi anni d'oro, Frances viaggiò molto, ma tenne un appartamentino a Hollywood. Verso la fine della vita, Mary e Frances si scrissero spesso e si inviarono fiori per i compleanni o per le feste. Non so se Frances abbia incontrato un'ultima volta Mary, come ho scritto. So che le loro ultime lettere sono piene di sentimento. Entrambe scrissero di avere dato il meglio di loro stesse nel periodo della loro collaborazione. A quanto pare si riconciliarono con il loro retaggio, nonché l'una con l'altra.

Entrambe scrissero le loro memorie, la cui lettura è ugualmente frustrante. Nella sua autobiografia, *Off with Their Heads!*, Frances non scrive con profondità della propria vita.

Dedica soltanto un paio di frasi persino alla morte di Fred. Sembra sempre celare i suoi veri sentimenti dietro scherzi o battute. L'autobiografia di Mary, *Sunshine and Shadow*, è altrettanto insoddisfacente. Sempre consapevole della propria immagine, sorvola su ogni contrattempo e omette molte cose, soprattutto a proposito del suo primo matrimonio e delle tragiche vite di suo fratello e di sua sorella, nonché, ovviamente, del proprio alcolismo.

Queste due autobiografie meritano di essere lette per avere ulteriori informazioni, come pure *Without Lying Down*, di Cari Beauchamp; *Pickford: The Woman Who Made Hollywood*, di Eileen Whitfield; *The First King of Hollywood: The Life of Douglas Fairbanks*, di Tracey Goessel; e *Mary Pickford and Douglas Fairbanks*, di Booton Herndon. Per ulteriori informazioni sulla United Artists, consiglio il primo volume di *United Artists: The Company Built by the Stars*, di Tino Balio.

Sul primo periodo di Hollywood raccomando vivamente *The Parade's Gone By*, di Kevin Brownlow; *American Silent Film*, di William K. Everson; *My First Time in Hollywood*, di Cari Beauchamp; *Silent Lives*, di Lon Davis e Kevin Brownlow; *Silent Stars*, di Jeanine Basinger; *The Speed of Sound: Hollywood and the Talkie Revolution 1926-1930*, *Lion of Hollywood: The Life and Legend of Louis B. Mayer* e *Empire of Dreams: The Epic Life of Cecil B. DeMille*, tutti di Scott Eyman; nonché l'autobiografia di Adela Rogers St John, *Love, Laughter, and Tears*.

Tutti i miei romanzi chiedono al lettore di tornare a un'altra epoca e di accettarne i limiti e le convenzioni, per quanto inaccettabili possano apparire oggi. *Luci della ribalta* non è diverso. Per esempio, dobbiamo ricordare le diverse aspettative imposte alle donne più di un secolo fa. Dobbiamo inoltre riconoscere che uno dei film da me citati, *Nascita di una nazione*, fu molto importante in quel periodo per Hollywood e per cineaste come Mary e Frances. Anche se oggi rabbrividiamo di fronte ai deprecabili stereotipi razziali e alla glorificazione del Ku Klux Klan, sarebbe sbagliato ignorare l'impatto che questo film ebbe su di loro, su Hollywood e sul pubblico cinematografico in generale.

Da un punto di vista tecnico *Nascita di una nazione* rappresentò un immenso balzo in avanti, perciò merita di essere incluso in un romanzo sulla Hollywood del cinema muto.

Troppo spesso pensiamo ai film muti come composti da immagini ridicole e convulse, stupide reliquie noiose come polvere. Spero che dopo aver letto il mio romanzo si veda l'epoca del cinema muto per quello che è stata: un periodo di innovazioni mozzafiato in cui letteralmente chiunque avesse una nuova idea avrebbe potuto ottenere all'improvviso un incarico dirigenziale e le donne erano importanti quanto gli uomini.

Spero anche che Mary Pickford e Frances Marion siano ricordate non solo come nomi legati ai libri di storia del cinema o ai titoli di testa di vecchi film, bensì come innovatrici e come artiste, come amiche amorevoli che si aiutarono a vicenda a perfezionarsi e a prosperare, come persone appassionate che si innamorarono di un'idea e la trasformarono in una forma d'arte, come donne coraggiose la cui responsabilità nella creazione di Hollywood non fu inferiore a quella di Louis B. Mayer o di Sam Goldwyn: donne che aprirono la strada alle donne che lavorano nel cinema oggi, con la speranza che un giorno, presto, esse siano ancora più numerose.

Finito di stampare
nel mese di giugno 2018
per conto di Neri Pozza Editore, Vicenza
da Grafica Veneta spa di Trebaseleghe (Padova)
Printed in Italy

Questo libro è stato prodotto col sole

Azienda carbon-free